ナラティヴの被害学

Narrative and Victimology

阿部幸大

Kodai Abe

文学通信

ナラティヴの被害学

そのような誤謬から解放される唯一の出発点は、つぎのように知ることである。すなわち、社会的かつ歴史的でないものなど、なにひとつ存在しないのだと。じつに、分析の究極において、あらゆるものは政治的なのだ。だから政治的無意識の要請は、こうである——そうした究極的な分析を遂行することで、文化的な産物とは社会における象徴的な行為《アクト》にほかならないのだということ、それを暴くいくつもの回路を探訪してゆこうではないか。

フレドリック・ジェイムソン『政治的無意識——社会的象徴行為としてのナラティヴ』

目次

凡例　6

第1章　ナラティヴの被害学　7
ナラティヴの被害学／加害性の再配分／本書の使いかた

第2章　トマス・ピンチョン『重力の虹』におけるエコロジカル・ナショナリズム　27
シュヴァルツコマンドーの人種的ナショナリズム／カウンターフォースの局所的撹乱／ピンチョンのエコロジカル・ナショナリズム／グローバル時代のラディカリズム

第3章　ノラ・オッジャ・ケラー『慰安婦』におけるコリアン・アメリカン二世の応答可能性　57
慰安婦問題と冷戦（以後）のアメリカ／マミーの呪い――アメリカの文化、朝鮮の歴史／コリアン・アメリカン二世の罪悪感／コリアン・アメリカン二世の応答可能性／部外者の責任／応答可能性を再構築する

第4章　トニ・モリスン『ビラヴド』におけるメランコリックな愛と醜い感情　93
『ビラヴド』と情動／トラウマの間世代的伝達／醜い感情／トラウマを翻訳する／結論

第5章　ヴァージニア・ウルフ『ダロウェイ夫人』におけるシェル・ショックとジェンダー　123
トラウマからシェル・ショックへ／セプティマスとシェル・ショック／クラリッサとシェル・ショック／フェミニスト・エピファニー

第6章　デブラ・グラニク『足跡はかき消して』におけるベトナム戦争と9・11以降のホームランド　153
間世代的トラウマとしてのベトナム　／　アメリカのホームランドでベトナムを再緑化する　／　反例外主義的光学

第7章　ハーマン・メルヴィル「バートルビー」におけるグローバル市場と受益者　193
グローバル市場のなかのバートルビー　／　「なにひとつ変えないほうが助かるのですが」　／　「ご自分で理由がおわかりになりませんか」

第8章　『トップガン』シリーズにおけるアメリカの軍事史と例外主義　225
ベトナム・シンドロームを蹴っとばす　／　「テロとの戦争」とノスタルジア　／　シリーズ化と相続

第9章　村上春樹『ねじまき鳥クロニクル』におけるアジア太平洋戦争のポストメモリー　259
トラウマと加害国のポストメモリー　／　満州──被害性と加害性を超えて　／　日本の軍事主義と性的暴力　／　トオルのポストメモリーとコミットメント　／　歴史、虚構、倫理

第10章　ティム・オブライエンとヴィエト・タン・ウェンにおけるベトナム帰還兵と癒しの旅　299
ティム・オブライエンと快癒する白人帰還兵　／　ヴィエト・タン・ウェンとアフロ・アジア　／　結論

あとがき　324
初出一覧　329
索引（左開）　335

凡例

・英語文献の翻訳はすべて著者による。
・引用文中の［…］は筆者による省略を示す。
・各章において論じる作品からの引用のみ、本文中の括弧内にてページ数を示した。

1

ナラティヴの被害学

Narrative and Victimology

本書『ナラティヴの被害学』に収められた9つの章はそれぞれが独立した論文であり、各章のイントロダクションが、その章を読むために必要な文脈を用意している。だが同時に、それらは専門誌に掲載された学術論文であるため、基本的な前提事項については説明されておらず、一般むけの人文書としては不親切なところがある。というわけで、本書全体のイントロダクションにあたる書き下ろしの第1章では、「ナラティヴ」という人文学の基本概念、ならびに、わたしが本書によって新たに人文学の対話に導入しようとしている「被害学 victimology」という枠組み、この2つについて、なるべく平易に説明したい。その過程で、各章を読むための最低限の準備を提供するばかりでなく、本書全体の核となるアーギュメントを述べることになるだろう。すなわち――われわれは暴力を「やつら」の手から奪還し、加害性を社会全体に再配分せねばならない。

一九四五年八月一四日、日本政府はポツダム宣言を受諾した。昭和天皇裕仁が帝国臣民にむけてレコードに吹き込んだ「大東亜戦争終結に関する詔書」、いわゆる「玉音放送」がラジオで全国放送されたのは、その翌日である。現代仮名遣いに直してもかなり読みにくい文章なのだが、その前半部分に、ひとまず目をとおしてみよう――

そもそも帝国臣民の康寧《こうねい》をはかり万邦共栄の楽しみを共にするは皇祖皇宗の遺範にして朕の拳々《けんけん》措かざる所／さきに米英二国に宣戦せる所以もまた実に帝国の自存と東亜の安定とを庶幾するに出でて他国の主権を排し領土を侵すが如きはもとより朕が志にあらず／然るに交戦既に四歳《しさい》を閲《けみ》し朕が陸海将兵の勇戦朕が百僚有司の励精朕が一億衆庶の奉公各々最善を尽くせるに拘らず戦局必ずしも好転せず／世界の大勢また我に利あらず／しかのみならず敵は新たに残虐なる爆弾を使用してしきりに無辜《むこ》を殺傷し惨害の及ぶところ真に測るべからざるに至る／しかもなお交戦を継続せんか遂に我が民族の滅亡を招来するのみならずひいて人類の文明をも破却すべし／かくの如くは朕何をもってか億兆の赤子《せきし》を保《ほ》し皇祖皇宗の神霊に謝せんや／是れ朕が帝国政府をして共同宣言に応せしむるに至れる所以なり

ただちにわかるのは、これは敗戦の事実を告げるという用途を果たすだけの文章ではないということだ。裕仁はこの文章で、いったいなにをしているのか。とりあえず簡単に分析してみよう。まずここでは、すくなくとも三つのことが言われている。第一に、大東亜戦争の目的は侵略ではないということ。第二に、戦局が不利であるということ。第三に、原子爆弾の投下によって人類の滅亡の可能性が出てきたということ。これらの点について、第二の戦局が不利であったという認識はもちろん事実であり、また第三の原爆が人類の滅亡を引き起こしかねない凶悪な兵器であったという指摘も、およそ正しい認識だったと言ってよいだろう。だが第一の、大東亜戦争の目的は侵略ではないという点は、史実にてらせば誤りである。だからこの文章は内容的に、①は偽、②と③は真であると、ひとまず考えることができる。

　このシンプルな読解を念頭に、まずは本書のタイトル『ナラティヴの被害学』に含まれる前半部分「ナラティヴ」について説明してみたい。「ナラティヴ」とは日本語に訳せば「物語」という意味になるが、本書では「ナラティヴ」に、もうすこし限定的な意味を与えようとしている。まず、ナラティヴとは、ある事象に与えられる、「このような原因や動機や順序にしたがって、このような一連の出来事が起こりました」という説明である。それは、なんらかの対象について知るための回路であり、「なるほどそういう原因と動機と順序で、そういう出来事が起こったのか」と人が理解するための装置である。ナラティヴとは解釈であり、われわれは、このナラティヴという「窓」を介して対象にアクセスすることによってのみ、その対象から意味を受けとることができる。つまりナラティヴとは、知識の形式である。本書ではこのナラティヴという装置に着目するわけだが、ナラティヴに着目するとはつまり、誰がなにをどのように説明し、それによって誰がなにをどのように理解するのか、その知の伝達の次元に着目することを意味する。だからナラティヴ分析においては、それがフィクションを自称しているかどうか、あるいは真実であるか虚偽であるかどうかとは、本質的には関係がない。ウソだろうと本当だろうと、誰がどのような目的でそのナラティヴを紡いだのか、そしていかにわれわれの認識や思想や感情がこのナラティヴという知識の形式によって左右されているのか、それがナラティヴという次元にフォーカスすることで見えてくる問題だ。ナラティヴとそのメカニズムを批判的《クリティカル》に捉えられるようになること、それがこのイントロダクションの第一の目的である。

　そこで「玉音放送」に戻ろう。これをナラティヴという次元で分析するとどうなるか。ナラティヴ分析のゴールは、たとえば「大東亜戦争の目的は侵略ではなかったというのは誤りである」といった真偽の判定ではない。同様に、戦局の不利、原爆の終末的な破壊力、これらも、正しいからといって問題にならないわけではない。ナラティヴの次元に着目するとは、裕仁（あるいは日本政府）がポツダム宣言の受諾すなわち敗戦という帰結を国民に告白するにあたって、それがいかにして終わるのだと彼が国民に思わせようとしているか、敗戦をどのように理解させようとしてどのように語っているか、この次元に着目することにほかならない。そこでは、真偽を問わず、語られていることの内容、配置、語彙、さらには声色、口調、速度、そして伝達に用いられたメディアなどの全要素が問題になる。だからわれわれが問うべきは、ここで「侵略戦争のつもりなどなかった」、「みんな頑張ってくれたけれど戦局は悪化の一途を辿った」、「アメリカが原子爆弾という新兵器で世界を滅亡させかねない」、こういった一連の説明を、当時は天皇の顔を見ることも声を聞くことも許されていなかったボロボロの帝国臣民が聞かされ、あるいは読まされたとき、大東亜戦争について、裕仁の責任について、敗戦の理由と意味について、そして日本の過去と現在と未来について、人びとにどのような理解が発生してしまうかということであり、ナラティヴの受けとり手がどのようにそれを知ってしまうかということである。

つまりナラティヴとは、日常的な言葉遣いの次元では、「物語」や「ストーリー」と言うときにイメージされるものよりも、「イデオロギー」という言葉に近い。ただ、それが形式上は物語として伝達される点が重要なので、本書ではナラティヴと呼ぼうと思っている。そして重要なことは、ここではナラティヴという知識の形式そのものが批判対象なのではないということである。われわれは、それをナラティヴと呼ぶかどうかはさておき、ある種の媒介物なしになにかを知ることはできないからだ。たとえば大東亜戦争、あるいは現在はアジア太平洋戦争と呼ばれるこの戦争についてなら、それが戦争を統括していた裕仁によって語られようと、帰還兵による実体験にもとづいたリアルな証言だろうと、ニュートラルな立場で書かれたように見える歴史の教科書だろうと、保守的な政治家による問題発言だろうと、リベラルな歴史学者によって書かれた研究書だろうと、SNSで発信される誤認と差別まみれの歴史認識だろうと、フィクションであることを公言する小説や映画だろうと、そのすべてがナラティヴでしかありえない。アジア太平洋戦争そのものには誰ひとりアクセスできないのであり、だからそれについて知るとは、ある特定の視点からある特定の価値観にもとづいてある特定の側面を切り取った、その一部を選択的に知ることにならざるをえない。われわれの知は偏っている――それは歴史的な出来事にかぎらず、どんな対象でもそうなのだ。そのようなパースペクティヴから、通常は異なるレイヤーに属すると考えられている「政治」や「歴史」や「文化」といったあらゆる形態の知を同一平面上で論じること――どんな知も特権化せず、また矮小化もしないこと――を可能にするのがナラティヴという着眼点であり、そのような着眼点での議論を可能にするのが人文学における文化研究という学問領域なのだと、わたしは考えている。

ナラティヴを「批判的に《クリティカル》」捉える、と書いた。ここでいうナラティヴへのクリティカルな態度とは、「これはナラティヴだから偏っていてダメですね」と判断できるようになることではない。われわれが目指すべきなのは、第一にあらゆる説明が偏ったナラティヴなのだと――どこにもニュートラルな立場など存在しないのだと――理解すること、そして第二に、ではその偏っているナラティヴがどのような効果をもたらすのか、そのようなナラティヴを介して世界について知るとき、ほかのナラティヴを介して知る場合と比較してどのような違いがあるのか、そういった反省的《クリティカル》な視点を得ることである。もちろん、このナラティヴはこういう理由でダメである――アジア太平洋戦争についての裕仁のナラティヴは歴史修正主義だからダメである――といった判断をくだすこともある。それも一種のクリティカルな態度であって、それはそれでやればよい。ただ、いまナラティヴへのクリティカルな態度という表現でとくにわたしが名指そうとしているのは、このナラティヴの次元とその作動や効果などのメカニズムについて自覚的《クリティカル》であるという状態であり、それらはともかくにも当然ナラティヴなのだという理解を前提としたうえで、そのナラティヴの次元について相対的《クリティカル》に検討できるような、そういう態度のことである。それはとりもなおさず、あらゆる知は政治的なのだと知ることにほかならない。

ナラティヴの被害学

ところで、なぜそんなにナラティヴが重要なのか。それは、ナラティヴによってもたらされる完結性のある説明には、きわめて強力な説得力が宿るためである。「アジア太平洋戦争において、日本は甚大な被害を被った。多くの若き命が戦場で散り、その国土は焼け野原となった。最終的にはアメリカの原爆投下によって決定的なダメージを与えられ、日本は降伏せざるをえなかった」――たとえばこのように「正しく」戦争を説明されたとき、われわれはそのナラティヴによって、日本は酷いめにあったんだなあとか、悲惨な戦争は二度とくりかえすべきでないとか、平和な時代に生まれてよかったなとか、アメリカの原爆使用は許せないとか、そういったリアクションを喚起されざるをえない。じっさい、このナラティヴは間違っていないし、列挙した諸リアクションにも、まったくおかしなところはない。ではなにが問題なのか。そこに本書のもうひとつのキーワード、「被害学」が絡んでくる。玉音放送のつづきを読んでみよう――

朕は帝国と共に終始東亜の解放に協力せる諸盟邦に対し遺憾の意を表せざるを得ず／帝国臣民にして戦陣に死し職域に殉じ非命に倒れたる者及び其の遺族に想いを致せば五内《ごない》為に裂く／且《か》つ戦傷を負い災禍を被り家業を失いたる者の厚生に至りては朕の深く軫念《しんねん》する所なり／思うに今後帝国の受くべき苦難はもとより尋常にあらず／汝臣民の衷情も朕よく是れを知る／然れども朕は時運の赴《おもむ》く所堪え難きを堪え忍び難きを忍びもって万世の為に太平を開かんと欲す

ここで裕仁は、たたみかけるようにして、日本が嘗めてきた（そして今後も嘗めることになるであろう）苦難を嘆いている。彼が用いているレトリックに着目しよう。戦死者やその遺族に思いを馳せると「五内為に裂」き「深く軫念」する、すなわち、内臓が引き裂かれる思いであり、ふかく心が痛むのだ、と述べている。また有名な「堪え難きを堪え忍び難きを忍び」の主語は「臣民」ではなく、あくまでも「朕」であり、なぜそんなに辛いことを天皇のような偉い人があえて耐え忍ぶのかといえば、「万世の為に太平を開かん」、すなわち世界平和のためだという。さらにここから冒頭の引用箇所に戻ってあらためて分析すれば、序盤は「朕」主体の文章だったのが、戦局の話題になるとフォーカスが臣民へと移行して、みなさんの頑張りにもかかわらず情勢は不利なままであると展開しており、そこからアメリカの日本にたいする残虐行為へと話がスライドしたのち、この負の連鎖を止め、臣民を守る主体として、ふたたび「朕」が登場している。そのような文脈を用意したうえで、いま読んだパッセージが現れるわけだ。

ここに、わたしが「ナラティヴの被害学」という言葉で名指そうとしているものが強力に現れている。彼の語り口は、あたかも彼ではない別の誰かのせいで戦争が勃発し多くの日本人が死んだかのようであるばかりでなく、そのことでもっとも傷ついているのはほかならぬ自分であり、その苦難をさらにみずからすすんで耐え忍ぶという自己犠牲の精神によって、日本を救い、そして（たとえばアメリカが所持する原子爆弾から）日本だけでなく世界をも守り、そのおかげで永遠の平和がもたらされるかのようである（のちにアメリカがこのナラティヴを追認することになる）。そして、くりかえせば、それが歴史を歪曲する責任回避の詭弁であるという批判が可能なのは大前提であって、われわれが着目したいのは、この詭弁としてのナラティヴが発揮する効果のほうだ。裕仁によるアジア太平洋戦争の敗戦についてのナラティヴは、それを聞く者に、裕仁は被害者であったという印象を強力に植えつける。それと同時に、この文章の受けとり手として想定されている帝国臣民には、天皇の期待に応えられなかったという罪悪感――いやもっと踏み込めば、加害者意識のようなものを生み出すことだろう。しかもその外部にはアメリカという最大の加害者が控えているわけで、日本国民は天皇に負い目を感じながらも全体としては被害者でいることが許される。もちろん、これは非常に単純かつ顕著な例なので、本書の読者の多くはそのままそのように感じることはないだろう。だがあなたがそのナラティヴを相対化できるかどうかと、そのナラティヴに右記のような効果が宿ることとは、べつの問題である。ナラティヴがもっと精妙なものになり、語られる対象がもっと複雑なものになると、この境界はとたんに自明なものではなくなる。

ナラティヴという用語は人文学の基本概念だが、被害学（victimology）はわたしが本書によって人文学の対話にあらたに導入しようとしている方法論である。たとえばフェミニズムがあらゆる現象からジェンダーという論点を摘出するように、ナラティヴの被害学は、あらゆるナラティヴから被害／加害という論点を摘出しようとするものである。これが、わたしが被害学を「枠組み《フレームワーク》」と呼んでいることの意味だ。たとえば「玉音放送」のようなナラティヴに被害学を適用すると、そのナラティヴが大東亜戦争という出来事を誰が被害者で誰が加害者なのかという二元論的な論点によって整理しているという側面そのものが浮かびあがる。つまり、ある事象を語るにあたっては、それを被害／加害という論点で語らないことも可能だし、またそのナラティヴから被害／加害という論点を抽出せずに分析することも可能である。にもかかわらず、そのナラティヴが被害性と加害性という二元論によって事象を整理し説明しているという事態にあえてフォーカスしようとするのが、被害学という枠組みだ。このことがつまり、それは方法であるということの意味である。そしてあるナラティヴが、誰が被害者で誰が加害者であったという理解を受け手に与えるか、さらにはその理解にもとづいて、人びとがどのように物事を考え、感じ、そして発言し行動するようになるか、誰に同情し、誰を嫌悪するようになるか、そういった諸効果についてクリティカルに検討すること——それを可能にするのが、ナラティヴの被害学という方法論である。その内容の真偽にかかわらず、ナラティヴには、被害者と加害者を、友と敵を、善と悪を、つくりだしてしまう力がある。だからそれをクリティカルに分析できるようになる必要があるのだ。

　ナラティヴの被害学という枠組みを用いると、たとえばどのような議論が可能になるか。本書の各章ではそのさまざまな適用例について見てゆくわけだが、ここではアジア太平洋戦争に関連した例をひとつだけ挙げておこう。学校教育に用いる歴史教科書に、「従軍慰安婦」とか「南京大虐殺」といった文言を盛り込むべきか否かについて根深い意見の対立がある。これらはいずれも戦中における日本の残虐行為の代名詞として機能しており、つまりは日本が過去にとても悪いことをしたという事実をきちんと書くべきだという意見と、そんな都合の悪いことをわざわざ書く必要はないという意見の対立である。この問題にナラティヴの被害学という枠組みでアプローチすると、従軍慰安婦とか南京大虐殺とか書くか書かないかは、どうでもよい問題となる。もちろん、書くか書かないか選べと言われたら、書くべきだとわたしは答える。だがもっと重要なことは、日本の歴史をはじめて学ぶ子どもたちが、その教科書の記述を読んで、まずなによりもアジア太平洋戦争において日本は加害国だったのだという点を確実に理解できるように戦争を語っているのかどうか、過去に日本はものすごく悪いことをしてしまったのだと間違いなく理解できるように戦争を語っているのかどうかである。もしその点が曖昧なままであるのなら――あるいはむしろ日本は被害国だったという印象をもたらしてしまうのなら――たとえその本文や脚注に従軍慰安婦とか強制連行とか南京大虐殺といった文言を盛り込んだとしても、いまわたしが論じている問題は解決しない。ナラティヴの被害学は、たとえばこのようなリベラルと保守の硬直化した表層的な議論にオルタナティヴを提出することに長けている。

加害性の再配分

ナラティヴの被害学は非常に応用性の高い枠組みだが、こうした汎用的な枠組みの運用にさいしては、その分析の先にある目的について意識的であること――クリティカルであること――が重要である。便利なツールでうまく分析できるからといって分析ばかりしていると、その分析が自己目的化してしまうのが人文学の常であるためだ。たとえば「玉音放送」のナラティヴは裕仁を被害者化する、そのように言えるのだとして、なぜそれを言わねばならないのか？　そうした問いにたいする答えについて立ち止まって考えておかないと、われわれは人文学を、適当な対象を見つけては分析して満足するだけの遊戯に貶めてしまいかねない。たとえば本稿でも「玉音放送」の「五内為に裂く」といったレトリックの批判を試みたが、人文学におけるテクスト分析とは、日常的な言語感覚からすると受け入れられがたいような読み込みと恣意的な解釈と抽象的な論理操作によって一種の曲解を可能にするツールであり、なぜそれを使ってそのように論じるのかについての自己批判的な省察が必須である。それと同時に、これもまた人文学のディスカッションにおいてよくある事態なのだが、そうした「だからなに？」という自問もまた理論上は無限につづけることが可能なのであり、ここで慎重になりすぎるとなにも言えなくなってしまう――というかそれは省察が自己目的化して、なにも言わないことに安住しているにすぎないのだ。研究者の仕事とは優秀な人間として存在していることではなく、主張することなのであって、われわれはどこかで自己批判を停止してなにかを言わなくてはならない。だから、分析の目的について、議論の着地点について、常日頃から考えておく必要があるのだ。

わたしは、人文学の究極目的は暴力の否定であるという信念で研究している。だから、このイントロダクションでも、以降の各論においても、わたしの着地点はいつも同じであるつもりだ。すなわち、暴力を行使したり、肯定したり、使嗾したり、隠蔽したり、黙認したり、忘却したり、正当化したり、再生産したり、恒常化したり、制度や社会構造に埋め込んで見えにくくしたり、あるいはそれは暴力以外の・暴力以下のなにかであると強弁したりする、あらゆる言説行為――ようするに、この世の暴力を増やしたり、減らさなかったりするような、そういったナラティヴを批判するという地点に着地できればゴールなのだと、わたしは考えている。暴力の否定が人文学の全領域を包摂する究極目的だと主張するつもりはないし、この答えが一部の者にとって赤面すべきナイーヴな宣言に映るということも、もちろん承知している（わたし自身がそのような考えをもっていた）。そのうえでいまいちど断言しよう、わたしにとって人文学の究極目的は暴力の否定である。そして、人文学にはそれが可能だと信じるがゆえに、わたしは人文学者として生きることを選択している。くりかえそう、研究者の仕事とは、賢いことを考える人間として存在していることではなく、主張を発信することである。そしてわたしは、なにかをうまく分析できそうなときではなく、みずからの考えがなんらかの意味で暴力の否定をうみだす重要な主張に結実しつつあると信じるときに、論文を書く。ナラティヴの被害学という枠組みは、その目的のために、つまり遊戯としての人文学から脱却するために、わたしが着想し実践してきた方法論だ。

ところで、「暴力はよくないと思います」という主張は、正しいだろうが、その主張じたいに学術的な価値はない。そんなことは、みんなわかっているからだ。研究者の仕事は主張することなのだと述べたが、これはアカデミックな仕事としては不十分な主張である。では、いかにして人文学が暴力の否定に奉仕するという事態がありうるのか。本書の各章はそのさまざまな例示になっているはずだが、ここでは単純な例からひとつのモデルを立ち上げておこう。たとえば目の前で誰かが誰かを殴る行為を目撃したとして、その暴力を肯定するひとは、まずいない。つまり、暴力は悪であるという考えは、いまや常識である。だからわれわれは、目の前の暴力行為に、あるいは戦争に、あるいは大量虐殺に、ただちに抗議する。そのとき、常識人たるわれわれは、被害者の味方であり、暴力の敵である。だが、いまや想像することも難しくなっているが、殴打のごときダイレクトな暴力行為が悪であるというコンセンサスが社会にひろく浸透したのはわりあい近年のことであって、それを暴力であると認識・認定しなかったり、あるいはそれは許容されるべき種類の暴力なのだと考えたりする思考回路は、日本でも最近まで残っていた（ちょっと古いマンガやテレビ番組などの過激な暴力表現や差別表現が問題視されたり検閲されたりすることをあなたも知っているだろう）。つまり、なにが暴力でなにが暴力でないかについての定義は、つねに揺れ動いている。それは殴打にかぎらず、戦争や虐殺のような最大規模の暴力ですらそうなのだ。そして、入植者が現地人を、資本家が労働者を、白人が黒人を、男が女を、健常者が障害者を、教師が生徒を「殴る」とき、その悪であるはずの暴力を肯定せしめる強力な装置、それこそが世界を認識する解釈枠であるところのナラティヴなのである。

　ここから人文学の思考回路が導き出すべきは、まちがっても「むかしは野蛮だったんだなあ」という結論ではない。いままさにわれわれもなんらかの暴力を許容しているということが将来あきらかになるに違いないということだ。歴史を学ぶ意義のひとつは、現在を相対化する視点を手に入れることにある。暴力は悪であるという認識が浸透し、われわれは被害者と非暴力の側に立つことを当然視するようになった。だがじっさいは暴力の定義は流動的なものであり、そのうえ、われわれは誰しも、思考したり、発言したり、行動したりするたびに、そのつど被害性をまとったり加害性をまとったりすることを避けられない。われわれはそのような暴力と非暴力のあいだの、被害と加害のあいだのスペクトラム上をたえまなく移動しているのであり、したがって、つねに非暴力の側に立つことは構造的に不可能である。この世界には具体的な加害行為とその被害があるだけで、本質的に加害者であったり被害者であったりする人間がどこかに存在しているわけではないのだ。つまり被害者／加害者という属性は、アイデンティティではない。さきにナラティヴは、被害者と加害者を、友と敵を、善と悪をつくりだしてしまうのだと、だからわれわれはそれをクリティカルに分析できる必要があるのだと、そう述べた。では、そのなにが問題なのか。問題であるとはつまり、なぜそれは暴力につながるのか。ナラティヴが暴力を生むのは、誤った説明で誤った対立を生むことによってである。じっさいは複雑でそのように整理すべきではない事象を被害と加害の二元論によって単純化しつつ、問題を善き「われわれ」と悪しき「やつら」の対立へと還元し、暴力と加害を他者の領域に追いやる、そのようなナラティヴの諸効果を暴くために、そしていかにわれわれが意図せずそのようなナラティヴに毒されて真の暴力の所在を見失っているのかを暴くために、被害学はある。

したがって、わたしにとって暴力批判の核は、われわれの外部にある暴力を指摘し批判することだけではなく、われわれ自身の加害性を批判的に受け入れてゆくことにある。これを、加害性の再配分の問題であると表現しよう。いまや誰もが加害者の敵となり、暴力の敵となり、被害者に連帯したいと考えている。むろんわたしもそうである。だがその結果として、われわれは加害性を付与されることと、加害者の立場に置かれることに、ほとんど脊髄反射的な拒否反応を抱くようになった。反暴力を自認する常識人たちは、みずからの加害性や特権性や強者性やマジョリティ性を指摘されることに強烈な嫌悪感を示し、じぶんが悪者あつかいされる筋合いはないのだと、いやむしろ恵まれぬ弱者でありマイノリティですらあるのだと反駁し、被害者として認定されるポジションを占拠しようと躍起になっている。だがわれわれは、くりかえすが、加害者になることを避けることは原理的に不可能である。そもそもなんらかの点において被害者や弱者やマイノリティであると認定されたところで、それによって自動的に加害性から免責されるわけではないのだ。その錯誤がまさしく、善き被害者たる

「われわれ」と悪しき加害者たる「やつら」という二元論のナラティヴに囚われた者の発想である。いまいちど、ナラティヴの被害学の目的を思い出そう――それは暴力を減らすことにあるのだった。そのことを目指すとき、われわれが矛先を向けなくてはならない暴力は、殴打や戦争や虐殺のような明白で大規模な暴力だけではない。全暴力である。そして暴力とは、一部の乱暴者だけがふるうものではない。常識人たるわれわれもまた、いとも簡単に加害性に連座してしまいうる。そのことについてクリティカルに、そしてラディカルに考えてゆくために、まずはわれわれ自身を暴力の、加害の側に、立たせる必要がある。

いま、暴力を「やつら」の手から奪還し、加害性を社会全体に再配分せねばならない――まさしく暴力を回避するために。本書に収めた九章は、そのことをさまざまな角度から論証してゆく試みである。

本書の使いかた

以下は本来「あとがき」に書くべき内容であるが、本書はいささか特殊な背景があって執筆されているため、このイントロダクションで述べておくことにしたい。この『ナラティヴの被害学』という本は、わたしが二〇一七年から二〇二三年までアメリカに留学し、現地で書いた期末レポートないしはメモのうち、論文として出版されたものを集めたもの＋αである。なぜレポートの集積がまとまった一冊の本になりえたのか。それは、もともと本書の大部分が博士論文になることを想定して書かれた文章だからである。アメリカの博士課程では、最初の二年間は授業に出席し（コースワークという）、つづいて三年目を博士号を取得する資格を得るための試験勉強に費やしたあと、さらに数年かけて博士論文を執筆するというタイムラインが一般的である。わたしはコースワーク期間に本書に収録された大部分を期末レポートとして執筆し、そのあとで博士論文のための試験勉強に三年目、ならびに四年目を割いた。この時期は被害学ではなく「部外者の応答可能性」というテーマが念頭にあったのだが、被害学という枠組みのほうがより包括的に暴力の問題を扱えると考えるようになり、徐々にフォーカスが移っていった。博士論文はおおむね四章か五章立てなので、わたしは分量的には博士論文にして二本分の論文を書いたあとで、あらためて本格的な勉強に取り組むことになったわけだ。その結果、わたしの研究観はおおきく変化し、結局のところ、まったく新たに博論のプロジェクトを立ち上げることにしたのである。というわけで本書は、博論になりそうでならなかった、わたしの院生時代の中期の論文群である。

本書は、もうひとつの特殊な事情のもとで書かれている。それは、二〇二四年に出版された拙著『まったく新しいアカデミック・ライティングの教科書』（光文社）の実践例集として読まれることも意図しているということだ。わたしはこの『教科書』で、狙っている学術誌にすでに掲載された査読論文を詳しく解析せよとか、多産な若手を見つけてその仕事を時系列順に追えとか、そういった勉強法についてのアドバイスをいくつか与えている。にもかかわらず、この『教科書』の執筆者であるわたしの論文群がほとんど英語でしか読めないという状況は、かならずしも英語で論文をスラスラ読めるとはかぎらない大部分の読者にとって不便だと考えた。それが、『教科書』の刊行から一年をまたずして本書『ナラティヴの被害学』の出版を準備した理由である。このような書きぶりからあきらかだと思うが、わたしは『ナラティヴの被害学』を研究書としてのみならず、教育書として捉えており、これが一種の「教科書」として読まれ、使われることを望んでいる。そのため本書は、全論文を執筆の時系列順に並べて、文章の中身を極力いじらず、どのようにわたしの執筆力が向上していったのかを追うことができるように意図してデザインされている（だから、イントロダクションなどで同じ話をしている章もあるが、そのまま残しておいた）。各章の扉に執筆・投稿・査読などについてのメタデータと、現時点からみた欠点などについて書いたのも、この教育的な配慮から出てきたアイディアだ。ただし、アブストラクトはそもそも存在しなかった論文もあるため、すべて本書の準備のタイミングであらたに書き下ろしている。

本書のもっともカジュアルな読みかたは、このイントロダクションを読んだうえで、それぞれに興味のある章に進むというものである。それでも、もちろんかまわない。ただ、本書は上述したような理念で設計されているので、とりわけ研究者を目指す大学院生や向上心のある研究者の方々には、全体を順に通読していただくことをおすすめしたい。『まったく新しいアカデミック・ライティングの教科書』と『ナラティヴの被害学』という二冊の「教科書」を併読しながら、それらをクリティカルに乗り越えることで、あなたなりの論文観を構築してほしい。それはすなわち、みずからの究極目的という根源的な問題を回避せず、それへの答えをあなたの名において引き受けることで、揺らぐことのない人文学をつかみとるプロセスにほかならない。

2

トマス・ピンチョン『重力の虹』における エコロジカル・ナショナリズム

Ecological Nationalism in
Thomas Pynchon's *Gravity's Rainbow*

これは留学１年目の期末レポート。日本英文学会から新人賞を受賞した論文だが、本書に収められた他の章と比較しても、未熟さが際立った論文である。「やつら」と「われわれ」、思想のラディカルさ、所属の流動化、そして再配分の問題、こうしたモチーフのレベルでは本書のベースになっている。が、もとの英語や論述が粗末であるのは仕方ないとして、これは「黒人コミュニティのレイシャル・ポリティクスよりも白人主人公の柔軟な政治のほうが偉い」と主張しており、かりにそのように読めるのだとしても、今ならそんなアーギュメントを論証する論文など構想することすらないだろう。そんなことを主張して、いったいなにがしたいのか。白人男性エリート作家の難解な小説を高級な理論で分析して足れりとする、日本人男性文学研究者のダメなところが詰まった、典型的な駄文である。おまえ、『まったく新しいアカデミック・ライティングの教科書』読んでから出直してこい。

Abstract

冷戦崩壊後、左翼の思想家たちは政治的にラディカルであるということの意味を再定義しはじめた。そこで大きな論点となったのは、従来の再配分の論理から、アイデンティティと承認のポリティクスへの移行である。この、あたかも世界から階級問題が消滅したかのような幻想を批判して、マルクス主義者たちはそれをポストモダニズムと呼んだ。こうした文脈のなかで、本論はもっとも有名なポストモダン小説のひとつであるトマス・ピンチョン『重力の虹』(1973)の政治的ラディカルさについて再考する。とりわけ2000年以降、本作は再配分よりも承認のポリティクスを優先するか、あるいは従来の左翼思想についてペシミスティックな態度を表明する作品であると論じられてきた。だが本作の大枠はつねに大文字で“They”と表記される〈やつら〉、すなわち第二次世界大戦における連合国と枢軸国の対立を超えた論理で作動するグローバル資本主義と、それを打倒すべく活動する2つの組織、シュヴァルツコマンドーとカウンターフォースについての物語であり、この図式を考慮せずして本作の政治性について論じることはできない。本論はこの2つの左翼的な組織について論じ、前者のアイデンティティ・ポリティクスを批判したうえで、後者は承認の政治には興味がないが、しかしグローバル資本主義の打倒には至らないと分析する。だが終盤で主人公タイロン・スロースロップがアホウドリとなって散逸するという魔術的な出来事を描くことで、ピンチョンは本作で、永続的な所属を要求するのではなく、自由に出たり入ったりできるアド・ホックな組織と運動こそがグローバル時代のラディカルな政治には必要なのだというビジョンを提示している——そう本論は主張し、そのポリティクスをエコロジカル・ナショナリズムと名付ける。

左翼の思想家たちは、政治的に「ラディカル」であるということの意味が冷戦終結の前後からシフトしてきたと論じている。エルネスト・ラクラウ＋シャンタル・ムフが一九八五年に出版した『ヘゲモニーと社会主義的戦略――ラディカル民主主義のポリティクスにむけて』は、政治というものが階級闘争からアイデンティティ・ポリティクスを中心とする新しい社会運動へシフトしつつある状況についての議論の口火を切った一冊だ。[1] われわれが現在も生きているこの新たなパラダイムにおいてラディカルであるとは、経済的な再配分よりも文化的な承認の政治を意味する。もうひとつの画期となった研究、ナンシー・フレイザー＋アクセル・ホネット『再配分か承認か？』（二〇〇三）のタイトルにもあるように、ここでの問題は再配分と承認のいずれかを選ばねばならないと思い込まされていることにある（彼らは両方とも必要だと論じているのだが）。[2] したがってフレドリック・ジェイムソンのようなマルクス主義者が「社会的な階級が消滅した結果として生じた空隙にあらたな小グループが台頭した」という幻想を批判し、このポスト社会的な状況を「ポストモダニズム」と呼んだのも道理である。[3] この問題を論じたスラヴォイ・ジジェクの「階級闘争かポストモダニズムか？　ええ、いただきます！」もやはり、「こんにちの批判的理論がわれわれに押し付けようとしている偽物の二者択一」を棄却するように勧告している。[4] 再配分と承認のいずれがより重要なのかという問いをいったん留保するにしても、文化的な承認を重視しすぎることで経済的な再配分という喫緊の問題が見えにくくなるという弊害があることはたしかであるだろう。

こうした見取り図を念頭に本論では、もっとも有名なポストモダン小説の一冊であるトマス・ピンチョン『重力の虹』（一九七三）を読む。[5] 二〇〇〇年以後のピンチョン批評、とりわけ『重力の虹』論においては、サミュエル・トマス『ピンチョンと政治的なもの』(二〇〇七)、デイヴィッド・ウィッツリング『みんなのアメリカ――トマス・ピンチョン、人種、ポストモダンの文化』(二〇〇八)、ジョアナ・フリーア『トマス・ピンチョンとアメリカのカウンターカルチャー』(二〇一四)、スー・J・キム「トマス・ピンチョン『重力の虹』における人種的ネオリベラリズムとホワイトネス」(二〇一五)など、近年の動向を「政治的転回」と総括できそうなほどに作家の政治性が(とくに人種との関連において)さかんに議論されている。[6] これらの議論は、程度の差こそあれ、『重力の虹』は上述した二者択一にとらわれており、再配分よりも承認の政治を優先しているか、すくなくともそのジレンマについての悲観的な立場を表明するにとどまっている、と論じる点において共通している――「ピンチョン作品にあっては、文化横断的な理解のためには政治の根幹を放棄することが必要なのだ」。[7] もしこうした評価が妥当なものであるならば、『重力の虹』はまさしくジェイムソン的な意味において典型的なポストモダン小説であるとみなすことができるだろう。だがそのまえに、この小説がシュヴァルツコマンドーとカウンターフォースという二つの「ラディカル」に思える政治的グループを描いていることをまず見なくてはならない。前者はその名のとおり――「シュヴァルツ」は黒を意味する――人種的なコミュニティであるのにたいして、後者はアイデンティティの政治に無関心であり、したがってそれが目指すところはすくなくとも文化的な承認ではない。さらに、両グループはいずれも、この小説内においてつねに大文字で〈やつら〉(They)と表記されるグローバル資本主義に抵抗するものと目されていることに鑑みれば、『重力の虹』は承認のために再配分の問題を消去する小説なのだという結論を下すのは拙速であるだろう。この作品のラディカリズムを評価するには、すくなくともこれら両組織の比較検討を要するように思われる。

とはいえ、敵であるところのグローバル資本主義を大文字のTで神格化することは、それを転覆すること、あるいはすくなくとも強烈な一撃を与えるための方法を提示することを、不可能ではないまでも困難にするだろう。ただし、この大文字化はむやみに状況をわかりにくくするものであるわけではない。ジェイムソンが述べているように、グローバル資本主義の論理はあまりに巨大かつ抽象的なので、それを名指すには「脱人間的」な行為主体の概念が要請される。[8] そしてひるがえって、この困難がやはり先述した階級闘争の消滅と文化政治による代替という幻想と不可分の問題であるわけだ。グローバル化の時代にあって、文化的な承認という日常的でそれゆえにリアリティのある問題が支配的であるという状況を念頭に置きつつ、いかにして政治的に有効なラディカルさについて語りうるか？　これこそが政治的ラディカリズムが一九八〇年代から直面してきた問題にほかならない。ピンチョンが描く二つの組織はいずれも問題をグローバル・スケールで捉えることを諦めるわけではないのだが、シュヴァルツコマンドーのアイデンティティ・ポリティクスは標的と目されるところの〈やつら〉に到達することはないし、カウンターフォースのアイデンティティによらないポリティクスもまた〈やつら〉を転覆するに足る組織力を発揮するわけではない――いずれも、マイケル・ハート＋アントニオ・ネグリが描いたマルチチュードを体現することはないのだ。かくして、ピンチョンは政治的なアクチュアリティについて悲観的なのだという意見が説得力をもつことになる。

本論は、主人公のタイロン・スロースロップをいわば再配分と承認のあいだに、シュヴァルツコマンドーとカウンターフォースのあいだに位置づけることで、上記のジレンマにアプローチする。より具体的には、小説の終盤においてスロースロップがアホウドリに変身して戦後ドイツの「戦場《ゾーン》じゅうに散り散りになる」[9]（七一二）という、研究者たちが扱いかねてきた魔術的な顛末についての再解釈を試みたい。彼は肉体的な統一性を失って散逸するが、これはゾーン内における人間、国家、組織、法人などが人々・事物を集積し、組織し、そして——小説内でくりかえされる語彙を用いれば——統合(synthesize)しようと躍起になっているさまと鋭い対比をなしている。とりわけ彼らが探しているのは、ナチス・ドイツが戦中に発射したものの不発となり、いまゾーン内に散在しているV2ロケットの破片である。主人公の奇怪な散逸に解釈を与えるために、わたしはスロースロップが徐々にばらばらになってゆくプロセスが、彼にエコロジカルな意識が芽生えてゆく過程と同期しているという事実に着目したいと思う——「木々だ、これは——ようやく、スロースロップは木々にたいする強烈な鋭敏さを獲得した」（五五二）。いくつかの研究があきらかにしてきたように、ピンチョンは『重力の虹』を「一九六〇年代のエコロジー言説の影響」のもとで書いている。[10]主人公のスロースロップは、オルフェウスになぞらえられながら、アホウドリの羽となって「自然」のなかへと散ってゆく。だがその帰結は、研究者たちが論じてきたように無政府主義なのではない。[11]本論は、この小説が唱導するのは人びとを組織する方法論のオルタナティヴであると主張するが、それを作品は「アド・ホックな冒険」と呼び、「あなたやわたしよりも長生きすることのない、死や時間の流れに身をまかせた、ごくありふれた運動」によって成立する「最良の国家《ネイション》」であると定義している（七〇六）。このような「自然」でエコロジカルな比喩に訴えることでピンチョンが想像しようとしているのは、アイデンティティにもとづいたポリティクスでもなければ、グローバル資本主義をただちに転覆するのだと宣言する組織でもなく、このグローバル化の時代において人びとをひろく集めるための実現可能なメカニズムについての理論である。この作品は、カウンターフォースが失敗するのはスローロップの散逸の意味を十分に理解しようとしないからであり、それこそがもっとも注視すべき現象だったのだと明言している。排他的なアイデンティティと承認の政治からも、グローバルな再配分というロマンティックな理想からも距離をとり、『重力の虹』は、一時的で、流動的で、持続可能な「ネイション」、誰もが自由に出たり入ったりすることを許されるような「国家《ネイション》」像を提示する。本論がエコロジカル・ナショナリズムと呼ぶのは、そのようなあたらしい「国家《ネイション》」のための統合原理である。

シュヴァルツコマンドーの人種的ナショナリズム

『重力の虹』は第二次世界大戦小説である。が、一九四五年五月八日の終戦が第二部の終わりで、この大長編の後半部分——じつに全体の六五%——は荒廃したドイツ国内、戦場を意味する「ゾーン」内を主人公のスロースロップがうろちょろする様子に割かれている。だがこの事実が意味するのは、『重力の虹』がポスト第二次世界大戦小説であるということでもない。それは、たとえばまだ日本に原子爆弾が投下されていないからであるというよりは、むしろ「まだなにかが進行していて、それを「戦争」と呼ぶのが躊躇われるならそう呼ばなくてもいいけれども、まぁ死亡率は一か二くらい下がったかもしれないが、［…］〈やつら〉の企ては進行中である」から、あるいは端的に、「ホンモノの〈戦争〉はつねにそこにある」からである（六二八、六四五）。いいかえれば、ピンチョンにとって連合国と枢軸国のあいだの衝突であるところの第二次世界大戦は、大文字で書かれるより大規模な〈戦争〉の症候にすぎないのだ。べつの箇所で「〈やつら〉の企て」は「ロケット・カルテル」（五六六）とパラフレーズされているが、これはIGファルベン、ジーメンス、ロイヤル・ダッチ・シェル、英国インペリアル・ケミカル・インダストリー、ジェネラル・エレクトリック、デュポンなどなどのグローバル・キャピタルであって、この「ロシアにすら」（五六六）蔓延っているネットワークの起源は第二次世界大戦の初頭にまで遡ることができる。▼12 かくしてこの一九七三年に出版された小説は、ほとんどポスト冷戦的な世界観を提出していることがわかるだろう。このグローバル化した世界においては、いまだ〈戦争〉は継続中であり、その敵はグローバル資本主義である。そんな世界で〈やつら〉に楯突こうという猛者が、シュヴァルツコマンドーとカウンターフォースだ。本節では前者について見てゆこう。

戦後のドイツでは誰もがV2ロケットの破片を探しており、そこにはアメリカ合衆国（ヘルメス計画）、イギリス（バックファイア作戦）、フランス、ソ連、そしてシュヴァルツコマンドーとスロースロップも含まれる。彼らの目的は（主人公をのぞいて）ナチス・ドイツのロケット関連のテクノロジーの獲得と独占で、きたるべき冷戦という新たな世界秩序において政治的・軍事的な優位を確保しようと競っているわけだ。あるキャラクターが述べているように、ここゾーンでは「人間も、国家も、企業も、利害のあるコミュニティがみんなファクトを追い求めてるんだ」（五一七）。本論の文脈においてとくに注目すべきは、「人間、国家、企業」といった異なるスケールの共同体が小説において同列の組織体として扱われているということである。あるいは、戦後ドイツのアナーキーな状況は組織体というものの定義をドラスティックに再編するような場として描かれている、といってもよい。興味深いことに、そこで『重力の虹』は組織体を人格化するのではなく、すべてをいわば「ネイション化」するということだ。連合国だけでなく、シュヴァルツコマンドーも「いまや彼ら自身のネイションを形成しつつある」(四五一)し、〈やつら〉の一員である人物は「われわれの化学カルテルはネイションの構造そのもののモデルとなる」(三四九)と述べ、あとで詳述するように、スロースロップという個人もまた「昨今のゾーンでは誰もがそうであるように、本式の国家を形成している」(一九一)。ある意味で『重力の虹』の後半は、個人、国家、企業といったコミュニティ概念が脱構築され、ネイションという単位のもとに再構築される実験的な空間を描いているのだといえる。この条件が小説中の全存在にネイションとしての資格を与え、〈やつら〉というもうひとつのネイションに挑戦できるポテンシャルを付与するわけだ——それが成功するかどうかは、またべつの話だが。

シュヴァルツコマンドーの目的は、連合国の占領軍のそれとは性質が異なる。彼らが目指すのはロケットの破片を集めてそれを復元してすぐに発射することであり、じっさい技術的に彼らはそれを遂行可能である。シュヴァルツコマンドーの構成員はもともと、第一次世界大戦中にドイツ帝国が虐殺(一九〇四－〇八)したヘレロ族の誘拐された生き残りである。作中の差別的なキャラクターいわく、そこから彼ら「ドイツのクロンボ」は二世代にわたって「ドイツ陸軍の兵站部に流れついて、あっという間にロケットの技術者になっちまった。いまじゃそこらじゅう、うろちょろしてるぜ。やべえよ」(二八七－八八)。シュヴァルツコマンドーの構成員たちはロケットのテクノロジーにかなり精通しているわけで、破片を集めている彼らが求めているのは情報《ファクト》ではなく物的な資源である。この小説はそのロケットの発射をついに描かないが、終盤付近でカウンターフォースの一員がその完成を仄めかしている。

だが、シュヴァルツコマンドーのリーダーであるエンツィアンが「もしこのゾーンにおけるシュヴァルツコマンドーの任務が真に明らかになっていたなら」（五二五）と考えていることからわかるように、彼らの「任務」がなんであるのかは小説をとおして不明瞭なままにとどまる。かりにロケットの発射に成功するのだとしても、われわれはその標的が誰なのかについてなにも知らされない。戦後の世界にあって、この黒人ドイツ兵たちの問題は敵が「もはや連合国ではなくなってしまったように思われる」（三二六）という点にある。敵の明確な輪郭をもたないシュヴァルツコマンドーは、たしかに文字どおり「うろちょろしてる」のかもしれない。であるならば、シュヴァルツコマンドー内にはジョゼフ・オンビンディ率いる「空《くう》の者たち」と呼ばれる一派が存在し、彼らがエンツィアンと対立していることは不思議ではない。オンビンディらが人種的自殺の実践によって達成可能だと説くところの「ファイナル・ゼロ」を唱導するのにたいして、▼13 エンツィアンらの掲げる「永遠の中心」というスローガンは、自殺のように病的ではないものの、部族の再統一という神話的な夢を指している（五一九）。したがってエンツィアンが目指さねばならないのはロケットの再構築だけでなく、組織の統制と団結力の強化である。とはいえ、彼らはいずれもゾーン内において追い求めるべき大義が欠落しているという感覚は共有しているのであって、「永遠の中心はファイナル・ゼロと大差ない」（三一九）。明確な目的を欠いた彼らは、「探究こそがルールである」（五二五）というトートロジカルな教義にすがるしかないのだ。

いまわれわれは、承認と再配分の問題に回帰している。大文字化された〈探究〉(五二五)こそが彼らのゴールであるようにも思えるが、じつのところ彼らが密かに願っているのはオンビンディが「部族の統一」(三二〇)と呼ぶものをまさしく〈探究〉を介して実現することにほかならない。このように読んでくると、破片から元のロケットを復元するという彼らの活動は、人種的連帯を再構築することのアレゴリーにほかならないことが見えてくる。ドイツに連れ去られてきてから「数世代にわたって、彼らはほとんど誰もその最終形態を見届けることのないアイデンティティを育てつづけてきた」(三一六)。自分たちの敵が連合国ではなくグローバル資本主義なのだということに気づかされたときにすら、エンツィアンの語彙はきわめてロマンティックなものにとどまっている――「〈やつら〉はずっと嘘をついていた。[…]われわれが彼らに負っていることになっている信頼、愛――愛とは〈やつら〉の言葉だ――の見返りに、〈やつら〉はなにを与えてくれたというのだろう? 風邪から、シラミから、いや孤独から守ってくれたことだって、あっただろうか?」(七二八)。作中においてシュヴァルツコマンドーにとっての再配分/承認の問題がもっとも鮮明にあらわれるのは、語り手(ここでは自由間接話法でオンビンディを代弁しているように思われる)が植民地の問題についてまさにマルクスを引き合いに出しながら説明している箇所である――「ちょ、ちょっと待て、そうだよなあれはカール・マルクス、かの狡猾なレイシストさんが歯をカチッと合わせて眉毛を吊り上げながら、それは安価な労働力と海外市場の問題にほかならないって思い込ませようとしてやがる……いやいや、ちがうね。植民地ってのは、もっともっとでけぇ問題だ」(三一七)。かくして、彼らの目的は経済格差の是正ではなく人種的アイデンティティの「最終形態」の実現である。むろん彼らの願望じたいは非難されるべきものではないのだが、彼らが（表面的には）標榜する目的が〈やつら〉の打倒であるのなら、シュヴァルツコマンドーのロケットがその敵に到達することはなさそうだ。「部族の統一」というナショナリスティックな理想は、結果的に〈やつら〉を捉えそこね、さらには矮小化してしまう。

つまるところ、シュヴァルツコマンドーのポリティクスは文化的なポリティクスである。その構成員が目指すのは再配分ではなく承認である。「階級闘争かポストモダニズムか？」という問いに、彼らは後者であると答えるだろう。さらに彼らの「国家」の統合原理は人種的アイデンティティにほかならず、その内部にも分裂が生じている。ゾーンにおける「国家」たるシュヴァルツコマンドーが目指すのは、人種的ナショナリズムなのだ。研究者たちも指摘してきたように、この組織は「自由を手にいれるための手段として死か、あるいは白人のおそるべきパワーを自分たちも手にいれること[14]」しか選択肢がないかのようにふるまい、結局のところ「圧政を敷くレジームの暴力を真似て[15]」しまっている。ドイツにおいて二世代を経て、ヘレロ人たちは「言語においても思想においてもヨーロッパ化されてしまった」（三二八）のだ。むろん彼らはヨーロッパの植民地主義の被害者であるわけだが、だからといってその政治的な無力さが覆るわけでもない。『重力の虹』の中心主題であるところのグローバル資本主義という時代にあって、シュヴァルツコマンドーのラディカリズムは、もはや時代遅れである。

カウンターフォースの局所的撹乱

カウンターフォースという組織の政治的手段は、スロースロップと切り離して考えることはできない。それは第一に、彼がある意味でこの組織の一角をなし、そもそもカウンターフォースを生み出したのが彼だとすらいえるという点においてであり、第二に、あとで見るように、カウンターフォースの政治思想の枠組みでは主人公が散逸することの意味を十全に理解できないのだということが書かれているためだ。注目すべきは、スロースロップが散逸してゆく過程と、カウンターフォースが組織化されてゆく過程が、小説内において同時に進行しているということである。しかも、この正反対の運動はそれぞれ、おそらくトマス・ピンチョンという作家のもっとも有名なキーワードである「パラノイア」のたぐいであると説明されている。パラノイアとは「繋がっている」という観念であるわけだから、カウンターフォースの構成員のひとりがレジスタンスの方法論として「創造的パラノイア」(六三八)を標榜しているのも不思議ではない。たほう、スロースロップは「いっさいが何にも接続されていない、多くのひとが長くは耐えられない状態、すなわちアンチ・パラノイア」(四三四)に惹かれている。スロースロップの統合が失われつつあるということが小説内においてはじめて言及されると、その現象をふざけたジャーゴンで分析する架空の学術論文がつづき、それについて語り手は「やれやれ、こういうカテゴリがなにを隠蔽しているのか理解できる知恵がカウンターフォースにあれば、〈奴〉を武装解除し、去勢し、破壊するのにもっと有利なポジションにつけたかもしれないのに。でも、わかんないんだもんね」(七一二)とコメントしている。とはいえむろん、散逸してしまうアメリカ人中尉がひとり(?)で〈やつら〉を打倒できるわけでもない。『重力の虹』が秘めたラディカリズムのポテンシャルを最大限に引き出すには、カウンターフォースとスロースロップというふたつのネイションを相補的なものとして読む必要がある。

カウンターフォースの出現は、小説も後半にさしかかったあたりで、カティエ・ボルヘジウスというもともと〈やつら〉の一味だったキャラクターによって予言される。ある男から「このへんじゃまだあんまり組織されていないけど、もうすぐだよ」と聞いて、カティエは「弁証法的に、遅かれ早かれ、なんらかの対抗勢力《カウンターフォース》が現れざるをえない……自分はポリティカルさが足りなかったのだ」と悟る（五三六）。カウンターフォースの弁証法的な生成というこのメカニズムは、ハート＋ネグリが唱えたマルチチュード概念を彷彿させるものである。二〇〇〇年に出た共著『〈帝国〉』において、このふたりの政治哲学者たちは、グローバル時代におけるプロレタリアートのあらたな団結の形式を論じるなかで、それを「帝国的な主権を敵とみなし、その権力を転覆するに足る手段を発見する」ような集団であるとした。[16] 以下で見るように、『〈帝国〉』と『重力の虹』は驚くほど似通った書物である。「マルチチュードの行為はいかにして政治的たりうるのか？ いかにしてマルチチュードは〈帝国〉の抑圧とたえざる領域的なセグメント化に対抗すべく、そのエネルギーを組織化・集中化しうるのか？[17]」といった『〈帝国〉』の核にある問いは、まさしくカウンターフォースが直面せねばならない課題でもあるのだ。

マルチチュードが第一に取り組まなくてはならない問題は、シュヴァルツコマンドーが直面していたのと同じ問題、すなわち、敵の輪郭を描きだすことである。ハート＋ネグリが書いているように、「こんにちにおける政治哲学の第一の問題は、抵抗と反逆がありうるかではなく、あるいはなぜそんなものが必要なのかですらなく、抵抗すべき敵の正体を見極めることである[18]」。グローバル化の時代にあって、搾取する側の存在は個人が把捉するにはあまりに巨大なのだ（ジェイムソンの「脱人間的」という形容を思い出そう）。そしてそのコインの裏側は、多くのひとが連帯し団結できるような大義を見出すことの困難である――「われわれが理解せねばならないのは、いかにマルチチュードをリアルな政治的パワーをもつ存在として組織化し再定義しうるかである」[19]。そして、「われわれがいま直面せねばならない問題は、いかにして階級闘争のあらたな形態がじっさいに生じうるのか、いかにして彼らが闘争のための一貫したプログラムを、つまり敵を粉砕しあらたな社会を構築するのに不可欠なパワーを形成できるのかである」[20]。だが結局のところ、マルチチュードという概念がリアルに「使える」のかどうかは曖昧なままにとどまる――彼らが『〈帝国〉』の末尾で提示するビジョンは、ほとんど希望的観測にすぎないように思われるのだ。「たしかに、再所有と自己組織化が閾値に達してリアルな事件が出来するような瞬間がなくてはならない。［…］われわれが待ちうけている唯一の出来事とは、強力な組織の構築であり、あるいはそれによる反乱である」としたうえで、彼らは「この事件のモデルとなるものを、われわれは提供できない。マルチチュードによるプラクティカルな実験によってのみ、モデルがあらわれ、いつどのように可能性が現実になるのかが決まりうるのである」と結論する[21]。

ハート＋ネグリによるマルチチュード概念におけるこの限界は、カウンターフォースにも当てはまる。彼らの活動は文化的なポリティクスではないし、それよりもマシではあるものの、「カウンターフォースの抵抗は［…］曖昧で不確かなもの」でしかない[22]。彼らの抵抗は局所的な撹乱にとどまるし、それは部分的に、〈やつら〉の狡猾な戦略の結果にほかならない。「〈帝国〉にできるのは、孤立させ、分断し、隔離することだけだ[23]」というハート＋ネグリの言葉を予期するかのように、『重力の虹』はグローバリゼーションについての鋭い診断をくだす――「〈戦争〉は、〈帝国〉は、われわれの生のあいだにそうした障壁をつぎつぎと打ち立てる。〈戦争〉はこうして分断し、さらに細分化する必要があるのだ――そのプロパガンダはつねに統一と同盟と団結を強調するくせに。〈戦争〉は仲間意識を欲しているようには思われない［…］それが欲するのは、ばらばらの機械である。単一性ではなく複雑性である」（一三〇-三一）。かくして、ある研究が指摘するように、「その分断志向は抵抗へと発展しうるポテンシャルを秘めた登場人物たちの連帯を挫き、その複雑さは彼らの理解を超越することで抵抗しても無駄だと思わせる[24]」。こうした条件下においては、レオ・ベルサーニが述べるように、カウンターフォースの戦略として可能なのは「簡単に忘れ去られるような局所的な擾乱だけで、それは最大の脅威であるパラノイアの構造を完全に無傷のまま放置することになる」、それゆえ、「われわれは『重力の虹』がもたらす、もっとも魅力的なオルタナティヴがなんであるのかに注意せねばならない[25]」。じっさい語り手は、小説の序盤で「パラノイドのための格言」のひとつとして次のように述べている――「おまえは〈マスター〉に触れることはできないが、その手下どもをくすぐることはできる」（二三七）。パラノイドもマルチチュードも、〈やつら〉を打倒するにたる連帯を組織することはできないらしい。

　これまでの議論で、カウンターフォースはシュヴァルツコマンドーと同じく政治的に無力なのだという印象を与えたかもしれない。カウンターフォースの抵抗は、小説にもあるように、「いい感じだがクリティカルではない」（七一三）。たしかに彼らはシュヴァルツコマンドーにとっての「部族の統一」にあたる組織化のモチベーション――〈やつら〉による分断への抵抗として弁証法的に発生するもの――に動かされているわけではないのだが、その政治的抵抗が局所的なものにとどまるのはたしかだ。じっさい、作中で描かれるもっとも明示的な騒擾の例は〈やつら〉の豪華なディナーをスカトロジーによって口撃する場面であって、これは〈やつら〉の一部を嘔吐させることに成功する。この「不快な計略」(七一五)はまさしくあの「手下どもをくすぐる」の一例であって、こうした局所的な撹乱が〈やつら〉に致命傷を与えることはないわけだ。かくして「あわれなカウンターフォース」(七一三)はわれわれをスロースロップの問題へと引き戻す。スカトロ攻撃が描かれるセクションにおいては、ふたつの対照的なエピソードが並置されている。われわれは順に、(一)カウンターフォースの会議、(二)スロースロップの散逸ならびにカウンターフォースの無理解、そして(三)「不快な計略」、を読む。つまり、カウンターフォースにたいする語り手の批判を読んだ直後で、カウンターフォースの政治活動の不十分さが描かれるわけだ。であるならば、そしてもういちど引用するなら「こういうカテゴリがなにを隠蔽しているのか理解できる知恵がカウンターフォースにあれば、〈奴〉を武装解除し、去勢し、破壊するのにもっと有利なポジションにつけたかもしれない」のだとすれば、カウンターフォースが見落とすものとは正確になんであるのかを見極める必要があるだろう。

ピンチョンのエコロジカル・ナショナリズム

「一閃の叫びが空を飛んでくる」(三)――この有名な『重力の虹』第一文に先立って、じつはヴェルナー・フォン・ブラウンからの引用が本書の真の第一文としてエピグラフに置かれている。「自然は死滅することを知らない。それはただ変容するのみ」（二）。『重力の虹』は「自然《ネイチャー》」の一語からはじまり、「自然」という語にあふれた小説である。じっさい、多くの研究者がこの小説の自然、環境、エコロジーについて論じてきた。[26] 一九五〇年代から七〇年代にかけてのエコロジー意識の高揚、とりわけレイチェル・カーソン『沈黙の春』（一九六二）ならびに国家環境政策法（一九七〇）を背景に書かれた『重力の虹』は、盛りあがる環境アクティヴィズムからの攻撃に多国籍資本がさらされたことの、もっとも透徹した表現である」[27]。資本主義VS自然、それがエコロジー言説の根幹をなす図式である。『重力の虹』についてのエコクリティシズムは全体として、「エコロジー領域においてはすべてが繋がっているのであり、この相互性についての理解が喫緊の課題であるということを示そうとする」ことがピンチョンの目的であるということを示そうとしてきた。[28] ロケット・カルテルの工業的で排他的な繋がりとくらべて、「文学におけるエコロジーは「排除されたものを追い求め、それに耳を傾ける」実践からなる」[29]。

こうした研究者のなかでも、トマス・ショーブとクリス・カフランはピンチョンのエコロジーにおける政治的ラディカルさを追求している点においてとくに注目に値する。まずショーブは、『重力の虹』においてもその後のピンチョン作品においても重要なのは、エコロジーとは革命の意志を内包する転覆的な科学であるという認識」であり、それが究極的に抵抗する相手は西洋的な「死の文化」であるとする。[30] それにたいしてカフランの議論の中心にあるのは、自我という概念である。エコロジーにかんする「イデオロギー的な価値観の全スペクトラム」がこの小説には描かれているとしたうえで、「スロースロップは自我・ファルス・ロゴス中心主義的な主体としての生をまっとうするよう運命づけられている」と結論する。[31] つまるところ、前者はピンチョンをポストコロニアルな作家として読み、後者は反ポスト構造主義的に読もうとしているといったところだろう。これらにたいして本論はピンチョンのラディカルなエコロジーについて、スロースロップが提出するのは「オルフェウス的な自然主義[32]」ではなく――それは結局のところ変革をもたらさないのだった――、われわれが人びとを組織化するための逆説的な方法論についての理論なのだと主張する。これこそが、わたしの考えでは、カウンターフォースが読み落とすものにほかならない。

はやくも第四セクションで、この小説は死というものこそあらゆる人間が屈するべき自然の摂理なのだと強調している。主人公の先祖のひとりであるコンスタント・スロースロップの墓標には、「死は自然への負債なり／我は清算せり、汝もかくすべし」（二六）とある。この自然なサイクルにたいして「もはや化学者たちは〈自然〉の意のままにならない存在」（二四九）であって、〈やつら〉の世界観において〈自然〉は〈テクノロジー〉に屈するべきものである――ただ、これじたいはもちろん陳腐なアイディアにすぎない。『重力の虹』が特異なのは、〈自然〉と〈テクノロジー〉の対立を繋がり（connectedness）という観点から捉えていることである。たとえば、エンツィアンがドイツでの主人であるヴァイスマンから最初に教え込まれるのは「あの〈ロケット〉は、女性的な暗闇から勝ち取られたシステム、愛すべきだが頭の弱い〈母なる自然〉のエントロピーに対抗すべきもの」（三二四）なのだということであり、[33] ここでロケットは本質的に散逸傾向にある〈自然〉のなかにあって、それに抗うネゲントロピックな複合体として想定されている。さらに重要なのは、デュポン社のウォレス・

ヒューム・カロザース――またの名を「偉大なる統合者」――によるナイロンの発明を皮切りに、〈テクノロジー〉の接続性は邪悪さを帯びてゆき、その帰結は、ピンチョンの世界観において、原子爆弾である。「クリティカル・マスは無視できないってことよ。コントロールの技術的な手段がある段階に達するというか、それぞれが繋がってる度合いがある段階に達すると、自由が手に入るチャンスはもう完全になくなっちまう」（五三九）。ここで「クリティカル・マス」とは核分裂連鎖反応を起こすために必要な最小質量という物理学用語であると同時に、より広義には、まさしく「無視できない」段階に物量・人数・関係性などが達することを指しており、ピンチョンにおいて「繋がりすぎ」であることは文字どおり致命的な性質である。かくして、自然／致死／散逸と、テクノロジー／不死／接続という三幅対の対立項をわれわれは得ることになる。

　この観点でみたとき、作中にあらわれるアウグスト・ケクレの夢はとりわけ注目に値する（これは実話にもとづいており、ピンチョンの完全な創作ではない）。ベンゼンの六角形の構造式の発明者たる彼は「偉大なる統合者」たちの系譜に位置づけられるべき存在なのだが、彼にそのインスピレーションを与えたというウロボロスの夢は、上述した三幅対の対立項にてらして両義的な意味をもっている――

> ケクレは〈偉大なる蛇〉がみずからの尾を咥えている夢を見る――〈世界〉を囲繞する、夢見る〈蛇〉。だがその夢は、なんとひどい、皮肉なかたちで利用されるようになったことか。「〈世界〉は閉塞し、循環し、反響し、永遠に回帰している」――この〈蛇〉の囁きは、その〈円環〉の侵害を至上命題とするシステムのなかへ送り込まれたのだった。テイクするだけでギブしな

> いこの〈システム〉、「生産性」と「利潤」が増加しつづけることを要求するこの〈システム〉は、〈世界〉のほかの領域から膨大なエネルギーを収奪することによって、そのごく一部を占めるにすぎない〈システム〉の利益を生みつづける。人間だけじゃない――〈世界〉のほとんどすべて、動物、植物、鉱物、ありとあらゆるものがそのプロセスで廃棄される。[…]われわれは限られた分子を、その限られた組み合わせだけを与えられている……〈自然〉に見出されたものだけを使って、そのことを疑わない自分が恥ずかしいくらいには思ったかもしれないが――だが〈蛇〉はこう囁いたはずだ、「それは変えられるのだ、所与の分子の残骸から抽出される新たな分子……。」さて、ほかにどんなこと囁いたかわかる者はおるか？（四一二－一三）

この夢を挿入したピンチョンの意図は明白で、ここにある「皮肉」とは、このすぐれてエコロジカルな夢がもつ意味の曲解であり盗用であるということだ。この一節において、大文字で書かれた〈世界〉とは〈自然〉と同義である（それは〈テクノロジー〉がその「膨大なエネルギー」を収奪するところの源だ）。〈蛇〉は〈自然〉の循環的な本性を象徴している――「自然は死滅することを知らない。それはただ変容するのみ」――にもかかわらず、〈やつら〉は人間だけでなく「動物、植物、鉱物」を犠牲にした永続性を打ち立てようとする。〈自然〉の永続性は万物の流転に依存したものなのだが、〈自然〉の一構成員にすぎない〈やつら〉は〈自然〉にのみ許された高次のメカニズムを僭称するのだ。そして もっとも注目すべきは、夢のなかで〈蛇〉が「限られた組み合わせ」はじつは「変えられる」のだと囁くことであり、この意味は十全に引き出されていない。かくしてわれわれは、エコロジカルな意味が秘められた魔術的なエピソードが誤って解釈されるというパターンにふたたび出くわしたことになる。この地点から、スロースロップの散逸に戻らねばならない。

先述したように、ゾーンにおいては、個人、国家、企業といったあらゆる存在がネイションとみなされるのだった。この事実を念頭に、主人公の肉体が散逸してゆくことが最初に言及されるセクションを読んでみたい。まずこのセクションには、エピグラフが置かれている――「最良の国家とは、あなたやわたしよりも長生きすることのない、死と時に身をまかせた、ごくありふれた運動、すなわちアド・ホックな冒険としての国家である」(七〇六)。このスローガンの出所はカウンターフォースの別名であり彼らのシンボルを冠した「キモブタ会議」の総会決議である。スロースロップの散逸とカウンターフォースの不注意が並置されていることの意味は、まさしくこの文脈において考えなくてはならない。語り手はスロースロップの神秘的な顛末をつぎのように記述している――「タイロンは[…]羽をむしられたアホウドリとなった。むしられた、なんてもんじゃねえ――身包み剥がされちまったんだ。ゾーン内のそこらじゅうに散らばってる。もうあいつを「見つける」ことなんてできないと思うぜ、「明示的に特定して留めておく」っていう従来の意味ではね。羽……重複的で再生可能な器官だな」(七一二)。いま、右のエピグラフにも、スロースロップについての記述にも、例の自然/致死/散逸とテクノロジー/不死/接続という作品の根幹をなす対立項の響きを聞くことは容易であるだろう。まず「最良の国家」が従うところの「死と時に身をまかせた運動」、そして主人公の「再生可能な器官」たる羽への変身、これらはいずれもエコロジー的なものであり、ケクレの夢の語彙を用いれば、「循環」的なものである。第二に、スロースロップの散逸とスローガンにある「その場かぎり《アド・ホック》」性はいずれも固定されることへの抵抗であり、これは〈蛇〉が「組み合わせは変えられる」と囁くことと共振している。ゾーン内の「国家」のうちみずからを解体することに成功するのは、ひとりスロースロップのみだ。ある意味で彼はばらばらに散ることで、人びとの精神にみずからの「羽」を植えつけるのであって、その可能性について語り手はカッコ内で短く述べている――「(スロースロップの断片はそれぞれが立派な人格へと成長したのだと信じる者もいる。だとすれば、こんにちのゾーン内における人口のうちどれが原初の散逸の分岐であるのかはもう誰にもわからないのだ)」(七四二)。これはあたかも、カウンターフォースの(潜在的な)メンバーたちにスロースロップの精神を受け継ぐよう期待しているかのようである。

くりかえしているように、カウンターフォースはスロースロップの散逸の意味を理解することにも、それを具現化することにも失敗する。では、もし彼らが十分に聡明だったなら、はたしてどのようなアクションを起こしえたのだろうか？ 彼らもスロースロップのように散逸すべきなのだろうか？ ピンチョンの複数の作品にまたがって登場する最重要人物の一人であり、また『重力の虹』においてはスロースロップの親友でもあるシーマン・〝ピッグ〟・ボーダインによれば、どうやらこの問いへの答えは、イエスであるらしい――

ボーダインはまっすぐにスロースロップを見ている(彼はスロースロップをなんらかの統合された生物としてまだ認識できている数少ない人間のひとり。ほかの者たちはとっくに諦めてしまった、スロースロップをひとつにすることを、観念としてさえ――「ちょっと離れすぎだよ」、それが彼らの言い分だった)。俺のこの力もいずれ足りなくなっちまうのかな、そうボーダインは考える。みんなみたいに、俺もやつを手放すのかな？　いやいや、けど誰かが持ちこたえねえとさ、全員ダメになっちゃいかんだろ――そりゃやりすぎだろ［…］。（七四〇‐四一）

ボーダインはここで、たとえ観念としてであってもスロースロップの存在は手放してはいけないのに、みんなそうしてしまったと嘆いている。すくなくとも「誰かは持ちこたえねえと」いけなかった、にもかかわらず、「みんな」、とりわけカウンターフォースの面々は、「ちょっと離れすぎ」などといって、スロースロップを認識しつづけることを怠った。むろん、個人（in-dividual）にとって散逸とはほぼ死を意味するわけで、それを「みんな」に要求するのは「やりすぎ」であるかもしれない。だがそれは他のネイション、たとえばカウンターフォースというネイションにすら、容易に起こりうる――多くの個人の集合であるそれは文字どおり分割可能（dividual）なのであり、つまり散逸することができるからだ。わたしの考えでは、これこそ『重力の虹』という小説があらかじめ個人と集団をネイションという単位で同一視するという特異な視点を用意した理由である。カウンターフォースはスロースロップの散逸という、偉大なる〈蛇〉の叡智に追随すべきだった、なのにそうしなかったのだ。

複数の個人が所属するコミュニティにとって散逸とは、そのラディカルなポリティクスを伝播させるための方途であるばかりでなく、より重要なこととして、それはネイションのメカニズムに変動性、利那性、自然な非永続性を導入することをも意味しうる。散逸したスロースロップの「死」とカウンターフォースの迂闊さのあいだで実現を待っているラディカリズムとは、あの「アド・ホックな冒険」、つまり再構築された、新しいネイション概念である。シュヴァルツコマンドーのアインディティティ主義からも、〈やつら〉が僭称する永続性からも距離をとり、その場かぎり性を中心原理とするピンチョンの「ナショナリズム」は、人びとを組織化するための来たるべきメカニズムを照らしだす。その本質は、みずからを「死と時に身をまかせた」循環性に身を晒すことで逆説的に持続性を担保するという点にある。スロースロップの散逸とカウンターフォースの失敗をつうじて『重力の虹』は、いまだ実現されざるナショナリズムを描きだすのだ。それをわれわれは、エコロジカル・ナショナリズムと名づけることにしよう。

グローバル時代のラディカリズム

ここまでの議論を念頭に、ふたたび「再配分か承認か?」というこんにちのポリティクスの問題に戻りたい。要約すると、まずシュヴァルツコマンドーは再配分よりも承認を優先するのだった。つぎに、カウンターフォースの政治もやはり不十分であった。この不十分さについて、ある研究者は、連帯の根拠に人種的アイデンティティを置くこと（racialism）に反対する立場は「人種差別の条件を温存しながら、法的・経済的な平等を形式上は説くという点においてネオリベラリズムとグローバリズムと親和性が高い」と批判している。[34] このように捉えると、カウンターフォースは経済的な不平等を是正するかのようにふるまいつつ、承認を否定するのだということになるだろう。つまりカウンターフォースは承認よりも再配分を優先するかのようにみえて失敗するのであって、ピンチョンはその点を批判しているのだ。というわけで、われわれはピンチョン自身が再配分か承認かという問いにどのように答えるのか、この小説からは知りえないということになる。

では、スロースロップはどうなのだろう？　あるいは彼が体現するところのエコロジカル・ナショナリズムは？　スロースロップの散逸が核にある「アド・ホックな冒険」というアイディアは、承認を拒否するものであるように思われる――それはもはや、みずからを規定する輪郭を破壊し、まさしくアイデンティティを放棄せよと勧告するのだから。散逸することで、スロースロップは文字どおり「配分」され、「承認」不可能な存在となる。これはたんなる言葉遊びではない。というのも、小説の冒頭から〈やつら〉の厳重な監視下にある主人公にとって、みずからが認知不可能な存在となることには政治的な意味があるからだ（「彼が人生のなかで自由だとかランダムだとか信じていた物事は、すべて〈制御〉下にあったということだ」［二〇九］[35]）。〈制御〉下にあるのはむろんスロースロップのみではない。〈帝国〉の権力はあらゆる存在を監視下に置いて騒擾を予防しているのであって、だからこそハート＋ネグリはマルチチュードの可能性を想像することに多大な労力を払ったのだった。ふたたび小説から引用すれば、「〈戦争〉は、〈帝国〉は、われわれの生のあいだに障壁をつぎつぎと打ち立てる。［…］〈戦争〉は仲間意識を欲しているようには思われない［…］それが欲するのは、ばらばらの機械である。単一性ではなく複雑性である」（二三〇‐三一）。こうした監視世界にあっては、認識不可能な存在になることは再配分とそのためのグループを組織するための条件となる。スロースロップが散逸するという魔術的な現象は、そのことの文学的な表現にほかならない。

最後に結論として、本論が『重力の虹』から抽出したエコロジカル・ナショナリズムという概念を再評価することで、〈帝国〉の時代におけるラディカリズムという議論になにがしかの貢献を試みたい。エコロジカル・ナショナリズムのアド・ホック性がもつ利点は、ハート＋ネグリが記述した「孤立、分断、隔離」[36]という〈帝国〉の戦略を予見したうえで包摂している点にある、そうわたしは主張したい。ピンチョンのエコロジカル・ナショナリズム、あるいはもはやエコロジカル・マルチチュードと呼んでもよいであろうそれは、その敵に抵抗したりそれを躱したりすることによってではなく、敵の戦略をみずからのメカニズムの一部として取り込んでしまうことで永続的な抵抗を実現するものである。〈帝国〉の戦略を予期して、それはみずからをあらかじめ断片化し、〈やつら〉を出し抜く。ピンチョンはカウンターフォースを批判するとき、まず「彼らにもうすこし知恵があったなら。いやじっさいそれくらいの知恵はあるのだが、それを認めないのだ。残念だけどそれが真実である」と書いたうえで、つづいて主語を「彼ら」から一人称複数にスライドさせて、次のように言っている――「われわれはなにが起こっているかわかっておらず、それを起こるがままにしているのだ」（七一一-一二）。かくしてこの小説は警告するだけでなく、われわれにスロースロップの散逸がもつ政治的な意味を理解せよと挑発しているのだ。さて、これで『重力の虹』の最後に置かれた有名なセンテンスが、われわれ読者を――もちろん一時的に――エコロジカル・ナショナリズムに参加するよう誘う一文なのだということが理解できるだろう。「ではみなさん、ご一緒に《ナウ・エヴリバディ》――」（七六〇）。

▶注

1 Ernesto Laclau and Chantal Mouffe, *Hegemony and Socialist Strategy: Towards a Radical Democratic Politics* (London: Verso, 2014).

2 Nancy Frazer and Axel Honneth, *Redistribution or Recognition? A Political-Philosophical Exchange* (London: Verso, 2003).

3 Fredric Jameson, *Postmodernism, or, the Cultural Logic of Late Capitalism* (London: Verso, 1991), 319.

4 Slavoj Žižek, "Class Struggle or Postmodernism? Yes Please!" Judith Butler, Ernest Laclau and Slavoj Žižek, *Contingency, Hegemony, Universality: Contemporary Dialogues on the Left* (London: Verso, 2000), 90.

5 ピンチョンが基本的に左翼作家であるとみなされていることについては、以下を参照。Catherine Flay, "After the Counterculture: American Capitalism, Power, and Opposition in Thomas Pynchon's *Mason & Dixon*," *Journal of American Studies* 51, no. 3 (2017): 779–804.

6 Samuel Thomas, *Pynchon and the Political* (New York: Routledge, 2007).

7 David Witzling, *Everybody's America: Thomas Pynchon, Race, and the Cultures of Postmodernism* (New York: Routledge, 2008), 148.

8 Jameson, *Postmodernism*, 408.

9 Thomas Pynchon, *Gravity's Rainbow* (New York: Penguin, 1995). 以下、本書からの引用は本文中でカッコに入れてページ数を示す。

10 Thomas Schaub, "The Environmental Pynchon: *Gravity's Rainbow* and the Ecological Context," *Pynchon Notes* 42–43 (1998): 59.

11 ピンチョンの無政府主義については以下を参照。Graham Benton, "Riding the Interface: An Anarchist Reading of *Gravity's Rainbow*," *Pynchon Notes* 42–43 (1998): 152–66.

12 このグローバル・キャピタルの歴史についての解説は以下を参照。Steven C. Weisenburger, *A Gravity's Rainbow Companion: Sources and Contexts for Pynchon's Novel*, 2nd ed. (Athens: University of Georgia Press, 2006).

13 ブラックパンサー党の革命的自殺という概念をオンビンディに埋め込むというピンチョンのアナクロニズムについては、以下を参照。Joanna Freer, *Thomas Pynchon and American Counterculture* (New York: Cambridge University Press, 2014).

14 Patrick McHugh, "Cultural Politics, Postmodernisms, and White Guys: Affect in *Gravity's Rainbow*," *College Literature* 28, no. 2 (2001): 14.

15 Freer, *Thomas Pynchon*, 185.

16 Michael Hardt and Antonio Negri, *Empire* (Cambridge, MA: Harvard University Press, 2000), 212.

17 Ibid., 399.

18 Ibid., 210–11.

19 Ibid., 399–400.

20 Ibid., 403–04.

21 Ibid., 411.

22 Sue J. Kim, "Racial Neoliberalism and Whiteness in Pynchon's *Gravity's Rainbow*," in *Postmodern Literature and Race*, ed. Len Platt and Sara Upstone (New York: Cambridge Univrersity Press, 2015), 275.

23 Hardt and Negri, *Empire*, 399.

24 Yoshihiro Nagano, "The Formation of the Rocket-Nation: Abstract Systems in *Gravity's Rainbow*," *Pynchon Notes* 52–53 (2003): 89.

25 Leo Bersani, "Pynchon, Paranoia, and Literature," *Representations* 25 (1989):103.

26 以下引用する研究者を除いては、次の三点を参照。Michael Vannoy Adams, "The Benzene Uroboros: Plastic and Catastrophe in *Gravity's Rainbow*," *Spring* 41 (1981): 149–61; Robert L. Mclaughlin, "IG Farben and the War Against Nature in *Gravity's Rainbow*," in *Germany and German Thought in American Literature and Cultural Criticism*, ed. Peter Freese (Michigan: University of Michigan Press, 1990): 318–36; Daniel R. White, "Literary Ecology and Postmodernity in Thomas Sanchez's *Mile Zero* and Thomas Pynchon's *Gravity's Rainbow*," *Postmodern Culture* 2, no. 1 (1991).

27 Schaub, "The Environmental Pynchon," 60–61.

28 Douglas Keesey, "Nature and the Supernatural: Pynchon's Ecological Ghost Stories," *Pynchon Notes* 18–19 (1986): 84.

29 Chris Coughran, "Plotting a 'Discourse of the Secluded': Pynchon's Literary Ecology," in *Reading America: New Perspectives on the American Novel*, ed. Elizabeth Boyle and Anne-Marie Evans (Newcastle upon Tyne: Cambridge Scholars Publishing, 2008), 207.

30 Schaub, "The Environmental Pynchon," 63.

31 Chris Coughran, "Green Scripts in *Gravity's Rainbow*: Pynchon, Pastoral Ideology and the Performance of Ecological Self," *Interdisciplinary Studies in Literature and Environment* 16, no. 2 (2009): 274.

32 Dwight Eddins, *The Gnostic Pynchon* (Bloomington: Indiana University Press, 1990), 5.

33 ピンチョンのジェンダーならびにセクシュアリティの問題については、以下を参照。Ali Chetwynd, Joanna Freer, and Georgios Maragos eds, *Thomas Pynchon, Sex, and Gender* (Athens, GA: University of Georgia Press, 2018).

34 Kim, "Racial Neoliberalism," 266.

35 ピンチョンの第一長編『V.』における生政治については、以下を参照。阿部幸大「Thomas Pynchon *V.* における怠惰とケア」『アメリカ文学研究』第55号、2019年、1–17頁、Christopher Breu, *Insistence of the Material: Literature in the Age of Biopolitics* (Minneapolis:

University of Minnesota Press, 2014), 61–91.

36 Hardt and Negri, *Empire*, 399.

3

ノラ・オッジャ・ケラー『慰安婦』における コリアン・アメリカン二世の応答可能性

A Korean American Daughter's Response-Ability in
Nora Okja Keller's *Comfort Woman*

これは留学1年目の期末レポート。第9章の『ねじまき鳥クロニクル』論につづいてアメリカのジャーナルに投稿した2本目の論文で、アジアン・アメリカン研究のトップジャーナルである *Journal of Asian American Studies* 誌に採用され、わたしの最初の海外での業績となった。いま読むと中盤あたりからいささかイライラさせられる箇所があるのだが、その理由はただ論証がヘタクソでつまらないためばかりではなく、アーギュメントが不明確であるせいで、個々の場面の解釈がなんのために書かれているのかわからなくなるためである。英語の元論文は冒頭にアブストラクトがついているので、興味があれば次頁の、現在のわたしが書いたアブストと比較してみてほしい。ただ、本論は「部外者の応答可能性」という留学初期に追求していたテーマを最初に言語化した個人的には重要な論文であり、すでに被害学や説得の困難ついての問題意識も芽生えていて、本書はここから始まったのだといえる。

Abstract

いわゆる従軍慰安婦問題は、1990 年代にようやくグローバル規模で問題化され、加害国たる日本と被害国たる韓国という二元論的な図式が世に知れ渡った。その背景にアメリカ発のフェミニズム言説による後押しがあったこともあり、アメリカは以後この日韓の対立において、良識ある第三者として振る舞ってきた。しかし、戦後処理の段階において日本の戦争犯罪をうやむやにし、慰安婦問題を犯罪化するどころか暴力として認定することさえしなかったのは、部分的には日本を裁く立場にあったアメリカの意向であり、のち半世紀にわたって元慰安婦たちに沈黙を強いてきた歴史的な素地は、日米共同でつくられたものである。本論はこのような歴史背景を念頭に、コリアン・アメリカン作家ノラ・オッジャ・ケラーによる小説『慰安婦』(1997) を読む。元慰安婦の母アキコと、朝鮮人の母とアメリカ人の父をもつ娘ベッカの関係を描く本作は、ベッカのコリアン・アメリカンというアイデンティティを、朝鮮人の被害性ではなく、アメリカ人の加害性に結びつけている。『慰安婦』はアメリカによるネオコロニアルな暴力を、母親にたいするベッカの態度のうちに描きこんでいる——そう本論は主張する。時代的にも地理的にも遠く離れた慰安婦問題という、自分とはまったく関係ないように思えた事象に、じつは生まれながらに加害者として関与してしまっていたという事実を突きつけられたとき、いかなる倫理的な応答がありうるのか。この問いを本論は責任 (responsibility) という英単語を分割した応答可能性 (response-ability) という造語を用いつつ考える。『慰安婦』はアメリカ人という主体的位置を回避するのではなく、その加害性を出発点としてコリアン・アメリカンによる応答可能性を構築する物語である。

いわゆる従軍慰安婦問題は、数多ある第二次世界大戦の負の遺産のなかでも、東アジアにとどまらずグローバル規模でもっとも重要かつセンシティヴな問題でありつづけている。「慰安婦」――この呼称は戦時下における軍隊の性奴隷をさす悪しき婉曲表現であり、じっさい女性たちは日本軍に雇われ、騙され、あるいは連れ去られたのであって、しかもこの事業は政府による組織的なサポートのもと運営されていたことが現在では判明している。[1] 慰安婦の存在は、それ以前にはまったく知られていなかったわけではないのだが、この「忘れられた」問題が脚光を浴び、はじめてグローバル規模で議論されるようになったのは、一九九一年に金学順《キムハクスン》らが声を上げたのがきっかけである。元慰安婦であると公然と名乗り出た彼女たちは、日本政府から公的な謝罪と賠償を求めた。が、このころ金自身もすでに七〇歳前後であり、ほかの多くの元慰安婦たちは、戦争が一九四五年に終わったのだから当然ではあるが、戦中・戦後にすでに亡くなっていた。したがって慰安婦問題においては、注目を集めると同時にその当事者たち――被害者も加害者も――が死に絶えつつあったわけである。つまりこの問題は、はじめから当事者だけではなく、その後代の人びととの問題として始まったのだ。慰安婦問題をどのように考え、どのように解決するかは、この問題の多かれ少なかれ「部外者」であるところのわれわれ全員の問題なのである。こうしたコンテクストを念頭に本論は、元慰安婦であるアキコと、その事実を母親の死後に知ることになるコリアン・アメリカン二世の娘ベッカという親子関係についての数奇な物語を描いた、ノラ・オッジャ・ケラーの一九九七年の小説『慰安婦』を読む。

このシンプルなタイトルをもつ小説を複雑にしているのは、アジア系アメリカ人というベッカのアイデンティティと、彼女が母親の過去を知るのがその死後であるという、ふたつの絡みあった事実である。これらの事情のせいでベッカは、母親の個別的な過去にも、慰安婦問題一般にも、応答することが困難になっている。一九六二年にアメリカで生まれるベッカは、慰安婦問題から時間的にも地理的にも疎外されている存在だ。物語の現在である一九九五年――すなわち第二次世界大戦終結の五〇周年――において母親の語られざる過去が明かされるとき、それはベッカから応答を要求すると同時に、ある意味では拒否するのである。すでに死んでしまった母親が巻き込まれたという歴史的事実を知ったところで、この第二世代の娘に、いまさらなにができるというのだろう? われわれが元慰安婦の娘を慰安婦問題の「部外者」だとあえて呼ぶ必要などないわけであるが、しかし、まさしく彼女の部外者性がこそが小説のテーマなのだ。みずからの部外者性という条件、それこそ主人公が取り組まねばならない問題なのである。こうした部外者性の問題にかんして、日本の戦争犯罪とその戦後責任についてもっとも精力的な言論活動を展開してきた左翼研究者のひとりである高橋哲哉は、英語のresponsibility（責任）という単語の語源的考察が有効だと述べている。戦後日本の不誠実な責任放棄を批判する文脈で、彼はこの語の定義、すなわち「義務や責務を果たすことができる能力」[2]に注意をむけ、responsibilityを文字どおり「応答可能性」という訳語で捉えることを提案する。[3] 慰安婦問題とその「部外者」たるベッカをはじめ、われわれ全員をふくむ後世の問題という本論の関心にそくして、わたしはこれをさらにresponse-abilityというresponsibilityをハイフンで分割した造語で考えてみたい。われわれに求められているのは法的な義務／責任ではなく、そうしなくてもよいにもかかわらずそうすべきだから応答（respond）するという倫理的な能力（ability）、すなわちresponse-abilityであるからだ。高橋の批判の矛先は日本であるわけだが、慰安婦問題における応答可能性というこの問題の射程は東アジアにとどまるものではない。だが、「われわれにも責任の一端があるのだ」とただ認めることと、その応答を具体的な倫理的実践として行動に移すこととのあいだには、おおきな乖離がある。慰安婦問題のような時間的にも空間的にも隔たった問題に、われわれは被害性の収奪や被害者との過度な同一化を避けながら、いったいどのように応答しうるのだろうか？　あるいはよりひろく、部外者の応答可能性の条件とは、いったいどのようなものでありうるだろうか？

こうした問いをケラーの小説を読みながら考えるにあたって重要なのが、ベッカの人種とナショナリティである。第二次世界大戦にまつわるアジアの諸問題の戦後の扱いを論じるさいには、アメリカ合衆国による政治的介入を考慮せねばならない。これは近年のアジアン・アメリカン研究においてさかんに議論されているトピックで、とりわけ（それじたいが西洋的な時代区分であるところの）「冷戦終結以後」においては、ますますアジアの問題のアメリカナイゼーションは避けて通れない問題となっている。アジア系アメリカ人の二世にとって応答可能性とは、倫理的であると同時に歴史的な問題でもあるのだ。とりわけ戦後の東アジアにたいしてアメリカの存在が決定的に重要な役割を果たすのは、第一に第二次世界大戦の終結直後であり、第二に一九九〇年代から現在にかけてである。戦後、日本とアメリカは共謀して帝国日本による諸犯罪をうやむやにし、その過程で慰安婦をふくむアジア太平洋の被害者たちは沈黙を余儀なくされた。そして近年、かつて慰安婦を沈黙させたはずのアメリカの司法制度を介して慰安婦問題についての正義を実現しようとする機運が高まっている。ケラーの小説はこの二重性に意識的で、アメリカによるネオコロニアルな暴力というものを、母親にたいするベッカの態度のうちに描きこんでいるのだ――そう本論は主張する。亡き母になんらかのかたちで応答する必要に迫られたとき、ベッカはアジア人であるよりもアメリカ人である自分を見出す。コリアン・アメリカン二世の娘が朝鮮人の母親に、いかに個人として、また家族として応答しうるのかということの問題は、一九九〇年代の国際問題のもとで捉えねばならない。というのもこの小説のストーリーの次元において、加害者は日本ではなく、ベッカのアメリカ人の父親ならびにベッカ自身によって代表されるアメリカであるからだ。本作における倫理的な応答可能性は、ベッカというアジア系アメリカ人がいかに物心ついた時点ですでにインストール済みのアメリカナイズされた認識の枠組みから逃れられるかどうかにかかっている。冷戦以後のアジアにおける第二次世界大戦の禍根を考えるにあたっては、アメリカのネオコロニアルな介入という歴史的文脈をふまえることが欠かせない。

この応答可能性とアメリカナイゼーションのあいだの緊張関係に留意しつつ、本論はベッカが母親にたいしていだく罪悪感に着目する。「お父さんを殺したのはわたしなんだよ」という母親の重大な「告白」を、「ママ、しーっ」(一)[4]と黙らせる会話から始まるこの小説は、冒頭から戦中のアジア人被害者と戦後のアメリカ人加害者との関係性をアレゴリカルに描いている。母の生前、ベッカは母の奇行——父親の言葉を借りれば「迷信的ナンセンス」(一一六)——の意味をまったく理解しようとしなかったばかりか、母親など死んでしまえばよいのにと願ってすらいた。その願いが「ついに叶った」(一二三)ときにベッカは母の過去を知ることになるのであり、そこでエキセントリックにしか思えなかった母の生き方を追想し、その意味をはじめて解釈しようと試みるものの、彼女は罪悪感に打ちひしがれてしまう。かくしてこの小説は、部外者の応答可能性の困難をまずは家族のレベルで問題化する。アメリカナイズされた認識のせいで、自分は応答する能力も権利も失うのだ——そのようにベッカには感じられるのである。ここで興味深いのは、ベッカの喪のプロセスを手助けするのが、リノおばさんと呼ばれる、じっさいにはベッカの親戚でもなければアジア系ですらない、真の部外者であるという事実だ。しかもリノは、母親にたいするベッカの無理解を批判することによって彼女を喪のプロセスに導くのであって、このエピソードは、人種も民族も国籍も異なる部外者を当事者の応答プロセスへと参与させることで、家族や国家の問題がトランスナショナルな枠組みへと開かれてゆくメカニズムを描きだしている。[5] さらに小説の終盤であきらかになるのは、ベッカの罪悪感は生前アキコが意図的に植えつけたものだったらしいという事実である。だがもちろんそれはベッカに自責を促すためではなく、逆説的なことに、その罪悪感が時間をかけて倫理的な応答可能性へと変性することを予期して彼女は周到に準備していたのだ。こうして達成される部外者ベッカの応答に倫理が宿るとわたしが考えるのは、それがアメリカ人に同化しネオコロニアルな暴力に加担してしまったベッカの歴史と主体的位置を無視するのではなく包摂したうえでの応答であるためだ。アキコのおかげで、ベッカの自責の念は倫理的な応答可能性へと——他者から要求され押し付けられたものではなく、部外者自身の内面からわきあがる応答可能性へと——昇華する。アジア人とアジア系アメリカ人の相互扶助、そしてコミットメントへの内的な動機、このふたつの要素を介して『慰安婦』という作品は、登場人物ばかりでなく、読者たるわれわれ全員を巻き込んだ部外者の応答可能性への道をひらくのである。

慰安婦問題と冷戦（以後）のアメリカ

一九九一年の十二月六日、日本政府から公的な謝罪と賠償を求めて三名の元朝鮮人（この時点では韓国人）女性が東京地方裁判所に提訴した。従軍経験のある者なら誰しも慰安婦の存在については知っていたにもかかわらず、この事実は戦後約半世紀ものあいだ問題化されることがなかった。その原因を、上野千鶴子は「売春パラダイム」という用語で説明している。これは、慰安婦とは売春婦であり、彼女たちはみずからの意志にもとづいてその職業を選択したのだと理解することで、日本政府の犯罪性を否定しようとする枠組みである。[6] これは日本の保守層が依拠してきたパラダイムであるばかりでなく、一九九〇年代までは慰安婦というものを捉えるにあたってグローバル規模で支配的な認識だった。それが徐々に変化してゆくきっかけとなったのは、とりわけ一九九三年の世界人権会議、ならびに一九九六年に国連人権委員会の決議にもとづいて提出されたクマラスワミ報告である。[7] この報告書が慰安婦問題を「軍事的性奴隷」と定義して戦中日本による女性への暴力を問題化したことに日本政府が抗議して以来、三〇年以上にわたって同問題は燻りつづけている。作者のケラー自身もインタビューでしばしば述べているように、[8] 彼女が慰安婦問題というものをはじめて知ったのは一九九三年のことであり、したがって一九九七年のこの小説は、当時の論争にたいするきわめて迅速な介入としてのリアクションだったといえる。

ところで、半世紀ものあいだ沈黙を余儀なくされてきたのだとしたら、一九九〇年代初期において彼女たちが声を上げ、そしてそのことが世界規模の注目を集めえたのはなぜなのか。一九八〇年代の韓国におけるフェミニズムの盛り上がり[9]、一九八二年の歴史教科書問題の国際化、一九八九年の昭和天皇の逝去など、さまざまな歴史的背景のなかで、グローバル規模においてもっとも重要な要因は、冷戦の終結であった。というよりもむしろ、冷戦構造こそが元慰安婦たちの声を封殺してきたのだといったほうがよいだろう。よく知られているように、帝国日本の戦争犯罪を裁くはずだった一九四六年の極東裁判はアメリカ一国の裁量に全面的に委ねられ、最高責任者であったはずの昭和天皇をはじめ数多くの戦争犯罪人たちが恣意的に罷免された[10]。「日本人にとっても、その反共主義の同盟国にとっても、戦中の敵対関係を清算し、人権問題などは無視して今後の問題に注力」するほうが好都合だったのである[11]。東アジアにおいては慰安婦問題にならぶ第二次世界大戦の負の遺産である南京虐殺がいかに歴史的に構築されてきた言説であるのかを追った吉田俊は、米ソ対立が深まるにつれて元同盟国は「米国占領下にある日本の政治・経済界のリーダーたちに迷惑をかけるおそれがあるため、日本の戦争犯罪の追求への興味を失っ」ていったと述べている[12]。かくして帝国日本の残虐行為は不問に付すという国際的な不文律が、アメリカのグローバルな覇権のもとで形成されていった。そして一九八〇年代なかばの「雪解け」前後から徐々にアジア、日本、そしてアメリカのパワーバランスが変化していったというわけだ。

慰安婦問題は一九九〇年代にはじめて注目されたわけだから、それは最初からアジアだけの問題ではないものとしてはじまったことになる。ここでフォーカスしたいのは、問題の国際性ゆえに日本の戦争犯罪の責任は国際的に共有されるべきだということではなく、慰安婦問題のような高度に国際化された現在進行形の問題を扱うには日韓二国間あるいは東アジアに限定された視座はもはや無効であるという点だ。こうした政治的情勢のなかで、一九六六年にソウルでうまれてハワイで育った作者ケラーは、朝鮮からも第二次世界大戦からも時間的・空間的に切り離されたコリアン・アメリカン女性として、慰安婦問題に取り組むことを決意したわけである。『慰安婦』は朝鮮人の母親とコリアン・アメリカンの娘との和解を描くことでコリアン・ナショナル・アイデンティティを確立する小説だと論じる研究者も複数いるが、[13] 本論は、この小説をトランスナショナルな議論の場に開くためにこそ、まずはベッカのアメリカ性という、彼女の応答可能性を挫くナショナルな次元に着目したい。ハワイという日本とアメリカのあわいから、彼女はアジア系アメリカ人というみずからのアイデンティティへの自己批判を介して、コリアン・ナショナリズムとアメリカ産のグローバルな言説の両方に切り込む。そうしてケラーが提示する認識は、第二世代のコリアン・アメリカンにとっては、アメリカナイズされた認識の枠組みが生まれながらにインストールされてしまっており、まったく意図していなくてもアジアの被害性を矮小化し恒常化するという暴力に連座しているのだという事実をまず受け入れないかぎり、倫理的な応答はありえないというものである。ベッカは、ほかならぬコリアン・アメリカン二世の女性として、彼女自身の応答可能性を発明せねばならないのだ。

そこでケラーは、ナショナルでありながらグローバルでもあるアメリカ的な認識の枠組みを、まずは再生産し、つづいてそれを破壊するという手順を踏む。米山リサによれば、「一九九〇年代以後に補償《リドレス》運動の場がアジア・太平洋諸島からアメリカの司法・裁判制度へと移行したのは、アメリカナイゼーションの事例として捉えられるべき」である。彼女が「トランスボーダー・リドレス・カルチャー」と呼ぶこれは、日本の戦争犯罪を問いに付すように見えて、じっさいはその放置を恒常化するような効果をもたらす。それはアメリカの司法・裁判の回路を介してアジアにおける第二次世界大戦の遺産を遡及的に眺めることで、「どのような行為を暴力だと認定することが可能で、誰による、どのような身体にたいする暴力ならば対処し補償しうるのかについてのパラメータ」をアメリカの判断で打ち立てる。[14] すなわちここで問題となるアメリカナイゼーションとは、被害性の歴史の政治的・司法的・文化的な盗用（appropriation）にほかならない。[15] ケラーの『慰安婦』を論じながら米山は、「この小説が示唆するのは、アジアにおける日本の帝国主義的暴力にかんする歴史的正義の問題は、アジアの同化をもくろむアメリカのイデオロギーが内包する矛盾を突くことなしには直視しえないということだ」と述べている。[16] 以下で見るように、家族関係についてのベッカの考えはアメリカナイズされた認識によって歪められているのだが、その結果として彼女は誰が被害者で誰が加害者なのかを見誤り、母親の苦しみを理解すること、そして応答することに失敗する。コリアン・アメリカンが抱えるこうした構造的困難を描くことで、ケラーはベッカにイノセントな被害者としての立場を与えず、まずはアメリカ人として母親にたいして加害者の立場に立たせ、そのうえで、みずからがアメリカナイズされたものの見かたを内面化し加害性に加担してしまっていたのだという過ちに気づかせる。このような自己批判のプロセスを介してこの小説は、部外者による倫理的な応答可能性はみずからの主体的位置を踏まえたうえでその位置からのみ実践可能なのだということを示すのだ。それはベッカの場合、母親の被害性の再強化に加担してしまうことと、それへの反省を通過して、慰安婦問題一般について彼女が果たしうる責任という問題に繋がっている。すでに内面化されてしまった認識の枠組みをいかに脱アメリカ化しうるのか、その点を本論は注視したい。

マミーの呪い――アメリカの文化、朝鮮の歴史

作者ケラーと同じくハワイに住むコリアン・アメリカン女性である主人公ベッカの認識は、まずなによりも彼女が消費するカルチャーによってアメリカナイズされている。彼女はつねにアメリカの文化的な産物、とりわけ映画やミュージカルとのアナロジーを介して、みずからの置かれた状況や家族について理解しようとするのだ。これはローラ・ヒュン・イ・カンが述べている、コリアン・アメリカンによるアメリカの文化・学問・政治についての読解力（ならびにそれを正当化するような考えかた）は「アメリカ的な語法および表象と知識の生産についての制度」によって制限・強制されているという状況の顕著な例である。[17] たとえば幼少期のベッカは、かつて母は朝鮮で有名な歌手であり、そこで未来の夫と出逢ったのだと（母に聞かされたとおり）信じており、いずれ自分も映画界のエージェントに「新時代のマリー・オズモンドが現れた！」（二七）と歌の才能を見出されるはずだと妄想する。五歳のときに父親を亡くしてその顔をあまり覚えていない彼女は、父親は「ロバート・レッドフォードのよう」な、『南太平洋』に出てくるジョゼフ・ケーブル中尉」のような、「アブラハム役のチャールトン・ヘストンみたいな」人物、つまり美しい白人男性俳優として父親を想像している（四六、一二七）。これはありがちな子供っぽい空想にも思えるが、その作中における意味合いは政治的なものである。母親の語るストーリーには信憑性がないといった趣旨のことを語った直後で、ベッカは以下のエピ

ソードを思い起こす――

じっさいわたしは母の語った話を先生やほかの生徒たちに教えるとき、自分の好きな映画で脚色していた。『ウエスト・サイド・ストーリー』なら、妊娠したまま取り残されるマリアがお母さんで、その子供はもちろんわたし。『リトル・プリンセス』とか『テンプルの福の神』なら、わたしは勇敢で可哀想な孤児で、でも最後にじつは生きてたお金持ちで優しいお父さんが助けてくれる。（三二）

このパッセージで注目に値するのは、こうした物語のプロットを借りた妄想によって、ベッカは家庭内の苦境、とりわけ貧しさと父親の死という問題に対処しようとしているということだ（彼女は「ほったて小屋」と通称されている貧困地区に住んでいるという理由で学校で虐められている）。さらに、小説の後半で彼女があきらかにするように、「わたしはよく指でつくったフレームで母を囲って、構図に収めようとしていた」、なぜなら「指で囲ったときの母がわたしにも対処できる存在になるのが好き」だからで、「瞬きすると消えてしまうくらいまで母を小さく、小さくしてゆくのだった」（一九八）。貧しさ、父の不在、母の奇行などのせいで幼いベッカは相当な精神的ストレスを被っていたはずで、彼女は彼女なりに現実を「対処」可能な対象にするための「フレーム」が必要だったのだ。彼女が言及するさまざまなアメリカの物語は、まずなによりも、家庭内の苦難を乗り越えるために参照されている。

『慰安婦』で描かれるアメリカナイゼーションの事例のうちもっとも顕著なのは、やはり暴力にかかわるものだ。ベッカの家族は全員がアメリカナイズされた枠組みに毒され、誰が被害者で誰が加害者であるのかを見誤る。まず母親の視点では、戦中の日本による残虐行為の主体は、彼女の夫に代表されるアメリカ人男性へと転移している（本小説はアキコが語る章とベッカが語る章がおおむね交互に現れ、前者において夫は生きている）。彼女の話しぶりは、もっとも唾棄すべき敵たる加害者は日本ではなくアメリカであるかのようだ。彼女は慰安所で十二歳から十四歳まで性奴隷として耐え忍んだのちに命からがら逃亡し、ミッション・ハウスと呼ばれるカトリック系の施設にて戦争が終わるまで保護される。一九四五年八月、彼女は朝鮮に残るか、それとも宣教師のリチャード——アキコはこの名前をほとんど口にせず、「夫」としか呼ばない——と結婚して渡米するかという選択を迫られ、後者を選ぶ。朝鮮にいるあいだもその後も、リチャードの言動はほとんどつねに日本兵の暴力と関連づけられている。彼は「日本兵がわたしにあてがった」アキコという日本名でしか彼女を呼ばないし（本名はスンヒョという）、彼らの最初の性交渉はアキコに「無数の男たちの身体の下敷きにされた慰安所の小部屋」を思い出させるレイプとして描かれ、彼が叩く説教壇の音は「新しく到着した部隊のまえでパレードをさせられながら引っ叩かれる女たちのお尻の音」のように聞こえる（九三、一〇六、七〇）。冷戦期のアメリカを生きるアキコにとって、戦時日本の暴力はそのままアメリカによって引き継がれているのだ。この加害性のトランスナショナルな転移という現象は、まさしく戦後における日本とアメリカの共謀関係というすでに見た問題の文学的な表現である。▼18

アキコとは対照的に、ベッカは父親の暴力性をもうすこし両義的に見ている。小説の冒頭、彼女は夜寝る前に父親が「朝鮮のオバケや悪魔から」自分を守るべく「慰安しに（comfort）きてくれるんだとよく想像していた」のだが、「セーターを着せると、わたしを後ろ手に縛って、お父さんはその眼を悪魔にではなく私に向けるのだった。眼から出る青い光はすごく眩しくて、毎晩わたしを焼き尽くした」(二二)と不可解なことを語る。父親が性的虐待をはたらいていたと断定できる証拠はテクスト内にはないのだが、[19] 彼がベッカにとって善悪の曖昧な存在だったことは間違いない。彼は天使であり、悪魔であり、ベッカを守り、壊す存在である。この両義的な揺れは、ベッカが両親の関係をどう認識しているかに左右されている。すでに触れたように、この小説はアキコがベッカの父親を「殺した」のだという告白から始まるのだが、つづけて母親が「あの男が死ぬように願ってたの。〔…〕「死ね、死ね」って毎日考えて、毎日祈って、死の矢を送ってきて、ついに願いが叶ったの」と説明すると、その直後に語り手のベッカは、その「死の矢」はまさしく彼女が母親にむけて送りつづけてきたものでもあったと読者に明かす(一二一―一二三)。じっさい、ベッカによる語りの大部分をとおして、母アキコは被害者ではなく加害者として描かれる。この母親は娘の視点から見たとき、娘を苦しめるだけでなく、父親を殺してしまった存在なのだから。アメリカ人たる父親が善なのか悪なのかは曖昧であるものの、ベッカは母親と結びついた「朝鮮のオバケや悪魔」を怖れており、そこから彼女を守りうるのは父親しかいない。この場合、ベッカの認識が歪んでしまったのは父親のいっけんすると良心的にも思えるふるまいのせいであり、これはベッカが母親の奇行の意味を想像することを妨げている枠組み《フレーム》と同じものである。彼女のおかれた状況は、アメリカナイゼーションが応答可能性を阻害するという戦後世界のアレゴリーにほかならない。

この被害者と加害者の逆転は、小説の後半でベッカが幼少期の記憶を思い出し、それを再解釈する場面で劇的に覆されることになる。そのエピソードは、被害性にかんする両親の関係がもっとも両義的に見える瞬間を捉えたものだ。母の遺品であるカセットテープに吹き込まれた証言を聞いてはじめて元慰安婦という歴史を知ったベッカがまず考えるのは、「慰安所に連れ込まれたんだとしたら、それから結婚して子供も産むなんてことがどうしてありえたのだろう？　こうしてあらたな文脈が与えられたときに浮上してきたのは、父親が病院に運ばれた夜についての、ほとんど忘れかけていた記憶だった」。その日、ベッカは『マミーの呪い』、すなわち「ミイラの呪い」だが音的には「母の呪い」とも取れるタイトルの映画を観たせいで、ミイラに追いかけられる悪夢を見る。夜中に目を覚まして「もうマミーに食い殺されるんだと観念すると、彼女は手を差し伸べ、わたしの頭を開いた窓の方に向けるのだった」（一九六、傍点引用者）――

目を開けると、まるで自分ではコントロールできない別の夢につかまったみたいな感じがして、家の庭の小径で踊っている母の姿が見え、そのまえで父が膝をついて、たのむから誰かに見られるまえに家の中に入ってくれと懇願している。
「神の御前に跪け、汝の傷を癒せるのは彼のみなればなり。」［…］
しかし母は笑いながら父に唾を吐きかけた。「二度と、二度とどんな男のためにだって寝るもんか。」［…］
父は立ち上がって胸の前で手を合わせた。「父よ、彼女をお赦しください。自分がなにを言っているのかわかっていないのです。」

「わたしはわかって言ってるんだ〔…〕百人の男のために寝ることを言ってるのさ〔…〕何度も、死んじまうまでね。身体のことを、買われて、売られる身体のことを言ってるのさ——」「その邪悪な口を閉じろ、その堕落した言葉を吐くな、さもなくば——」父は叫んだ。「焼かれて、斬られて、ゴミみたいに捨てられて川にいる野良犬にやられた身体について——」「さもなくば汝は打ち倒されるであろう！」父は母の肩を掴んで揺さぶった。「それはわたしだよ！　わたしがおまえを打ち倒す！　神もだ！」母はそう叫びながら父に立ち向かい、顔を引っ掻いた。

だが母を打ち倒したのは父であり、口を塞ごうとしながら湿った地面に母を押しつけた。「静かにしろ！〔…〕ベッカに聞こえたらどうする？　母親が娼婦だったと知ったら、あの子がどう感じるか。〔…〕シッ！　裁きを下すのは私ではない。しかし心得よ、「親の咎は子に報い、孫に報われん」。あの子をその恥辱から守るために黙りなさい」。（一九七 - 九八）

この瞬間まで抑圧されていたこの「原光景」の場面は精読に値する。まず第一に、五歳のベッカにとっては父親のほうが加害者だということは自明ではない。むしろ「マミー」の駄洒落が示唆しているように、もともと彼女は父親よりも母親のほうを恐れている（これは彼女にとって母親が打ち倒された夜ではなく、「父親が病院に運ばれた」夜として記憶されているのだった）。じっさいアキコの明確に攻撃的な言動に比べると父親は相対的に受動的に映るし、「ベッカに聞こえたらどうする」など、娘を気遣っているようにすらみえる。すくなくとも、ベッカのいう「あらたな文脈」が与えられるまでは、この「ほとんど忘れかけていた記憶」がフラッシュバックすることもなかった——というかそれは、この場面の意味を脱アメリカ化された枠組みでラディカルに再解釈することが可能になったからこそフラッシュバックしたのだといえる。このアメリカナイズされた家族空間においては、母親のエキセントリックさは暴力の発露であると解釈されてしまわざるをえない。ティナ・チェンが簡潔に述べているように、「ケラーが明らかにするのは、ベッカは文化的・歴史的なコンテクストをもっていないがために、自分の人生におけるアキコの役割と機能をただしく解釈することができないということである」[20]。「あらたな文脈」を手にしたベッカは、表面的には良心的にみえる冷戦アメリカの典型的なレトリック——保護という名の暴力——を批判的に捉えはじめる。アキコの過去について知ったベッカは、みずからの思考と知覚とを脱アメリカ化するプロセスに着手せねばならないのだ。それはとりもなおさず応答可能性を探求するプロセスであり、早晩、べつの困難が立ちはだかることになる。すなわち、罪悪感である。

コリアン・アメリカン二世の罪悪感

ベッカのセクションは後悔の念に満ちている。母親が急死したとき、ベッカとアキコはそれぞれ一人で暮らしていて、その一年前にアパートを借りたベッカは母の様子を見に通いつづけてきたのだが、あとから思い返しているように、「行けなかったのはたった一日だったのに、母はその日を狙って死んだ。わたしに罰を与えるために、わざとそうしたに違いない。あるいは、わたしを解放するために」（一二一）。ベッカは母の死が自分の怠慢のせいであると考え、罪悪感を抱いているわけだ。「まさにわたしを必要としてるっていうときに、わたしは母を救い損ねたのだった」（五二）。ベッカも父親もアキコを「黙らせる」というジェスチャーにおいて通底していたことを思い返せば、ベッカの後悔が聴覚的な語彙で語られることもまた注目に値する。「いまでも、なぜ母が死ぬのだということに気づかなかったのかわからない。何年も聞く耳を鍛えてきたというのに、どうして呼吸が止まったのが聞こえなかったのだろう」、あるいはもっとあとで、「母は〔…〕わたしが母の話を聞く準備ができたというまで待ってくれていた。わたしは質問しなかったが、もしかすると母はずっと話していたのであって、それをわたしが聞いていなかっただけなのかもしれない」（一二六、一九二）。こうした態度が被害者に沈黙を強いる戦後アメリカの暴力の再生産だったのだと、母が死んではじめてベッカは気づくことになるのだ。

しかし、上述した引用で「罰する」と「解放する」という二つの動詞が並べられていることからもわかるように、母の死にたいするベッカの反応はやはり両義的なものである。すでに確認したように、ベッカは家庭環境に苦しめられていたのであって、じっさいベッカは母親が原因で「普通」の生活を送れなかったということはたしかである。この小説をビルドゥングスロマンとして分析した研究者は、アキコは「ベッカに母親の役割を果たすように強いている」のだと論じている[▼21]。じっさいアキコの二度目の自殺未遂のとき、ベッカは「わたしたちの役割は入れ替わっているのだと悟った。十歳にしてすでに、わたしが母の命を守らねばならず、母は正体なく眠りこける役回りだった」と述懐している。アキコの晩年、ベッカは母のケアワーカーとして働いてもいたわけであり、まさに彼女はその介護という仕事から「解放」されるわけだ。べつの箇所で、アキコは大人になったベッカに「だれかあんたをケアしてくれる」ひとを見つけて結婚せよと勧めている。その忠告をふりかえって、「わたしが大人になってやっとケアとか言いだすなんて、なんて皮肉で都合がいい話なんだろうと思ったのを覚えている。でもそこで浮上してきた幼少期の記憶は沈めておいた」とベッカは語る。それから母への不満にまつわるエピソードをいくつか回想すると、彼女は「怒りに満ちた言葉を飲み込」んで、「なんで今になってわたしの心配をするの？」とか「わたしがママを求めていたときはどこにいたの？」といった質問を封殺する（一二五－一二七）。ベッカは母親の話を聞かないし、母親に話そうともしないわけで、つまるところ母親とうまくコミュニケーションを取れていなかったのだといえる。むろんそれは、彼女ひとりの責任ではない。

それでもなお、ベッカの正当な不満には問題がないわけではない、というか、ベッカは自身が語るセクション内にリノおばさんという彼女を厳しく批判するキャラクターをあえて導入することによって、みずからの過去を間接的に自己批判している。リノはまず自身が経営しているレストランでアキコを雇うのだが、のちにアキコが死者と交信する能力をもっていることを知ってからは、彼女を有名なシャーマンに仕立てあげ、この貧乏な家族に経済的基盤を与えるべくビジネスをやりくりしてきたプロモーターである。ベッカはかねてからリノが母の売り上げをピンハネしているのだと疑っていたのだが、それはアキコの遺体ごしに交わされる彼女たちの会話において誤りだったと判明する。さらにそこであきらかになるのは、ベッカのリノにたいする無理解は、母にたいする無理解と同根であるということだ。アキコのような千里眼の持ち主を欺くことなど不可能に決まっているだろうと説いて、リノはつぎのようにつづける——

「おめえは娘なんだろ、このひとの身体から出てきた人間だ。なのにおめえは母親についてクソも知らなんだ。違うか？［…］わたしが知ってることを教えとくぞ。おめえの母親はサバイバーなんだ。それだから他の人間が読めるんだ。それだからひとの願いとか恐れが見えるんだ。それだからこのひとはこの世界から出てって、地獄に行けるんだ、地獄に行って戻ってきて、道がわかってんだよ。［…］ここにいるのは誰だと思う？」リノは母の遺体を指しながらそう訊いた。

「ママ」。見もせず、考えもせず、そう言った。「わかんない」。

リノは首を横に振った。「よーっく考えるんだな。そんで、もっかい見てみんさいよ」。（二〇三－五）

リノの批判であきらかになるのは、ベッカが母親にたいして不注意だったということだけでなく、リノという、アジア系でも親戚でもないハワイ出身の他人が、コリアン・アメリカンである実の娘よりもアキコをずっとよく見て、よく聞き、ケアできていたという事実である。カセットテープによる母親からの告白を聞いた直後、ベッカはリノが母の過去について（アキコから直接聞いたのかどうかは不明なのだが）ずっと以前から知っていたのだと知る。ともあれベッカは、幼い彼女を養うべく力をあわせ、アキコのトラウマをケアしつつそれをビジネスへと昇華してきたふたりの年配女性の両方に偏見を抱いていたというわけだ。この「おば」からの叱責をふまえると、ローラ・ヒュン・イ・カンが提出した問い、すなわち「慰安婦の歴史を語ることについて、コリアン・アメリカンたちは特別な責任と権威をもっているのだろうか?」[22]にたいして、作者ケラーは否と答えているように思われる。

かくして、この脇役にも思えるキャラクターは、慰安婦問題の国際化という歴史的文脈において重要な位置を占めていることがわかる。朝鮮にゆかりのない人間に元慰安婦の娘であるコリアン・アメリカンを批判させることで、ケラーは慰安婦問題のアメリカナイゼーションのみならず、そのコリアン・ナショナリズム化、あるいは民族主義化にも抵抗し、問題を部外者へとひらいている。この物語内において母の死後にベッカを啓蒙しうるのはリノひとりなのであり、それはあたかも、アジア系移民の家族問題を脱アメリカ化するには国家的・人種的な他者をそこに導入することが必要条件であるかのようだ。被害者である朝鮮系移民のケアにおいてコリアン・アメリカンの娘よりも優れており、また娘にたいする批判によって母親にたいする応答を促すという行為をつうじて、リノは皮肉にも、ベッカとの対比において、部外者の応答可能性を真に実現するキャラクターになっている。国籍や人種・民族や血縁関係によることなく、この「おば」はベッカがみずからの応答可能性を構築してゆくための触媒となり、模範となり、回路となる。このハワイ系女性は、慰安婦問題への人種横断的で国籍横断的なコミットメントを体現するキャラクターなのだ。慰安婦問題は部外者の介入によってこそ解決に向かいうる――このラディカルな認識を、この小説はナラティヴの次元において打ち出している。

ここで気がつかなくてはならないことは、リノの警告はベッカを超えて読者にも向けられているということだ。ベッカのセクションとアキコのセクションを交互に読むことで、われわれはアキコの奇行が戦中のトラウマティックな過去に由来したものだとはじめから解釈できる地の利を与えられている。[23] それにたいしてベッカは母が遺すカセットテープを死後に聞くまでそのことを知らないのであって、この非対称性を無視してベッカを批判する権利をわれわれ読者はもたない、そうわたしは考える。じっさい、まずベッカ・セクションをすべて読み、それからアキコ・セクションを読んで事後的に歴史的背景を知るという順序でこの小説が書かれていたら――そう想像してみてほしい。[24] この小説をより十全に理解するためには、ベッカが語るナラティヴが、彼女が母親のことをずっと見誤ってきたのだというショッキングな事実を悟ったあとで構築されたものであるという時間的な構造に注意をむける必要がある。

コリアン・アメリカン二世の応答可能性

じつはアキコのセクションがどのように書かれたのかについて小説は明示的に言及しておらず、研究者たちもこの決定不可能な問題についてはあまり触れずにきた。だがその決定できないということそれじたいの解釈を試みよ――この小説はそう要求しているように思われる。この問題に触れているのは、米山リサとパティ・ダンカンである。まず米山は、ベッカとアキコの「主観的な世界が出会うことはない」としたうえで、「ベッカはカセットテープに遺された声やほかの遺品といった母の痕跡にしかアクセスすることができない。アキコが日本の従軍慰安婦の生き残りだということを読者は知っているわけだが、母を亡くしたベッカにその真偽をたしかめる術はない」と述べる。[25] これはつまり、われわれ読者は読むことのできるアキコ・セクションにベッカ本人はアクセスできないという解釈である。たほうダンカンは、新聞社の死亡広告欄ライターという現在のベッカの職業と、アキコの英語がベッカ・セクションにおいては「ブロークン」だがアキコ・セクションにおいては「完璧」であるという差異への注意を促したうえで、「ベッカは母の死にインスパイアされて母の生涯についてのナラティヴを創作する」のであり、「アキコの過去はベッカの記憶によって再構築されている」と結論する。[26] たしかにこの小説の構造は、アキコ・セクションをベッカによって書かれたフィクションとして捉えるよう促しているようにも思われる。だがわたしは、むしろこのセクションを誰がどのようにして書いたのかが不確定要素として残るという事実そのものが重要なのだと考える。米山（接点がない）からもダンカン（ベッカが書いている）からも距離をとり、われわれはふたつのセクションの関係について考えなくてはならない――とりわけベッカの応答可能性を論じるにあたっては。

声の決定不可能性という問題について考えるには、ドミニク・ラカプラが参考になる。トラウマ的な出来事やトラウマを負った被害者に部外者がアプローチするための可能性として、ラカプラは能動態と受動態の中間にあたる「中動態」という文法概念の有用性に触れ、その典型例のひとつとして、いわゆる自由間接話法を挙げている――「自由間接話法はハイブリッドで対話を内包する形式であり、そこでは声の所在が決定不可能になる。そこで語り手は、語りの対象となっている相手に、アイロニーとシンパシーが、遠さと近さが、さまざまな配合で入り混じった状態で接触することになる。［…］決定不可能であることによって、自由間接話法は抑圧された中動態が回帰するための言説的な臨界点へと接近する」[27]。さらにラカプラは、エンパシーは同一化（identification）と区別されるべきだと述べている。同一化は部外者とトラウマタイズされた被害者の主体的位置の混同をともなうのにたいして、エンパシーは「あとから生まれた者」が応答するための方法でありえ、それは「相対的に恵まれた者たち（［…］当事者とは異なる条件と主体的位置を生きる者たち）が提起し、そして誰もがそれを認知しコミットできるようにすべき倫理的・社会的・政治的な要請や責任と密接に結びついている」[28]。声の決定不可能性は、当事者の声を奪うための言い訳ではなく、トラウマタイズされ声を奪われた当事者と協働し、部外者が介入しないかぎりは聞かれることのなかった者たちに声を与えるための方法論でありうる。この点において、文学テクストは部外者の応答可能性を理論化するにあたっての枢要なメディアなのだ。

この観点から見ると、アキコ・セクション全体を自由間接話法で書かれた中動態の死亡広告のようなもの——それはベッカの独力で書かれたとはかぎらない——として捉えられるように思われる。アキコの過去についてのリソースはテクスト内のあちこちに散りばめられていて、ベッカが聞くカセットテープ以外にも、そのカセットが入っているアキコの箱には『コリア・タイムズ』紙に載った第二次世界大戦についての記事の切り抜きの束などが収められている（ちなみにこの箱はアキコも自身の母親から受け継いだものだ）。また、母をどのように弔ったものかベッカが途方に暮れている——「思えばごく普通の、要点だけの死亡広告を書くためのネタさえない」（二六）——とき、この仕事を、アキコの過去を別ルートで相続しているもうひとりの部外者、リノがひとまず引き受けている。アキコ、ベッカ、リノという女性たちの置かれた立場の違いを消去することなく、『慰安婦』という小説はアキコという元慰安婦の語られざる物語を「遠さと近さ」のあいだで、つまり中動態において呼び起こす。部外者による歴史の再構築が当事者性の盗用というリスクを不可避的にともなう行為であるのなら、中動態の採用は、むしろこの小説が応答可能性の倫理に自覚的であることを示唆しているように思われる。みずからが疎外されている問題への応答を求められたとき、部外者は応答する側とされる側の両方の主体的位置について考えなくてはならない。当事者の経験に応答せよという喫緊の必要と、その本質的な実現不可能性との緊張関係が、そこにはある。

それはそうとして、アキコは後続の者たちに再構築されるのをただ待っているような受動的なキャラクターでない。彼女は生前から、死後に再訪され再解釈されるべきみずからの種子を周到に撒いている。しかもそれは彼女自身が記憶され理解されるためばかりではなく、罪悪感を乗り越えて応答へと向かえるようベッカをエンパワーすべく配置されてすらいるのだ。母にまつわるベッカの記憶のうちもっとも強力なものは、おもに朝鮮の民話をもとにした物語である。[29] ベッカの記憶の片隅に沈んでいたそれらの物語もまた、母の死後に「あらたな文脈」のもとで再浮上してくるというわけだ。リノがアキコにプレゼントした翡翠のカエルを上述した箱のなかに幼少期のベッカが見つけると、母は娘に「ちいさいカエル」のおはなしを聞かせる。このカエルはあまのじゃくで、母親になにを言われてもその正反対のことをするのだが、ベッカは「わたしがそのカエルってこと？〔…〕ねえママ、違うでしょ？」と聞く。母ガエルは子供の性格を勘案して、自分が死んだら山の中ではなく川の近くに埋めてくれと頼む。だが母親が死ぬと子ガエルは悲しみのあまり、その言いつけにかぎって守ってしまう。「ママはどうしてほしいの？　なにしたらいい？〔…〕言われたとおりにするから。教えてね」

（一七〇）。そしてベッカはその夜、『オズの魔法使い』のシーンで脚色されたバージョンの「ちいさいカエル」の夢を見る。

このエピソードは重層的な意味をもっている。まず、すでにベッカの罪悪感については論じたので、これがベッカにとっては喪の失敗のアレゴリーだということはすぐにわかるだろう。ちいさなカエルはベッカで、母との約束を守ることに失敗するわけだ。だが第二のレベルにおいては、これは母亡き現在においてこの記憶について語り、まさにいま母をいかに弔えばよいのか途方にくれているベッカにヒントを与えるエピソードにもなっている。おはなしの最後、子ガエルは「遺体が川に流されてしまうのではないかと心配して」、毎日お墓の様子を見に行っては「天国にむかってゲコゲコ泣く」（一七〇）。そして、この物語の直後には、アキコがいわゆる葬式での「泣き女」をやっている声の録音をベッカに聞かせるというエピソードがつづいており、そこで母は「そのうちあんたがこれをやるんだよ」と言う。母の叫び声に圧倒されて、最初ベッカは嫌がるのだが、最終的に「ママのために泣くよ」と答える。「そうだよ。［…］毎年、命日になったらね、それがわたしへの贈り物になるんだから」（一七二）。この二つのエピソードを並べることで、この小説は、カエル／ベッカによる喪の失敗に思えるものを、むしろ記憶の方法として再解釈することを促している。カエルが雨の日になるたびに後悔して鳴いているのは、このあまのじゃくな子供なりの弔いの応答なのだ。じっさい、このエピソードを思い出したベッカは、かつての「解釈は正しかったのだろうかと考えはじめていた。もう母は死んでしまったわけで、どうやって母のことを記憶したらよいのだろう」（一七二）と考える。そして第三に、『オズ』で脚色されたのちに「あらたな文脈」のもとで再解釈されることで応答可能性が芽生えるという点において、これもまた脱アメリカ化のプロセスを辿っている。かくしてベッカは、母親を、母親の物語を、そして家族関係を再考し、再解釈せよという要請に徐々に応えてゆく。アキコ・セクションの語り手は、「たぶんいつか、ベッカが大きくなったら、自分の記憶を、そしてあの子に遺す箱を、ふるいにかけて、自分の母親について――そして自分自身について、知ることになるだろう」と予言している。アキコは幼いベッカにとって母の言動を理解することは困難であることを知悉しており、大人になってから再訪できるように道筋を用意しているのだ。ただし、この喪の作業は朝鮮由来の素材によって達成されるわけだが、それは一連の出来事の朝鮮化《コリアナイゼーション》を意味するわけではない。母の歴史と物語を内面化することで、ベッカは多面的で、相対化された、中動態的な歴史観を獲得するのだ（カエルはそもそもリノからのプレゼントだった）。かくしてアキコは想定どおりベッカに記憶され相続され、ベッカは、母の遅効的なサポートによって、母への応答可能性を見出す。

　脱アメリカ化のための再解釈と、それによる応答可能性への昇華という問題についてさらに考えるべく、最後にベッカが何度もみる同じ内容の夢に触れておきたい――「母が死んでから、子供の頃の夢ばかりみるようになった」。その夢は小説内で四度登場し、それぞれ少しずつ異なっている。最初のバージョンではベッカが川で泳いでいると、足を引っ張られて水中に引きずり込まれ、「溺れると思った瞬間に目が覚めて、やっと息ができる」（一一二）。三つ目のバージョンにおいて、この足を引っ張る人物がアキコであったと判明するという事態は、本論の読者にとっては驚くに値しないであろう。泳げない母は、「わたしが救えるとでも思ってるみたいにしがみついてくる」（一四一）。これもまた、ベッカの罪悪感のあらわれである――母が娘を罰しているのだ。だが、小説の最後のパラグラフにおいて、この夢はある意味で再解釈され、そして昇華される――

夢のなか、わたしは深い川を泳いでいて、向こう岸にたどり着こうとしている。対岸では母が赤いリボンのまわりで踊っている。何時間も、何週間も、何年も泳いで、疲れて泳げなくなったとき、足が引っ張られる。かろうじて足をばたばたさせてもがくが、振り向いて引っ張っているのが母だとわかって、諦めた。溺れるにまかせ、口を開けて、水が入ってくるのを覚悟する、が、入ってくるのは青く澄んだ空気だった。わたしが泳いでいるのは海ではなく空で、どんどん上昇していくと、光と空気の自由でくらくらしてきて、下を見ると青い光の川が地面に向かって流れており、そこではベッドに横になったわたしが、母が蒔いたちいさな種子を包むようにぎゅっと丸まって、もういちど生まれようとしている。(二一三)

この夢では、まずベッカが母親のいる岸にいつまでも到達できないことが描かれており、これは母の家に行けなかったために死なせてしまったと考えているベッカの罪悪感に由来するものであるだろう。つぎに、引っ張っているのが母親だとわかるとすぐに諦めてしまうのは、死なせてしまったことの贖罪を彼女が求めていることの現れである。かつてのアメリカナイズされた理解とはことなり、現在のベッカはみずからを加害者、母親を被害者として認識しており、みずからの「罪」を死によって贖おうというわけだ。だがもちろん、アキコはそんなことを要求しているのではない。彼女は水面下に自由が、両者にとっての自由が広がっていると知らせたいのであり、ふたりは助けあうことでそこに泳いで到達することができる。そしてもっとも重要なのは、泳いでいる者の足を引っ張るという、いっけん暴力的な母親の行為が、ここでは救済へと昇華しているという反転が、脱アメリカ化された枠組みによる再解釈の一例になっている点である。罪悪感を受け入れるということが、ベッカにとっては母に応答するための逆説的な条件なのだ。だからベッカの最後の体勢は、メランコリックな不安の表現とも、再生を待つ胎児の姿勢ともとることができる。個人レベルでも歴史レベルでも刷新された母親像をえて、ベッカはいま「もういちど生まれよう」としている――元慰安婦の娘としてコリアン・アメリカンに生まれ生きることの意味を、ようやく知ろうとしているのだ。

部外者の責任／応答可能性を再構築する

ゲイブリエル・シュワブは世代間トラウマについて、直接の被害者の「子供たちは、あらゆる手がかり――写真、物語、手紙などにくわえ、沈黙、悲哀、絶望、あるいはなぜか突如として変化する雰囲気など――を組み合わせて自分たちが生きたわけではない歴史をパッチワークするしかない」と述べている。▼30 どれだけ慎重かつ誠実であろうとも、部外者の応答可能性は、直接経験の欠如と資料の断片性のせいで、避けがたく誤解・誤記・誤用といったリスクをともなう。本論で分析した小説においては、主人公は物心ついた時点でアメリカナイズされているという点において――九〇年代のアメリカにおいて慰安婦問題をはじめて知った作者ケラーと同様――この危機に直面しているし、母の戦中・戦後の経験を再構築するというベッカのコミットメントは、やはり『慰安婦』という小説と同様、間接的なものにすぎないということを忘れてはならない。とはいえやはり、本論の冒頭でも述べたように、最後の直接経験者たちが死にゆくなかで、部外者による関与はますます不可避になってゆく。そこで部外者にとって重要なことは、倫理的なコミットメントの可能性と不可能性の緊張関係を解消するのではなく、維持することである——ベッカにとって、それは加害性に連座してしまったコリアン・アメリカン二世としての応答を目指すことを意味した。『慰安婦』という小説は、この部外者の応答可能性というものをアキコとベッカの相互作用として、かつ最終的にはベッカという部外者の自発的な行為として、捉えている。ベッカの応答可能性はアキコの采配によって生まれえたし、ベッカはそれを嫌々ながら引き受けるのではない。このすでに亡くなったアジアの被害者と戦後世代のアメリカ人とのあいだの協働は、部外者の応答可能性を倫理的なものとして構築するための条件を示している。

最後に、この小説で奇妙に欠落している日本についての問題に触れておきたい。慰安婦問題、あるいは広く戦争犯罪にたいする日本の責任（responsibility）と応答可能性（response-ability）はいずれも不十分なものにとどまり、それは深刻な国際問題として燻りつづけている。歴史修正主義者たちは日本の非を認める歴史認識を「自虐史観」と呼び——それを「自虐」と認識する保守の思考回路は興味深い——、とっくに決着がついた（と彼らが考える）過去の犯罪行為を消去し封殺し忘却することに余念がない。だがここで触れておきたいのは、保守の説得の困難ではない。日本が悪いことをしたのはそうなのだろうが、ずっと昔に起こった、自分とまったく繋がりのない出来事にたいする責任を問われるなんてまっぴらだ——そう考える若い世代を説得することの困難である。日本人に生まれたというだけで犯罪者だとか責任者だとかみなされるなんて不公平だ、そう彼らは言うだろう。わたしが思うには、ここで「だがこれはわれわれ全員の問題であり、全員が責任を負ってゆかねばならないのだ」というリベラルの「正しい」モラルは、むしろ反感を買って説得のためのコミュニケーションを阻害するほうにしか働かない。さらにいえば、たとえ積極的に関与したいという意思があるケースでさえ、ベッカの例で見たように、種々の困難に直面しうるわけである。こうした無関係に思える事象にたいする彼らの――あるいはわれわれ自身の――応答を呼び起こすためには、いかなるタイプの説得が必要なのだろうか。責任概念のアップデートは、いかにして可能になるのだろうか。

本論の冒頭で、わたしは法的な問題としての責任と、倫理的な問題としての応答可能性という分類を掲げた。現在の日本にとって第二次世界大戦の遺産は応答可能性の問題であるわけだが、その戦後世代による消極性の一端は、日本人というナショナリティを根拠としたトップダウンでの責任の押しつけにあるように思われる。『慰安婦』という小説は、「無責任」な者から応答可能性を引きだすプロセスを描いた作品だった。われわれはベッカの慰安婦問題にたいする直接の加害行為ではなく、彼女が意図せず加害性に連座してしまうという事態を確認したことを思い出そう。のちに彼女の罪悪感がコミットメントへの欲求を生むのだったが、それは上から押しつけられたわけでも、朝鮮系という彼女のアイデンティティにもとづいて要請されたわけでもなく、最終的には彼女自身の内側から湧き起こるものだった。わたしはここで、良心が問題を解決するはずだと主張したいのではない。みずからが無関係だと思ってきた問題に、じつは生まれながらにして間接的に関わってきたのだと知り驚くことが、その問題にコミットしようというモチベーションを発生させうるということだ。とにかく責任を負えと要求するのではなく、個々人の内側から芽生える、それぞれの応答可能性——その実現を促すには、おそらくその個々人の歴史を知り、そのうちに応答可能性へと発展しうる固有の種子を見出すような努力が必要になるだろう。ケラーの小説は、あらゆる部外者の内部に眠っているはずの応答可能性を呼び覚ます、責任概念の再構築についての物語なのだ。

▶注

1 資料の発見については、吉見義明『従軍慰安婦』(岩波新書、1995年) を参照。

2 *Oxford English Dictionary*, "responsibility." 高橋本人は文中で *OED* を引用していない。

3 高橋哲哉『戦後責任論』(講談社、2005年)、29–40頁。

4 Nora Okja Keller, *Comfort Woman* (New York: Penguin, 1997). 本書からの引用は文中で括弧内に入れて頁数を示す。

5 アジアン・アメリカン研究におけるアジアの諸問題の取り扱いは "cross-racial" で "cross-national" なものに開かれねばならないという議論については、以下を参照。Lisa Lowe, *Immigrant Acts: On Asian American Cultural Politics* (Durham, NC: Duke University Press, 1996).

6 上野千鶴子『ナショナリズムとジェンダー　新版』(岩波現代文庫、2012年)、113–19頁。

7 同上、120頁。

8 Mika Tanner, "Q&A with Nora Okja Keller," *News Watch* 5, no. 1 (1998): 56.

9 上野『ナショナリズムとジェンダー』、101–02頁。

10 See John W. Dower, *Embracing Defeat: Japan in the Wake of World War II* (New York: Norton, 1999), 443–521.

11 George Hicks, *The Comfort Women: Japan's Brutal Regime of Enforced Prostitution in the Second World War* (New York: Norton, 1994), 276.

12 Takashi Yoshida, *The Making of the "Rape of Nanking": History and Memory in Japan, China, and the United States* (Oxford: Oxford University Press, 2006), 77.

13 Paula Ruth Gilbert, "The Violated Body as Nation: Cultural, Familial, and Spiritual Identity in Nora Okja Keller's *Comfort Women*," *Journal of Human Rights* 11 (2012): 486–504; Samina Najmi, "Decolonizing the Bildungsroman: Narratives of War and Womanhood in Nora Okja Keller's *Comfort Woman*," in *Form and Transformation in Asian American Literature*, ed. Zhou Xiaojing and Samina Najmi (Seattle: University of Washington Press, 2005), 209–30.

14 Lisa Yoneyama, *Cold War Ruins: Transpacific Critique of American Justice and Japanese War Crimes* (Durham, NC: Duke University Press, 2016), 24, 8.

15 慰安婦問題の文化的盗用については、Silvia Schultermandl, "Writing Rape, Trauma, and Transnationality onto the Female Body: Matrilineal Em-body-ment in Nora Okja Keller's *Comfort Woman*," *Meridians* 7, no. 2 (2007): 72.

16 Yoneyama, *Cold War Ruins*, 166.

17 Laura Hyun Yi Kang, "Conjuring 'Comfort Women': Mediated Affiliations and Disciplined Subjects in Korean/American Transnationality," *Journal of Asian American Studies* 6, no. 1 (2003): 32.

18 たとえば以下を参照。Naoki Sakai, "Transpacific Complicity and Comparatist Strategy: Failure in Decolonization and the Rise of Japanese Nationalism," in *Globalizing American*

Studies, ed. Brian T. Edwards and Dilip Parameshwar Gaonkar (Chicago: University of Chicago Press, 2010), 240–65; Naoki Sakai and Hyon Joo Yoo, eds., *The Trans-Pacific Imagination: Rethinking Boundary, Culture and Society* (Singapore: World Scientific, 2012).

19 Schultermandl, "Writing Rape," 72.

20 Tina Chen, *Double Agency: Acts of Impersonation in Asian American Literature and Culture* (Stanford: Stanford University Press, 2005), 123.

21 Najmi, "Decolonizing the Bildungsroman," 220.

22 Kang, "Conjuring 'Comfort Women,'" 26.

23 Yoneyama, *Cold War Ruins*, 167; Gilbert, "Violated Body as Nation," 496.

24 ケラーは「まず母親のナラティヴを書いて、それをほぼ書き終えてはじめて娘のナラティヴでそれを現代に接続しなきゃいけないんだと気づいた」と証言している。Robert Burlingame, "Sweet Smile of Success," *Star Bulletin*, 1997, archives.starbulletin.com/97/04/01/features/story1.html.

25 Yoneyama, *Cold War Ruins*, 167.

26 Patti Duncan, *Tell This Silence: Asian American Women Writers and the Politics of Speech* (Iowa City: University of Iowa Press, 2004), 185, 189, 176.

27 Dominick LaCapra, *Writing History, Writing Trauma* (Baltimore: Johns Hopkins University Press, 2014), 196–97.

28 Ibid., 212.

29 朝鮮の民話については、以下を参照。Kun Jong Lee, "Princess Pari in Nora Okja Keller's *Comfort Woman*," *positions* 12, no. 2 (2014): 431–56.

30 Gabriele Schwab, *Haunting Legacies: Violent Histories and Transgenerational Trauma* (New York: Columbia University Press, 2010), 14.

4

トニ・モリスン『ビラヴド』における メランコリックな愛と醜い感情

Melancholic Love and Ugly Feelings in Toni Morrison's *Beloved*

これは留学2年目の期末レポートで、日本アメリカ文学会から新人賞を受賞した論文。業績が揃って余裕が出てきたころにリラックスして書いたものであり、作品本文からの引用の多さなど、日本の学会誌の好みに寄せて書くというサービス精神も見える。さらには前年度に別の学会で新人賞を獲った論文（第2章）をパロディして遊ぶという余裕っぷりだ。作品論のレベルでは『ビラヴド』という超有名作品におけるデンヴァーという脇役に着目するという内容だが、理論的な枠組みとしては、トラウマ理論に情動理論を接続して、直接の被害者ではなく、それゆえトラウマを負わない「弱い」部外者は「強い」当事者といかにして倫理的な関係を結びうるかと問うことで、トラウマ理論批判によって情動理論を倫理化するという、かなり壮大なプロジェクトになっている。ただし、この論文もやはりトピックとアイディアありきでアーギュメントがない。

Abstract

トニ・モリスン『ビラヴド』は、奴隷州から自由州に命からがら脱出したセサが、もとの所有者に発見され、ふたたび連れ戻されるくらいならと、実の娘ビラヴドを殺害してしまう物語である。ここで母セサは最強の加害者であり、殺された娘ビラヴドは最強の被害者であって、死後8年経ってビラヴドが「復活」すると、セサとビラヴドはメランコリックな愛によって結びついた病的な関係を構築する。その愛の背景には、ビラヴド個人にたいする贖罪だけでなく、奴隷制という暴力を忘れまいとする歴史的かつ倫理的な要請があるわけだが、この母娘関係のせいで、現在18歳のもうひとりの娘（妹）デンヴァーが家族から締め出されてしまうという問題に本論は着目する。本論は「醜い感情」という情動理論の概念を援用し、非トラウマ的な、弱い、「醜い」感情しか持ちえないデンヴァーのような「部外者」にとって、トラウマを背負い強烈な感情を抱く「当事者」たちの関係にいかなる倫理的な介入が可能なのかと問う。セサとビラヴドの関係は倫理的であると同時にデンヴァーをネグレクトするという暴力を孕むわけだが、ビラヴドのせいで衰弱してゆく唯一の母親を見殺しにするわけにはゆかないデンヴァーにとって、その倫理を帯びた当事者たちの結びつきを断ち切るような行為もまた、一種の暴力を伴わざるをえない。『ビラヴド』はこの倫理と暴力の緊張関係を描きながら、最終的にはデンヴァーにビラヴドを「成仏」させる。そのとき『ビラヴド』が描くのは、セサ／ビラヴドの強烈なトラウマをただ解消し忘却するのではなく、デンヴァーならびに黒人コミュニティの構成員に、ひとりでは抱えきれない歴史的なトラウマを再配分することで継承してゆくためのメカニズムである——そう本論は主張する。

『ビラヴド』と情動

「一二四は悪意に満ちていた。ある赤ん坊の恨みに満ちていた」（三）[1]――この一文で始まるトニ・モリスンのもっとも有名な作品『ビラヴド』（一九八七）は、強烈な感情が横溢する小説である。物語の現在である一八七三年、母親のセサと娘のデンヴァーの二人は、その一八年前にセサの手によって「喉を掻き切られた赤子の怒りで痙攣する家」（六）に暮らしている。この殺された赤子の怨念はあまりに強力で、一二四番地ではポルターガイストあるいは「死者の生ける活動」（三五）が日常茶飯事と化しているが、これが昂じて、ついにタイトルの「ビラヴド」という名を持つキャラクターが復活することになる。[2] ビラヴドという名前が文字どおり示すように彼女は、死んだ娘にたいする母セサの強烈な愛情と、ビラヴド自身の愛されたい（to be loved）という病的な欲望が受肉した存在であって、この母娘はいわばメランコリックな愛で固く結ばれることになる。この罪悪感に苛まれた母親にとって「赤ん坊の恨み」に苦しめられつづけることは、あわよくば子殺しというみずからの罪を贖うかもしれない罰のように見えている。したがって彼女はその苦しみを受忍するだけでなく、渇望することになる――「セサはあたかも許しをほんとうには求めていないようだった。むしろ許されないことを望んでいたのであって、それにビラヴドも加勢したのである」（二九七）。さらに、この「受肉した罪の記憶」[3]に固着するというセサの行為は、彼女の個人的な罪悪感の表現であるばかりでなく、この家族における悲劇を引き起こしたおおもとの社会的な背景である奴隷制という歴史を忘れまいとする意思の表明でもある。[4] かくして、彼女の病的な心的態度には倫理が宿ることになる――彼女のメランコ

リーは、全アフリカ系アメリカ人の歴史的な苦しみの記憶への忠誠なのだ。▼5
この病的でありながらも倫理的な愛と怒りは、しかし、べつの問題を引き起こす。すなわち、デンヴァーという生きているほうの娘（妹）を、この「家族」の精神生活から締め出し、さらにはコミュニティ全体からも疎外された状況に追い込んでしまうのだ。小説序盤の数章は、セサとビラヴドの猛烈な愛のまえでデンヴァーの感情がいかに見劣りせざるをえないか、そのコントラストをつぶさに描いている。母と姉の過去も、奴隷制時代の記憶もないデンヴァーは、ある意味で、この家族と人種の歴史の「部外者」だ。この点においてセサのメランコリーは倫理的であると同時に、暴力的でもあることになる。セサは一八歳の娘のケアよりも、死んだビラヴドへの拝跪を優先するのだから――「一二四に満ちる感情が強烈すぎるせいで、セサは何を失ってもまったく気づかないのかもしれない」（四七）。だとするならば、小説終盤においてセサとビラヴドのメランコリックな絆を断ち切ることで家族を泥沼から救うのがデンヴァーであるという事実は注目に値する。当事者に「正常」な喪を促し、それゆえ究極的には歴史の忘却を促すことになるこの部外者による介入は、やはり暴力をともなった行為である可能性があるだろう。セサの鬱とデンヴァーの喪は、倫理と暴力という点において緊張関係にあるわけだ。この小説が最終的にデンヴァーの側を支持するらしいことを考慮すれば、われわれはつぎのように問わなくてはならない――当事者のトラウマに、いかにして部外者は倫理的に介入しうるのか？　この問題が重要なのは、それがデンヴァーだけでなく、奴隷制の歴史と記憶からデンヴァーよりも遠い位置にいる読者たるわれわれにも向けられるはずの問いであるからだ。
デンヴァーという脇役の重要性を論じるために、わたしは、情動理論《アフェクト》の現在ではよく知られた「醜い感情（ugly feelings）」というタームを援用しつつ、強い感情の持ち主が、弱い、つまり「醜い」感情しか持ちえない者を、ときに暴力的に拒否し、無視し、軽蔑しうるという問題について考えてみたい。シアン・ナイの研究書『醜い感情』（二〇〇五）はこのタームを「マイナーで、概して見下されている感情」と説明し、それを「怒りや恐れなどの壮大な感情」あるいは「共感、メランコリー、羞恥といった、場合によっては高貴だったり、倫理的な陶酔感のある状態」などと対置する。とりわけ重要なこととして、この嫉妬や苛立ちなどの醜い感情は「倫理やカタルシスと無縁であり、それゆえいかなる軽微な人徳的満足感ももたらさないし、セラピー効果や浄化作用もない」[6]。ナイの議論を、「感情を理性よりも下位に置くというヒエラルキーを転覆[7]」しようとする知的ムーヴメント、いわゆる「情動的転回（affective turn）」にてらせば、『醜い感情』はそこからさらにすすんで、弱い感情を強い感情よりも下位に置く情動内のヒエラルキーを転覆するのだといえる。だがナイによる対比的な分類を『ビラヴド』の各キャラクターにあてはめて分類するだけではつまらない。わたしが試みたいのは、『ビラヴド』読解をつうじて、強い感情と醜い感情のあいだの相互作用を記述することだ。たしかにデンヴァーの醜い感情は鬱屈するばかりで、それじたいがカタルシスに結実することはない。だが、セサという当事者が抱く「壮大な感情」のカタルシスあるいは「セラピー効果や自浄作用」を引き起こす、引き起こすことができる「部外者」がデンヴァー以外に存在しないことも、またたしかなのだ。近年のアフリカン・アメリカン研究における「メランコリック・ターン[8]」――フロイトのメランコリー概念を非病理化しようとする言説的運動――に鑑みれば、非メランコリックで弱くて「醜い」デンヴァーが文字どおりメランコリーを「非病理化」あるいは治癒するキャラクターであるという事実は、いまいちど注目する必要があるように思われる（この「ターン」には最後でまた触れる）。

ショシャナ・フェルマン＋ドリ・ローブの『証言』（一九九二）以来、トラウマ理論は他者のトラウマへのアクセス不可能性をその理論的な核に据えてきた。[9] このトラウマという概念は、カントの物自体あるいは崇高、ジャック・ラカンの現実界、ポール・ド・マンの盲点など、いずれも倫理的に帯電した諸概念と近接した理論的位置を占めてきたが、[10] ここではこれらをドミニク・ラカプラがいうところの「否定的超越性（negative transcendence）」という概念で総括しておきたい。[11] 近年のモリスン批評からひとつ目立った例を挙げれば、たとえばシェルドン・ジョージの二〇一二年の論文「奴隷制の物自体に接近する――トニ・モリスン『ビラヴド』のラカニアン分析」はビラヴドを「姉自体」[12]と形容しており、トラウマという聖域にアクセスすることの倫理性についてモリスン研究者たちがさかんに論じていることがみてとれる。わたしが本論で提供したいと考えている理論的な貢献のひとつは、アフェクト理論をトラウマ理論に接続することによって、前者を倫理化することにある。本稿の根底にある問いを、さっきよりも具体的にいいかえよう――強烈なトラウマを背負った他者をまえにして、「醜い」主体はいかなる倫理的役割を果たすことが可能なのか？　この問いに答えるべく、わたしが再解釈を試みたいのは、地域の女性たちによって「除霊」されたビラヴドが「弾けて散り散りになる」（三二三）という魔術的なエンディングである。そこで重要なのは、黒人コミュニティが、これまでも頻繁に問われてきたようにどのようにセサを救済するのかではなく、なぜ救済するのかという問いである。本論の結論は、デンヴァーは強烈な他者のトラウマを醜い感情へと変換（translate）するにあたって触媒的な役割を果たすのだということ、そしてそうすることによってセサの回復を促すばかりではなく、コミュニティならびにデンヴァー自身が責任の一端を担うことを可能にするのだということだ。いいかえれば、デンヴァーはトラウマの倫理的な翻訳者である。この救済と相続としての翻訳は、当事者と部外者の境界に立つ者、すなわちデンヴァーのみに遂行可能な行為なのである。

トラウマの間世代的伝達

まずはデンヴァーが置かれている苦境がどのようなものか素描しておきたい。奴隷制の歴史にたいする彼女の距離はセサなどそれを直接に経験した世代と異なるものではあるが、とはいえむろん完全に無関係であるわけでもない。彼女は奴隷制にまつわる歴史と記憶を、トラウマを背負った母親から「継承」しているのだ。『ビラヴド』のおそらくはもっとも頻繁に引用されてきた一節は、この間世代的（transgenerational）な伝達のメカニズムの文学的な説明になっている。そこでセサは娘のデンヴァーに、世の中には忘れえないものがあるのだと教え、それを「リメモリー（rememory）」と名付ける。ここでのセサの発言は、ほとんど近年のトラウマ／PTSD研究者による理論的な解説のようだ。いわく、それは「わたしの頭の外に出てそこらに浮かんでる」ものであり、したがって誰でも「他の人がもってるリメモリーに出くわすことがある」（四三）。この造語をピタリと定義するのは難しいように思われるが、すくなくともこれらの引用が示しているのは、それが記憶や経験といった概念を拡張しているということである。リメモリーは当該事件を経験した個人だけでなく、パブリックな空間に開かれており、それゆえ「そこにいなかったおまえ」（四三）、すなわち部外者にも追体験のようなことが可能だというのだから。[13] それゆえデンヴァーが部外者なのだという読解はわたしの判断ではなく、奴隷制にかんするデンヴァーの部外者性をこの小説がテーマ化しているのである。リメモリーは他者へと伝達されうるのであり、セサがデンヴァーに「それはまた起こるし、おまえを待ち構えている」がゆえに「絶対にそこに行ってはいけない」（四四）と注意しているように、それはきわめて危険なものである。デンヴァーは、奴隷制の歴史からも、ほかの個別具体的な過去の出来事からも、保護されねばならないのだ。「あの娘には、どんな悪いことも起こっちゃいけない」（五〇）――そのようなことが実現可能であるとセサは迂闊にも想定してしまっている。

セサはリメモリーを警戒しそれについて沈黙するにもかかわらず、それはデンヴァーに受け渡されてしまう。むしろ、ゲイブリエル・シュワブが『憑きまとう遺産』で論じているように、トラウマ的な記憶はそれについての沈黙ゆえに継承されてしまうのだ。シュワブは記憶研究においてもっとも影響力ある概念「ポストメモリー」を理論的な支柱にしており、これを提唱したマリアン・ハーシュは『ビラヴド』をデンヴァーの視点から読むことで本概念の理論化を試みた――「［過去の出来事は］それを直接経験しなかった者たちによっていかに記憶されるのか？　それがこの小説におけるデンヴァーの物語である」[14]。これをふまえてシュワブは、トラウマ第二世代の子供たちは「あらゆる手がかり――写真、物語、手紙などにくわえ、沈黙、悲哀、絶望、あるいはなぜか突如として変化する雰囲気など――を組み合わせて自分たちが生きたわけではない歴史をパッチワークするしかない」（一四）と述べている。こうした非言語的なトラウマの間世代的伝達の回路のうち、『ビラヴド』の読者にとってもっとも興味深いもののひとつは、セサの無意識的な身体の動きであるだろう。上述したリメモリーについての一節の直後、セサはトラウマ研究において「変性意識状態（altered state of consciousness）」と呼ばれる状態に陥るが、[15] そこで語り手は、デンヴァーが母親の身体をテクストのように読解する術を身につけていることをあかす――

済んだな、とデンヴァーは思った――さしあたりではあるが。ゆったりとした一回のまばたき、ゆったりと上唇を覆う下唇、つづいて蝋燭の火を消すような、鼻からの溜め息――これがセサの、もうこの先には進めないという地点まで到達したサインだった。（四五）

ふたたびシュワブを引用すれば、「トラウマタイズされた身体は、それ自身の視覚的無意識をあらわにする。第二世代の子供たちは、まさしくこの無意識を吸収するのだ」。[16] デンヴァーは、トラウマを負った当事者たちとの関係において作中で「読者」の位置を占める存在である、と比喩的に形容することができるばかりではない。彼女は文字どおり、読解不可能な空白をもつ身体的テクストをなんとかして症候的に読み解こうとする読者なのだ。ここでとりわけ重要なのは、デンヴァーは「この先」があるとわかっていながら、そのことについてセサに聞いたりしてはならないと考えていることだ。トラウマ第二世代の子供たちは「否定的超越性」がそこにあるということだけでなく、それに触れてはならないのだということも敏感に察知する。リメモリーを徹底してタブー化するというセサの教育方針は、かくしてデンヴァーに強力な倫理を植えつけることになる。

母へのこうしたケアは、しかし、デンヴァーにとってストレスフルなものである。なぜならばデンヴァーは、その言及してはならない記憶こそ家族がコミュニティ内において孤立している原因にほかならないということを、おぼろげながらもただしく察知しているためである。たとえばデンヴァーが七歳のときの記憶ではネルソン・ロードという名の少年に「殺人」について尋ねられており、そのことが彼女の精神に苦難の種を蒔くことになる――

母と祖母が〔幽霊の〕存在に寛容なせいで、デンヴァーはそのことに無関心になってしまっていた。やがて幽霊のいたずらは彼女を苛立たせるようになり、彼女は消耗していった。〔…〕いまやそれはデンヴァーのあらゆる憤怒と愛情と恐怖を纏っており、手の施しようがなかった。ネルソン・ロードに聞かれたことを聞いてみる勇気を振り絞ったときですらデンヴァーは、セサの答えも、ベイビー・サッグズ〔祖母〕の言葉も、その後もいっさい聞くことはできなかった。

（一二一）

デンヴァーはその正体を知る必要があるのだが、彼女の超自我はそのような出過ぎた真似を許さない。その状況を耐え忍ぶばかりで、なぜ自分が「ふつう」の生活を送れないのか尋ねることは許されていないのだ――「それが何なのか、それが誰なのかはわからないいけど、そこには母にもう一度そのことをやらせてしまう何かが在るのかもしれない。それがどんなものでありうるのか知らないといけないいけど、知りたくはない」（二四二）。これがこの第二世代の娘が抱えるジレンマである。この危険な家に住むセサは「引っ越さない。置いていかない。このままでなんの問題もない」（一七）と断言するが、どうみてもこの状況はデンヴァーにとって大問題である。

これまでの議論は、もしかすると奴隷制の明確な被害者であるところのセサにたいして不公平なものに思えるかもしれない(わたしにはセサを批判する意図がないわけではないが)。もしトラウマというものが当事者にとって本質的に「意識化することができない」[17]ものであるのなら、セサがリメモリーと呼ぶものは、思い出したくないが忘れがたい傷であるというよりは、むしろ彼女はそれを思い出したり記憶したりすることができないのであり、したがって彼女はそれをデンヴァーに伝える術をもたないのだ。この意味において、つまりトラウマの正確な定義にしたがえば、セサ自身こそが子殺しという過去の「部外者」なのだ。リメモリーという概念が孕む矛盾にも似た、トラウマに内在するこのパラドキシカルな構造は、彼女の情動に機能不全を引き起こす。セサの感情は死んだ娘を生き返らせるほどに強烈ではある――「わたしの愛がタフだったから彼女は戻ってきた」(二三六)――ものの、同時に彼女はなにも感じることができないという問題を抱えてもいる。子殺し以来、セサは一八年のあいだ――これはデンヴァーの生涯と一致する――一種の不感症状態にあり、深い傷跡のせいで「それが感じて然るべき痛み」(二一)を感じることができない彼女の背中がそれを象徴している。精神科医のジュディス・ハーマンが「トラウマを負った者はもとの出来事についての鮮明な記憶がないまま強烈な感情を経験する場合も、あるいはまったくの無感情であらゆる細部を思い出す場合もある」と述べているように[18]、トラウマは感情の過剰と欠如という対極的な状態をつくりだす。トラウマタイズされた者は、この矛盾した精神状態にこそ苦しめられるのだ。

だがそうした被害者であるところのセサにたいして、この『ビラヴド』というテクストは批判的な立場をとる。「何を失ってもまったく気づかない」（四七）というすでに引用したフレーズに、いまやデンヴァーの犠牲が無視されているという含意を聞き取らないことは難しいだろう。「あの娘には、どんな悪いことも起こっちゃいけない」（五〇）と宣言するとき、セサはデンヴァーの精神的苦痛をまったく度外視している。彼女にとって、おそらく死ぬこと未満の出来事は「悪いこと」にカウントされず、それゆえデンヴァーが生きていさえすれば「なんの問題もない」ということなのだ。子殺しという極限的な経験を通過してしまったがゆえにセサは、弱く醜い感情にたいして鈍感になってしまったのかもしれない。べつの角度からいいかえれば、セサの考え如何にかかわらずデンヴァーがデンヴァーなりに苦しんでいるという事実は消えないのであり、またモリスンがその事実に焦点を当てているということもまた間違いない。これは一種の比較の問題になっている——ここで奴隷制は「歴史の究極的な参照点[19]」となっており、あらゆる苦しみがそれとの相対的な関係によって測定され、計量され、価値づけられている。超越的なトラウマが不動のゼロ地点に鎮座するこのパラダイムにおいては、なるほどデンヴァーの卑小な苦しみなど無視してもかまうまい。まあ、それも仕方がない——これがしかしモリスンの結論なのだろうか？　すくなくとも『ビラヴド』というテクストは、そのようには答えない。わたしも同様である。

醜い感情

部外者として母のメランコリーに介入しようとデンヴァーが決意するよりもずっとまえ、この物語はべつの部外者の闖入によって開始されている。すなわちポール・Dという、奴隷州であったケンタッキー州スイート・ホーム時代からのセサの旧友である。彼はいいやつなのだが、その登場はまさしく「闖入」と形容すべきものであって、死んだ赤ん坊によるポルターガイストを目の当たりにするやテーブルの「二本の脚」をひっつかんで家具や窓を破壊し「すべてをめちゃくちゃにする」(二二)という彼の行為は明白に暴力的なものである。部外者の暴力という点において、彼はデンヴァーと比較されるべきキャラクターだ。もっともわかりやすい違いは、すでに見てとれるように、ポール・Dはフィジカルに強いということである。デンヴァーとちがって彼は腕力によってサッグズ家の膠着状態を打破することができてしまうのであり、それこそが彼の問題である。じっさい彼の世界観はきわめてジェンダー化されたものとして描かれており、それはもっともマスキュリンな瞬間、暴力に接近することになる。たとえば彼を一二四から追い出そうとするビラヴドの魔術的なパワーに打ち勝てないとわかると、彼は「この娘を叩きのめしたい」と考え、みずからを鼓舞しつつ「自分がロトの妻みたいに震えて自分の後ろにある罪の本性を確かめたいなんていう女じみた望みを抱くなら[…]自分も敗北するだろう」(一三七)と考える。あるいはビラヴドの面倒を見ることに反対する箇所では、彼は自分の口から思わず「不寛容な」言葉が飛び出し、「自分の語気に苛立ち」を見出してみずから驚く。ビラヴドはポール・Dに醜い感情を喚起する存在なのだ。だが「ジョージアからデラウェアまで歩ききった、かの男」たる彼のプライドはそんな「弱さ」(一四九)を受け入れることを許さない——本稿の関心は、まさにこの「弱さ」にある。

『ビラヴド』という物語は、ポール・Dがセサとデンヴァーという二人(あるいはビラヴドを含めた三人）の女性たちの情動に働きかけることによって始動する。一二四に到着するやいなや、彼はひとの感情を喚起するというその生来の才能で、ほとんど意識せずにセサを正常な精神状態へと引き戻す――「しいてそうするまでもなく、彼はひとの家にあがりこんでそこにいる女に涙を流させるような男になっていた。彼のおかげで、彼のまえでなら、彼女たちは泣くことができるのだ」（二〇）。デンヴァーと同様、この部外者もまた暴力的な側面とセラピー的な側面の両方を持ちあわせている。彼は一二四における感情のエコノミーを再配列し、サッグズ家が快方へとむかうための第一手を打つのだ。暴力性にまつわる彼の両義性については、セサがうまく言語化している――「ポール・Dがやって来てこの場を壊して、スペースを作り、ずらし、どこか他所に動かして、そうやって自分で作った場所に立つまでは、ここにはどんな物も人も入る余地なんてなかった。［…］そうした責任が彼にはある。彼がそばにいると感情が表に出てきてしまうのだ」（四七‐四八、傍点引用者）。ふたたびデンヴァーと比較すれば、彼は奴隷制のトラウマ的な歴史をセサと共有している世代である（ただし子殺しのことは知らない）。さらに彼は過去のトラウマから自力で回復した人物として登場することでセサとするどいコントラストをなしており、そのことは彼のセサへの忠告と、それへのセサの返答にはっきりあらわれている――「おまえの愛は濃すぎるんだよ」「愛はあるかないかなの。薄い愛なんて愛じゃない」（一九三‐九四）。彼はトラウマを克服することに成功した人物であり、それは感情を薄めることにより達成された克服である。強い愛は「リスキー」なので「ちょっとだけ愛するんだ」（五四）と彼はいう。彼がポケットに入れて持ち歩いている「蓋が錆びて開かない」（八六）タバコ缶は、その象徴になっている――「そこに入れる方法があるんだから、そこから取り出す方法もある」（八四）。

濃淡両方の情動の領域を知る彼は、セサとデンヴァーのなかだちとなるポテンシャルを秘めている。

ポール・Dのせいで「表に出てきてしまう」デンヴァーの感情は、醜いそれである。いくつか挙げれば、彼女は「シャイ」で「みじめ」で「苛々して」おり(一四、一三、七四)、なかでもくりかえされるのは「寂しい」という単語である。デンヴァーから見てセサとポール・Dは「二人一組」(一五)になっていて、研究者たちも論じてきたように、そのことで彼女は「母の過去に嫉妬し、その過去から排除されていることで孤独感とやるせなさはいっそう募る」[20]ばかりであり、その結果として「感情的・社会的に貧困な生活」[21]を強いられている。ポール・Dのまえで「醜い真似」(五五)をしてみせることで、彼女はみずからの部外者性からくる「醜さ」をぎこちなくも表現する。かくしてポール・Dは、第一にセサとの親密さによって、第二に「デンヴァーにとって唯一の友人を排除する」(一三)ことによって彼女のみじめさを深めることとなり、セサはそのことに気づきもしない。ここでポール・Dによって喚起されるデンヴァーとセサそれぞれの感情の差異は注目に値する。それがもっとも顕著に現れるのは、「赤ん坊の恨み」を言語化する場面での二人の解釈の違いである。一二四を訪れたポール・Dが「なんちゅう邪悪なものを置いてんだ?」と言うと、セサはすかさず「邪悪なんじゃなくて、悲しんでるだけ」(一〇)と訂正する。この幽霊の解釈については、むろんデンヴァーにも一家言ある——

「幽霊がいるんです」と言うと、効果ありだ。彼らはもう二人一組ではなくなる。[…]「らしいね」とポール・D。「けど悲しいんだって、お母さんがいうには。邪悪ではない」

「そうですね、邪悪じゃないです。けど悲しいんでもない」

「じゃなんなの？」

「抑えられてるんです。孤独で、抑えつけられてる」

「そうなのかい？」ポール・Dはセサに聞く。

「孤独っていうのはわからないけど」、とデンヴァーの母は答える。「怒ってるんでしょうね、でも、こうしてずっと一緒に過ごしてるのに孤独ってことはないでしょう」（一五 - 一六）

この会話において、デンヴァーとセサはそれぞれに自分の解釈枠で幽霊を捉えていることがわかる。イントロダクションで引用した『醜い感情』のナイの言葉遣いを念頭に、感情についての形容詞に注意しよう。セサの視点からみると、幽霊は「悲しい」存在であり（セサとビラヴドのあいだのシンパシー、あるいはエンパシー）、そうでなければ「怒ってる」（強烈な感情）ということになるのにたいして、デンヴァーにとってそれは「孤独で、抑えられてる（rebuked）」。この"rebuked"という過去分詞は英語の原文においてもいささか奇異に響くが、この語は英英辞典でまず出てくる「叱られた（reprimanded）」という意味よりも、『オックスフォード英語辞典』にある「制御された（checked）」あるいは「抑圧された（repressed）」といったニュアンスで取るのがよいだろう。[22] そして、これらの語彙はまさしく、デンヴァーの置かれた状況の描写になっている。彼女たちは幽霊の解釈について議論しながらも、じつは自分自身について語っているわけだ。だからセサにとって、それが「孤独」であるなどということはあってはならないのである（彼女はそれを二回否定する）。

みずからが一種の父親役となりセサとデンヴァーにあらたな生活を開始させるべくポール・Dが説得に成功するかに思えたのも束の間、殺された子供の登場——もうひとつの「表に出てきてしまう」感情——がふたたび情動的パズルのピースをぐちゃぐちゃにしてしまう。第一に、思いがけぬあらたな友人としてビラヴドをおおいに歓迎し、すすんで世話を焼こうとするのは、デンヴァーである。ナイがいうように醜い感情がいかなる「セラピー効果や浄化作用もない」のだとすると、ビラヴドは鬱屈するばかりで放出されることのないデンヴァーの不満を受け止める役割をしばし果たすのだといえる。第二に、すでにみたように、やがてビラヴドはポール・Dを追い出し、つづいて母セサを独占することによって、デンヴァーをも追い出す。この後者のプロセスはセサを憔悴させるが、そのことについてはフロイトの古典的エッセイ「喪とメランコリー」が参考になる。フロイトが述べているように、メランコリックな主体のリビドー——性欲ではなく、愛する対象に供給する情動的エネルギー一般として理解されるべき用語——は、愛する対象を失ったとき、あらたに「別の対象に振り向けられる」のではなく、「自分自身の自我に回収」され、その結果として「失われた対象と自我の同一化を打ち立てる」。[23]『ビラヴド』で「デンヴァーは［セサとビラヴドが］どっちがどっちなのかわからな（二八三）くなるのはそのためだ。かくしてメランコリックな相思相愛によって強固に結びついた「二人一組」が、あらたに形成されることになる。一二四に居場所がなくなったデンヴァーは、「二人を残して誰かに助けを求めねばならない」（二八六）。

みずからの意志に反して屋内に閉じ籠もって生きることを強いられてきたデンヴァーにとって一二四という砦を抜け出すことは危険な冒険であり、彼女は「玄関のむこうの世界に飲み込まれる覚悟を決め」（二八六）ねばならないと感じる。デンヴァーはリスクをおかして近隣の人びとと「ちょっとした会話」（二九三）を交わしつつ、徐々に（彼女の家族の）外界とのつながりを回復しはじめる。この時点で読者は、一八年前に逃亡奴隷であったセサが元の所有者に見つかり、自分と子供たちがふたたび奴隷として連れ戻されることを懸念して「加害者の先回り」（二七六）をしたのだということを知っている。したがって、「悪魔の子」ビラヴド（三〇八）を地元の女性たちの祈祷によって除霊するという小説の結末は、その女性たちがサッグズ家に与える寛大な赦しであり利他的な援助であると論じられてきた。[24] だが除霊の準備中、語り手は次のように述べている――「みな揃って一二四に到着したとき、彼女たちが最初に見たのは階段に座っているデンヴァーではなく、彼女たち自身の姿」、つまり彼女たちの過去の記憶であった。「そこには自分たちがいた、若くて幸福で、ベイビー・サッグズの庭で遊び、その翌日に表に出てくることになる嫉妬をまだ感じていなかった」（三〇四、傍点引用者）。小説終盤にあらわれるこの仄めかしを読んで、われわれは小説の前半に戻ってこれが具体的にどの話を指すのか探すことになる。以下のパッセージは、セサが逃亡に成功したのちに子供を殺害するまでの、ごく数日のあいだについての描写である――

笑い声、善意、九〇人前のご馳走で揺れる一二四に、彼女たちは怒りを覚えた。やりすぎだ、そう思った。聖なるベイビー・サッグズ、彼女はどこでこんなものを手に入れるんだ？ なぜ彼女とその家族がいつも物事の中心にいるんだ？ ［…］パンと魚は神の力によるものだ――元奴隷のものなどではない。［…］彼女たちは激怒した。翌朝、彼女たちは怒れる腹の虫を鎮めようと重曹を飲み下した、一二四がみせる無尽蔵な寛大さが、あの気前の良さが引き起こした暴力を。［…］彼女たちの不承の匂いが、空気に重く漂っていた。（一六一‐六二頁、傍点引用者）

ビラヴドの予期せぬ出現は近隣住民に、この惨めな家族だけでなく「彼女たち自身」をも思い起こさせる。それは抑圧された加害の歴史を回帰させるのだ――子殺しの事件は、そもそも黒人コミュニティによって誘発されたものだったのである（「それは白人のではなかった［…］だから黒人のものであるに違いなかった［一六三］）。彼女たちは裏切りと告げ口によって、逃亡に成功した奴隷であるセサの「二八日の幸福な日々」（二〇四）に終止符を打った。この事実を『ビラヴド』批評は不当に軽視してきたように思われる――このスキャンダルの重要性に読者が（すくなくとも二度目以降の読書では）あやまたず気づけるように、子殺しの描写の直前の章でこれが明らかにされているにもかかわらず。この事実は新発見ではまったくないが、この点がなおざりにされてきたことは、セサ／ビラヴドを崇拝するあまりデンヴァーに無関心になってしまうという本稿が批判する事態と相同的な見落としであるように思われる。この黒人コミュニティにとって、セサを救済することは彼女たち自身を救済することでもあるのだ。セサの贖罪は、彼女たちの贖罪でもある。

ここまで本論を読んできた読者なら、右のブロック引用が情動的な語彙で溢れていることに気がついただろう。語り手は「怒り」や「激怒」といった強めの語彙を用いてはいるものの、彼女たちが抱いている感情をもっとも適切に表現する単語は、とくに傍点部分から読みとれるように、ジェラシーである。かくしてわれわれは、ふたたび醜い感情のきわだった事例に出くわすことになる。小説全体をつうじて語り手はこの沈黙するコミュニティが抱くルサンチマンを、「不快」、「意地悪」、「嫉妬」（五、一八五、二〇四）といった語彙でパラフレーズしている。この「元奴隷」の苦境をよく知っているにもかかわらず――あるいはむしろまさにそれゆえに――サッグズ家の「無尽蔵な寛大さ」は、ある研究者の表現を借りれば、「豊かさを見せびらかすという犯罪」[25]とみなされてしまうのだ。おどろくべきことに、モリスンはスタンプ・ペイド――小説のテーマとは対極にあるアイロニカルな名前をもつ人物――に、「もしかすると彼女たちはベイビーがほんとうに自分たちとは違って特別で祝福された存在なのだということを確かめたかっただけなのかもしれない」（一八五）と推察させてさえいる。むろん女性たちは協力的なのであるが、その善意に気を取られすぎると、彼女たちの加害者としての歴史的役割、すなわちこの悲劇の起源を見落とすことになるだろう。

ここで強い感情と醜い感情の相互作用について考えよう。ナイは醜い感情の特徴としてカタルシスがないことを挙げていたが、そこで注目したいのは、セサの子殺しという事件は、コミュニティにおける不満を抱いた部外者にとってまさしくカタルシス的な「見せ物」として使嗾され上演されたということである。あるいは、個々人がもつ醜い感情がセサというひとりの人物に凝集され、それがスペクタクルへと昇華したのだと表現してもよい。セサのトラウマは、部外者の醜い感情の集合体なのだ。さらに、まえのブロック引用の最後にある「彼女たちの不承の匂いが空気に重く漂っていた」という箇所が示唆しているように、この情動はいかなる個人にも帰属していない。それはコミュニティの女たちにとって、個人的な責任を回避するための便利なエクスキューズとなっている。かくしてこの小説が描くのは、醜い感情が強力なひとつの感情へと変換されるメカニズム、弱い感情が集まって子殺しや死者の復活を引き起こすメカニズムである。いっけんカタルシスなき醜い感情に思えるものも、それが単独の個人に集中的に向けられるとき、それは暴力的なカタルシスとして発現しうる。そしてきわめて重要なことに、この小説においては、その逆もまた然りなのである。もし復活したビラヴドもまた彼女たちの醜い感情の集合体であるのなら、ふたたびそれぞれがビラヴドの一部を引き受けることができるかもしれない。このような文脈においてこそ、つぎの一節は理解可能となる――ビラヴドは「ばらばらに弾け飛び」、みな「彼女をすっかり飲み込んでしまうことができた」（三一三）。ビラヴドの除霊はいちど昇華（sublimation）したトラウマのいわば凝華（desublimation）であり、それによって「山になった黒人たち」（三〇九）はみずからの分け前を、トラウマの破片を、継承する。これは部外者による部外者への、遅ればせながらの歴史的責任の再配分なのだ。

このトラウマの変換可能性については、豊かな語源的含意をもつ翻訳可能性（translatability）という言葉でより適切に言い表すことができる。『オックスフォード英語辞典』によれば、translate という動詞には、（一）ある言語をべつの言語にうつす、（二）あるアイディアをべつの形態にうつす、そして（三）生者あるいは死者を天国に送る、という意味がある。これをさらにパラフレーズすれば、（一）言語的翻訳、（二）概念的翻訳、そして（三）精神的翻訳としてもよいだろう。まず第一に、この小説はトラウマを背負うキャラクターがそれを言語化しようとする物語である。ナオミ・マンデルが『語りえぬものに抗う』で述べているように、『ビラヴド』のキャラクターたちは「沈黙という特権化された領域に回帰する」贅沢を許されておらず、彼らは「語りえぬものを語らねばならない[26]」。「否定的超越性」とはことなり、彼らは部分的にすこしずつタブーを口にしてゆく――具体的には、それについて思考し、会話し、記憶してゆく。「そのことについて洗いざらい話してしまわないと、誰も助けてはくれないのだ」(二九八)と悟るデンヴァーの決意はその言語化の必要性を物語っており、そのことが最終的には、トラウマ的言語をもたない読者に、彼らの内面への幾許かのアクセスをもたらす。第二に、すでに述べたように、『ビラヴド』はトラウマという概念をべつの形態にうつしかえるメカニズムを描こうとするテクストである。神聖な核としてのトラウマは、部外者にも共有可能な「醜い」情動へと――ネガティヴな超越性からポジティヴな歴史性へと――分解される。語り手が自由間接話法にちかい方法でセサに「何年もまえ――まだ一二四が生きていたころ――わたしには悲しみを共有できる女友達が、男友達がそこらじゅうにいた」(一一二)と言わせるとき、この小説は、彼女のトラウマは他者と共有されるべきものなのだということを示唆しているように思われる。そして第三に、translate とは除霊することである。受肉したトラウマとしてのビラヴドは祈祷によって、文字どおりトランスレートされ、成仏する。

忘れてはならないのは、これらの「翻訳」は危険を冒してでも家族を助けるというデンヴァーの決意なしには起こりえなかったということだ。ウチとソト、強さと醜さ、メランコリーと喪、過去と現在、奴隷州と自由州、ソース言語とターゲット言語、セサとビラヴド、セサ／ビラヴドとコミュニティ――こうしたあらゆる二項対立にまたがって生きることを余儀なくされてきた唯一のインターフェイスである彼女が、トラウマの凝華作用を始動させ、援護し、目撃する。[27] むろんデンヴァー自身がカタルシスを謳歌することは叶わないわけだが、彼女はその触媒《カタリシス》になることはできる――彼女はトラウマを歴史的責任へと変換し、それを分配する部外者だ。ある研究者が書いているように、もし「母親の過去との関係という点においてデンヴァーの立ち位置は読者のそれとパラレルである」のなら、そしてそれゆえに「デンヴァーは作家モリスンの先駆者なのだ」[28]としたら、『ビラヴド』と題されたこの小説の主人公は、トラウマを翻訳し、それを（彼女をふくむ）作中における部外者にだけでなく、われわれ読者にも受け渡す役割を担うデンヴァーにほかならないのではないだろうか。『ビラヴド』は、ヴァルター・ベンヤミンが「翻訳者の使命」と述べたもの、すなわち「ひとつの作品に囚われた言語をその作品を再構築することで解放する」ことを達成するテクストである。[29] フィクションと現実の橋渡しをしうる一二四の玄関先で震えながら、デンヴァーとモリスンはともにトラウマの翻訳と解放に成功するのである。

結論

本論のイントロダクションで述べたように、結論としてメランコリーと人種について簡単に触れておきたい。わたしは本論において人種的要素をおおむね括弧に入れてきたが、過去二〇年間の黒人研究において、情動、とりわけメランコリーへの批判的関心が高まっていることは無視しがたい。じっさい二〇〇〇年頃のメランコリック・ターン以来、トラウマ理論、情動理論、そして批判的人種・民族研究のあいだには緊密な連関が形成されてきており、メランコリーはそれらの共通要素のひとつである。アン・スヴェトコヴィッチが『アメリカ文化研究のキーワード』の最初の項目「情動」で総括しているように、「批判的人種研究は［…］メランコリー、あるいは未完遂の喪を病的なものとしてではなく生産的なものとして再解釈するためのあらたな理論を構築してきた」[30]。ここでいうメランコリック・ターンとは、フロイトの古典的二分法に対抗して、「非病理化されたメランコリー」を「ブラック・アフェクト」として再概念化する新たな政治的・理論的試みを指している[31]。いくつかの相違点はあるにせよ、わたしの総合的な関心はそうした趨勢と並走するものである。じっさい『ビラヴド』はこうした一連のプロジェクトの基盤となるテクストのひとつであり、本論は彼らの洞察にもとづいて主張を展開してきた――そしてわたしの関心は、このあたらしい言説を批判することにはなかった。

わたしがここでやろうと思っているのは、理論面の議論に偏った本論が提供しうる学問的貢献について、これをあらためて批判的人種研究と並べることで再確認することである。じっさい、ここでわたしに可能なのは「並べる」くらいのことでしかない――アフリカ系アメリカ文学にまつわる現在進行中の学問的対話に参加する日本人の学徒であるところのわたしは、このトピックの人種的部外者だからだ[32]。ここで著者の人種的アイデンティティに触れることは一般的ではないことは承知しているが、「部外者として何ができるのか」という問いを根底にもつこの論考を締めくくるにあたっては、わたし自身の立場に言及しないことは不誠実であるように思われる。人種的アイデンティティを括弧から解放するとき、いずれも黒人であるデンヴァーやモリスンと比較して、わたしの主体的な位置が浮き彫りになるだろう。彼女たちの部外者性は時間的・世代的な距離に由来するが、私の場合、さらにそれは人種的・地理的・国籍的なものでもある。この違いを念頭に置きながら、本研究の問いを文化研究の語彙で修正して再述すれば、それは次のようになるだろう――歴史的に迫害されてきたアイデンティティを持つ人びとにたいして、いかにして人種的他者は文化的盗用を避けつつ介入できるのか？　われわれ部外者には、そうした当事者の問題に取り組む権利があるのだろうか？　あるとすれば、どのような根拠にもとづいて人種的部外者の倫理を構築しうるのか？　人種的部外者もまた翻訳者の任務を果たすことができるのだろうか、そしてその任務はデンヴァーやモリスンのそれとどうことなるのか？

　私の答えは三点にまたがる。第一に、部外者の支援、協力、または介入がいつ、どこで、どのように、どの程度求められているのかに注意する必要がある。第二に、かりに時と場所が適切であったとしても、自分たちの部外者性、すなわち消し去ることのできない暴力の潜在性を認識しなければならない。[33] 第三に、デンヴァーとはことなり、わたしたちが誰であるかという問題がある。わたしが人種的部外者としてなんらかの形で――たとえばこうして学術論文を書くことで――あえて関与しようとする場合、わたしにできることのひとつは、たとえば当事者には比較的むずかしいと思われる視点を提供することである（デンヴァーもセサ本人には不可能な点において介入していた）。メランコリック・ターンにかかわる学者たちはほとんどの場合、アフリカ系アメリカ人の視点から「われわれ自身には何ができるか？」を問いかけており、その有効性、必要性、緊急性はまったくもって自明である。しかし、わたしがアフリカ系アメリカ人の第二世代、すなわち当事者のなかの相対的な部外者に光を当てた理由も、まさにそこにある。わたしの議論はいっぽうで厚かましくも人種的要素を無視したかもしれないが、たほうではデンヴァーの見過ごされがちな部外者性に焦点をあわせることで、アフリカ系アメリカ人の子孫だけでなく、デンヴァーを介して人種的な部外者にも橋渡しをすることに成功した――そのように願いたい。当事者と部外者がそれぞれにおこなう探求は対立するわけではなく、むしろ相補的であるべきだとわたしは考える。そして、むろんわれわれは個々の事例に直面するたび、それぞれの事例ごとにありうる倫理的関与のありかたを見出し、場合によっては発明することを目指すべきであるだろう。わたしは「翻訳者」としての介入能力が、部外者の倫理的関与における方法論の目録に追加されることを願っている。その任務は「作品に囚われた言語を解放する」ことであるが、同時にわれわれは翻訳行為に内在する暴力の可能性をするどく反省し、場合によってはその臨界点できちんと立ち止まる準備ができている必要があるだろう。日本語にするとその意味が失われてしまう『ビラヴド』最後の一文“This is not a story to pass on”（三二四）が孕む多義性は、まさしく部外者の暴力、倫理、そして翻訳不可能性の結晶として読まれねばならない。

▶注

1 Toni Morrison, *Beloved* (New York: Vintage, 2004). 本書からの引用は文中で括弧に入れて頁数を示す。

2 じつはこの殺された娘は作中で「もうはいはいしてるの？の子」と呼ばれるのみで、その名前には言及されない。またこの小説は終盤でスタンプ・ペイドに、その子は白人に監禁されていたという失踪した少女なのではないかと発言させることで、ビラヴドがじつはただの他人である可能性を示唆している。とはいえ、だからといって、この物語がセサの死んだ長女が復活した物語であるという前提のもとで進んでゆくことに変わりはない。ビラヴドが他人である可能性については、以下を参照。Elizabeth House, "Toni Morrison's Ghost: The Beloved Who Is Not Beloved," in *Critical Essays on Toni Morrison's* Beloved, ed. Barbara H. Solomon (New York: G.K. Hall, 1998), 117–22.

3 Ashraf Rushdy, "Daughters Signifyin(g) History: The Example of Toni Morrison's *Beloved*," *American Literature* 64, no. 3 (1992): 578.

4 『ビラヴド』におけるアフリカン・アメリカンの集合的アイデンティティ、ならびに "Sixty Million and more" というエピグラフとホロコーストとの関係については、それぞれ以下を参照。Jan Wyatt, "Giving Body to the World: The Maternal Symbolic in Toni Morrison's *Beloved,*" *PMLA* 108, no. 3 (1993): 474–88; Lynda Koolish, "Fictive Strategies and Cinematic Representations in Toni Morrison's *Beloved*: Postcolonial Theory/Postcolonial Text," *African American Review* 29, no. 3 (1995): 421–38.

5 See Slavoj Žižek, *Did Somebody Say Totalitarianism? Five Interventions in the (Mis)Use of a Notion* (London: Verso, 2001), 142.

6 Sianne Ngai, *Ugly Feelings* (Cambridge, MA: Harvard University Press, 2005), 6.

7 Ann Cvetkovich, "Affect," in *Keywords for American Cultural Studies*, eds. Bruce Burgett and Blen Hendler, 2nd. ed. (New York: New York University Press, 2014), 13.

8 メランコリーの問題については本論で引用している他の多くの論文も扱っているが、ほかには以下を参照。Stephen Best, "On Failing to Make the Past Present," *Modern Language Quarterly* 73, no. 3 (2012): 453–74; Aida Levy-Hussein, *How to Read African American Literature: Post–Civil Right Fiction and the Task of Interpretation* (New York: New York University Press, 2016); Jermaine Singleton, *Cultural Melancholy: Readings of Race, Impossible Mourning, and African American Ritual* (Urbana: University of Illinois Press, 2015).

9 See Shoshana Felman and Dori Laub, *Testimony: Crises of Writing in Literature, Psychoanalysis, and History* (New York: Routledge, 1991).

10 ホロコーストのドキュメンタリーとして有名な『ショアー』(1985) の監督であるクロード・ランズマンは、ホロコーストを「理解」することは「猥褻 obscene」であると述べた。Claude Lanzmann, "The Obscenity of Understanding: An Evening with Claude Lanzamann," in *Trauma: Explorations in Memory* ed. Cathy Caruth (Baltimore: Johns Hopkins University Press, 1995), 200–20.

11 Dominick LaCapra, *Writing History, Writing Trauma* (Baltimore: Johns Hopkins University Press, 2014), 190.

12 Sheldon George, "Approaching the Thing of Slavery: A Lacanian Analysis of Toni Morrison's *Beloved*," *African American Review* 45, no. 1–2 (2012): 125.

13 この「リメモリー」の一節について、マイケルズは「『ビラヴド』は歴史小説であるだけでなく歴史主義小説でもある」と論じている。「これは歴史的な過去についての物語であるという点において歴史小説であり、それはわれわれがいちども経験したことがないことをわれわれがいちども忘れたことがないものとして再記述し、そうすることで歴史的な過去をわれわれの経験の一部とする、という点において歴史主義的である」。Walter Benn Michaels, *The Shape of the Signifier: 1967 to the End of History* (Princeton: Princeton University Press, 2004), 137.

14 Marianne Hirsch, *The Generation of Postmemory: Writing and Visual Culture after the Holocaust* (New York: Columbia University Press, 2012), 11.

15 変性意識状態については、次を参照。Judith Herman, *Trauma and Recovery: The Aftermath of Violence—From Domestic Abuse to Political Terror* (New York: Basic Books, 2015), 33–50; Bessel A. Van Der Kolk and Onno Van Der Hart, "The Intrusive Past: The Flexibility of Memory and the Engraving of Trauma," in *Trauma: Explorations in Memory* ed. Cathy Caruth (Baltimore: Johns Hopkins University Press, 1995), 158–82.

16 Gabriele Schwab, *Haunting Legacies: Violent Histories and Transgenerational Trauma* (New York: Columbia University Press, 2010), 14.

17 Cathy Caruth, *Unclaimed Experience: Trauma, Narrative, and History* (Baltimore: Johns Hopkins University Press, 1996), 4.

18 Herman, *Trauma and Recovery*, 34.

19 Joseph Flanagan, "The Seduction of History: Trauma, Re-Memory, and the Ethics of the Real," *CLIO* 31, no. 4 (2002): 389.

20 Linda Krumholz, "The Ghosts of Slavery: Historical Recovery in Toni Morrison's *Beloved*," *African American Review* 26, no. 3 (1992): 404.

21 Jan Furman, "Sethe's Re-Memories: The Covert Return of What Is Best Forgotten," in *Critical Essays on Toni Morrison's* Beloved, ed. Barbara H. Solomon (New York: G.K. Hall, 1998), 263.

22 この "rebuked" の「古風」な用法については、以下も参照。Marilyn Sanders Mobley, "A Different Remembering: Memory, History and Meaning in Toni Morrison's *Beloved*," in *Toni Morrison*, ed. Harold Bloom (New York: Chelsea House, 2005), 73.

23 Sigmund Freud, "Mourning and Melancholia," in *The Standard Edition of the Complete Psychological Works of Sigmund Freud*, Vol. 14, trans. James Strachey (London: Hogarth, 1964), 249.

24 とりわけ以下に掲げる三本を参照。また、作中でこの問題について長い字数を費やして熟考するエラという女性キャラクターは、読者にコミュニティ側の加害性を見落とさせるのに一役買っている（301–2）。Nancy Jesser, "Violence, Home, and Community in Toni Morrison's *Beloved*," *African American Review* 33, no. 2 (1999): 325–45; Rushdy, "Daughters Signifyin(g) History"; Teresa N. Washington, "The Mother-Daugher Àjẹ́ Relationship in Toni Morrison's *Beloved*," *African American Review* 39, no. 1–2 (2005): 171–88.

25 Washington, "Mother-Daughter," 179.

26 Naomi Mandel, *Against the Unspeakable: Complicity, the Holocaust, and Slavery in America* (Charlottesville: University of Virginia Press, 2006), 204.

27 以下の論文はエイミー・デンヴァーを詳細に分析し、彼女がもつ「愛と癒しを引き継ぐデンヴァーが社会とのリンクになる」のだと述べている。Nichole M. Coonradt, "To Be Loved: Amy Denver and Human Need—Bridges to Understanding Toni Morrison's *Beloved*," *College Literature* 32, no. 4 (2005): 183.

28 Krumholz, "The Ghosts of Slavery," 405.

29 Walter Benjamin, "The Task of the Translator," in *Illuminations: Essays and Reflections*, ed. Hannah Arendt, trans. Harry Zohn (New York: Schocken Books, 2007), 80.

30 Cvetkovich, "Affect," 15.

31 Margo Natalie Crawford, "The Twenty-First-Century Black Studies Turn to Melancholy," *American Literary History* 29, no. 4 (2005): 801, 804.

32 人種をまたいだアイデンティフィケーションや連帯の問題については、以下を参照。Lisa Lowe, *Immigrant Acts: On Asian American Cultural Politics* (Durham, NC: Duke University Press, 1996); Vijay Prashad, *Everybody Was Kung Fu Fighting: Afro-Asian Connections and the Myth of Cultural Purity* (New York: Beacon Press, 2001); Michael Rothberg, *The Implicated Subject: Beyond Victims and Perpetrators* (Stanford: Stanford University Press, 2019).

33 暴力と情動と他者の関係、ならびに暴力の他者による二次的な目撃については、それぞれ以下を参照。Yoshiaki Furui, "Bartleby's Closed Desk: Reading Melville against Affect," *Journal of American Studies* 53, no. 2 (2019): 353–71; Thomas Trezise, *Witnessing Witnessing: On the Reception of Holocaust Survivor Testimony* (New York: Fordham University Press, 2013); 阿部幸大「"You Who Never Was There" 再考——トニ・モリスンと部外者のリスク」『ユリイカ』、2019年10月号、194–203頁。

5

ヴァージニア・ウルフ『ダロウェイ夫人』におけるシェル・ショックとジェンダー

Shell Shock and Gender in Virginia Woolf's *Mrs. Dalloway*

これは留学１年目の期末レポートを４年目に書き直したもの。トラウマ理論を専門的に学んだあとで、１年目のレポートをトラウマ理論に接続しつつ、もっと古い臨床概念である「シェル・ショック」と対照させながら歴史化することで強化した。まず *Journal of Modern Literature* 誌でリジェクトになったのだが、当時は日本語で読めるわたしの論文がトマス・ピンチョン『V.』論しかなく、わたしの仕事を覗こうという日本人がこのあまりに未熟な論文を最初に読むという状況が好ましくなかったため、日本で人気の高い『ダロウェイ夫人』論を日本語にしておこうと考え、和訳して表象文化論学会の『表象』誌に載せた。本書の掲載論文のうち、唯一すでに日本語で出版されているのが本章である。ジェンダーという枠組みをもちいて議論を組み立てたこと、そして第一次世界大戦についてのブリティッシュ・モダニズム小説という専門から離れたトピックで書いたこと、この二点において挑戦的な論文だった。お蔵入り予定だった元の英語論文も、ひょんなことからアンソロジーに所収され出版予定。

Abstract

1990年前後にトラウマ理論が流行したのち、研究者たちはヴァージニア・ウルフによる1925年の小説『ダロウェイ夫人』の再解釈を試みてきた。そのトラウマ理論による解釈は、女性主人公であるクラリッサ・ダロウェイを批判し、彼女は第一次世界大戦の帰還兵でPTSDを患う被害者であるセプティマス・ウォレン・スミスの苦しみをわがものとし、自殺してしまう彼に身勝手に同一化するのだと論じてきた。だがこうした理解は第二次世界大戦以後、とりわけホロコースト以降のトラウマ理解にもとづいた解釈であり、本論はクラリッサとセプティマスの関係を、トラウマ理論やPTSDではなく、作中にあらわれる現在は死語となったシェル・ショックという当時の臨床概念を歴史化することで再考する。作品内においてこの2人の主人公たちはいちども出会うことがないのだが、それは1925年のロンドンにおけるヴィクトリア朝的な家父長制、ならびにそれと結託した医学政治的な生権力とが、「女の病気」ヒステリーと「臆病な男の病気」シェル・ショックを社会的・言説的に隔離していたことの文学的な現れである——そう本論は主張する。ヒステリーとシェル・ショックの類似性は当時から明白だったにもかかわらず、その事実は大英帝国とその軍事力のマスキュリンなイメージを損なうという懸念から封殺され、ヒステリーとシェル・ショックの連帯可能性は挫かれた。ウルフはこの現実を、モダニズム文学のテクニックであるエピファニーという非現実の導入によって破壊する。つまり、この医学政治的なバリアを乗り越えることは、リアリズム（現実主義）の規則に違反することによってのみ可能になるのだ。『ダロウェイ夫人』は、1920年代当時の社会的・文化的・医学的な状況にたいするクリティカルな介入の物語である。

ヴァージニア・ウルフ『ダロウェイ夫人』（一九二五）の終盤、ロンドンの自宅でパーティを開いている主人公のクラリッサ・ダロウェイは、若い男が自殺したという知らせを受けとる。自殺者はセプティマス・ウォレン・スミスという第一次世界大戦の帰還兵で、クラリッサはこの自殺者には従軍経験があるらしいという情報しか知らないのだが、読者はこの時点で、セプティマスが戦争神経症に悩まされており、戦後の日常生活になかなか復帰することができずに苦しんだあげく自殺に追い込まれた詳しい経緯を読み終えたあとだ。このニュースを耳にする直前にクラリッサは、夫のリチャードと医師のウィリアム・ブラドショーが「シェル・ショックの後遺症」と「法案」について話しているのを立ち聞きしている（一八三）。[1]『ダロウェイ夫人』のウルフは帰還兵の自殺とシェル・ショックを直接的に結びつけているわけで、すでに一九八七年にはこの小説を「一九二二年八月に英国議会に提出された『シェル・ショックに関する戦争省調査委員会レポート』に対する［ウルフの］怒れる応答」として読む解釈が提出されている。[2] 臨床的にも日常的にもシェル・ショックはすでに死語であり、戦争神経症の呼称はトラウマならびにＰＴＳＤが取って代わって久しい。[3] トラウマ理論が流行したのは一九九〇年代で、当時からこの洗練された戦争神経症の理論によってウルフの第一次大戦小説を読みなおす試みが続けられてきた。とりわけ一九九八年のカレン・ディミースター「ヴァージニア・ウルフの『ダロウェイ夫人』におけるトラウマと回復」[4] が大きな影響力を持ってからというもの、トラウマ理論による同作の読解は、この小説とウルフにとどまらず、戦争神経症とそのフィクションにおける表象一般についての理解に多大な貢献をもたらしてきた。

　しかし、トラウマ理論は第二次世界大戦、とりわけホロコーストを論じるべく構築された言説体系であるのにたいして、シェル・ショックは第一次大戦の前後に整備された臨床概念であり、これらは区別する必要がある。シェル・ショック概念の歴史化の試みは、トラウマ理論の興隆のあと、十年ほど遅れて始まった。同トピックに特化した最初のモノグラフであるピーター・リース『シェル・ショック――トラウマ的神経症と第一次世界大戦の英国兵』(二〇〇〇)を皮切りに、フィオナ・レイド『ブロークン・メン――一九一四 - 三〇の英国におけるシェル・ショック、治療、回復』(二〇一〇)、トレイシー・ラフラン『第一次世界大戦の英国におけるシェル・ショックと医療文化』(二〇一七)などが出版されてきたが、これらの研究が提示するのは、「シェル・ショックはPTSDではない」[5]という認識である。「砲弾衝撃」と直訳できるシェル・ショックはもともと、戦場における砲弾の震動が兵士の脳になんらかの損傷を引き起こすことで発生する不全であるという推測のもと考案された名称であった。[6]それから同概念は精神の不調として研究が進められたものの、トラウマやPTSDの理論的フレームワークが神経症に苦しむ帰還兵を即座に被害者として認定できるのにたいして(いまわれわれはこの文化圏にいる)、当時できたての未発達な臨床的ツールにすぎなかったシェル・ショックは、帰還兵がどのように、なぜ苦しんでいるのか、ほとんど解明するにはいたらなかった。一九二二年の『レポート』が示すように、この心の病は、自己制御と規律意識の欠如として理解されていたのである。[7]それはきわめて攻撃的な病理学で、最悪の場合、シェル・ショックと診断された兵士や帰還兵は「臆病」という理由で処刑された。[8]この小説がウルフの「怒れる応答」であるという先に引用した評価は、こうした当時の社会的・文化的・医学的な背景にてらして、はじめて理解可能となる。『レポート』はシェル・ショックの具体的な治癒・解決ではなく、医者たちによる生権力の行使を法的に認可するための文章であったのであり、小説はブラドショーとホームズという二人の医師を、セプティマスを死に至らしめる医学政治的《メディコポリティカル》な暴力の実践者として、明確に批判的に描いている。

この一九二五年に書かれた小説にトラウマ理論を適用する読解は、セプティマスと彼の病状の誤読にとどまらない帰結をもたらしてきた。それは主人公のクラリッサが上述の医者たちと同様、セプティマスに敵対する人物であるという不当な意見を形成してきたのである。クラリッサは社会において抑圧的階級の一員であり（この観察じたいは誤りではない）それゆえセプティマスの加害者のひとりであるとディミースターが断じて以来、以下で見るように、トラウマ理論に精通した研究者たちの多くが、クラリッサは上流階級が行使する社会的暴力の権化であると論じてきた。この見取り図においてクラリッサは戦争の部外者であり、真正の当事者たるセプティマスの苦悩を理解する能力もなければ資格もない、ということになる。ここで重要なのは、シェル・ショックが強力にジェンダー化された概念であったという事実である。その症状がヒステリー――これもまた一九世紀後半に発明された未発達でミソジニスティックな概念だった――のそれに酷似していることは当時から指摘されていたが、大英帝国とその軍事力のマスキュリンなイメージを損なうという理由で、その類似性は意図的に蔑ろにされた。階級とジェンダーを根拠にクラリッサを戦争の被害者から除外し非難するとき、研究者たちは意図せずして、戦後のロンドンをいまだ強く支配していたヴィクトリア時代の家父長イデオロギーと結託しているのだ。トラウマ理論はセプティマスに対する好意とひきかえに、クラリッサに対する不必要な敵意をも生んでしまった。本論は近年の研究の検討と小説の精読をつうじて、トラウマ理論がいかにクラリッサの被害性を軽視してきたかを辿る。ウルフをトラウマ理論で読まない――

この作業を介して本論は、いまやほとんど俗説化して流通しているトラウマ理論の濫用に警鐘を鳴らすものである。シェル・ショックとトラウマは、あらためて歴史化されなくてはならない。

とはいえ、自殺の知らせを受けとったときのクラリッサのふるまいが問題含みであるように見えることもまたたしかである。彼女はまず自身のパーティで死が話題にあげられたという事態に対する憤りを表明し、つづいて、いかにセプティマスが自らの命を絶ったかを幻視するというリアリズムでは説明不可能なエピファニーを体験し、次の感慨を漏らす――「自分は彼に似ている気がする［…］自殺してくれてよかった［…］彼のおかげで美を感じられる、喜びを感じられる」（一八六）。ここで彼女は自殺した帰還兵と安直に同一化し、またその死を美化することで彼の苦痛を矮小化しているように見える。第一に、本論はジェンダーに焦点をあてつつシェル・ショックを歴史化することで、クラリッサのこうした発言には歴史的・社会的な根拠があることを示し、どのような意味で「セプティマスとクラリッサはもっとも深いレベルにおいて同類」[9]であるのかを詳しく論じる。この男女はそれぞれ精神の不調に悩まされているだけでなく、シェル・ショックとヒステリーという、当時まだ未解明であったどころか抑圧の道具として利用されていたジェンダー・イデオロギーの被害者であった。第二に、本論はクラリッサとセプティマスが作中いちども出会うことがないという素朴な事実に着目し、その理由を問う。作者自身も述べていることだが、『時』と名付けられた本作の草稿においては、クラリッサが自殺するはずだった。ウルフはセプティマスというキャラクターをあとから導入して、いわばクラリッサのかわりに自殺させたのである。[10]ロンドンにおける彼らの生活圏は重複しているため、小説執筆の技巧上、この二人を出会わせることは容易だったはずであり、ウルフはあえてそうしなかったのだと考えられる。本論はこの形式上の選択を当時の社会構造の反映として、すなわち女性のヒステリーと男性のシェル・ショックとの連帯の可能性を分断するメディコポリティカルな暴力に支配されていた当時の社会構造の反映として読む。そこでは家父長イデオロギーが「女」と「弱い男」の邂逅を阻んでいるのだ。『ダロウェイ夫人』という小説があえてエピファニーに訴えたのは、二人を隔絶する社会的・文化的なバリアを超えるには、現実から、リアリズムから離反するほかないのだ、ということを描くためにほかならない。モダニズム文学の技法であるエピファニーはウルフにあって、フェミニストとして社会の因習に反逆するための文学的な武器なのである。

トラウマからシェル・ショックへ

一九七〇年代から八〇年代にかけてのウルフ研究は、キャロリン・ハイルブラン、ジェーン・マーカス、エレイン・ショウォルター、ナオミ・ブラックといった批評家たちがフェミニスト・ウルフを再構築していた時期だった。ディミースター論文が大きなインパクトを発揮したのはこうした背景においてであり、その梃子になったのがトラウマ理論であった。「モダニストの文学はトラウマの文学である」という認識から論文は始まる。「一九二〇年代においてその文学は、以後五〇年間にわたって精神科医も理解することのなかった心理状態に形を与え、表象していたのである」。ウルフの鋭い観察眼はトラウマタイズされた精神のメカニズムをそれが理論化される半世紀前から知悉していたのであり、われわれは最新の理論で武装したいま、ようやくこの小説を十全に理解することができる

――というわけだ。誤読されてきたキャラクターとはもちろん、トラウマに苦しむセプティマスである。「彼の悲劇を十分に理解するには、トラウマが精神に与える影響と回復のプロセスとを理解せねばならない」。そしてトラウマ理論を介してわれわれが『ダロウェイ夫人』から学ぶべきは、「モダニズムの形式はトラウマタイズされた心を描くのに最適であるが、回復を描くのには不向き」であるということであり、それを示すのが「セプティマスを診る医者たちとクラリッサによって代表される社会というものが［…］この帰還兵を黙らせ排斥することで彼の回復を阻害し、それが自殺というコミュニケーション〔作中の語彙〕のための命がけの（しかし無駄に終わる）最後の手段に帰結する」というプロットである。かくしてディミースターの結論はクラリッサに対する明確に否定的な評価となる――トラウマに苦しみ自殺せねばならなかった悲劇の帰還兵に対して、この上流階級のレディは「生き続けることを選び、現状の維持に邁進する」、すなわち、「クラリッサはセプティマスを沈黙させ、彼のメッセージに応えることを拒み、変化を拒否することで彼の死から意味を奪うのである」[11]。この読解はあたかもクラリッサがセプティマスを自殺に追い込んだ張本人であるか、あるいはクラリッサも死ぬべきだと主張しているかのようだ。ディミースターは当時のウルフ批評における偏向をただすという目的を、セプティマスの被害性とクラリッサの加害性の両方を打ち立てることによって達成したのである。

ディミースターに代表される同作のトラウマ読解は、より広範な影響力をもった理論家の仕事に内在する問題の一部でもある。ドミニク・ラカプラが総括しているように、理論家たちはトラウマ概念をカントやリオタールの崇高やラカンの現実界といった諸概念と接続し、それが表象不可能で、超越的で、神聖な核であると論じてきた[12]。この傾向が顕著に見られるのは、もっとも広く読まれたトラウマ理論である九〇年代のキャシー・カルースの仕事と、ショシャナ・フェルマン＋ドリ・ローブの共著である『証言』（一九九二）においてである。彼らはともにトラウマ概念を哲学化しただけでなく、それを強く倫理化した。「トラウマは無意識の症候なのではなく、歴史の症候なのだ」[13]という定式で知られているカルースによれば、ポスト構造主義が歴史の直接参照性を否定して以来、「歴史はその起源のアクセス不可能性においてのみ把握可能となった」。したがってトラウマは歴史への唯一の回路であり——あるいは歴史はトラウマ的な症候としてのみ顕現しうるのであり——トラウマは「真理の問題と密接に絡みあい」、「まさしく不可能性に耳をかたむけ、それを目撃するための新しい方法論を開くとともに、われわれに叩きつけるのである」[14]。彼女の見取り図においてトラウマ的主体は、歴史的真実、あるいは真実としての歴史にアクセス可能な唯一の場所を占めている。フェルマンとローブの共著はホロコースト研究だが、彼らもまた「第二次世界大戦の歴史的トラウマ」以後、トラウマ的歴史の目撃は不可能になったと主張した。ホロコーストが「われわれの時代における分水嶺」を打ち立てて「あらゆる知のモードが阻害された」現在、もはやトラウマ的な記憶と歴史の現実にアクセスしうるのは文学と芸術のみである[15]。一九九〇年代のトラウマ理論は、トラウマ、トラウマティックな出来事、あるいはトラウマタイズされた主体を介してのみわれわれは歴史＝現実＝真実の間接的な目撃を許されている、というパラダイムを打ち立てた。

トラウマ理論は戦争神経症一般についての理解を大きく進めたが、シェル・ショックをふくむ第一次大戦にかかわる事象の分析にそれを適用する解釈は、『ダロウェイ夫人』のような小説に埋め込まれた歴史意識を捨象する結果をもたらしてきた。ディミースターの議論に典型的に見られるように、トラウマ理論の倫理的側面を押し出すタイプの批評家は、トラウマタイズされた当事者とそうでない部外者を比較し、前者を物語における唯一の被害者として認定するきらいがある。このパラダイムで『ダロウェイ夫人』を読むとき、セプティマスのみがアクセス可能であるはずの歴史＝現実＝真実にクラリッサが触れることは、不可能なだけでなく、非倫理的で暴力的でさえあるということになる。ディミースター以後の批評家たちは、セプティマスと「コミュニケート」する資格をクラリッサから剥奪する根拠として、彼女の階級とジェンダーを挙げてきた。先述したエピファニーの場面の解釈において、ある研究者は「彼女のジェンダーと階級的特権が目撃能力を制限している」[16]と難じ、また別の著者は「この女性の目撃者の仕事は日常に戻ることであり［…］それはトラウマ的な出来事の忘却を伴う」[17]と論じている。かくしてトラウマ読解はしばしばミソジニーに接近することになる。ウルフが「芸術理論についてのポスト・ホロコースト的なヴィジョン」[18]を持っていたと褒め称えるアナクロニズムは、ウルフがこの小説をぶつけた一九二〇年代の文化的、社会的、歴史的な条件を見落としてしまうのだ。

一九二二年の八月に『シェル・ショックに関する戦争省調査委員会レポート』が国会に提出されたのち、同年の八月と九月に『タイムズ』紙がその抜粋を掲載している。同紙の定期購読者であったウルフは小説中にもこれをくりかえし登場させており、さらに彼女がセプティマスというキャラクターを思いついたのは同年の十月であるため、この抜粋を読んだ可能性は非常に高い。[19]『レポート』はシェル・ショックを予防し治療する手段として「規律」を重視しているが、そこでシェル・ショックは士気、勇気、自制心といった個人の資質の問題として理解され、いわば兵士を鍛えることで解決可能だと考えられている。「訓練期間は、兵士が自分の安全よりも部隊の福利を優先できる標準的な士気を十分に身につけられるよう延長すべきである」[20]。また上官は指揮下にある各兵士に「男の統御力(Man-Mastership)を教え込む」べく彼らの「気質の調査」を行うよう推奨されたし、『タイムズ』紙の匿名のコメントは「危険を顧みず勇敢に行動できるよう訓練することは可能なのだ。それこそ規律というものが目指す望ましい成果なのである」と主張した[21]。さらに『レポート』は、多くの兵士がシェル・ショックを偽装しているか、または症状を誇張している可能性があるという問題を論じる文脈で、「じっさい、私は臆病さと「シェル・ショック」を区別できる気がしない」という現場の意見を引用したうえで、「治療」のセクションでは、兵士がシェル・ショックと診断された場合、上官と医師は本人にそのことを通知しないよう勧告している。「怖気づいたりメンタル・コントロールができなくなることによって名誉ある復員への道が開かれるなどと兵士に思わせてはいけない」[22]。シェル・ショックの誤用を正すという建前で執筆された『レポート』は結局のところシェル・ショックを大英帝国軍の効率化の問題へと回収し、病める帰還兵たちに対する誤解と敵意とをよりいっそう煽る結果となったのである。

トラウマ理論はクラリッサの被害性の過小評価ばかりでなく、セプティマスの被害性の過大評価ももたらした。セプティマスが戦争の被害者であるということは現代の読者にとって一目瞭然だが、第一次大戦直後の社会において戦争神経症の精神的ダメージやそのメカニズムなどは一般に浸透していなかった。『タイムズ』紙にコメントを寄せている「医療関係筋」によれば、シェル・ショックの病因のうち明確なもののひとつは「家系的な障害」（つまり遺伝）であり、『レポート』は症状の「感染」を引き起こす「毒物」を同定していない点で不十分だとする。[23] 戦争神経症というものは時代にかかわらず発生してきた現象ではあるのだが、その数が急増しパブリックな空間において広く可視化されたのは第一次大戦以後だった。歴史家たちはその原因を戦争の工業化・機械化に求めており、シェル・ショックの症例が急増した最初の戦闘としてマヌルの戦い（一九一四）とソンムの戦い（一九一六）を挙げている。[24] 人間の想像力の範疇を超えた崇高なエネルギーを炸裂させる機械は戦争のスケールだけではなく、人びとの日常生活における活動内容をも一変させ、じっさい当時は「トラウマ的神経症」と呼ばれる症状を引き起こすおもな原因として鉄道事故が知られていた。だがシェル・ショックについての医学的・政治的な議論が公的に交わされるようになったのは一九一八年の休戦のあと、とりわけ一九二〇年から二二年のあいだで、それはシェル・ショックの症状が日常生活の場において目立つようになるのが戦後のことだったためである。セプティマスとクラリッサはこうした社会的状況下に生きているのだ。

戦後の英国はシェル・ショックの深刻さを十分に理解しなかったばかりか、明確な目的意識をもってその意味合いをコントロールし矮小化した。シェル・ショックがジェンダー化されたのは、それが男性の帰還兵に見られる症状だったことにくわえて、その女性版ともいうべきヒステリーという先行概念が存在し、それとの関連において研究されたためである。一九世紀後半にジャン＝マルタン・シャルコーなどによって理論化されたヒステリーとシェル・ショックとの類似はあきらかで、一九二〇年のウィリアム・ブラウン医師による報告によれば、「シェル・ショックに特徴的な徴候

――無言症、視力・聴力障害、四肢の痙攣やふるえ、無感覚、ノイローゼ、不眠症、抑鬱、そして恐ろしい悪夢をくりかえし見るといった症状は、おもに（それだけではないが）女性のヒステリーと結び付けられてきたものである」。[25] ヒステリアの語源がギリシア語の子宮であるという事実が物語るように、ヒステリー関連の症状はながらく女性特有の現象であると信じられていた。男性にも「ヒステリー」が発症しうると最初に論じたのは一九一四年のジョン・ゲアリー・グラントで、[26] すぐに「男性ヒステリー」というタームが現れはした。しかしエレイン・ショウォルターが論じているように、ヴィクトリア朝的なマスキュリニティの理想像が大戦期をつうじて危機に陥った状況を改善すべく、いまだ流動的だったヒステリー概念は政治的に利用されたのである。[27] かくしてシェル・ショックを患う帰還兵は勇敢に戦う「英雄《ウォーヒーロー》」――『ダロウェイ夫人』は彼らの銅像で溢れている――との対比において「女々しい」戦士というレッテルを貼られ、彼らの病める身体は、大英帝国の無敵で勇敢で男性的なイメージを脅かす存在となった。一九二〇年代において被害者セプティマスを共感的に描くというウルフの選択はしたがって、同時代の社会にたいするタイムリーかつクリティカルな「怒れる」応答だったのだ。この社会的背景に位置づけないかぎり、ウルフが『ダロウェイ夫人』に託したラディカルさを読み解くことはできない。

セプティマスとシェル・ショック

二人の医師によるセプティマスの迫害は明確に批判的に描かれている。ひとりはウィリアム・ブラドショーで、その「診断はほとんど無謬」であるという彼の人物造形は「フランスと英国で三千以上のシェル・ショックの症例を診た[28]」というさきに触れた実在の医者ウィリアム・ブラウンを想起させる。もうひとりはホームズで、こちらはブラドショーの評言によれば「有象無象」（九七）の医者である。彼らの医師としての能力には雲泥の差があるものの、それぞれの方法でセプティマスに医学的暴力をふるう点においては同断である。まずホームズについて、彼は戦争神経症というものをまったく理解しておらずセプティマスを完全に誤診するように見えるのだが、「健康はおおむね自己コントロールの問題」（九一）だと諭す彼はじつのところ『レポート』の忠実な実践者である。「医者と患者の関係」というセクションで『レポート』は、医師には「状況を支配する十分な力（force）が求められる」としたうえで、次のようにつづける――

> 医師は患者から完全に信頼されなくてはならない。中途半端な処置は言語道断であり、患者が医者の意見に逆らう可能性は皆無でなくてはならない。症状が長引くとそれは患者において個人と社会の鋭い葛藤としてあらわれる場合が多いので、医者は社会の側に立ち力づくで押し切る（throw his weight into the scale）ことができるよう、患者と医者のあいだに逃避の余地がまったくないようにせねばならない。[29]

「恰幅のいい」（九一）ホームズは“throw his weight”することで患者を「支配」するのにうってつけの医師である（セプティマスは「ホームズがぼくらにのしかかってくる」と感じる［一四〇］）。じっさい彼はセプティマスの病状を患者における「個人と社会」のバランスの問題だとみなしており、セプティマスの症状はイタリア人の妻にたいする夫としての責任の放棄を意味する――「英国人の夫というものについて妙なイメージを彼女に植えつけるんじゃないかね？　夫には妻に対する義務というものがあると思うがね？　ベッドで寝てばかりいないで何かしたほうがいいんじゃないかね？」（九二）。この医者にとって、セプティマスは自身の精神ならびに外国人の妻を十分にケアできるだけの「強さ」がないという理由で英国人の男として不適格なのだ。シェル・ショックの兵士がしばしば持ち場を放棄したせいもあり、英国軍はシェル・ショックを臆病さの兆しとみなし、休戦のあとでさえ彼らの処刑を実行していたが、[30]ホームズが「臆病者！」と叫んで家に押し入ることでセプティマスを自殺に追いやることは偶然ではない（一四九）。彼は医学的暴力の、もっとも家父長的かつマスキュリンな体現者である。

　このイデオロギーはセプティマスの妻ルクレツィアも共有している。医者が「病気ではない」と保証しているのに病人のようにふるまうセプティマスは、彼女にとって「自分勝手」としか映らない（二三）。自分は男らしい戦士と結婚したはずなのに、この弱りきった夫は何もせず、異常な言動をくりかえし、しょっちゅう涙さえ流している――「セプティマスのような戦争で戦った男、勇敢な男が、泣くのがいちばん我慢できない」（一四一）。ここでもやはりシェル・ショックの症状は臆病さの証として解釈されており、だからこそルクレツィアは、彼の症状――彼女の言葉では「不全」――を公衆の視線から「隠さ」ねばならないと考えるし、自分の夫が「弱い」という事実は母親に打ち明けられない恥辱であると信じている（一六）。夫の自殺願望について「自殺するという男なんて臆病だけど、セプティマスは戦争に行ったんだから勇敢なはず。いま彼はセプティマスじゃないんだ」(一二三)と考える彼女の思考回路は、マッチョなミリタリズムに染まっている。彼女にとって市民の社会的・家庭的な責任は、軍人の戦場における戦闘能力と地続きなのだ。戦士=家父長というものの社会的定義の条件を満たせないかぎり、その人物は男としてカテゴライズされないのである。むろんルクレツィアもこうした歴史的背景のひとりの犠牲者であるには違いないわけだが、夫を自分勝手で臆病で無責任だとしか捉えられない彼女のイデオロギーがセプティマスの被害性を軽減することはない。

粗暴なホームズとは対照的に、ブラドショーがセプティマスに行使する医学的権力は精妙で洗練されている。無謬という評判にふさわしく、彼はセプティマスをひとめ見た瞬間にその重症ぶりを見抜く。「これは完全に衰弱だ――肉体的にも精神的にも完全に衰弱している。どの症状もだいぶ進行している」(九五)。上流階級むけのクラリッサのパーティでもつねに「サー」という敬称つきで呼ばれる彼は高い社会的地位を占める有能な医者であり、シェル・ショックの『レポート』作成になんらかの形で関わることになるだろう存在だ。だから彼が患者にいつも命令口調で――彼の頻用するmustという助動詞はセプティマスを憤慨させる(一四七)――話すのも理解できる。「彼[セプティマス]は自殺すると脅したんでしょう。選択の余地はありません。これは法律の問題なのです」(九六–九七)、と彼はルクレツィアに断言する。セプティマスが診療所《ホーム》に隔離されることは法的に決定されるのであり、彼はその医学分野における番人なのだ。これが彼の「状況を支配する力」の発揮方法である。さらに悪名高いのは彼の健康観で、彼は健康の根本原理を「均衡《プロポーション》」であると規定する――

均衡を崇拝するサー・ウィリアムは自分自身ばかりでなく英国を繁栄させているのだ、狂人を、隔離し、出産を禁じ、絶望を罰し、不適格者がみずからの考えを喧伝できないようにし、その狂人が男なら医師自身の、女ならブラドショー夫人の、均衡の感覚を共有させるのである（夫人は刺繍をし、編み物をし、週に四日は家で息子と一緒に夜を過ごす）。（九九）

これはいま生政治として知られる、人びとを適切な様態で生きるよう強制するタイプの権力である。ミシェル・フーコーが定義したところによれば、「生政治は、出生率・死亡率・各種の生物学的な障害・環境要因などを介してその権力の及ぶ範囲を規定する」。それは「生きることを強制」する「規律的権力」であり、生権力は重要な装置のひとつとして医学を発展させ、「各医療施設をつうじて治療法を整備し、情報を集権化し、知識を標準化」した。[31] ブラドショーの場合、彼が医療をつうじて定着させるところの「標準化」された知とは、ヴィクトリア朝的な家父長制と英国の帝国主義的イデオロギーそのものだ。あからさまに攻撃的にふるまうホームズとはことなり、彼はシェル・ショック患者という逸脱的な分子は処刑するのではなく社会へと再馴致することが自身のプロフェッショナルな国家的責務であるとよく理解し、それを実行しているのである。ラフランによれば戦後じっさい、「医者たちは「シェル・ショック」を患う男たちを柔弱だとか女々しいなどとあからさまには描写しなかった」という。医学界は弱った兵士という存在が英国のイメージを脅かす存在であると認識していたので、「その脅威を抑えこむべく、とりわけ彼らは「文明化された」英国的な男らしさと、その特質の核となる意志力というものの維持に引きつづきコミットした」。[32] このような歴史をふまえると、トラウマに苦しむ戦争帰還兵は被害者であるという第二次大戦後に醸成された常識をそのままこの小説に適用することのアナクロニズムがいっそう明確になる。

　こうした文脈で読むとき、いっけん狂気じみたセプティマスの誇大妄想的な発言――「社会を刷新するべくして降臨した主《ロード》」たる自分が「世界を変える」ために「至高の秘密を内閣に知らしめねばならない」（二四‐二五、六七）――もまた現実的な含意を帯びはじめる。彼には戦場で「男らしさが芽生え」、戦友のエヴァンズの死に直面したときも「ほとんどなにも感じない自分を褒めた」というが、彼の精神を硬化させたのは戦争の衝撃だけでなく戦場を支配するマチズモであり、それは彼に喪の感情を禁じることで戦後生活における回復をも妨げているのだ。彼は第一にマッチョな戦争によって、第二にマッチョな社会によってトラウマタイズされる。死んだエヴァンズが眠る神聖な世界にも、家父長的な法が支配する現実世界にも属することができない彼は、煉獄における永遠の苦しみを運命づけられているのである（ルクレツィアは彼がダンテの『地獄編』を読むのを妨げる［八八］）。彼はこの「狂人」の視線で、「均衡」といった人道的に見えなくもない教条のもつ暴力的な側面を暴くのだ。フィオナ・レイドが論じているように、「ヴィクトリア朝的な「不屈の精神」（stiff upper lip）を最初に破壊しはじめたのはシェル・ショックを患う兵士たちであり、またしばしば拙速な軍法会議と無許可で執行される死刑という代償を支払いながら、この血みどろの戦争を戦うことを最初に拒否したのも、やはり彼らだった」▼33。生政治のメディコポリティカルな暴力は、まさしくセプティマスを「臆病」という理由で「処刑」するのである。セプティマスは窓から身を投げるとき、「これでもくらえ！」（"I'll give it to you!"）（一四九）というダイイング・メッセージを遺す。このホームズに向けられているように思えるメッセージはしかし、魔術的な回路をたどって、クラリッサという部外者に――セプティマスの言葉を借りれば――「伝達《コミュニケート》」されることになる。

クラリッサとシェル・ショック

上述の議論にクラリッサを位置づけるには、彼女自身の被害性に着目する必要がある。それは彼女の個人的な過去だけでなく、やはり大戦に由来するものだ。小説の冒頭で読者は終戦を言祝ぐ多幸的なクラリッサに出くわすのであるが、そのセンテンス内にはミセス・フォクスクロフトとレイディ・ベクスボロという息子を亡くした二人の女性の悲嘆が織り込まれている。彼女たちにとって戦争は終わってなどいないのだが、それはまさしく彼女たちが戦争で死ななかった（死ねなかった）がためにそうなのである。かくしてこの小説は、多くの女性が背負う運命にあった戦争の間接的な被害性に光を当てることで開幕する。このテーマを精査した臼井雅美の論文「『ダロウェイ夫人』における戦争の女性被害者」は、「セプティマスとクラリッサを結びつける絆は、戦争と家父長的な価値体系から受ける被害という共通の感覚である」と論じている。[34] だが臼井の論は女性の被害性が焦点となっており、彼女のいう「絆」を捉えきれていない。すでに引用したように、ズワードリングもやはり彼らは「もっとも深いレベルにおいて同類」なのだと書いていたが、では正確にどのレベルにおいてクラリッサとセプティマスは同類であるのか、あるいはより浅いレベルにおいてはなぜ同類であるとみなされず、結果として「自分は彼にすごく似ている気がする」という認識が批判対象となってしまうのか。ふたりの「絆」をよりクリアに捉えるには、ふたたびシェル・ショックとジェンダーが鍵となるだろう。

まず、クラリッサが戦争の部外者であるという前提を疑いたい。メアリー・カルドーが『古い戦争と新しい戦争』で論じているように、第一次大戦は最初の「全面戦争」であり、それは「軍人と民間人の、戦闘員と非戦闘員のあいだの」区別を侵食した[35]。もはや世界大戦においては当事者と部外者のあいだに明確な境界など引けなかったのである。じっさい『ダロウェイ夫人』はいかに戦争のインパクトが軍人・民間人を問わず残存しているかをつぶさに描くテクストで[36]、冒頭部分は戦後ロンドンの風景を擬似的な戦場として描いている。たとえば商品の宣伝に飛行機が使われるが、これは戦車と並んで第一次大戦において導入された新兵器であり、戦争の大規模化・機械化の代表であるばかりでなく、まさしく前線という概念を破壊した殺戮マシンであり、その大衆的・商業的な転用である。あるいはクラリッサが街中で「暴力的な爆発音」を聞いて飛び上がる場面。これは車のクラクションなのだが、クラリッサは「わあ！　ピストルを撃ってる！」と咄嗟に考えており、彼女のような階級の婦人がロンドンの街中で耳にする音を発砲音だと瞬間的に解釈するという事実は、彼女が戦時中にそのような音を聞いて怯えていた可能性を示唆している（別のキャラクターの「まったく自動車は」という落ち着いた反応と対比されたい）。さらに、この「女王か皇太子か総理大臣」を乗せているらしい車は大英帝国の権力の象徴であり、音に気を取られた通行人たちは「戦没者、国旗、帝国」に思いを馳せる。この神秘に包まれた車体からは「不滅の存在がもつ淡い光」が放たれ、それが「頑強な肉体をもつ長身の男たち」に降り注ぐと、「彼らは背筋を伸ばし、いつでも国王にかしずき、先祖代々そうしてきたように、必要とあらば大砲のまえに身を投げだす準備を整える」（一三–一八）。この「戦後」ロンドンにおいて、大英帝国の臣民たちの知覚はいまだ神経レベルで戦争の論理に統御されている。

この場面は、サラ・コールが書いているように、「この小説における直近のトラウマのムード、すなわち飛行機を潜在的な兵器として認識する集団的シェル・ショックのようなものと一致している」。[37]ジェシカ・バーマンはさらに進んで「セプティマスのシェル・ショックはみんなのシェル・ショックなのだ」と論じており、[38]むろんこれは過剰な一般化ではあるものの、たしかにわれわれはクラリッサの（シェル・ショックではないが）当時であれば「ヒステリー」と診断されたであろう神経症を見なくてはならない。読者は彼女の戦争経験についてほとんど知らされないが、旧友のピーター・ウォルシュが明かすところによれば、クラリッサは幼少期に妹のシルヴィアの死を目撃している——「あの恐ろしい出来事。自分の妹が倒木に潰されて死ぬのを［…］目の当たりにするなんて」（七八）。ウルフがこのトラウマティックな過去をテクストに書き込んだという事実は、女性民間人がかかえる神経症と男性戦闘員がかかえるシェル・ショックを接続しようというウルフの意図をさぐる足がかりになる。[39]ピーターによれば、「家族でもっとも才能に恵まれている」と口癖のように言っていたシルヴィアが年頃で死んでしまったことで、クラリッサは暗くなってしまった」という。エヴァンズの亡霊がセプティマスの心中にサバイバー・ギルトを喚起するのと同様、「もっとも才能に恵まれ」た妹の急死はクラリッサにつきまといつづける。さきの「ピストル」のほか、タクシーを見ながら彼女が襲われる「一日を生きるのだって、とても、とても危険なことなのだ」という「恒常的な感覚」や（八）、多幸的に生を言祝いだかと思えば抑鬱的に死について沈思しはじめるといった極端な気分の揺れは、彼女の経験してきたトラウマティックな過去に部分的には由来している。彼女は妹を見舞ったような事故がいつでも自分やほかの誰かに降りかかりうるのだという死の可能性をつねに意識しているのだ（当時もっともよく知られていた神経症の原因が列車事故であったことを思い出そう）。彼女はまさしく当時「女性ヒステリー」の典型的な症状として知られていた神経過敏に悩まされている人物として造形されている。

すでに述べたように、当時の医者たちは男性のシェル・ショックと女性のヒステリーの類似に気づいていたものの、英国の軍事力のイメージを損ないかねないという懸念からその事実を隠蔽したのだった。セプティマスは田舎に隔離されねばならないというブラドショーの「命令」は『レポート』の勧告に従っているだけでなく──それはシェル・ショックの兵士を本国に戻すなとさえ書いている▼40──、「「シェル・ショック」と女性神経症の分離は戦後までつづいた▼41」という歴史的事実が示唆しているように、彼の隔離の厳命は、よるべなき夫婦の結婚生活だけでなく、セプティマスとクラリッサの邂逅の可能性をも阻害しているのだ。くわえて、当時の医学はシェル・ショックを男性の病であると定義していたのだが、「女性はその悲嘆、恐怖、危険にさらされた経験などにもかかわらず、苦難を共有するコミュニティへの参加を許されなかった▼42」。つまりそれは女性と戦争（経験）とを言説的に切断する社会的機能を果たしていたのであって、病理の門番たる医師たちは、男性兵士のシェル・ショックとヒステリー女性の神経症とのまさしく「絆」を断ち切る責任を担っていたのだ。かくしてクラリッサとセプティマスが作中いちども出逢わないというテクスチュアルな事実を歴史的に解釈することが可能となる──彼らの邂逅は家父長的な法によって固く禁じられているのだ。なるほどクラリッサはこの生権力の論理が支配する社会からの疎外という点において「彼に似ている」のである。そしてこの現実に一撃を与えるために、小説はエピファニーという法外な力技に訴えるのだ。

フェミニスト・エピファニー

トラウマ読解をふくめ、エピファニーの場面を好意的に解釈しようとする批評はいくつもある。たとえばグレアム＋ルイスは、この小説はセプティマスとクラリッサの「コミュニケート」の「可能性を想像」はするのだが、最終的にその「救済」の「希望を捨て去る」としたうえで、しかしながらこの結末は「慰安と終結を宙吊りにする」ことにより、「別の選択肢が必要なのだ」ということ、「もっと誠実ななにかがありえるのではないか」という可能性を暗示するのだと論じている。[43] 同様にケイリー・ジョイスのトラウマ読解は、「トラウマが治癒せずクラリッサが目撃に失敗するということで、ウルフのモダニストとしての真正さが完成をみる」と述べる。[44] このタイプの読解は共通したロジックを用いている。すなわち、クラリッサはセプティマスの被害性を目撃したり理解したりすることに失敗するのだが、その失敗は作者あるいは作品の失敗を意味するのではなく、作者はあえて失敗を失敗として描くことで、本当はその失敗ではないオルタナティヴのほうを描いているのだ、というものだ。小説はそのオルタナティヴの正体はあきらかにしないが、まさにそれゆえにモダニスト的な陰画として小説は成功しているというわけである。だがこうした読解はそもそも次のシンプルな事実を見落としている。すなわち、時系列を整理すれば、①セプティマスの死の知らせがクラリッサの意思に関係なく届けられ（それはまず彼女を苛立たせるのだった）、②つづいてクラリッサは、やはり彼女の意思と関係なくエピファニーを経験し、③そして最後に彼女は自分の身を襲った経験に、つまりセプティマスの自殺に、解釈を与えるのである。クラリッサの自由意志らしきものは③にしか介在していない。もし作者の意図の次元を考慮するのなら、ウルフはたとえばクラリッサに通行人として偶然セプティマスの自殺を目撃させることもできたわけで、この実験性に満ちてはいるものの内容的にリアリズムの範疇に収まる小説においてこの目撃をあえてエピファニーという魔術的な方法論で達成するという形式上の選択を、本論はリアリズムへの挑戦であると捉えたい。そのためにわれわれは、なぜウルフはここでエピファニーを使ったのか、そしてその効果はどういったものなのか、この二点を問わなくてはならない。

「シェル・ショックの後遺症」と「法案」が言及された直後にクラリッサは「ある青年」が自殺したという知らせを受けとる。彼女は総理大臣がたったいま入っていったはずの小さい部屋へと移動するが、そこには誰もおらず、ひとりになった彼女の「自殺したんだ――でもどうやって？」という自問が、エピファニーの引き金となる――

　　自殺したんだ――でもどうやって？　いつも身体がまずそれを体験する、なにか、いきなり、事故の話を聞くと。服が燃え、身体が焼ける。窓から身を投げたのだ。地面が突如として迫ってくる。彼の身体を貫く、ぎこちなく、傷つく、錆びた鉄柵が。横たわってずん、ずん、ずんと脳が鳴る、そして暗闇に飲み込まれる。それが見えた。でもどうしてそんなことを？（一八四）

ここでクラリッサが体験しているものは、傍観者として自殺を目撃する以上に直接的であり、死の間際のセプティマスの知覚の追体験というべきものだ。このような「事故」を追体験させられることは誰でも極度にショッキングなはずであり、ましてや妹の事故死を目の当たりにした過去を持ち「ヒステリー」を患う女性にとってはなおさらである。セプティマスの自殺は彼女が言うように「事故」ではないわけだが、だからこそ、このクラリッサの語彙選択は彼女がセプティマスと事故で死んだシルヴィアの運命を重ねていることを示唆している。クラリッサは「事故」の話を耳にするたび「いつも」このような身体的追体験に襲われてきたと証言しているから、セプティマスの件はその一例にすぎないのだろう。この時点でクラリッサをセプティマスの加害者だと認定するのは難しく、彼女はむしろ自殺行為を強制的に追体験させられる被害者のひとりでさえある。

自分は「彼に似ている」と感じて見知らぬ青年の自殺を祝福するまえに、クラリッサはブラドショーとセプティマスが会っていた可能性に思いを巡らす。そんなことを考えるのはブラドショーがシェル・ショックに苦しむ帰還兵を診断していることを知っているからであり、彼女はパーティに出席しているこの医師のパーソナリティには「邪悪なところがあり」、「名状しがたい非道に手を染められる」人間なのだと正しくも察知している。エピファニーのショックも醒めやらぬなか、彼女は推測をつづける――「もしこの青年がサー・ウィリアムのもとを訪れ、彼がいつものように力で威圧したとすれば、青年はこんなことを言ったんじゃないだろうか（じっさいいまそれを感じる）、人生は耐え難い、奴らが人生を耐え難くする、ああいう人間が」。セプティマスとともに、彼女はいまブラドショーたちが体現するメディコポリティカルな暴力というものを垣間見ているのだ。つづく「これが私の罰なんだ、こっちで男がひとり、あっちで女がひとり沈み、消えてゆくのをこの深い暗闇のなかで見るのが、ドレスを着たまま目撃することを強いられているんだ」という謎めいたパッセージは、クラリッサとセプティマスがサバイバー・ギルトを共有していることをふたたび思い起こさせる（一八三－一八五）。この「沈み、消えて」ゆく「男」と「女」がまずはセプティマスとシルヴィアであり、さらにはテクストにあらわれない多くの死者がそこに含まれることがわかるだろう。トラウマ読解は最終的に（死ではなく）生を選択するというクラリッサの決断をとりあげてこれを彼女の「コミュニケート」の拒否であると解釈してきたが、クラリッサは自身が人びとの死を「目撃」し、そのうえでセプティマスと同様のサバイバー・ギルトを抱えながら生きながらえることを「強いられて」いるのだと理解している。この目撃のあとになってはじめて彼女は自分が「彼に似ている」と考えるのだ。彼女はパーティを開くことを「招集（assemble）」する行為だと考えているが、クラリッサはまさしく記録されざる他者の被害性を掬いあげる記憶のアーカイヴィストなのである。

　クラリッサはセプティマスにたいして暴力的にふるまうのだという読解の批判が重要なのは、それがいま読んできた場面における枢要な含意を見落としているためである。この小説はきわめて実験的なモダニズムの作品だが、それでもエピファニーの場面は読者を戸惑わせる。マルカム・ブラドベリー＋ジェイムズ・マクファーレンによる古典的な定義を借りれば、モダニズムとは「期待される連続性の侵害《バイオレーション》」であるという。[45] この場面で生じている侵害行為とはなにか？　クラリッサとセプティマスが出逢わないというテクスチュアルな事実が社会的な隔離政策の反映であると論じたが、なぜこの法はこのような仕方で破られるのか？　本論はつぎのように答えたい――ウルフはエピファニーをリアリティ＝リアリズムへのあからさまな違反行為として描き、小説執筆の慣習ならびに当時の社会における法的秩序を同時に侵害する《バイオレート》ことで、このような法外な想像力に頼ることなしにセプティマスとクラリッサが出会いコミュニケートすることは不可能なのだと言っているのだ。いいかえればエピファニーの場面が描くのは、リアリズム＝リアリティの領域においてはセプティマスの自殺は無に帰すほかないという事実であり、彼の死に際のメッセージが誰かに届く可能性を実現するためには家父長的な法が侵されねばならないということである。それを可能にするのが文学なのだ。本作に暴力があるとすれば、それはクラリッサとセプティマスにひとしくふるわれるメディコポリティカルな暴力にほかならず、もしクラリッサの（あるいはウルフの）暴力があるとすれば、それはまさしくこのイデオロギーにたいして行使されるバイオレーションであり、セプティマスに向けられたものではない。ウルフはエピファニーというモダニズム文学の技法を、フェミニスト的な侵害行為として定義しなおすのだ。『ダロウェイ夫人』という小説が描き出すフェミニスト・エピファニーは、忘れられた孤独な被害者たちを招集するためのラディカルな回路なのである。

▶注

1 Virginia Woolf, *Mrs. Dalloway* (New York: Harcourt, 1981). 本書からの引用は文中で括弧に入れて頁数を示す。

2 Sue Thomas, "Virginia Woolf's Septimus Smith and Contemporary Perceptions of Shell Shock," *English Language Notes* 25, no. 2 (1987): 49.

3 シェル・ショックがトラウマならびに PTSD に取って代わられた経緯を通時的に記述した研究としては、次の二冊を参照。Ruth Leys, *Trauma: A Genealogy* (Chicago: University of Chicago Press, 2000); Edgar Jones and Simon Wessely, *Shell Shock to PTSD: Military Psychiatry from 1900 to the Gulf War* (New York: Psychology Press, 2005).

4 Karen DeMeester, "Trauma and Recovery in Virginia Woolf's *Mrs. Dalloway*," *Modern Fiction Studies* 44, no. 3 (1998): 649–73.

5 Tracey Loughran, *Shell-Shock and Medical Culture in First World War Britain* (New York: Cambridge University Press, 2017), 14.

6 Peter Leese, *Shell Shock: Traumatic Neurosis and the British Soldiers of the First World War* (New York: Palgrave, 2002), 1. 本論ではおもに「神経症」「シェル・ショック」「トラウマ」という三つの用語を使用する。①「神経症」は後二者ならびに「ヒステリー」などを包含しうる一般的な用語として、②「シェル・ショック」は第一次大戦前後の時代に用いられた歴史的な用語として、③「トラウマ」は基本的に②と区別するかたちで用いているが、「シェル・ショック」が流通していた時期にも「トラウマ(タイズ)」という用語は神経症の記述において用いられていたため、部分的に②を含むかたちで用いている箇所もある。むしろ本論が際立たせたいのは、「シェル・ショック」概念と 90 年以降に整備された学術的な理論体系である「トラウマ理論」との歴史的な差異である。

7 次を参照。*Report of the War Office Committee of Enquiry into "Shell-Shock"* (London: Imperial War Museum, 2014 [1922]).

8 次を参照。Fiona Reid, *Broken Men: Shell Shock, Treatment and Recovery in Britain 1914–1930* (New York: Bloomsbury, 2010), 150.

9 Alex Zwerdling, *Virginia Woolf and the Real World* (Berkeley: University of California Press, 1986), 142.

10 次を参照。Virginia Woolf, Introduction to *Mrs. Dalloway* (New York: Modern Library, 1928), vi.

11 DeMeester, "Trauma and Recovery," 649, 653, 662.

12 Dominick LaCapra, *Writing History, Writing Trauma* (Baltimore: Johns Hopkins University Press, 2014), 190.

13 Cathy Caruth, Introduction to *Trauma: Explorations in Memory* (Baltimore: Johns Hopkins University Press, 1995), 5.

5

14 Cathy Caruth, *Unclaimed Experience: Trauma, Narrative, and History* (Baltimore: Johns Hopkins University Press, 1996), 10, 18.

15 Shoshana Felman and Dori Laub, *Testimony: Crises of Witnessing in Literature, Psychoanalysis, and History* (New York: Routledge, 1992), xiv, xx.

16 Kaley Joyes, "Failed Witnessing in Virginia Woolf's *Mrs. Dalloway*," *Woolf Studies Annual* 14 (2008): 71.

17 Ariela Freedman, *Death, Men, and Modernism: Trauma and Narrative in British Fiction from Hardy to Woolf* (New York: Routledge, 2003), 102.

18 Tammy Clewell, "Consolation Refused: Virginia Woolf, the Great War, and Modernist Mourning," *Modern Fiction Studies* 50, no. 1 (2004): 214.

19 Thomas, "Virginia Woolf's Septimus Smith," 49, 51.

20 *Report*, 191.

21 "Courage and Character," *The Times*, 2 Sept. 1922.

22 *Report*, 28, 191.

23 "The Anatomy of Fear. Prevention of 'Shell Shock,'" *The Times*, 10 Aug, 1922.

24 Leese, *Shell Shock*, 1, 40.

25 Leys, *Trauma*, 84.

26 Loughran, *Shell-Shock*, 126.

27 Elaine Showalter, *The Female Body: Women, Madness and English Culture, 1830–1980* (New York: Penguin, 1987), 171.

28 Leys, *Trauma*, 84.

29 *Report*, 130.

30 Reid, *Broken Men*, 150.

31 Michel Foucault, *"Society Must Be Defended": Lectures at the Collège de France 1975–1976*, trans. David Macey (New York: Picador: 2003), 244–47.

32 Loughran, *Shell-Shock*, 139, 148.

33 Reid, *Broken Men*, 1.

34 Usui Masami, "The Female Victims of the War in *Mrs. Dalloway*," *Virginia Woolf and War: Fiction, Reality, and Myth*, ed. Mark Hussey (Syracuse: Syracuse University Press, 1991), 151.

35 Mary Kaldor, *New and Old Wars* (New York: Vintage, 1999), 27.

36 次のホログラフ研究はウルフが「より存在感を強調す」べく、あえて「第一次世界大戦への直接的な言及を削除した」ことを明らかにしている。Jane Lilienfelt, "'Success in Circuit Lies': Editing the War in *Mrs. Dalloway*," *Woolf Studies Annual* 15 (2009): 116, 119.

37 Sara Cole, *At the Violent Hour: Modernism and Violence in England and Ireland* (New York:

Oxford University Press, 2012), 250.

38 Jessica Berman, *Modernist Commitments: Ethics, Politics, and Transnational Modernism* (New York: Columbia University Press, 2011), 61.

39 作中でクラリッサは「インフルエンザのせいで心臓の調子が悪く」、この「病気をしてからずいぶん蒼白になってしま」ったと書かれており（4）、これは彼女が 1918 年に大流行したスペイン風邪に罹ったことを示している。COVID-19 のパンデミックに触発されて、エリザベス・アウカはこの細部に触れながら、クラリッサの哀悼可能性（ジュディス・バトラー）への再注目を促しつつ、クラリッサとセプティマスがともに「20 世紀初頭におけるふたつの大量死のパラレルな生き残りである」という事実は「見落とされがち」だと書いている。この着眼点もまた、シェル・ショックとは別の回路でふたりのキャラクターを接続するひとつの論点になりうるだろう。See Elizabeth Outka, "Grievability, COVID-19, and the Modernists' Pandemic," *Modernism/Modernity Print Plus* 5, cy. 1 (2020). https://modernismmodernity.org/forums/posts/outka-grievability-covid.

40 *Report*, 195

41 Loughran, *Shell-Shock*, 139.

42 Ibid., 140–41.

43 Elyse Graham and Pericles Lewis, "Private Religion, Public Mourning, and *Mrs. Dalloway*," *Modern Philology* 111, no. 1 (2013): 106.

44 Joyes, "Failed Witnessing," 70.

45 Malcolm Bradbury and James McFarlane, *Modernism: A Guide to European Literature 1890–1930* (New York: Penguin, 1978), 24.

6

デブラ・グラニク『足跡はかき消して』におけるベトナム戦争と9.11以降のホームランド

The Vietnam War and the Post-9/11 American Homeland in Debra Granik's *Leave No Trace*

これは留学2年目のレポートを4年目に書き直したもの。中堅どころの映画研究系ジャーナルに引っ掛かるまでいくつかの媒体にサブミットしようという心構えだったが、最初に投稿した*Discourse*誌が気に入ってくれて、そのままスムーズに採用になった。第3章、第4章と同じく、トラウマを負った親をもつ子供たちというテーマの一環として書いた論文だが、媒体の性質もあって本書のなかでも理論寄りの内容になっている（*Discourse*には*The Journal for Theoretical Studies in Media and Culture*というサブタイトルがついている——ちなみに、ジャーナルのサブタイトルというのは書かないのが慣習）。いま読むと、アメリカ人帰還兵のトラウマという保守的なモチーフを娘の立場から相対化するさいの批判意識が弱いのが難点。基本的には保守的である作品を、理屈を捏ねて褒めることにわたしが疑問を持ちはじめるのは、本論と第9章の『ねじまき鳥クロニクル』論を書いたあとだった。そのような視点から批判的に読んでもらえると嬉しい。

Abstract

9.11 以後、ベトナム戦争以来のアメリカの軍事主義にたいする疑念は払拭され、ブッシュ政権は高らかに「テロとの戦争」をグローバル規模で宣言することができた。建国以来アメリカの暴力行為を肯定するナラティヴとして機能してきたイデオロギー、すなわちアメリカ例外主義の復活である。21 世紀のアメリカ研究においては、したがって、いかにしてベトナムの記憶をふたたび想起できるかがひとつの焦点でありつづけている。こうした文脈を念頭に本論は、デブラ・グラニク監督による『足跡はかき消して』(2018) を観る。イラク戦争帰還兵ウィルとその娘トムは、アメリカ北西部の多雨林地域にある広大な州立公園の一画を不法に占拠して生活している。PTSD に苦しむウィルはなぜか森の中での生活に強迫的に取り憑かれた人物として描かれており、また映画はロングショットを多用して、あたかも登場人物よりも森のほうが重要な要素であるかのように演出している。この映画は観る者に森の意味について思考するよう促しているのだ。『足跡はかき消して』は 9.11 以後のアメリカン・ホームランドにおいて、「ジャングルの戦争」として記憶されているベトナムを緑の背景として視覚的に回帰させる映画である――そう本論は主張する。ただしイラク戦争帰還兵の PTSD にフォーカスすることじたい、「かの戦争における被害者はアメリカ人兵士だった」というベトナム戦争以来アメリカが動員してきた保守的ナラティヴと親和的である。『足跡はかき消して』という映画はその問題に自覚的であり、最終的にトムがウィルを見捨てながらも、森の風景を介して父親ならびに戦争の歴史と向き合いつづけるという結末を描くことで、ウィルの PTSD と戦争の記憶をクリティカルに継承するためのサステイナブルな方途を示している。

二〇〇一年九月一一日に起こったワールド・トレード・センターへのテロ攻撃の鮮烈な映像は、じつにさまざまな文化的・歴史的な記憶を喚びおこした。その崇高な出来事を理解するにあたって世界中の多くの観衆の頭に浮かんだのは、皮肉にも、すぐれてアメリカ的な産物であるハリウッド映画において描かれるド派手な破壊のイメージだった。あるいは多くのアメリカ人にとっては、一九九五年にオクラホマで起こった爆破テロ事件を想起させる事件でもあった。また一部の人間にとって九・一一はパール・ハーバー以来の最悪の諜報活動の失敗であり許すべからざる卑劣な奇襲であった。その飛行機が核兵器を搭載しているのではないかと恐れた者たちもおり、倒壊する二本のタワーは彼らにヒロシマとナガサキの上空に現れた二つのキノコ雲を想起させ、「グラウンド・ゼロ」という呼称がすぐに使われはじめた。倒壊したビルの瓦礫のうえに星条旗を立てた三人の消防士を捉えてピュリッツァー賞のショートリストに残ったトマス・フランクリンの写真もまた、第二次世界大戦において硫黄島に星条旗を立てた米国の海兵隊を捉えたジョー・ローゼンタールのピュリッツァー賞受賞作品の反復であった。こうした九・一一と歴史的出来事との連想は、国家レベルの強力な情動と結びついた文化的コンテクストのなかに戦略的に位置づけられることで、いわゆるアメリカ例外主義——アメリカ合衆国は永久に若く、イノセントで、善良で、唯一無二であるという神話——を再強化している。アメリカが被ってきたトラウマ的な被害、そしてアメリカによる「正義」の「善」なる武力行使という伝統的なナラティヴを喚起することで、「テロとの戦争」の旗印のもとに軍事主義の再強化への支持を獲得した九・一一以後のアメリカは、その暴力を正当化し、神聖化し、恒常化してきた。九・一一関連の写真を分析したジョゼフ・ダーダは、ブッシュ政権は「例外主義的光学」と呼ぶべき視覚を構築したのだと論じている。われわれがフランクリンの写真のような九・一一のイメージを見るときに作動する「光学的無意識」（ヴァルター・ベンヤミン）に政治的に介入することで、それを観る者がアメリカ例外主義に賛同するよう戦略的に操作してきたというのだ。▼1 国家のヘゲモニーは、出来事がどのように報道されるかだけでなく、そもそもわれわれが出来事をどのように知覚し反応するかを無意識レベルでコントロールしているのである。

こうした九・一一にともなう愛国主義の再燃にあらがって、研究者たちは協働してアメリカ例外主義という言説の欺瞞をもっとも鮮烈に露呈させたアメリカの記憶を掘り起こしてきた。すなわち、ベトナム戦争である。この東南アジアにおける軍事的敗北いらい、ベトナムの記憶はアメリカの政治と戦争を語るにあたって、もっとも論争的なトピックでありつづけてきた。保守にとってベトナムとはアメリカを苦しめるトラウマであり、それを忘却ないしは修正することでアメリカ人は回復し、前に──つまり、あらたな戦争に──進む必要がある。リベラルにとってそれはベトナム、ラオス、カンボジアの人びとにたいしてアメリカがふるった暴力にほかならず、ベトナム戦争はアメリカ例外主義というものが建国以来つねに武力行使を正当化するために動員されてきたナラティヴであることを暴いた戦争として記憶されるべきものである。ウィリアム・スパノスが『グローバル時代のアメリカ例外主義』で述べているように、「ベトナムの亡霊」は、それを除霊せんとするブッシュ大統領のパトリオット・アクト（二〇〇一）やホームランド・セキュリティ・アクト（二〇〇二）といった立法努力にもかかわらず、九・一一以後のアメリカのホームランドにいまだ取り憑いている。▼2 テロとの戦争をとりまく言説と情動がアメリカ例外主義とその視覚的遺産によって規定されてきたとするなら、いかにして九・一一以後のアメリカのホームランドを反例外主義的な視覚によって見つめられるかが重要な課題となるだろう。とはいっても、イラクやアフガニスタンにおける戦争を経たのち、ベトナム戦争を視覚的にクリティカルな記憶として「記憶する」とは、いったいどういう行為を指すのだろう？　マリアン・ハーシュが「ポストメモリー世代」と呼んだ世代、つまりそれを直接には経験していない世代にとって、一九七五年に（形式上は）終わった戦争を記憶しつづけ、そして九・一一以降もアメリカのホームランドに憑依しているという「ベトナムの亡霊」を目撃しつづけることは、いかにして可能なのだろう？　テロとの戦争の時代において反例外主義的な光学を介してベトナムを表象するための文化的・歴史的な条件とは、どのようなものだろう？　あるいはもっとひろく、記憶をクリティカルに可視化するための方法論とは、いかなるものになるだろう？

こうした問いを念頭に本論が分析したいのは、デブラ・グラニク監督の映画『足跡はかき消して』（二〇一八）である。[3]　これはピーター・ロックの『見捨てる』（二〇〇九）という小説のアダプテーションであり、またこの小説そのものも、二〇〇四年に大々的に報道された実在の事件を小説化したものである。[4]　映画は、ウィル（ベン・フォスター）という名のイラク戦争帰還兵――じっさいの事件ではベトナム戦争帰還兵だった――とその娘であるトム（トマシン・マッケンジー）からなる家族についての物語で、彼らはアメリカ北西部に位置する多雨林のなかにある州立公園の一画を不法占拠して生活している。イラクの砂漠における従軍から帰国してＰＴＳＤに苦しめられながら、なぜか強迫的に多雨林に惹きつけられる帰還兵の姿を描くことで、『足跡はかき消して』は、ベトナム戦争を風景として視覚的に回帰させ、テロとの戦争をその歴史的文脈のなかに位置づける映画である――そうわたしは論じる。多くのアメリカ人が「ジャングルで戦われた戦争」として記憶しているベトナムを緑の風景として回帰させ、イラク戦争帰還兵をその背景のなかに位置づけることで、この映画はベトナムを再緑化するのだ。ブッシュが常態化した例外状態を歴史的に文脈化すべく、本作はベトナムの亡霊を九・一一以後のアメリカのホームランド内において喚びおこすのである。またグラニクは、アメリカ例外主義とアメリカの被害性との親和性にも意識的であり、それを父ウィルとポストメモリー世代の娘トムのあいだの軋轢を介して表現することで、この問題を包摂しつつ転覆している。映画化にあたって元の小説のタイトルは変更されたわけだが、この映画は「見捨てる」場面におけるトムの主体性を小説よりも強力に前景化する。映画の終盤、トムは父親を「見捨てる」ことを決意し、父は森の中へと消えてゆくが、娘は風景を介してこのイラク戦争帰還兵をケアしつづけるのだ。このポストメモリー世代の娘は、強烈にトラウマタイズされた主体との直接的な共同生活ではなく、間接的な接触によって、自身が部外者であるところの戦争という歴史との持続可能な関係の維持をはかる。父親のイラクにおける個人的な体験と、アメリカが抱えるベトナムの暴力的な歴史という間世代的なトラウマは、この映画において、風景を介して、そして風景として、記憶され、継承されるのである。

間世代的トラウマとしてのベトナム

ブッシュ政権は非常事態宣言の発令をくりかえし、またそのことで記憶されているので、まず非常事態（state of emergency）、例外状態（state of exception）、そして例外主義（exceptionalism）について整理する必要があるだろう。まず、ブッシュのいう非常事態は、例外状態の一種として理解することができる。同時代のナチ政権にはじまって世界中の全体主義的レジームの理論的な後ろ盾となってきたカール・シュミットは、主権を「例外を決定する者」であるとし、また例外を「まったく無制限の権限、つまり現行制度の完全なる停止」と定義している。[5] 九・一一以後における緊急事態の発令は、軍を動員し、世界中のテロ組織を標的とし、疑わしい個人を監視・抑留・断罪するにあたっての国家の裁量を拡大したわけだが、これは例外状態というカテゴリーに該当する。[6] 緊急事態下にあるのだから、国家は法をいったん停止し、例外的な政策を実行に移さねばならない、というわけだ。ジョルジョ・アガンベンは著書『例外状態』を、シュミットの『政治神学』とブッシュのホームランド・セキュリティ・アクトを並置することで開始し、ブッシュの安全保障政策を例外状態の典型例であるとして批判している。アガンベンによれば、いまや例外状態は例外なのではなく「統治のパラダイム」と化しており、それは「こんにち、ついにその完成をみた」という。九・一一以降にブッシュがみずからをひっきりなしに「最高司令官」と呼称するようになったのは、「非常事態においては大統領が主権権力を握る」のだということを執拗に周知することで、「ブッシュは非常事態が常態となり、平和と戦争を区別することが不可能になるような状況をつくりだそうとしている」、そうアガンベンは分析する。[7] 冷戦期の大統領たちが戦争を「小さい」、「限定された」、「実験的な」もの――つまり戦争未満のなにか――であると定義しようと試みてきたのにたいして、ブッシュは九・一一を、国家規模の例外状態を全世界へと押しひろげ、全面的で、恒久的で、グローバル規模の対テロ戦争を遂行すべく、アメリカの軍事主義を再賦活するためのチャンスとして捉えた。

だが、ドナルド・ピーズによれば、ほんらい例外状態と例外主義は相容れない概念であるという。アメリカ例外主義とは、ひらたくいえばアメリカの優越性を信じるということで、これはアメリカ合衆国にとって常態であるわけだが、為政者たちは歴史上のどう見ても正当化されえない出来事――第二次世界大戦における日系人の強制収容、メキシコ系移民にたいするウェットバック作戦、そしてベトナム戦争など――を処理するにあたって、こうした出来事はアメリカの常態からの例外的な逸脱なのだと説明せざるをえない状況に追いこまれてきた。「だがアメリカ例外主義が生みだしてきたものが、これはその例外であると国がつねに説明しなくてはならないような信念なのだとしたら」、そもそも例外主義という「常態」など必要なく、つねに例外状態でいればよいわけだが、「国が有形無形の暴力を独占することを市民に認めてもらうためには、それでもなお［例外主義という］ファンタジーが必要だった」ということになるだろう、とピーズは述べる。[8] そこでピーズは、アメリカ例外主義への根強い信念は、アメリカの「否認の構造」によって維持されてきたのだと説明する。[9] だが常態としてのアメリカ例外主義と、それへの絶え間ない例外の宣言という状況は、カール・ローヴ、ジョシュ・アシュクロフト、ポール・ウォルフォウィッツといったブッシュ政権のイデオローグたちにとってもはや矛盾として意識すらされていないように思われる。その中心にいるのは、リチャード・ニクソン、ジェラルド・フォード、ブッシュ父、ブッシュ息子といった歴代大統領のアドバイザーを務め、二〇一五年には『例外的――なぜ世界には強いアメリカが必要か』を出版した副大統領ディック・チェイニーである。パトリオット・アクトの設計者である彼にとって、アメリカ例外主義を推進しながら「必要があれば行政最高責任者が法を超越するための君主制的な強権を発動する義務感を抱く」ことはまったく矛盾していない。[10] ブッシュのホームランド・セキュリティ国家において、まさしく例外状態は「統治のパラダイム」として確立したのであり、そこではピーズのいう矛盾状態こそが常態となる——アメリカ例外主義は例外状態をその構成要素として兵器化したのである。イラクやアフガニスタンにおける戦争は、もはや修正する必要も忘却する必要もない。九・一一以後のアメリカ例外主義は、胸を張ってテロリズムに宣戦布告できるのだ。九・一一のあとでベトナムを喚びおこすことのクリティカルな重要性は、このアメリカ例外主義が内包する矛盾をあらためて認識し、可視化することにある。

ここ二〇年ほど、もっとも精力的にベトナムを再記述してきたのは、ニュー・アメリカニストと呼ばれる一群の研究者たちである。アメリカの政治を考えるにあたって、ベトナムをいかに記憶するか——あるいは忘却するか——は右翼にも左翼にもひとつの重要な争点となってきた。たとえばレーガンのような保守にとって、ベトナム戦争とは（ベトナム人ではなく）アメリカ人が負った傷であり、そのせいで軍事介入に消極的になってしまったアメリカ人の精神を彼は「ベトナム・シンドローム」なる疾患であると診断した。一九九〇年代のはじめ、ブッシュ父はペルシャ湾においてクウェートを「解放」する砂漠の嵐作戦の成功を祝って、この「シンドローム」を「蹴飛ばした」と宣言し、ベトナム戦争は「高潔な大義」のもとで戦われたのだというレーガンの修正主義的なナラティヴを遡及的に肯定した。[11] 彼らにとってベトナムとはアメリカのトラウマであり、それはあらたに戦争を戦って勝つことによって克服されるべきものである。それはあたかも、アメリカは戦争を戦うたびにベトナムというトラウマ的な記憶を喚起しては祓わねばならないかのようだ——あるいは、それはあたかもフロイトの古典的な定義にしたがって、過去を脅迫的に反復することで「克服」(work through)しようと試みているかのようだ[12]。そして二一世紀、ブッシュ・ジュニアは同様のプロセスをアフガニスタンとイラクで反復することになる。ふたたびピーズを引用すれば――「誰もが注目していたテレビ画面においてベトナム時代から相続されてきた間世代的トラウマが喚起され、それを国家の精神構造から完全に抹消すべくハイパーリアリティたるイラクの砂漠で「克服」しようとしているかのようだった[13]」。間世代的トラウマを加害者の側から分析したゲイブリエル・シュワブは、「埋葬された過去の亡霊たちは言語の内部に取り憑き、言語がもつ伝達ならびに表現機能を破壊せんとつねに身構えている」と述べているが[14]、これと同じことは、われわれの視覚にも起こりうるように思われる――とりわけトラウマがイメージを介したものである場合には。もしベトナムの間世代的トラウマが九・一一以後にテレビ画面上の「ハイパーリアリティたるイラクの砂漠」で克服されようとしていたのだとしたら、われわれはこの克服のプロセスに、まさしく「ジャングル」で戦われたものとして記憶されている戦争の視覚的記憶のほうを脅迫的に反復させることによって介入しうるのではないか。

エイミー・カプランがくりかえし述べてきたように、「国内(domestic)と国外(foreign)という概念は、帝国という文脈においては相互に構成的な関係にある[15]」。彼女のよく知られた二〇〇二年の著書のタイトル『帝国のアナーキー』は、アメリカ帝国主義が内包するこの撞着的な性質を指している。同じく二〇〇二年に制定されたホームランド・セキュリティ・アクトへの応答として彼女はあらたに論文を出版し、そこで同様の枠組みをブッシュの「ホームランド」概念に適用することで、このレトリックを九・一一以後のアメリカ例外主義の復権の核として――そしてカプランにとっては同時にそれを転覆するための核として――分析している。「ホームランドという概念は安全が脅かされているという深甚な感覚を発生させることで作動する。テロリズムの脅威のせいだけでなく、ホームランドそのものも、過去ならびに未来においてそこで喪われ、侵され、棄てられたものたちに取り憑かれた根源的に不気味（uncanny）な場所なのだと判明するのだ。そもそもフロイト用語における不気味なものとは unheimlich の訳語で、すなわち「非ホーム的」という意味である。ホームランドは、それをホームでなさしめんとする、見たことがないにもかかわらず奇妙に既視感のある国外の亡霊たちに憑依されているのだ[16]」。総合すると、ニュー・アメリカニストたちの批判的方法論は、九・一一以後のホームランドを「不気味」な、非ホーム的な場所とすべく、「見たことがないにもかかわらず奇妙に既視感のある国外の亡霊たち」、あるいはあの「ベトナムの亡霊」を、どこか他所で戦われた例外的な戦争としてではなく、セキュリティが約束されたアメリカのホームランドの内部にて喚起せんとする一連の戦略である。国家権力が語るナラティヴやメディアによる報道がわれわれの光学的無意識を操作するのと同様、文化的産物は、国家権力がすでに克服したと信じる記憶を喚びおこすことで、この操作のプロセスに批判的に介入しうる。九・一一以後のアメリカのホームランドを反例外主義的な光学で照らすとき、われわれはその土地がベトナムの亡霊たちに取り憑かれているさまを目撃することになるだろう。

ベトナムを喚びおこすことがアメリカ例外主義の批判として機能しうるのはそうだとして、ベトナム戦争の記憶は、より実際的な理由で忘却の危機に晒されている。これは一九九〇年代に第二次世界大戦の記憶が直面したのと同じ問題で、一九四五年に終結した大戦の当事者たちが老いて死につつあった当時、忘却の危機にさらされた直接の当事者の記憶と証言をアーカイヴしようという動きが現れた。この「メモリー・ブーム」と同期して記憶研究が学問分野として台頭し、とりわけトラウマ研究とホロコースト研究にコミットする学者たちは、こぞって第二世代以下の者たちがトラウマ的な歴史的出来事にたいしてなにをすべきなのか、なにができるのかについて議論しはじめた。マリアン・ハーシュがホロコーストのサバイバーの写真とその子孫たちに与える影響の分析をつうじて「ポストメモリー」概念を理論化し、これが記憶研究においてもっとも影響力あるツールとして広まったのはこの頃である。「ポストメモリーは世代的な距離によって隔てられている点において記憶《メモリー》とことなり、それでいて濃密で個人的な繋がりがある点において歴史とも異なる」、そうハーシュは述べる。それは「きわめて個別的で強力な記憶のいち形態」であり、それは「記憶の対象あるいは出所と、想起によってではなく、想像力の投入と創造によって結びついている」[17]。ポストメモリーは、第一世代のそれとくらべて相対的に弱い権威しかもたない「記憶」なのではない。それは「きわめて個別的」な記憶の形式なのであり、距離があり、疎外され、間接的であるといった性質ゆえに、直接経験から得られた記憶とはことなる記憶なのである。九・一一以後のアメリカという文脈に戻れば、たとえばイラク戦争の帰還兵の子供などのポストメモリー世代が迫られるのは、イラク戦争と同時にベトナムの間世代的なトラウマに直面することである。そうした記憶をさっさと忘れるなり修正するなりしようという国家のもくろみのなかで、遅れて生まれてきた者たちは「想像力の投入と創造」を介した歴史的記憶にたいして、いかなるクリティカルな位置を占めうるのだろうか。ポストメモリー世代はアメリカのホームランドにおいてベトナムを記憶する特異な主体となり、そして以下で見るように、そこで記憶の批判的な継承の回路としてあらわれるのは、風景というメディアである。

アメリカのホームランドでベトナムを再緑化する

『足跡はかき消して』は植物が充溢する映画である。それはまず森――水、虫、鳥、葉――の音だけではじまり、コケやシダのクロースアップが現れ、つづいて高所からのロングショットで二人の主要人物がウィル、トムの順で映されるが、彼らの姿はスクリーンを支配する植物によってひっきりなしに遮られるし、映画全体をとおして彼らは超ロングショットで頻繁に植物に埋もれて見えなくなる。二人は森のなかに住んでいるらしく、じきにそれはオレゴン州ポートランドの公園であることがわかるが、そこで彼らはサバイバル・スキルを駆使して牧歌的でエコロジカルな自給自足の生活を営んでいる。じっさい、グラニクがタイトルに選んだ“leave no trace”（痕跡を残さない）とは、アウトドア活動において自然と共生するための、エコロジーの倫理と実践のための標語だ。夜中にヘリコプターの飛行音が轟く悪夢から目覚めるウィル、あるいはイラクならびにアフガニスタンから帰還した軍人たちの自殺を取材した『ニューヨーク・タイムズ』紙からの切り抜きといった断片的な情報から、われわれは徐々にウィルがイラク戦争の従軍からくるＰＴＳＤに悩まされているらしいと理解してゆく。のちに彼らはトムのちょっとした不注意で公園から強制退去させられ、政府の監視下にある施設に移送されるが、ウィルはトムの希望を聞くことなく、ふたたび森の中（こんどはワシントン州）に戻ってゆくことになる。トラウマを負った人物が「普通」の市民生活に復帰することに困難を覚えるというのはごく一般的な現象ではあるが、なにがなんでも森の中に隠れて生きようというウィルの「奇行」は、それじたい解釈に値する。スクリーンを緑で埋め尽くすという、小説では再現不可能な視覚情報を付加することによって、グラニクはウィルの精神的メカニズムの謎を増幅させているように思われる。本作はこのシネマトグラフィによって、これは緑の風景とイラク戦争帰還兵のトラウマとの関係についての物語なのだということを強調しているのだ。

二〇〇四年の報道によれば、じっさいの事件の父親はベトナム戦争の帰還兵だった。彼はアイダホに住む育ての親から虚偽の申し立てによって娘を誘拐し、森に隠れて彼女を育てていたらしい。この事件を小説化するにあたって、作家ピーター・ロックは奇妙なことに物語の現在を一九九九年に設定しており、この結果として、明言されないが父親がベトナム戦争の帰還兵である可能性は残るものの、対テロ戦争とは無関係な歴史的文脈に物語は移植されてしまった。つづいてグラニクはこれを九・一一以後の文脈に戻したわけだが、やはり奇妙なことに、父親の従軍先をベトナムからイラクに変更している。この決断の意味を理解するには、二〇一八年にティフ・トークが主催したインタビューを参照する必要がある。グラニクはそこで、『足跡はかき消して』はベトナムとイラクの架橋を意図して撮った映画だと証言している。まず彼女はベトナム戦争の帰還兵であるロンをフィーチャーした前作にあたるドキュメンタリー『野良犬』（二〇一四）に言及して、それが「ウィルの背景にある物語にものすごく影響があった」と述べる。テロとの戦争の時代にベトナム戦争帰還兵と交流することで、彼女は「今回の戦争もまったく同じなのだ」と理解するようになった。[▼18] グラニクは「心的外傷後ストレス障害（ＰＴＳＤ）」という用語を口にするのを自分は避けているのだとして、それはこのベトナム戦争後に発明され大衆化した用語がベトナム戦争の「ねじけた」現実を単純化することで「不可視化」してしまったからなのだという。中東での諸戦争を「砂漠戦争《サンド・ウォー》」と呼称しながら[19]「もちろん砂漠戦争の帰還兵も最近の書かれたものも、そういう理解」——すなわちアメリカの戦争はアメリカのPTSDなのだという理解——「を強化して唆しているわけで」。彼女がベトナム戦争の帰還兵をイラク戦争の帰還兵へと変更したことには、ベトナムとイラクが、あるいはジャングル戦争と砂漠戦争が、いかに連続した出来事であるかについての彼女の認識があらわれている。これはもちろんベトナム戦争とイラク戦争がじっさいに「まったく同じ」であるということではない。イラク戦争帰還兵をベトナム戦争という歴史的背景に位置づけることで、このイラク戦争映画は、テロとの戦争を冷戦期の諸戦争から脈々とつづく軍事史の文脈において捉えなおすこと、つまりそれが例外などではなく、アメリカ例外主義というイデオロギーに内包された構造的矛盾の症候であることを示そうとしているのである。

ベトナムとイラクでの戦争についての映画を撮ることが九・一一以降のアメリカのホームランドにおいてベトナムをふたたび可視化するための試みなのだというグラニクの考えは、ニュー・アメリカニストたちのそれと共鳴している。「一九六〇年代におけるベトナムの「荒野」において、米国陸軍に相対していたはずのベトナムの反乱軍の不可視／無音の（非）存在は、アルカイーダによる攻撃を経た現在もなおアメリカの文化的な記憶に取り憑いている」とウィリアム・スパノスは書いている。その不可視化されたベトナムの亡霊をふたたび可視化するために必要なのは「あらたな注視」であるとスパノスはつづけており[20]、本稿が反例外主義的光学と呼びたいのもこれと同じものを指している。ロングから超ロングショットを多用するこの映画においてはスクリーンを支配する緑の風景が俳優たちの小さな姿を圧倒していると述べたが、この多雨林には、かつてナラトロジーにおいて行為者(actant)と呼ばれたような権能が付与されているといえるだろう。[21] ここで風景は、映画の視覚的なナラティヴを構築するにあたって、人物としてのキャラクターとは異なる形態で、それじたい独立した「人格」のようなものをもつのだ。アメリカにおけるベトナム戦争の文化的な表象(とりわけ映画)を批判する文脈で、ジョゼフ・ダーダは「アメリカ人がベトナムにおいて戦ったのは、ベトナム人ではなく、あたかも苛烈な環境ならびに自分たち自身であったかのよう」で、そうすることでアジアの被害者たちの存在をかき消しているのだと論じている。[22] じっさいアメリカの文化的・政治的想像力はベトナムをそこに誰も住んでいない「ジャングル」――西漸運動における「ヴァージン・ランド」という例外主義的な神話のヴァリエーション――として思い描いてきた。ケネディ大統領が一九二五年のジュネーヴ議定書に違反してでもエージェント・オレンジという枯葉剤を散布することで戦争に勝利することができると夢想したときにも、その想像力の根底には風景としての敵(行為者)というアイディアがあった。アメリカがイラクの砂漠の「ハイパー・リアリティ」において「克服」しようとして失敗したものはまさしく「ジャングルで戦った戦争」として記憶されているこのベトナムの文化的イメージにほかならず、この映画はその失敗を、永遠に克服されえない過去として、対テロ戦争を捉えるにあたってのの歴史的参照点として照らしだす。多雨林に強迫的に惹きつけられるイラク戦争帰還兵を撮ることで、『足跡はかき消して』という映画は、九・一一以降のアメリカン・ホームランドの内部においてベトナムを再緑化してみせるのだ。

したがって、国家権力がウィルを公園から追い出すのは不思議なことではない。トムがジョギングをしている男性に見つかってしまうと、警察官とソーシャル・ワーカーが捜索を開始し、トムとウィルはその「足跡をかき消す」という日々の実践、ならびに軍隊式のかくれんぼの演習にもかかわらず、即座に発見されてしまう。彼らを発見する警察犬は大音量で吠えつづけ、二人にとって重要なコミュニケーション・ツールであるところのチェス盤をぐちゃぐちゃにする。怯えながらも怒りに震えるトムはこんな攻撃的なジャーマン・シェパードを動員することの不必要性について抗議するが、この捜索隊はアメリカの軍事力がもつ脅威と結びついているのだ。犬を扱う警察官はベトナム戦争のジャングルでの対ゲリラ戦において用いられたサーチ・アンド・デストロイの実践者であり、いまそれは米国内の多雨林に住むティーンエイジャーの少女にむけられている。施設に移送されて、トムはソーシャル・ワーカーに「あなたにおうちを用意することがお父さんの義務なの」と説明するが、トムから見れば父ウィルはそうしていたのであり、「あれがわたしのホームだったってことがわかってない」という。職員いわく、「家がないっていうのは犯罪じゃないよ。そういうひとはたくさんいる。けど公有地に住むのは犯罪なの」。ホームランドの安全《セキュリティ》を保障する国家は「ホーム」のなんたるかを限定的に定義し、そこで非ホーム的とみなされる分子は犯罪化され、病理化され、監視下に置かれる。学校に入学するための必要事項を記入するようトムに書類を渡しながら職員がいう「独立していられるには指示に従う必要がありますよ。わかった?」という台詞は質問ではなく命令であって、彼女はアメリカのネオコロニアリズムの語彙で話している。二一世紀においても強力に作動していることの冷戦ポリティクスの遺産は、他者の生活と文化に介入し、アメリカン・ウェイ・オブ・ライフに順応せよと、そしてアメリカが定義する唯一の「独立」の形態のみを享受せよと強要する。かくしてこの映画が捉えるのは、ベトナムにたいするアメリカの暴力と、イラク戦争帰還兵とその家族にたいするアメリカの暴力との、トランスナショナルで間世代的な連続性である。

国家の監視装置が家族の衣食住を規定するというこの現象は、生権力の典型的な例である。コレージュ・ド・フランスでの講義でミシェル・フーコーは、これを「統治の実践において、ある人口を構成する一群の生物に特有の現象から生じる諸問題——健康、衛生、出生率、寿命、人種——を合理化する」ような権力であると定義した[23]。政府の施設にてウィルとトムは互いに隔離され——彼らはウィルがトムを性的に虐待していたのではないかと邪推している——、それぞれに筆記・口述のテストをいくつも受けさせられ、その様子はカットバックで交互に捉えられている。トムが、こんな回答をどうやって解釈するつもりか、直接わたしに聞けばよいではないかと質問すると、ソーシャル・ワーカーは、（もしかすると父親にトラウマタイズされているかもしれない）トムが自分では「言えないかもしれない」から試験が重要なのだと説明する（図二）。コンピュータの前に座らされたウィルは四三五個の質問に「はい・いいえ」で答えねばならず、その「わたしは犯罪についての記事を読むのが好きだ」、「わたしは悪夢や嫌な夢を見る」、「わたしは考えたくもないような酷いことを考えてしまう」といった質問内容はしだいに彼を苦しめだす（図三）。彼らを担当する職員たちは表面的には親切だし、じっさい心から親切心でそうしているのだろうが、その実態はホームランド・セキュリティの論理で稼働する国家の能率的で忠実な手先にほかならない。マイケル・ハート＋アントニオ・ネグリが述べているように、フーコーの仕事は「規律社会から管理社会への歴史的な移行」を記述したものとして整理

図一　トムの知能検査。兵器と自然が対比されている。

図二　テストに苦しむウィル。背景の森の壁紙を、次の図三と対比せよ。

できるが、後者の生政治的な社会にわれわれも生きており、そこでは「命令のメカニズムはかつてなく「民主的」なものとなり、かつてなく市民の脳や身体にくまなく分散され、社会領域に内在するようになる」[24]。この生権力はたとえば社会福祉システムとして作動し、人びとの活動を監視して、「生の実感から疎外された状態」をつくりだす。無害で「民主的」に思える計算と制御のデバイスによって、生権力はあらゆる非ホーム的な「脳や身体」を馴致しドメスティケートするのである。

同様に重要なこととして、生権力は、あらゆる逸脱的な要素――たとえば病気など――も損得の計算システムに組み込んでしまう資本主義の論理とも連動している。フーコーが書いているように――

いかに病理的な主体であろうとも［…］なんらかの損得に「応答」しうる。すなわち、いかなる犯罪行為も損と得の相互作用に、つまりは環境に、作用するものでなければならないのだ。われわれは市場という環境に作用せねばならないのであり、そこにおいて個々人がもたらす犯罪行為は正または負の需要にさらされる。かくして出来する問題は、環境テクノロジーあるいは環境心理学についてのあらたなテクノロジーであって、それはわたしの考えでは、アメリカ合衆国のネオリベラリズムにつながるものである。[25]

このネオリベラルな世界を統御するのは、排除や処刑の論理ではなく、すべてを市場の活性化に奉仕させるような包摂とコントロールの論理である。とりわけフランシス・フクヤマがアメリカのリベラルな民主主義が唯一の世界統治の様式であるとして一九八九年に「歴史の終わり」を宣言したのち、

図三　騒音のなか、木々に囲まれて図二と同じ姿勢で苦しむウィル。

ネオリベは資本主義と自由市場の論理が人間をとりまく唯一の可能な「環境」であると主張してきた。[26] アメリカ式のグローバル資本主義は、いわばあらたな「自然」の座を手に入れたのであり、われわれはこのネオリベラルなルールのもとでしか生きることを許されていない。二人が公園から追い出され、監視下にある「独立した」家に住まわされると、ウィルはそこの農場で働くよう頼まれる。その農場はオレゴンの名産であるクリスマス用のモミの木が専門で、そこで木がチェンソーで刻まれ、巨大な機械によって束ねられ、ヘリコプターから落とされる（これはカメラの方に転がってくる）といった一連の場面は、このきわめて静謐な映画内にあって極端な大音量をたてて観客を驚かせる。多雨林こそが安全を保障してくれるとウィルは感じているわけだが、それにたいして農場における人工的な緑はその対極にあり、ウィルはそれに囲まれた生活を拷問のように感じている（図三）。農場の経営者であるウォルターズにウィルは馬小屋（誰にも会わなくてよい静かな場所）で働かせてくれないかと頼むが、ウォルターズは「馬は高価な生き物だし、かなりトレーニングが必要だからね。いまは木のほうの人手が足りてない。こっちのほうが稼ぎもいいんだ」と応える。ここで自然の緑は商品化・物象化されており、ネオリベラルな「自然」を異化しうる潜在的なクリティカルさを完全に奪われている――そこはまさしくグローバル資本主義という名の「環境」そのものなのだ。

多雨林における二人の生活はナチュラルで自給自足的なものにみえるが、じっさいのところ彼らは日用品を手に入れるために定期的に森から出て消費社会に頼らねばならない。そもそも「自然」な多雨林からして、例のネオリベラルな国家によって管理・運営されている公園なのだった。スーパーで食料を買うまえに、ウィルはトムを退役軍人病院に連れてゆくが、その入り口でカメラは、背中に大きく「VIETNAM」と刺繍されたジャケットを着た、車椅子に乗った老帰還兵をしっかり撮っている。ウィルはそこで処方された薬（おもにベンゾジアゼピンという抗不安薬）を、どうやら同様に公園の森の一画に暮らしているらしい帰還兵たちに売って換金している。「PTSDでベンゾを処方されている帰還兵の方は、こちらをお読みください」――処方箋に書いてある注意書きを蔑むように音読しながら、その男は「おまえこれが最後に効いたん、いつだよ？」とウィルに訊く。鎮痛剤や鎮静剤がじつのところ「ぜんぜん使えない」ということが彼らの共通認識なのだ。ウィルに金を渡しながら、彼は「俺はもう二年と七ヶ月と二八日は飲んでないな」と付け加える。ここでPTSDという言葉は病院の文書からアイロニカルに引用されていて、グラニクがインタビューで述べていたように、それは帰還兵の苦しみに真摯に向き合うことのない単純化されたナラティヴとして映画に登場する。さらに、帰還兵のネットワークはもはや国家の権力装置のネットワークに包摂されてしまっている――

「まずキャンディみたいに［薬を］ばら撒いてから、俺たちに手綱をつけるのさ」。やはりフーコーも医学という「生かしたり死なせたりする」権力こそが、「治療法を整備し、情報を集権化し、知識を標準化する装置」によって生権力を確立するさいの核になるのだと述べていた。[27] ウィルの違法行為は国家の医学政治的な権力にたいするクリティカルな抵抗となってはいるものの、彼はそうすることで、生政治／生権力によって維持されているグローバル資本主義のロジックに参入し貢献することを余儀なくされている。この出口なきネオリベラルな「環境」において、ウィルは彼の病的な精神と身体を売り物にするしかない——この「環境」では、どんな人間でもみずからの市場価値を見出すことができるのだ。

ただし、ここでウィルの被害性を無批判に強調しすぎると、アメリカ例外主義を正当化するための道具として彼を利用するリスクを冒してしまうことになる。九・一一の直後から、アン・カプラン、マリタ・スターケン、ジェフリー・アレクサンダーをはじめとするアメリカ文化の研究者たちが指摘してきたように、アメリカの軍事主義の再燃と、アメリカの被害性ならびにイノセンスを非歴史的な方法で強調する文化的ポリティクスとのあいだには共犯関係がある。アメリカにおける被害者文化における帰還兵の動員においてもっとも顕著な例は、一九八〇年代のレーガン政権下におけるベトナム戦争の修正主義的な語りなおしと、ベトナム戦没者慰霊碑の建立ならびに「傷を癒そう」（heal the wound）というナラティヴであっただろう。「アメリカにおける慰霊碑文化は、おおむねセラピー文化として受容され、特定の市民、とりわけ帰還兵とその家族が、過去と折り合いをつけ、受け入れがたい記憶と和解するものであると理解された」とスターケンは書いている。九・一一以後、グラウンド・

ゼロと名付けられた象徴的な場所は「イノセンスの産出に寄与するような贖罪のナラティヴを作りだし」、それは「米国政府による一連の諸戦争と破壊的な政策を正当化するために動員された」[28]。ウィルはホームランドの安全保障を担う権力と敵対関係にあるわけだが、しかし彼はイラクで従軍したアメリカ人の元兵士でもある。彼は所詮、アメリカの軍事的暴力の執行者なのだ――この視点を忘れてはならない。だが、グラニクの映画は九・一一以後という文脈において帰還兵の被害性を描くことのこうした陥穽に自覚的であって、そのことをウィルとトムの軋轢、父親による娘への意図せぬ加害性、そして父親を「見捨てる」という娘の決断を介して表現している。この映画のナラティヴとシネマトグラフィは、われわれにウィルの物語をトムの視点から相対化するよう促しているのだ。ウィルの被害性をポストメモリー世代の視点から批判的に再検討することで、『足跡はかき消して』という映画は、間世代的トラウマを癒してしまうのではなく、アメリカのホームランドを構成する不協和音的な要素として温存し継承することを選ぶのである。

反例外主義的光学

この母なき家族関係において、十三歳のトムは妻と母の役割を担わざるをえない状況におかれている。夜中にヘリコプターの羽音が轟く悪夢からウィルが目覚める場面では、こうした状況への対処に慣れているらしいトムは父を落ち着かせようと「好きな色は？」と訊く。ウィルは同じ質問を返すことで応じると、トムは黄色だと答え、つづいて母は何色が好きだったのかと訊ねることで会話をつづける。ウィルによれば母親（妻）の好きな色も黄色で、それを聞いたトムは「わたしもそう聞いたような気がする。思い出せたらいいのに」という（のちに、ウィルはどうも「鎮痛剤にハマっちまっ」たという理由で離婚したらしいということが仄めかされる）。この映画序盤のやりとりはトムの役割と苦境とを端的に表現した場面で、問題を抱えた帰還兵の唯一の同伴者である彼女は、四六時中その看病をせねばならないケア・ワーカーである。怯えたウィルを宥める彼女は、むずかる子供をあやす母親のようだ。トムと母親の好きな色が同じであるという事実を挿入することで、ウィルにとって娘は妻の代役でもあるということをこの映画は示唆している。トムが知能テストで平均よりも高いスコアを記録することはウィルの家庭教育が成功していることを意味するだろうが、それは同時に、このトラウマタイズされた父親に母親の助けなしで対処せねばならない一人娘として、トムが実年齢よりも早期に成熟し独立せねばならなかったことの証左でもある。彼女は父のサポートに全力を尽くすが、彼女にのしかかるストレスは物語が進むにつれて徐々に前景化されてきて、最終的に父を「見捨てる」というクライマックスにつながってゆく。父親を「見捨てる」というトムの苦渋の決断とその一連のシークエンスは、間世代的トラウマを、風景を介して、そして風景として、相続するプロセスを視覚化することになるだろう。この映画はウィルの被害性を相対化するだけでなく、「見捨てる」というテーマを、アメリカ例外主義批判のためのモチーフへと昇華するのだ。

トムが演じねばならないのは家族内の役割だけではない。戦中のトラウマティックな経験に由来すると思われる過去の再現にトムは「戦友」として参加させられ、イラク戦争に間接的に巻き込まれるのである。最初の多雨林にて、ウィルは遠くで鳴るチェンソーの音を耳にすると突如として神経過敏の戦闘態勢に入り、やはりこの状況に慣れているらしいトムは彼の様子を見て、大丈夫だとくりかえす。だがウィルは「演習!」といって夕食を中断し、日課であるらしいかくれんぼのトレーニングを開始する。そこでトムは一〇秒以内に森のなかにうまく身を隠さねばならないのだが、すぐに見つかってしまう――「やられてる。そこらじゅう足跡だらけだ」/「わたしできるから」/「じゃあちゃんとやれ。おい。ちゃんとやれ。もう一回だ」。トラウマタイズされた主体に共通してみられる再演(reenactment)のメカニズムについてジュディス・ハーマンは、彼らは「トラウマの瞬間を、思考や夢の中だけでなく、行動によって追体験」し、なかには無意識ではなく「意識的に選択される再演もある」と述べている。さらにハーマンによれば、トラウマは「その危険な出来事によって生じた結末を修正しようというファンタジー」のもとで再演されることがあり、「トラウマの瞬間を無効化するために、彼らはさらなる危害をうみだすリスクを冒してしまうことすらある」という。[29] この仮想の軍事演習において、ウィルはうまく隠れられるように「戦友」を指導し、そうすることで彼(女)を救うことに執着している。原作の小説で主人公はキャロラインという名前なのだが、女優のトマシンがじっさいに呼ばれている愛称でありながら通常は男性の名前として使用される「トム」をグラニクが採用したことに鑑みれば、ウィルが再演するのは彼がイラクにおいて「トム」を救えなかった過去なのだろうと推察してもよいだろう。ウィルは「結末を修正しようというファンタジー」に囚われているのであり、この場合「さらなる危害をうみだすリスク」は、娘にふりかかっている。シュワブは子供を失くした親がそのきょうだいなどを一種の身代わりとして扱う現象について論じているが、そうした子供は、自分は誰かほかのひとの場所を占めているという感覚を払拭することができず、生者を死者の代わりにしたいという両親のファンタジーに苦しめられつづけると述べている。[30] トラウマタイズされた父親のファンタジーのなかで、トムは自分自身になることを阻害されているのだ。

つまるところ、戦場で負ったと思われるトラウマが原因で、ウィルはトムを犠牲にしてみずからを優先するよう条件づけられてしまっている。父親としての彼は子供を十全にケアできないし、映画全体をとおして強調されているように、一緒に暮らしているかぎり、彼は娘への加害性を回避することはできない。上述した「演習」のあいだ、トムはずっとお腹が空いたと訴えているのだが（それは夕食を中断して行われるのだった）、ウィルはまったく気に留めずやりなおさせる。退役軍人病院でウィルが処方箋をもらうのを待っているあいだ、例の車椅子に乗ったベトナム戦争帰還兵に挨拶したあと、トムはもうひとりの老いた帰還兵と話す（年齢から判断して彼もベトナム戦争帰還兵だろう）。スタッフとして働いている彼は病院の即席カウンターで帰還兵むけのグッズを配布しており、たとえば「友達とか家族に問題もちの帰還兵がいる」場合に助けを求める「ストレス・コイン」と呼ばれる道具や、あるいは「まちがって誰かを撃ったり［…］、良からぬことをしでかしたり、もっと最悪の事態になるまえに、考える時間をやる」ための銃につける錠などをトムに紹介してくれる。つまりトムは、ウィルが彼女または自分自身になんらかの暴力行為を働くかもしれないという危険に晒されていることを認識している。のちにウィルがトムの希望を無視して農場から逃亡するとき、貨物列車に無賃乗車しようとしてトムは手のひらを怪我するのだが――トムはつねにこうした犯罪行為に連座させられている――ウィルはトムの苦情を無視して、「深くない。綺麗にしろ」としか言わない。さらにそのあと、ワシントン州の山中を移動している最中にトムは寒すぎて歩けなくなってしまうが、トレーニングを受けた屈強な男性兵士であるウィルは「はやく行かないとまずい」と急かすばかりだ。山中で見つけた無人の小屋に鍵を壊して侵入したのち、ウィルはしばらく居なくなるのだが、そこでトムは父のジップロックの中を覗くと、そこに『ニューヨーク・タイムズ』紙に載った「自殺に憑かれた部隊、どう生き延びるか」という記事の切り抜きを発見し[31]、その見出しの文言に言葉を失う。かねてから父の自殺衝動は彼女の不安要素だったわけであり、まさにその夜、怪我をして死にかけているウィルは小屋に戻ってこない。トムは心からウィルの力になりたいと思っているし、必要なら彼のトラウマも分有したいと考えているように見えるが、それは端的に彼女のキャパシティを超えている。では、いかにして彼女はアメリカの暴力的な歴史を忘却しないような方法で父親を「見捨てる」ことが可能なのだろうか？　あるいは、ポストメモリー世代にとっての倫理的な見捨てかたとは、いったいどういったものになるだろうか？　最後はトムだけがスクリーン上に残る『足跡はかき消して』という映画が究極的に問わねばならないのは、こうした問いにほかならない。

ウィルとトムが別離するにいたる最大の原因は、なんらかのコミュニティに所属したいというトムの願望と、森に隠れて暮らしたいというウィルの強迫観念との対立である。やっと新しい社会的なつながりを構築しつつあった農場から引き剥がされて、トムは「わたしあそこ好きだったのに。すこしは頑張ったの？」と抗議する。のちに足首を怪我したウィルを看病してくれる人びとは森の中でキャンピングカー・コミュニティを営んでおり、空いている車に一時的に住まわせてくれる。だがまもなく、トムが帰ってくるとウィルは荷物をまとめて去ろうとしている――

トム：なにしてるの？　パパ、足も――足もまだ治りきってないのに。それじゃ治らないよ。ちゃんと治らない。どこにも行きたくないの。この前、死にかけたでしょう。わたしが見つけにいかなかったら死んでた。
ウィル：あれはもう二度と起こらない。
トム：ここの人たち、わたしたちとそんなに違わないじゃん。
ウィル：みんなすごく親切にしてくれた。けど俺たちは……
トム：パパがでしょ！　パパがそうしたいんでしょ。わたしは違う。パパにとってダメなことは、わたしにもダメなわけじゃない。

このあと彼女はコミュニティを去る父親についていくのだが、ウィルの「俺たち」をトムが否定するこの会話は、すでに彼女の決意を予告している。森のなかで父の後ろを歩いている彼女は急に立ち止まることでコミュニティに残るという意志を表明し、ついに父親を「見捨てる」のだ。父親を「見捨て」て家族以外のコミュニティに所属するという彼女の選択は、九・一一以後のアメリカ例外主義の再興とその文化的表象という文脈において重要な意味をもつ。九・一一以後、大量のアメリカ映画や小説が、家族との再会や和解によるトラウマからの回復というセンチメンタルなプロットでおおいに人気を博してきた。[32]こうしたストーリーの流行を批判して、リチャード・グレイは「ほとんどのフィクションは［…］、九・一一以後に政治家やメジャーなメディアが表明していたのと気持ち悪いくらいそっくりな反応を見せている。すなわち、古き良き確かさへの退行である」と述べている。表面的には愛国主義などとの共犯関係に自覚的で批判的にみえるような作品も、グレイによれば、「ホーム、家庭、家族などの魅惑、またそれと関連するアメリカ例外主義という神話がもつ魅惑に、完全に抵抗できているわけではない」[33]。九・一一以後のアメリカン・フィクションにおいては、例外主義、トラウマ文化、そして家族というテーマが合流するのだ。もしハーシュが述べるように「非言語的で前知覚的な伝達行為がもっとも明瞭に観察できるのは家族空間においてである」ならば[34]、そしてシュワブが述べるように「記憶や喪に重きを置きすぎてしまうことの危険はトラウマをアイデンティティの基盤として利用してしまうことにある」のならば[35]、家族内におけるトラウマ的な記憶の間世代的な伝達と回復とは、まさしく保守的なプロットの典型であるだろう。だが『足跡はかき消して』の結末は、そうしたイデオロギーを包摂しつつ転覆しようとしているように思われる。

トムがキャンピングカー・コミュニティに留まるというグラニクのアイディアは、監督が『野良犬』の制作をつうじてベトナム戦争帰還兵と交流するなかで芽生えたものだった。ある場面で、トムはデール──二人に住居を提供するうえ、事情を察してウィルの看病のために元衛生兵を呼んでくれる人物──がトラックの荷台から降ろした荷物を耐水性のバッグに移しているのを目撃する。デールによれば、「森のなかに住んでる誰かのために置いとくの。もう何年も見てないけど、戻ってくるといつも空になってるから、食べ物を取りに来てるのは間違いない」という。森に移動すると、デールはそのバッグを木の枝に引っ掛けて、ぽんぽんと木の幹を叩く。それはまるでその木とコミュニケーションを取っているかのようだ──というよりも、ウィルの問題を察知しての適切な対応などを考えると、おそらく同様に帰還兵である可能性が高い、その森のなかで生活しているはずの人物と、森という環境あるいは風景を介してコミュニケートしているかのようである。この、見えない誰かと間接的にかかわりつづけるというケアのありかたにトムは感銘を受け、それは完全に「見捨てる」ことなく父親から距離をとる方法を彼女に示す。別れの場面の直後につづく最終シークエンスにおいて、ひとりになったウィルは、砂利道から逸れて森の中に溶けてゆくように消えてゆき、同時にカメラは上にティルトして彼の姿は完全にスクリーンから消える（図四）。この場面につづくのが、デールの実践を真似ているトムの姿である（図五）。九・一一以後におけるカタストロフィの視覚的なメディア表現を分析するアン・カプランは、メディアを介した間接的な目撃は、二次的なトラウマか、あるいは彼女が「空虚なエンパシー」と呼ぶもの、つまり刹那的で非歴史的な感情的リアクションに帰結すると論じているが[36]、このジレンマを回避する方法をグラニクの映画の最終場面は提示しているように思われる。ポストメモリー世代にとって、風景というメディアを媒介としてトラウマと間接的に付き合うことは、間世代的トラウマと持続的な関係を維持するための方法論たりうる——そうこの映画は説いているのだ。トラウマを背負った主体との直接的な接触に毎日耐えるのではなく（それはトムへの加害性を孕まざるをえないのだった）、かといって完全に見捨ててしまうのでもなく（それはウィルを忘却することになる）、トムは環境というバッファを介して父の記憶と間接的でサステイナブルな関係を築くことに成功するのである。

　森のなかに溶けこんだウィルは、この映画の基調であった緑色の風景の構成要素となる。いち登場「人物」であるウィルはいわば解体され、彼の存在の残滓が——姿を現さないほかの帰還兵たちとともに——スクリーンに拡散する。彼は風景になる——あるいはドゥルーズ＋ガタリに倣って、彼は風

図四　道から逸れて、ひとり植物のなかに消えてゆくウィル。

図五　父が去ったあと、食物の入ったバッグを森の中に吊りさげるトム。

景へと生成変化するのだといってもいい[37]。この結果として、この映画の色彩的特徴である緑は重層的な歴史的意味を帯びることになる。トムにとってこの森はイラク戦争帰還兵の父親とそのトラウマに接続されたインターフェイスであり、映画を観る者は、ベトナム戦争という背景を念頭にトムのそうした実践を眺める。娘と別離し森へ溶解するウィルは、イラク戦争の痕跡を、歴史化された——つまり亡霊に取り憑かれた——風景に、環境に、媒体に刻みこむ。ここでは多雨林（ベトナム）も帰還兵（イラク）も「克服」されることはなく、気にかけられつづけるべき存在としてサバイブする。映画のラストは、アメリカの歴史にとって例外的であると説明されてきた過去の戦争も、「例外状態」の名の下に遂行された近年の戦争も、並置してみればまったくもって例外からはほど遠いアメリカの常態なのだということをわれわれに告げる。この映画はイラクとベトナムを交差させ、アメリカ例外主義の矛盾を可視化するのだ。傷ついた家族とその別離というセンチメンタルにも思えるこのプロットは、じつのところベトナム戦争の系譜にイラク戦争を登録するための視覚的な方法を提示している。別離ののち、ウィルが森に消えてゆくショットとトムが風景に食事を与えるショットがつづくわけだが、それらの場面は蜘蛛の巣をティルトでゆっくり捉えたショットで繋がれている。これは冒頭にあらわれるショットの反復になっており、冒頭では三つの蜘蛛の巣の全貌が見えるのにたいして（図六）、ラストではクロースアップで巣の端が見えなくなっている（図七）。冒頭の蜘蛛の巣は母親をふくむ「理想的」な核家族とそのイメージに囚われたトムの姿を連想させるが、ラストのそれはウィルの一時的な棲家であり、トムの独立性であり、そして娘といまや画面の外に消えた父親とのネットワーク状のコミュニティを表すものとして再定位されている。「足跡を残さない」というタイトルと

図六　冒頭の３つの蜘蛛の巣。

図七　エンディング、クロースアップの蜘蛛の巣。

は裏腹に、これは徹頭徹尾、歴史的な痕跡を残すための映画なのだ。

グラニクはいくつかのインタビューで、この十三歳の少女を戦争経験の「部外者」[38]であると形容し、「戦場の遺産を娘に引き継ぎたい」という父親の意図を伝えたかったのだと述べている。[39]もしこの映画がイラク戦争の遺産をベトナム戦争と不可分のものとして「部外者」に引き継ぐ映画であるのなら、それはトムだけではなく、彼女にくらべてベトナム戦争ならびにイラク戦争の直接的な記憶から疎外されているケースがほとんどであるわれわれ「部外者」にも及ぶものであるはずだ。部外者であれ、あるいはこの映画をなにげなく観ただけの者であれ、ポストメモリー世代にはいかにして当事者からの訴えにたいする倫理的な応答が可能なのだろうか？　部外者の責任（responsibility）、あるいは応答可能性（response-ability）の倫理的な条件とは、いったいどんなものでありうるのか？　やはり「部外者」のひとりであるグラニクは、そのシネマトグラフィを介して映画制作者の倫理を提示している。原作の小説が少女の一人称語りを採用しているのにたいして、グラニクは慎重に一人称ショットや顔のクロースアップを避け、観る者ならびに監督自身と「当事者」たるキャラクターとの過度な一体化を妨げることで主体的な位置の混同を回避するという美的選択をとっている。『目撃することを目撃する』において間接的な目撃者の倫理の理論化を試みたトマス・トレザイスは、「いかなるモチベーションであろうとも、サバイバーとの過度な同一化や彼らの経験の収奪は当事者を沈黙させることになる」と主張しているが、[40]グラニクの映画はこの部外者の倫理を自分自身に課すだけでなく、それを観る者に要求している。われわれは被害者なり戦争の「英雄」なりと同一化することを妨げられ、この批評的な距離によって、われわれ自身がもつ例外主義的なヴィジョンとそうしたナラティヴを介して物事を整理したいという欲望を暴く。かつて東南アジアで戦われた「例外的」な戦争のコンテクストに「例外的」なテロとの戦争を位置づけて、デブラ・グラニクの『足跡はかき消して』は、これらの映画そのものだけでなく、そのスクリーンの外部でつねに繰り広げられているアメリカの「例外」的な暴力を、まさしく反例外主義的光学で照らすようわれわれを促すのだ。

▶注

1 Joseph Darda, "The Exceptionalist Optics of 9/11 Photography," *Journal of American Studies* 50, no. 1 (2016): 185–204.

2 William V. Spanos, *American Exceptionalism in the Age of Globalization: The Specter of Vietnam* (Albany: State University of New York Press, 2008), 51.

3 *Leave No Trace*, dir. Debra Granik (Harrison Productions, Reisman Productions, and Still Rolling Productions, 2018).

4 Peter Rock, *My Abandonment* (Boston: Mariner Books, 2010).

5 Carl Schmitt, *Political Theology: Four Chapters on the Concept of Sovereignty*, trans. George Schwab (Chicago: University of Chicago Press, 1985), 5, 12.

6 exception と emergency のより詳しい理論的区分については、以下を参照。George Schwab, *The Challenge of the Exception: An Introduction to the Political Ideas of Carl Schmitt between 1921 and 1936*, 2nd ed. (Westport, CT: Praeger, 1989).

7 Giorgio Agamben, *State of Exception*, trans. Kevin Attell (Chicago: University of Chicago Press, 2005), 13, 22.

8 Donald E. Pease, "Exceptionalism," in *Keywords for American Cultural Studies* (New York: New York University Press, 2007/2020), keywords.nyupress.org/american-cultural-studies/essay/exceptionalism/.

9 Ibid.

10 Quoted in Peter Dale Scott, "Is the State of Emergency Superseding the US Constitution? Continuity of Government Planning, War and American Society," *Japan Focus: The Asia-Pacific Journal* 8, issue 48, no. 1 (2010), apjjf.ofg/peter-dale-scott/3448/article.

11 George Bush, "Remarks to the American Legislative Exchange Council," American Presidency Project, March 1, 1991, https://www.presidency.ucsb.edu/documents/remarks-the-american-legislative-exchange-council.

12 See Sigmund Freud, "Remembering, Repeating and Working Through," in *The Standard Edition of the Complete Psychological Works of Sigmund Freud*, vol. 12, trans. James Strachey (London: Hogarth, 1958), 145–57.

13 Donald E. Pease, *The New American Exceptionalism* (Minneapolis: University of Minnesota Press, 2009), 55.

14 Gabriele Schwab, *Haunting Legacies: Violent Histories and Transgenerational Trauma* (New York: Columbia University Press, 2010), 49.

15 Amy Kaplan, *The Anarchy of Empire in the Making of U.S. Culture* (Cambridge, MA: Harvard University Press, 2002), 4.

16 Amy Kaplan, "Homeland Insecurities: Some Reflections on Language and Space," *Radical History Review* 85 (2003): 89.

17 Marianne Hirsch, *Family Frames: Photography Narrative and Postmemory* (Cambridge, MA: Harvard University Press, 1997), 22.

18 "Debra Granik on *Leave No Trace* | TIFF 2018," YouTube, July 1, 2021, www.youtube.com/watch?v=qXICB9Vmfrk.

19 ここで彼女が使っている "Sand War" という呼称は 1963 年にアルジェリアとモロッコのあいだで起きた戦争と同一であるためミスリーディングではある。

20 Spanos, *American Exceptionalism*, 56, 52.

21 See Algirdas Julien Greimas, "Actants, Actors, and Figures," in *On Meaning: Selected Writing in Semiotic Theory*, trans. Paul J. Perron and Frank H. Collins (Minneapolis: University of Minnesota Press, 1987), 106–20.

22 Joseph Darda, *Empire of Defense: Race and the Cultural Politics of Permanent War* (Chicago: University of Chicago Press, 2019), 81.

23 Michel Foucault, *The Birth of Biopolitics: Lectures at the Collège de France, 1978–79*, trans. Graham Burchell (New York: Palgrave Macmillan, 2008), 317.

24 Michael Hardt and Antonio Negri, *Empire* (Cambridge, MA: Harvard University Press, 2000), 22–23.

25 Foucault, *The Birth of Biopolitics*, 259.

26 「歴史の終わり」言説の批判については、以下を参照。Ernesto Laclau and Chantal Mouffe, *Hegemony and Socialist Strategy: Towards a Radical Democratic Politics* (London: Verso, 2014); Fredric Jameson, *Postmodernism, or, the Cultural Logic of Late Capitalism* (Durham, NC: Duke University Press, 1991); Slavoj Žižek, "Class Struggle or Postmodernism? Yes, Please!," in Judith Butler, Ernest Laclau and Slavoj Žižek, *Contingency, Hegemony, Universality: Contemporary Dialogues on the Left* (London: Verso, 2000), 90–135.

27 Michel Foucault, *"Society Must Be Defended": Lectures at the Collège de France, 1975–1976*, trans. David Macey (New York: Picador, 2003), 244–47.

28 Marita Sturken, *Tourists of History: Memory, Kitsch, and Consumerism from Oklahoma City to Ground Zero* (Durham, NC: Duke University Press, 2007), 14, 169.

29 Judith Herman, *Trauma and Recovery: The Aftermath of Violence—From Domestic Abuse to Political Terror* (New York: Basic Books, 2015), 39.

30 Schwab, *Haunting Legacies*, 122.

31 Dave Philipps, "In Unit Stalked by Suicide, Veterans Try to Save One Another," *New York Times*, September 19, 2015, www.nytimes.com/2015/09/20/us/marine-battalion-veterans-scarred-by-suicides-turn-to-one-another-for-help.html.

32 政治的立場の左右を問わず、アメリカの小説家・映画監督は、9.11 以降、テロとの戦争にかぎらず冷戦期にアジアで戦われた諸戦争を描きつつ、家族の再会（あるいはその不可能性）をテーマにしてきた。有名な例をいくつか挙げれば、Johnathan Safran Foer, *Extremely Loud & Incredibly Close* (2005), Toni Morrison, *Home* (2012), Clint Eastwood, *American Sniper* (2014), Phil Klay, *Redeployment* (2014), Paul Schrader, *First Reformed* (2017), Spike Lee, *Da 5 Bloods* (2020).

33 Richard Gray, *After the Fall: American Literature since 9/11* (Chichester, West Sussex, UK: Wiley-Blackwell, 2011), 16–17.

34 Marianne Hirsch, *The Generation of Postmemory: Writing and Visual Culture after the Holocaust* (New York: Columbia University Press, 2012), 34.

35 Schwab, *Haunting Legacies*, 19.

36 E. Ann Kaplan, "Global Trauma and Public Feelings: Viewing Images of Catastrophe," *Consumption, Markets and Culture* 11, no. 1 (2008): 3–24.

37 Gilles Deleuze and Félix Guattari, *A Thousand Plateaus: Capitalism and Schizophrenia*, trans. Brian Massumi (Minneapolis: University of Minnesota Press, 1987), 232–309.

38 "Debra Granik Interview on *Leave No Trace* at Sundance London 2018," YouTube, July 1, 2021, www.youtube.com/watch?v=eFCZpYnMPWw.

39 "Debra Granik Talks about Her Film *Leave No Trace*," YouTube, July 1, 2021, www.youtube.com/watch? v=y0AnZMqcDuU.

40 Thomas Trezise, *Witnessing Witnessing: On the Reception of Holocaust Survivor Testimony* (New York: Fordham University Press, 2013), 224.

7

ハーマン・メルヴィル「バートルビー」における グローバル市場と受益者

Beneficiary and the Global Market in Herman Melville's "Bartleby"

これは留学４年目に急に思い立って書いたメモ。お蔵入り予定だったが、本書に含められるだろうと考えて『英文学研究』に投稿したところ、なんと改稿のチャンスなしでリジェクトになり、つづいて翌年、日本アメリカ学会（アメリカ文学研究ではなく、アメリカ研究の学会）の学会誌に投稿し、ぶじ採用となった。ぶっちゃけ論の出来はイマイチなところがあるのだが、「バートルビーはなにも語らないが、じつは真実を知っているのだ」というメルヴィル研究にとどまらずあらゆる超有名論客たちが共有してきた大前提をひっくり返すという野心的なプロジェクトになっている。バートルビーは資本主義の被害者ではなく、その受益者なのだ——このいっけん保守的にすら思えるアーギュメントによってリベラルのヌルさを批判するという、現在のわたしの知的スタンスならびに被害学という枠組みの基盤をつくった論文でもあった。英語版は本書とほぼ同時に出版される予定だったが、本書の出版のほうが先になってしまい、アクセプト後に撤回となってしまった（327 頁参照）。

Abstract

本論はハーマン・メルヴィルの中編「バートルビー」のラディカルな再解釈を試みる。「バートルビー」論の本流であるマルクス主義的な解釈と、近年台頭しつつある学問分野である加害者研究とを対話させつつ、本論は、「しないほうが助かるのですが」という有名な台詞で知られるバートルビーの消極的な態度も、加害者研究におけるリベラル・エリートの態度も、ともに世の中の変革においてもっとも重要な要素である「説得」という次元を欠いている点を批判する。「バートルビー」を論じる文学研究者も加害者研究にコミットする研究者も、たとえば「バートルビー」の（愚かな）語り手のように、もっとも身近で自分に耳を傾けてくれる人物、つまりもっとも説得される可能性のある人物に、言葉を費やして説得するという労を払わない。当時メルヴィルは作品の舞台であるウォール・ストリートの位置づけをアメリカ国内だけでなくグローバル規模の市場において捉えており、バートルビーをアメリカの資本主義社会のイノセントな被害者として捉えることがアメリカ例外主義と親和的であるということに自覚的であった。バートルビーという登場人物は資本主義の被害者ではなく受益者である――そう本論は主張する。彼が被害者なのは視点をアメリカ国内に限定した場合にかぎられるのであって、グローバル規模で見るとき、ウォール・ストリートにおける法律事務所の被雇用者である彼は、たとえば食事をするだけで搾取に加担してしまいかねないアメリカの恩恵の受益者であるのだ。バートルビーは消費者になってしまうことを回避しているのであり、本論は、彼が究極的にあらゆる行為を拒否するのは、潜在的な加害性を最小化するためなのだという新しい解釈を打ち出す。

二〇一一年九月一七日、ニューヨーク州マンハッタン南端の金融街にあるズコッティ公園に、千人規模の人びとがテント持参で参集した。この集会はアドバスターズ・メディア財団の共同創立者であるカレ・ラースンの呼びかけにたいする応答で、彼らの平和的なデモは現在、オキュパイ・ウォール・ストリートとして知られている。アドバスターズは反消費社会を掲げるカナダを拠点とした出版組織であり、同年の六月からソーシャル・メディアを利用してこの運動を使嗾していた。彼らがオキュパイの意義をはじめて明確化したのは七月十三日のブログにおいてであり、その説明によれば、デモは「われわれの民主主義における最大の腐敗物たるウォール・ストリート、あるいはアメリカの金融的ゴモラ」への抗議であるはずだった。いまや有名になった“We are the 99%”というスローガンが示すように、オキュパイ・ウォール・ストリート運動は、アメリカにおいてもっとも裕福な上位一%とそれ以外の九九%とのあいだで拡大の一途をたどる途方もない経済格差への反対であった。オキュパイの期間、その占拠者たちは、十九世紀なかばのマンハッタンにすでに伝説的な先駆者が存在したことに気がつきはじめ、それを「元祖ウォール・ストリートの占拠者」と呼ぶようになった――そう、書記バートルビーである。[▼1] このハーマン・メルヴィルの創作になる「ウォール・ストリートの物語」というサブタイトルがついた物語の主人公はじっさい、その雇い主のオフィスを占拠《オキュパイ》する。この雇い主は語り手でもあって、裕福なセレブリティとの社会的なコネクションを自慢することで物語を開始する彼は、この占拠者のせいで日々の資本主義的な営みを一時的にではあるが阻害されることになる。バートルビーが発する伝染的なリフレイン「しないほうが助かるのですが（“I would prefer not to.”）」をもうひとつのキャッチーな合言葉として、フライヤーに、ポスターに、Tシャツに印字して、オキュパイの活動家たちは占拠した公園でこの小説の野外読書会を開催し、二一世紀におけるバートルビーの継承者を自認しながら、彼をオキュパイのマスコットに仕立てあげた。この無口な書記は占拠者たちにとって、アメリカの九九％を構成しながらも一％の超大金持ちのせいで許しがたい経済格差に苦しめられている「われわれ」の雄弁なる代表者である。

占拠者たちによる「バートルビー」の召喚は、この小説のマルクス主義的批評の伝統につらなるものである。ラウス・バーネットによる一九七四年のエッセイ「疎外された労働者としてのバートルビー」を筆頭として、[2]研究者たちはバートルビーを資本主義社会の被害者として、あるいは階級格差の拡大を批判すべくメルヴィルが創作したキャラクターとして、捉えようとしてきた。この格差はまずもって、裕福な雇い主である語り手と、貧しく、孤独で、住む家もない従業員であるバートルビーの対比において現れている。語り手がウォール・ストリートで運営する三、四名の従業員を抱えたちいさな法律事務所は、巨大な資本主義システムの縮図になっているのだ。バーバラ・フォウリーが書いているように、これを「現代における「上位一〇％」にたいする批判」としても読めるのはメルヴィルが「階級闘争を一般化して描」いたためである。これは「ブルジョワの臆病なモラルにたいするメルヴィルの軽蔑の表現」であり、「読者は語り手の至らなさと偽善とを断罪するよう求められている」。[3]あるいはナオミ・リードによれば、あらゆる問題は金銭の言語へと翻訳可能だと信じている語り手をまえにして、バートルビーは資本の循環と「等価」のロジックという市場の維持に不可欠な二つの要素を拒否してみせる。[4]より哲学寄りの議論では、バートルビーの「しないほうが助かるのですが」というセリフは資本主義にたいする「真のオルタナティヴ」[5]を想像するための、「新たな秩序」[6]

への道を切り拓くラディカルな政治性を志向している。オキュパイ以後、研究者も一般向けの書き手も、この運動に同情的か批判的かにかかわらず、バートルビーの沈黙がもつ資本主義への対抗としてのラディカルさを再評価してきた。しかし、こうした「バートルビー」についての歴史的な文脈化、理論的な洗練化、そしてマルクス主義的読解の再解釈といった盛り上がりにもかかわらず、あらゆる論者はあるひとつの二元論を前提としている。すなわち、バートルビーという被害者と、語り手という加害者、この二元論である。だが、わたしは本論でつぎのように問うてみたい――バートルビーは、ほんとうに資本主義の被害者なのだろうか？

本論は「バートルビー」を加害者研究の枠組みをもちいて再解釈することで、ながらく本作の読解における前提となってきたマルクス主義的な二元論に異議を唱える。加害者研究という新しい分野は、マイケル・ロスバーグの「連座する主体」(implicated subject) やブルース・ロビンズの「受益者」(beneficiary) といった諸概念によって、暴力にかんするわれわれの想像力を拡大し、誰が「加害者」としてカウントされるのかについての認識を刷新してきた。こうした枠組みによって徐々に可能になってきているのは、われわれが会ったことも見たこともない他者に意図せず加害者として関与してしまっているという可能性を想像することである。たとえば、われわれの日常的な活動がいかに気候変動に影響し、それによって地理的にも時間的にもかけ離れたあらゆる存在に悪影響を及ぼしうるか、そのことを考えてみてほしい。あるいは経済格差の場合なら、それはもはや理論的・統計的にそうであるといった次元の話ではなくなってくる。われわれの慎ましやかな生活は、グローバル規模でのシステマティックな搾取構造に確実に組み込まれているからだ。それはまったくもってわれわれが意図して望むところではないし、そもそもわれわれの意思や言動いかんによってコントロールできるようなことではない部分もおおきい。だが「連座する主体」について考えるうえで重要なのは、ロスバーグが書いているように、「直接的に害を及ぼすことはないが、権力や特権などとつらなった位置を占めている」という性質である。[7] これはわれわれが世界においてどのような位置に立ってしまっているのかという問題であり、またその目的は、その位置についてのクリティカルな意識を刷新することである。それがいかに隔たっていて、微かで、間接的であろうとも、「あなたの運命は遠く離れた、場合によっては苦しんでいる他者と、因果的にリンクしている」のだとロビンズは書いている。[8] つまり加害者研究は、見えざる他者への「因果的な責任」についてコスモポリタンな観点から考えることを要求するものだ。この巨視的な視座からみたとき、ウォール・ストリートにおける法律事務所の被雇用者は——アメリカ国内の基準ではなくグローバル規模において——イノセントな被害者であるどころか、特権的な加害者でありうる。被害性と加害性についての近年の言説は、長いあいだバートルビーと語り手のあいだに引かれてきた被害者と加害者の境界を引きなおすことを可能にするのだ。かくしてこの主人公は、彼の上司とともに、一%の加害者の側に立たされることになるだろう。バートルビーは資本主義の被害者ではない。その受益者である。

「バートルビー」のマルクス主義的読解と加害者研究を対話させることで、本論は両者の限界を暴く。バートルビーは被害者ではなく受益者である——そのように主張するにあたって、わたしはバートルビーという登場人物ならびに加害者研究という言説の両者に欠けているのは説得という次元であると論じる。両者はそれぞれに倫理的・理論的な強みをもってはいるものの、まず第一に説得せねばならない相手を説得することに失敗するか、あるいは説得という労力を払うことを拒否する――たとえば語り手を説得しないバートルビーのように。本論はこうした知的態度の背後にあるリベラルな前提を批判することで、バートルビーのラディカルな側面に光をあてたい。以下ではまず、メルヴィルがこの物語を執筆していた当時の社会的な背景を素描し、メルヴィルがアメリカ国内だけでなくグローバル規模におけるウォール・ストリートの位置づけに意識的だったということを示唆する。近年の加害者研究におけるマクロな観点は一九世紀なかばにおいてすでに存在していたのであり、バートルビーをイノセントなアメリカ人被害者として神聖化することは、アメリカ例外主義のイデオロギーと親和的であると論じる。つづいて小説を精読しながら、加害者研究の枠組みを適用することで、食事をふくめ「なにもしない」というバートルビーの選択を、受益者による潜在的な加害性を最小化するための行為として再解釈する。この症候的な読解において見えてくるのは、奇行としか思えない彼の自罰衝動の裏にある社会的・歴史的なモチベーションである――バートルビーは消費者にならないことを望んでいるのだ。「バートルビー」を加害者研究をつうじて再評価したのち、わたしは作品読解をふたたび加害者研究へと差し戻し、この研究領域においていかに説得という次元が度外視される傾向にあるかを確認する。倫理的な強度を帯びたバートルビーの言動は、語り手にも読み手にもまったくもって理解不能である――つまりバートルビーは自分にたいして一定の共感と理解を示そうとする身近な他者を説得することすら拒否する――という事実は、この世の中においては誰もが倫理的で知的でまともなのでみずからの加害性の問題に向きあって行動に移すに違いない、というリベラルな錯誤の裏返しである。メルヴィル研究と加害者研究を参照しながらも、その両者を乗り越えるべく、本論はこのアメリカン・ストーリーをグローバル市場に位置づけ、そのあらたなラディカルさの可能性を発掘する。

グローバル市場のなかのバートルビー

バートルビーをグローバル市場に位置づけるという本論の目的は、ドナルド・ピーズ、エイミー・カプラン、ウィリアム・スパノスといったニュー・アメリカニストと総称される一群の研究者によって開拓されてきたトランスナショナル・アメリカン・スタディーズの成果に連なるものである。トランスナショナル研究の嚆矢『アメリカ帝国主義の文化』（一九九三）以来、彼らは「アメリカ文化の研究における帝国の不在」[9]、つまり帝国主義的な旧世界とは違ってアメリカという新国家の歴史はイノセントなのだという神話、すなわちアメリカ例外主義を批判してきた。ヘンリー・ナッシュ・スミス、R・W・B・ルイス、レオ・マークスなど一世代前の代表的なアメリカ研究者たちは、みなメルヴィル作品の分析を核として主著をものしたが、そのさい彼らは、アメリカは唯一無二で例外的で「ドメスティック」[10]な国なのだと無批判に前提していた。当時のこの神話・象徴《ミス・アンド・シンボル》学派から現在のトランスナショナル／トランスアトランティック／トランスパシフィックなアメリカ研究にいたるまで、このアメリカ文学史における最大のキャノン作家たるメルヴィルの作品をいかに論じるかは、つねにアメリカを分析する者がいかにみずからを分析しうるのかを映しだす鏡でありつづけてきた。じっさい、ここ四半世紀ほどのメルヴィル研究——ジョン・カーロス・ロウ、ワイ・チー・ディモック、ユンテ・フアンなど――は、アメリカにおける帝国主義という文化にてらして、メルヴィルをトランスナショナル化・グローバル化することに成功してきたといえる。たとえばロウは『タイピー』を「アメリカ南部における奴隷所有というドメスティックな問題とアメリカの植民地における治外法権という政策の関係」を描こうとするメルヴィルのトランスナショナルな視点の現れとして読み、メルヴィルは「国内における奴隷制やポリネシアにおける欧米の植民地主義にたいする読者の感じかたや知的態度、そして他文化理解のありかたを変革しようと目論んでいた」と結論する。[11] ここでメルヴィルの他作品について詳述することはできないが、たとえばこうしたトランスナショナルな図式を念頭において『白鯨』の第十四章などを読めば、メルヴィルがこの捕鯨物語をアメリカ帝国主義のグローバルな拡大という歴史的背景に位置づけようと考えていたことがただちに見てとれるはずだ。

メルヴィル研究はこうしてトランスナショナル・ターンを迎えたわけだが、研究者たちは「バートルビー」をグローバル化することには失敗してきた――それはこの作品がロウワー・マンハッタンというごく狭小なエリアのみを描く短めの中編小説であるという事実に鑑みれば、なんら不思議なことではない。とはいえ、研究者の視点もまた同様の狭小さに囚われてしまってきたせいで、バートルビーをアメリカ資本主義のイノセントな被害者としてしか論じてこられなかったこともまた事実であるように思われる。マイケル・ギルモアは一九八五年の『ロマン主義と市場』で、メルヴィルはバートルビーを「語り手やメルヴィルとは異なる階級に属する人間」として描いたと論じた。[12] シェイラ・ポスト・ローリアは一九九六年の『市場におけるメルヴィル』という副題の著書で、「バートルビー」という作品の核は「ウォール・ストリートによる労働者の搾取」であるとした。[13] デイヴィッド・キューブリックは、一九四〇年代から五〇年代にかけてのニューヨーク市における階級闘争を目撃したメルヴィルは、「バートルビー」執筆時点においては「ニューヨークにおける雇用者と被雇用者の関係にある緊張、政治的闘争、イデオロギー的な差異などについて知悉していた」と指摘している。メルヴィルが雇用問題を扱うにあたってウォール・ストリートを舞台に選んだ理由は、「ニューヨーク市がアメリカの産業・商業・財政上の中心地へと瞬く間に変貌しつつあった」という当時の状況を考えないかぎり理解することはできない。[14]「バートルビー」読解におけるこうした視点のドメスティックさは、こんにちの批評においても引き継がれている。チャールズ・ウォーの二〇〇五年の文章も、マーティナ・ファイラーの二〇一三年の論考も、メルヴィルのグローバルな側面にフォーカスしているにもかかわらず、その巨視的な枠組みで「バートルビー」を論じることはできていない。[15]オキュパイのあと、「東海岸のリベラル寄りの雑誌にとどまらず」保守層もバートルビーに言及するようになったが、[16]それは部分的に、バートルビーをアメリカ国内の文脈だけで把捉しようとすることは、さほどリベラルではないどころか、例の「アメリカ帝国主義の文化」と親和的だからではなかろうか。バートルビーの加害性をグローバルな視点から問題化することに失敗するという事態は、アメリカのイノセンスという神話を無批判に信じていた時代のアメリカ研究の残滓である。

歴史家たちは、一九世紀の中葉を「ニューヨークがアメリカの商業的・文化的メトロポリスとなり、また北米のマーケットと新しいグローバル経済の秩序が統合をみた時代」であると論じてきた。[17]わたしが本論で目指すのも、「バートルビー」批評におけるドメスティックな視点を批判しつつ、メルヴィルが他の明示的にトランスナショナルな作品で描いているようなグローバルな視点とをブリッジすることである。そうするにあたっては、ロビンズも受益者という概念を理論化するにあたって参照しているように、世界システム理論が有効な出発点となるように思われる。ロビンズの簡潔な解説によれば——

世界システム理論によれば、およそこの五百年ほどのあいだで、辺境地域において生産された富の大部分は、コアとなる大都市によって恒常的かつシステマティックに吸い上げられるようになった。その結果、大都市はその富の一部を相対的に恵まれていないか、あるいはまったく恵まれていない地域へと再配分し、そうすることでこのシステムが大都市に与えうる悪影響を緩和し、潜在的な反感を宥め、平穏さを維持することができてきたのである。だから大都市において労働者階級であるということは、周縁地域において労働者であることとはまったくことなる。[…] あなたがいま所属している階級アイデンティティは、その土地における支配階級によってのみ規定されているのではない。それはつねに見えにくいかたちで、あるいはさほど見えにくくもないかたちで、他者たる遠隔地とあなたの居住地との地政学的な関係によって規定されているのだ。世界システム理論において、階級とは相対的なものである——つまりそれはグローバル・システム内におけるあなたの位置づけとの相対的な関係において決まるのだ。[18]

世界システム理論の枠組みは、バートルビーというキャラクターがアメリカ国内において社会的・経済的に虐げられた人物であると同時に、グローバル規模においては特権的でエンパワーされた人物でもあると論じるための足がかりとなる。ウォール・ストリート内の雇用関係において、彼は間違いなくブルジョワの雇用主に搾取されるプロレタリアートの一員である。これは間違っているわけではない。だがグローバルな帝国主義ネットワーク内における「コアとなる大都市」の被雇用者である彼は、遠隔地の他者たちの犠牲のうえに栄えるアメリカの受益者でもある。われわれは彼の階級アイデンティティを、「他者たる遠隔地と彼の居住地との地政学的な関係」から再定義しなくてはならない。ウォール・ストリートにおける雇用者と被雇用者の格差は、バートルビーとグローバルな「周縁地域」との格差のまえに吹き飛ぶだろう。こうした認識は一九世紀なかばのアメリカにおいてすでに存在していたのであり、海外におけるアメリカの拡張主義と国内の階級闘争にたいする鋭敏な批判意識をもっていた小説家にとってはなおさらであったはずだ。いまこそ、「バートルビー」をグローバル市場において読まなくてはならない。

「なにひとつ変えないほうが助かるのですが」

「バートルビー」という作品における最大の受益者は、もちろんバートルビーではなく語り手である。冒頭、彼は誇らしげに「私は若い頃からずっと、安穏な生活こそが最高の生き方であるという深い信念を胸に生きてきた人間である」という自己紹介からはじめる。法律家という「血気盛んで神経質で、時に癇癪を起こしたりすると思われている職業」に就きながらも、彼はもちまえの思慮深さと自制心でもってそうしたトラブルがみずからの「平穏」な暮らしに闖入するのを防いできたのだ、という。「私を知る友人は誰しも私のことを突出して無害な人間だと見做している」（一四）[19]。彼のナルシシズムを支えるのはその恵まれた社会的地位ばかりではなく、大金持ちの友人たちとのコネクション、とりわけ「一八四八年に亡くなられたときはアメリカでもっとも裕福な人間だった」[20]ジョン・ジェイコブ・アスターとの関係である。語り手はこの「アメリカ史における最初の億万長者」[21]にぞっこんであり、彼いわくその「丸みのある球体的な音色で金塊のように響く」（一四）アスターという名前をくりかえし発音することにフェティッシュな悦びを感じるほどだ。だが自称「慎み深き法律家」たる彼は、「金持ちの所有する債券、抵当、権利などの証書に囲まれた安楽な商売」（一四）に甘んじて満足するものである。この語り手は、みずからをアメリカ社会の上位一％を構成するメンバーのひとりに数えることは慎ましやかに遠慮するだろうが、間違いなく上位一〇％の末席には連なるはずだと考えているような人物である。上位一％と下位九〇％のあいだ、という彼なりの社会的な地位についての自己認識こそが、強者でありながら無害であるという彼の自意識の根底にある――彼は獰猛な捕食者ではなく、まっとうな職業についた社会の忠実なる下僕なのだ。この語り手を受益者として認定することが重要なのは、彼が恵まれた社会的地位についているからであるよりも――それはあまりにも明白である――、彼のこの批判意識を欠いた自意識と自己評価においてである。メルヴィルの文章はこのキャラクターを、バートルビーのミステリアスな非難がましい態度に触れたとき、自分が立って生きてきたモラルの足場を心底からぐらつかされる経験をするような、そのようなナイーヴさでみずからのイノセンスを信じている人物として造形している（たとえばアスターのような真正の億万長者からは彼のようなリアクションを望めないだろう）。ウォール・ストリートの物語は、この偽善者の感受性を原動力に展開してゆく。
語り手は三名の従業員――ターキー、ニッパーズ、ジンジャー・ナット――を紹介しながら、自分がいかに経済的にも倫理的にも優位な立場にあるかを説く。バートルビーが現れるまえ、ターキーとニッパーズは上司を苛つかせはするものの最低限は使えるので解雇するにはおよばない従業員として漫画的《コミカル》に描かれている。ふたりの書記の人格を素描するために語り手が持ちだすエピソードは、いずれも語り手の階級差別を物語るものだ。ターキーは「脂っこくて食堂の臭いがする」服ばかり着ていて事務所の評判を損ないかねないということで、雇い主は「きわめて上品な見ための」コートをこの「ごく薄給の男」(一七)に贈る。この好意に感謝してターキーの「無謀さと騒々しさ」も収まるだろうという期待もむなしく、これはむしろ有害な影響を及ぼし、上着のせいでターキーは傲慢になってしまったと語り手は総括する。彼によれば「馬にオート麦を与えすぎると良くないというのと同じ理屈」で、ターキーもまた「豊かさで損なわれるタイプの男」だと評価する(一八)。たほう、ニッパーズは服装こそまともではあるものの、こちらは「不健全な野心」の「犠牲者」である。たとえばその例として、「書記風情の職務などには甘んじてはいられないとばかり、法律文書をみずから作成するなど、専門家にのみ許された仕事に手をだす越権行為」におよぶことがあるという(一六)。またニッパーズ自身が「クライアント」と称する客が訪ねてくることがあるが、その見苦しい格好の人物はどう見ても借金取りであって、権利証書だと本人が強弁している紙も請求書に違いないと邪推する(一七)。語り手の想像力において従業員たちは家畜のような存在であり、けっして彼らには社会的な柵を越えることは許されていないのであって、もし越えようものなら、それは彼らが有害な野心に蝕まれていることを意味する――彼らは「無害」で「慎み深い」上司を見習うべきなのだ。語り手の視点を介して戯画化されてはいるものの、雇用者の反感を買う従業員たちのこうした態度や活動は、実質的な効果は望めないものの、一種の階級闘争の表現なのである。

オフィスで繰り広げられるこうした階級闘争の諸条件は、かの面妖な書記の登場によって根底から覆される。「生涯にわたって報酬が得られる」ことが期待できる衡平法裁判所主事なる「きわめて実入りの良い」(一四)地位に就いたばかりで従業員を増やそうと思案していた矢先、バートルビーは折よく事務所の玄関に現れる。つまりバートルビーは、語り手の資本主義的な活動の拡大の結果としてこの物語に組み込まれるのだ。このたぐいまれなる書写能力を発揮する新参者が突如として「しないほうが助かるのですが」といって彼らのビジネスを混乱に陥れるのは、着任からはやくも三日目のことである。語り手がバートルビーを採用した魂胆には、この「突出して落ち着いた様子の人物」がターキーの癇癪やニッパーズの気性の荒さといった気質上の諸問題に「有益」なのではないかという算段があるのだが(一九)、この三人目の書記人もまた二人に劣らず手に負えない人物であることがすぐに判明するわけだ。バートルビーの頑固な拒否に接して、語り手は他の従業員を呼びだして「常識」で武装した陣営を組織し、バートルビーの「異常」で「不当」で「怠惰」な労働倫理を非難する(二四、三八)。ニッパーズは「こいつを事務所から蹴り出す」(二二)ことを進言し、ターキーは起立して拳を振りあげ、「顔面をぶん殴ってやりましょうか」(二四)と提案する。さらにこの上司は「どんなに小さな賛意でも動員してやろう」と考え、十二歳のジンジャー・ナットにも意見を求めると、この使いの少年は上司がバートルビーの形容に用いたことのある「気が狂った」(二〇)という言葉を反復するように、「こいつは頭が狂ってると思います」(二二一)と応える。かくして、もともと内部に軋轢を抱えていた四名はひとつの解決にいたる――共通の敵を見出し、その人物に暴力の可能性をちらつかせながらハラスメントを行うことで憂さ晴らしをするというわけだ(語り手はバートルビーにたいする殺意すら仄めかす[二六])。この微温的な階級闘争に勤しむ者たちにはバートルビーのあまりに不可解な行動を抵抗の一種として認識することは不可能なのであり、確立されたウォール・ストリートの常識に順応することを拒否する「狂った」人物を非政治化し病理化するという目的のもと、搾取者と被搾取者は団結することになる。

バートルビーの抵抗の意味を捉え損ねているのは登場人物ばかりではなく、マルクス主義寄りの研究者たちも同様である。バートルビーが反資本主義である、というのはそうなのだが、しかしそれだけでは、たとえば彼がなぜ食べるのをやめるのかといった問題を説明することはできない。バートルビーが食事をしに出かけるのは誰も見たことがなく、「彼はジンジャー・ナッツしか食べていないのである」(一二三)。そういったあと、語り手は「ジンジャー・ナッツだけ食べて生きていたら人間の組成にどのような影響がありうるか」について思案する――ジンジャー・ナッツは生姜を含む、だがバートルビーに生姜っぽいところはない、それゆえそれは「バートルビーになんの影響も及ぼしていない」(一二三)。だがジンジャー・ナッツだけ食べて生きることはこの「痩せこけた無一文の御仁」(一二五)に、当然ながら、栄養失調という甚大な影響を及ぼしている。ただ、彼がなにも食べないのは「無一文」であるせいばかりではなく、どうやらみずからの欲求を満足させないことを決意しているようにみえる。なぜなのか？　いまだ古びていない一九八七年の論文でギリアン・ブラウンは、一九世紀アメリカ文学における広場恐怖症《アゴラフォビア》を論じるなかで、バートルビーは疎外された労働者であるという例の解釈を提示している。バートルビーの無食症は、ブラウンの見立てによれば、「世界から自分を、そして市場からホームを切り離しておきたいというアゴラフォビア的な」欲望の現れであり、それは「世界に参与し参入することへのラディカルな拒否」にほかならない。[22] 働いて金を稼ぐことはおろか、食べることすらもなんらかの加害性を形成しうるという事実に光をあてる点において、ブラウンの洞察は、バートルビーは資本主義の被害者であるという読解から離脱するための足がかりを与えてくれるだろう。とりわけアメリカ国内においては、食べ物を買って食べるだけで特権的な消費者として資本主義世界に参与してしまうことになる。バートルビーは世界から疎外されているというよりも、しいてそこから疎外されようとしているのだ。彼の極端な、ほとんど現実にはありえなさそうな自罰衝動は、この世界におけるみずからの潜在的な加害性を最小化せんがための実践である。じっさい、彼はみずからの意思を次のように明確化している――「なにひとつ変えないほうが助かるのですが」(四一)。コスモポリタンな観点からすれば、たとえばジンジャー・ナッツを消費することすら一定程度の利益を、誰かの犠牲のもとに、もたらすものだとみなされる。語り手と同様、バートルビーにとっても食事に「どのような影響がありうるか」は重要なのだ――ただし彼個人の「人間の組成」にたいする影響ではなく、人類全体にたいしてのそれである。このような考えから導き出される論理的な帰結は、極論すれば、みずからの生命を絶つということになるだろう。

バートルビーのふるまいは、彼の周囲に深甚な影響をおよぼす。「助かる」という彼の独特の言い回しは感染力が高く、ターキーもニッパーズもこの「気色悪い単語」(三二)を知らぬ間に日常会話で使うようになる。同様にこの単語が自分の口からまろび出たことに気づいた語り手は、「この書記人との接触が私の精神にすでにかなりの影響を及ぼしているということに気付いて私は戦慄した。これ以降さらにどんな深刻な変調をきたしうるのだろう?」(三一)と恐怖する。その変調のひとつとして彼は、彼の崇拝するアスターなら考えもつかないであろう回路でみずからのモラルについて反省する――「前代未聞の、暴力的に理不尽なかたちで威嚇されたとき、ひとは最も明白な信念から揺るがされてしまうことが多い。言ってみれば、不可思議な事態ではあるが、何となく正義も道理も全て向こう側にあるのではないかという気がしてくるのだ」(三二)。だが直後にバートルビーの生活の孤独さを知って、語り手は徐々にこの違和感を忘却し、この書記人を「受動的で完璧に無害」である「被害者」として憐れむことしかできなくなってゆく。マルクス主義読解が主張してきたように、バートルビーにたいする語り手の不十分な応答、ならびに微温的な自己批判は、彼のブルジョワ的な偽善のあらわれであることはたしかだ。だが、「正義も道理も」じつはバートルビーの側にあるのではないか、そしてバートルビーこそは受動的かつ無害な「被害者」なのではないか、こうした語り手の疑念は、まさしく「バートルビー」を論じてきた研究者たちの主張と同じものである――とりわけバートルビーの加害性に思い至らないという点において。多くの研究者たちは、語り手の愚かさとバートルビーの不可解さという強烈な対比に惑わされてか、このウォール・ストリートにおける労働者を例外視することで、イノセンスをアメリカの側に奪還するというミスを犯してきたのではなかろうか。この超有名作品について形成されてきたあらゆる先入観を廃棄して、われわれはバートルビーの発言の真意が「自分は資本主義の被害者なのです」といった陳腐なものであると想定することに満足してよいのだろうかと自問せねばならない。

いま述べた傾向は哲学寄りの議論においてよりドラスティックなかたちで見られる。バートルビーの絶対的な沈黙にかんして、哲学者たちはその存在論的・形而上学的・超越的な意味を論じてきた。ハート＋ネグリは、「バートルビーの拒否はあまりに絶対的で、彼はいかなる人格ももたない完全な空白であるかのように見える」とし、その絶対的な存在は「存在一般、存在そのもの、存在であってそれ以上ではないもの」であると論じる。[23] このハート＋ネグリの読解を批判しつつ、しばしば「しないほうが助かるのですが」Tシャツを着用して人前に出るジジェクが論じるところによれば、「バートルビーの態度は、あらたな秩序を形成するための、より「建設的」な第二の作業のまえにくる、第一の準備段階などではない。それはそのままあらたな秩序の源であり背景であり、その恒久的な基礎なのだ」という。この書記のラディカルな実践は、「社会機構という現在の宇宙」VS抵抗・抗議、などといった偽りの二元論を超越するのである。[24] つまりバートルビーの「しないほうが助かるのですが」は、社会をすこしずつよくしてゆくためのリベラルなポリティクスの外部かつ上位にあるということで、それはもうすでに革命行為に等しいというわけだ。ハート＋ネグリもジジェクもグローバル市場のもっとも洗練された批判者として知られている哲学者であるが、にもかかわらず、彼らもやはりバートルビーの連座あるいは加害性の問題を考慮できておらず、それゆえに「バートルビー」という作品（読解）とアメリカ例外主義というイデオロギーとの共犯関係を再強化してしまっている。バートルビーはラディカルであると称揚すればするほど、われわれは彼のイノセンスを無批判に受け入れてしまうのだ。この強固なアメリカ的想定こそが問いなおされねばならないのであって、この想定が強固でありつづけているのは語り手が「ヴィラン」(三〇)の役を演じて、それとの対比においてバートルビーを被害者なのだとみなしてしまうためである。これはあたかも語り手を旧世界のアレゴリーとして読み、たほうでバートルビーによって代表される新世界がみずからの例外的なイノセンスを詐称するという詭弁を受け入れるようなものである。しかし、この語り手は、「私の想定は端的に私の想定なのであり、それはバートルビーのものではない」(三四)と正しくも考えるだけの分別をもっている。バートルビーのラディカルさを十全に、そしてあらたに捉えなおすためには、彼をアメリカのドメスティックな枠組みから解き放ち、グローバル市場へと連れ出さなくてはならない。メルヴィルの他作品につづいて、「バートルビー」もまたトランスナショナライズされるべくわれわれを待ち受けている。

「ご自分で理由がおわかりになりませんか」

「バートルビー」をグローバライズする道筋を与えてくれるのは、意外にも語り手である。バートルビーのふるまいに「威嚇」され、「正義も道理も全て向こう側にあるのではないか」と疑いはじめた矢先、彼は一種の啓示に到達する——

私は人生で初めて圧倒的で強烈な憂鬱さに襲われた。それまでは、不愉快未満の哀しみしか経験したことがなかった。同じ人間であるという絆(bond)によって、私は陰鬱さへと避け難く導かれていった。友愛からくる憂鬱！　私もバートルビーも、ともにアダムの子である。その日に見かけた艶やかな絹と輝かしい顔の数々を、私は思い出した――綺麗に着飾って白鳥のようにブロードウェイという名のミシシッピ川を下ってゆく人々。そして、彼らと、あの青白い書記人を較べて私は思った、ああ、幸福は光を招く、ゆえに我々は世界は愉快な場所なのだと考える。不幸は闇に隠れる、ゆえに我々は世界は不幸なき場所なのだと考える。そうした哀しい妄想――病める愚かな頭脳が生んだ怪物に相違ない――が、バートルビーの奇怪さをめぐる更なる具体的な考えに繋がっていった。奇妙な発見に至る予感が、私の周囲に漂う。かの書記人の青白い姿が眼前に浮かび上がってきた、我関せず（uncaring）という人々のさなかに、震える経帷子に包まれて横たわる彼の姿が。（二八）

調子は劇的だし、視野は狭窄だし、分析は浅薄だが、しかし彼はともかく自分の置かれた状況をコスモポリタンな観点から捉えてはおり、それは加害者研究のそれから遠く離れたものではない。彼はみずからと全人類をつなぐ「絆」を想像しており、そこでは哀れなバートルビーと、ブロードウェイを闊歩する金持ちが対比されている。バートルビーが提起する問題はつまるところ不平等の問題なのだと捉え、このナイーヴな資本家は、みずからが存在するこの世界にたいするクリティカルな理解に到達していることは疑いようがない。最終的には頓挫するものの、バートルビーを「大西洋のただなかに浮かぶ一片の漂流物」と描写し、ブロードウェイをミシシッピ川に喩え、またべつの箇所ではヴァージニアに言及するとき（三四）、語り手の言語はアメリカの大西洋奴隷貿易の歴史を想起させながら、トランスアトランティックな響きを帯びる。ジョナサン・エドワーズとジョゼフ・プリーストリーの読者である彼は、徐々に「あの書記人にまつわる私に降りかかっている諸問題は永劫の昔から宿命づけられていたものであって、私のようなちっぽけな人間の理解を超えた全知の神が何らかの神秘的な目的をもって私に割り当てたのではないか、そのような考えに説得され始めた」(三七)という。研究者たちは語り手の「汝の隣人を愛せ」(三六)とか「ああ、バートルビー！　ああ、人間！」(四五)といったビブリカルかつ似非ヒューマニスティックな台詞を軽蔑してきたし、それじたいは理解できることである。だが「バートルビー」をトランスナショナルな文脈に位置づけようとするならば、われわれは語り手とバートルビーという対照的な登場人物を弁証法的な対話へと持ち込まねばなるまい。「奇妙な発見に至る予感」を感じているとき、語り手はさらなる啓示に到達しそうであるように思えるものの、結局のところ資本の循環にふたたび飲み込まれてしまう。では、この予感が実現されるためには、いったいどのような条件が必要なのか、そしてその結果として訪れる啓示とは、いったいどのようなものでありうるのか？　寡黙なバートルビーも、この中編小説全体も、その答えを与えてはくれない。「バートルビー」のあらたなポテンシャルを引き出すには、これを症候的に読むことが必要になるだろう。

ところで本論の目的は、語り手を擁護することではない。もしバートルビーが彼のミステリアスな言葉と行動についてもうすこしだけ説明してくれたらなにが起こりえたのか、わたしはそのことに興味があるのだ。虚心坦懐に考えれば、沈黙するバートルビーの側に正義とイノセンスがあるのだという一般的な想定と、じつはバートルビーはたんに説明不足だから語り手の説得に失敗するにすぎないのだという想定は、いずれも自明ではない点において同様であるはずだ。バートルビーの真意についての解釈にはいずれにせよ推察が紛れ込まざるをえないのであり、だからこそ、それをいかに推察するのかが重要なのだ――そこにわれわれのイデオロギーが現れるからである。すくなくとも、語り手がバートルビーの無言の訴えにたいしてなにもする気がないのだという考えはアンフェアな誤読であって、彼の言動から判断して、もうすこしなんらかのヒントがあれば彼はなんらかの行動を起こした可能性が高いように思われる。じっさい、この中編全体をつうじて語り手がやることといえば、この無反応を貫く被雇用者に数えきれないほどの質問を投げかけ、なぜ彼がそこまでして世界から退こうとするのかについての謎を知ろうとすることである。なんの回答も得られず、当惑した語り手にできるのは「なにをすべきなのだろう？ どうしたらいい？ 良心に照らして、私はこの男にたいしてなにをすべきなのだろう？」（三八）といぶかることだけだ。語り手は愚かなブルジョワジーではある、だが彼がなんらかの行動をとるための最大の障害になっているのは彼の偽善性ではなくて、自分のなにが問題であるのかを理解できないということにある。ロビンズが書いているように、「グローバル規模の不平等に変化を引き起こすには、あなたが受益者にたいして、彼らが受益者なのだということを徐々に理解させること、つまりグローバルな視点でみずからを捉え、しかるべく行動するようにしむけることだ」[25]。行動を起こすまえに、ひとは自分と他者との「因果的なリンク」があることを認識する必要があり、そこから「因果的な責任感」が生まれうるのだった。みずからを「この世でもっともバートルビーと接点がない人間」（四〇）と形容する語り手にとって、「リンク」についての想像力は雇用関係にかぎられており、それはもちろん、彼の知的・倫理的な非力さを物語ってはいる。だがこの事実だけをもって、語り手がバートルビー理解に失敗することにおいてバートルビーの側にはまったく非がないと想定することはできない。とにもかくにも、この不可解な書記人はいっさい説明を提供してくれないのだから。

「バートルビー」を説得という観点から捉えなおすには、アリストテレスの『弁論術』がよい出発点になりうる。語り手はキケロを崇拝しているが、ローマの法律家であったキケロはアリストテレスの絶大な影響のもとで弁論術についていくつかの著書をものしており、語り手は（そしてメルヴィルも）この古代ギリシャの哲学者が展開した説得とそのテクニックについての古典的な理論に精通していた可能性が高い。まず説得には三つの要素が絡む――話し手、聞き手、そして話の内容である。アリストテレスいわく、説得的であるために、話し手はうまく議論を展開するばかりでなく、みずからがどのような人間であるか、そして聞き手にどのように見られているか、そして聞き手の精神状態などにも気を配らねばならない。これが、ロゴス（議論）、エトス（話し手の性質）、パトス（聞き手の感情）という有名な説得の三幅対だ。「同じ物事でも、それを好きな人と嫌いな人ではまったく違う見かたをするし、あるいは怒っている人と穏やかな人でもそうである」▼26、だからロゴス＝論理的な整合性だけでなく、エトスやパトスも同様に重要なのだ。ひとは自分が好きだったり尊敬していたり信頼しているひとに説得されやすく（エトス）、またフレンドリーな雰囲気のほうが説得されやすくなる（パトス）。さて、「バートルビー」の語り手は、ひとは理解不能な現象に直面したとき、もし本人が「不人情な性格ではなく」、そして「不機嫌でもないかぎり」、「理性によって解決し得ぬと判明した事柄については、その解釈において寛容の精神をもって想像力を働かせんと努めるはずだ」と考える（一三）。

バートルビーが「ご自分で理由がおわかりになりませんか」（三二）というとき、彼はみずからの不可解な否定行動には理由があるのだと仄めかしているばかりでなく、その理由を説明することを、彼にとっては自明であるという理由で拒否してもいる（これは推察ではない）。受益者の倫理をストイックに実践するこの書記人は、みずからのロゴスを明確化することなく、彼自身のエトスにも、聞き手の揺れ動くパトスにも注意を払わない。その「静かな軽蔑」（三〇）を湛えた聖なるバートルビーは、自分で理由もわからない愚かなブルジョワを説得する労など払わないほうが助かるのだ。

　バートルビーの反説得と並べてみるとき、ロビンズの『受益者』の問題もまたあきらかになるだろう。「いったい受益者とは誰なのか？」――この本は問う。「それはたぶん、あなたである。もしあなたが向上心にあふれた高等教育からなんらかの利益を被っていなければ、こんなに生真面目でつまらなそうなタイトルの本を読むということはちょっと考えにくい」。そして、「このパラグラフをあなたに読ましめた教育は、あなたの就職とか、収入とか、安定とかは保証しないかもしれないが、しかしグローバル規模において［…］それはあなたを特権階級の一員にしているのだ[27]」。なるほど、われわれは受益者なんだ！　この本の読者は、みなただちにそう納得するだろう。だが、加害者の定義と範囲を拡張してそこに「あなた」を招き入れようとするこの努力において、ロビンズは同時に、彼の想定する高等教育を受けていない層を、彼の読者から除外してしまっている。これは現実的に誰が読むかというだけの問題ではない。この議論において、読者たる「あなた」の範囲は、みずからの因果的な責任をただちに自覚して受け入れられるような、すでに知的で倫理的でリベラルで、説得されるまでもない読者に限定されている。バートルビーと違って、ロビンズは優れたロゴスは提起するが、彼は被説得者がリベラルなパトスをもっており、彼らが社会的な地位のある学者のエトスを受け入れるであろうことを前提している。だが受益者という概念を提出することの究極目的が「グローバル規模の不平等に変化を引き起こす」ことであるのなら、それが目指すべきなのはリベラルな認識論の枠組みを洗練させることだけでなく、現時点では因果的責任などを受け入れるつもりはないが、もしうまく説得されればなんらかの応答を遂行しうるような層に働きかけることでもあるはずだ。ロビンズはすでにリベラルである聴衆からの承認を獲得するにすぎない。バートルビーは保守的な上司を説得することを拒否する。いずれも、みずからは部外者なのだと信じる者たちの自発的な応答可能性を喚起するための説得という困難かつ不可欠なタスクを回避しているのだ。説明の拒否において、あるいはリベラルな知性と理性を備えていない精神の度外視において、彼らの態度にはあの「静かな軽蔑」が通底している。

アリストテレスが説得行為における感情の働きを重視していることは、近年のメルヴィル研究がアフェクト理論によって刷新されているという事実にてらして、注目に値する。ウェンディ・アン・リー、シアン・ナイ、ザイン・ヤオなどによってバートルビーは「感情的に読解不可能」[28]で「鈍感」で「無感情」[29]だというコンセンサスが形成されてきたが、それにたいして古井義昭は、「テクストの細部を読めば、バートルビーの内面が完全に読解不可能で彼が無感情な人間であると断言することは不可能」なのだと反論している。[30]だがバートルビーの受益者としての立場を考えるとき、この物語における情動はまったく違って見えてくるだろう。グローバル規模の不平等に変化を起こす、というロビンズの理念をふたたび想起すれば、まずわれわれに必要なのはわれわれ自身の受益性を認識すること、つまり、われわれには因果的責任があるのだと理解することである。ここからさらに具体的なアクションを起こそうとするなら、ロビンズもまた書いているように、ひとは受益者であるという現状について「耐え難い」と感じる必要がある。「あなたはそれが別様でありうるということを想像できる対象にしか反対できない」のであって、逆に、もしそうできるなら、あなたは世界に悪影響を及ぼしているみずからの「利益を手放す」はずだ――なぜなら耐え難いからである。[31] この意味で、バートルビーは想像力ゆたかなコスモポリットであり、彼は自分が連座しているかもしれないしていないかもしれない遠く離れた他者の苦しみにたいして極度に鋭敏なのだと考えられる。バートルビーにとって受益者であることはまさしく「耐え難い」のであり、この耐え難さこそが彼をしてあらゆる利益を手放させしめ、そしてそれと同等の応答を彼はウォール・ストリートの同胞たちに要求するのだ。こうした観点からすれば、世界のシステマティックな不平等に連座していることにたいして、つまり説明などされなくても自明である日々の生活において行使している暴力にたいして鈍感であるのは、語り手にほかならない。ちょうど語り手や読者にとってバートルビーが超越的な他者であるように見えるのと同じで、この語り手をふくむ全員がバートルビーにとっては理解しがたい他者なのだ。なぜ語り手は自分で理由がわからないのか、バートルビーにはその理由がわからないのである。

最後に、本論の冒頭で言及したオキュパイの話に戻ろう。オキュパイ運動の要求の不明瞭さを論じるにあたって、保守もリベラルもバートルビーの不可解さという問題を取り上げてきた。文学研究者のジョナサン・グリーンバーグによれば、バートルビーは「要求内容の明言を拒否することで」、むしろ「オキュパイ運動の勢いを予見的に描いていた」[32]。やはりアメリカ文学の研究者であるローレン・クラインは、バートルビーとオキュパイはそれぞれ“I would prefer not to”と“We are the 99%”というフレーズによって「あらたな語彙を議論に導入する」ことに成功したのだと論じる。[33]また、かつてウォール・ストリートのとある有名な法律事務所のアシスタントも務めた経験があり、のちにオキュパイに参加した『ミリオンズ』のブロガーであるハンナ・ガーセンは、オキュパイの目的を「縮小の一途を辿るアメリカの中産階級に光をあてる」ことだったと述べている。彼女によれば、「活動家たちの目的が具体性を欠き、理性を欠き、要求を欠けば欠くほど、むしろリアルに状況を変える権力をもっている人間たちを苛立たせることができるのである」。[34]たほう、保守媒体である『オクラホマン』の編集者は、バートルビーとオキュパイはいずれも不貞腐れた子供も同断だとして、ときには暴力に接近する彼らに、語り手ならびにニューヨークの権力者たちが見せる信じられないほどの辛抱強さを対置している。「オキュパイの連中に、なにがしたいのかと訊いてみるがいい。教えないほうが助かるのですが、などとのたまうだろう。自分たちでもわかっちゃいないのだ」、そう彼は断じる。[35]バートルビーとオキュパイの語らなさに勇気づけられるにせよ苛立たされるにせよ、こうした分析はどれもバートルビーと語り手のあいだに線を引き、最終的にアメリカの味方をしている点においては同じである。それらが保守の意見を揺るがすことはないだろう──「バートルビー」をラディカルに読むことの失敗は、リベラルの失敗である。リベラルがウォール・ストリートの労働者をアメリカの利益の享受者でありかつ批判者であると読解できないのは、リベラルがみずからの加害性を認識できないことのあらわれであり、その失敗の根幹には、誰が見ても愚かだとわかる語り手を批判することで安心しアメリカ的な二元論を打ち立てることにたいする自己批判の欠如にある。だが、オキュパイが

「バートルビー」を召喚したことそれじたいが不適切であったわけではない。なぜならバートルビーはじっさい彼らの側にいるのだから――ただし受益者の一員として、グローバル市場における、恵まれたトップ一%の一員として。

▶注

1 Adbusters, "#OCCUPYWALLSTREET: A Shift in Revolutionary Tactics," July 13, 2011, https://www.webcitation.org/63DZ1nID1.

2 Louise K. Barnett, "Bartleby as Alienated Worker," *Studies in Short Fiction* 11 (1974): 379–85.

3 Barbara Foley, "From Wall Street to Astor Place: Historicizing Melville's 'Bartleby,'" *American Literature* 72, no. 1 (2000): 92, 103, 109.

4 Naomi C. Reed, "The Specter of Wall Street: 'Bartleby, the Scrivener' and the Language of Commodities," *American Literature* 76, no. 2 (2004): 247–73.

5 Michael Hardt and Antonio Negri, *Empire* (Cambridge, MA: Harvard University Press, 2000), 204.

6 Slavoj Žižek, *The Parallax View* (Cambridge, MA: MIT Press, 2006), 381.

7 Michael Rothberg, *The Implicated Subject: Beyond Victims and Perpetrators* (Stanford, CA: Stanford University Press, 2019), 7.

8 Bruce Robbins, *The Beneficiary* (Durham, NC: Duke University Press, 2017), 3.

9 Amy Kaplan, "'Left Alone with America': The Absence of Empire in the Study of American Culture," in *Cultures of United States Imperialism*, ed. Amy Kaplan and Donald E. Pease (Durham, NC: Duke University Press, 1993), 3–21.

10 アメリカ研究における "domestic" という用語については、以下を参照。Amy Kaplan, *The Anarchy of Empire in the Making of U.S. Culture* (Cambridge, MA: Harvard University Press, 2002).

11 John Carlos Rowe, *Literary Culture and U.S. Imperialism: From the Revolution to World War II* (New York: Oxford University Press, 2000), 78.

12 Michael T. Gilmore, *American Romanticism and the Marketplace* (Chicago: University of Chicago Press, 1985), 132.

13 Sheila Post-Lauria, *Correspondent Colorings: Melville in the Marketplace* (Amherst: University of Massachusetts Press, 1996), 184.

14 David Kuebrich, "Melville's Doctrine of Assumptions: The Hidden Ideology of Capitalist Production in 'Bartleby,'" *The New England Quarterly* 69, no. 3 (1996): 381–84.

15 Charles Waugh, "'We Are Not a Nation, So Much as a World': Melville's Global Consciousness," *Studies in American Fiction* 33, no. 2 (2005): 203–28; Martina Pfeiler, "Hunting Moby Dick: Melville in the Global Context of the American Studies Classroom," *Leviathan* 15, no. 3 (2013): 81–89.

16 Russ Castronovo, "Occupy Bartleby," *J19: The Journal of Nineteenth-Century Americanists* 2, no. 2 (2014): 259.

17 David M. Scobey, *Empire City: The Making and Meaning of the New York City Landscape*

(Philadelphia: Temple University Press, 2002), 89.

18 Robbins, *The Beneficiary*, 40.

19 Herman Melville, "Bartleby, the Scrivener" in *The Piazza Tales and Other Prose Pieces: 1839–1860*, Northwestern-Newberry Edition of *The Writings of Herman Melville*, vol. 9, Harrison Hayford, Alma A. MacDougall, and G. Thomas Tanselle, eds. (Evanston, IL: Northwestern University Press, 1987). 本書からの引用は文中で括弧に入れて頁数を示す。

20 Nancy D. Goldfarb, "Charity as Purchase: Buying Self-Approval in Melville's 'Bartleby, the Scrivener,'" *Nineteenth-Century Literature* 69, no. 2 (2014): 240.

21 Ibid., 239.

22 Gillian Brown, "The Empire of Agoraphobia," *Representations* 20 (1987): 147.

23 Hardt and Negri, *Empire*, 203.

24 Žižek, *The Parallax View*, 382.

25 Robbins, *The Beneficiary*, 43.

26 Aristotle, *Rhetoric*, trans. C.D.C. Reeve (Indianapolis: Hackett Publishing, 2018), 55–56.

27 Robbins, *The Beneficiary*, 6.

28 Sianne Ngai, *Ugly Feelings* (Cambridge, MA: Harvard University Press, 2005), 32.

29 Wendy Anne Lee, "The Scandal of Insensibility; or, the Bartleby Problem," *PMLA* 130, no. 5 (2015): 1405–07.

30 Yoshiaki Furui, "Bartleby's Closed Desk: Reading Melville against Affect," *Journal of American Studies* 53, no. 2 (2019): 369.

31 Robbins, *The Beneficiary*, 141, 72.

32 Jonathan D. Greenberg, "Occupy Wall Street's Debt to Melville," *The Atlantic*, April 30, 2012, https://www.theatlantic.com/politics/archive/2012/04/occupy-wall-streets-debt-to-melville/256482/.

33 Lauren Klein, "What Bartleby Can Teach Us about Occupy Wall Street," *Arcade: Literature, the Humanities, & the World*, December 30, 2011, https://arcade.stanford.edu/what-bartleby-can-teach-us-about-occupy-wall-street.

34 Hannah Gersen, "Bartleby's Occupation of Wall Street," *The Millions*, October 11, 2011, https://themillions.com/2011/10/bartleby's-occupation-of-wall-street.html.

35 "Goals Remain Fuzzy for Occupy Protesters," *The Oklahoman*, November 6, 2011, https://www.oklahoman.com/article/3619991/goal-remains-fuzzy-for-occupy-protesters.

8

『トップガン』シリーズにおける
アメリカの軍事史と例外主義

American Exceptionalism and U.S. Military History in the *Top Gun* Franchise

これも前章と同様、留学4年目に思いつきで書いたメモ。『トップガン』の続編がおおいに話題だったので映画館で観て、その日にざっと短い文章を書いた。これを *Los Angeles Review of Books* に載せてもらおうとしたのだが、すでに同作についての論考を掲載予定とのことで断られた。その後、紆余曲折を経て、結局のところフル・ペーパーに書き直した。これがまず *Film Criticism* 誌にリジェクトされ（これは予想外だった）、そのタイミングで日本に帰国したことと、第5章のウルフ論を出した翌年でまだ表象文化論学会に入っていたこともあり、和訳して表象文化論学会の『表象』誌に投稿したところ、かなりの酷評とともにリジェクトとなった。日本の映画研究には独特のドメスティックなコードがあるようで、作品が社会・歴史を「反映」しているという読解のスタンスが怒りを買ったらしい。学生時代にそう習うのだろう——文学研究の状況とよく似ている。つづいて、海外の某ジャーナルに投稿していたものの、あまりにも査読に時間がかかり、本書の出版に間に合わなかったため撤回し、書き下ろしとなった。

Abstract

本論は、『トップガン』シリーズをアメリカの軍事史に位置づける。1980年代におけるベトナム戦争以後の反戦ムードを背景に、『トップガン』(1986)のナラティヴはロナルド・レーガンがベトナム・シンドロームと呼んだ「病気」を克服してみせる。「敵国」を派手に打倒する戦争物語からアメリカ人が距離を取っていた当時にあって、本作は冷戦の対立構造を、アメリカ国内における戦闘機の操縦技術のコンペティションへと転移させ、それを主人公マヴェリックとロシア系の名前をもつカザンスキーとのライバル関係としてドラマタイズする。マヴェリックはいまだ軍事的挫折を知らないベトナム以前のアメリカの軍事的自信を体現しているが、作品中盤において彼がいったんPTSDによって戦えなくなり、そして新たな戦争を戦うことによって復活するというプロットで、これは湾岸戦争に勝つことでベトナム・シンドロームの克服を宣言したブッシュ政権のナラティヴを予見していた。たほう、テロとの戦争を経て発表された続編の『マヴェリック』(2022)においては前作の葛藤は消滅しており、それはオバマのドローン主義に対抗してリスキーな戦闘のロマンを反動的に称揚しつつ、レーガンからブッシュ親子、そしてトランプにいたる「グレート」なアメリカの復権を謳う映画である。『トップガン』は、ベトナム戦争からテロとの戦争まで、紆余曲折ありながらもくりかえし蘇るアメリカ例外主義の歴史的ナラティヴを、永遠の若さと強さを保ちつづける俳優トム・クルーズに託しながら語るシリーズである——そう本論は主張する。アメリカはいつだってふたたび「グレート」になれるのだ——あらたに戦争を戦い勝利することで、あるいは、そのような戦争映画を観ることで。

映画の歴史は、つねに戦争の歴史とともに進んできた。『戦争と映画』のポール・ヴィリリオはその結びつきの起源を、アメリカ合衆国の南北戦争において「北軍が気球に航空地図作成用の電信装置を装着した」瞬間に見出している。[1] 戦争の指導者たちが映画監督のもつ技術的・政治的・思想的な影響力に着目しはじめたのは、はやくも第一次世界大戦においてであった。たとえば英国政府は米国の大衆にドイツの野蛮さを喧伝しようというもくろみのもと、D・W・グリフィスにサイレント映画の制作を依頼している。『世界の心』（一九二五）と題されたこのプロパガンダ映画の主人公はフランスの村でドイツ軍による攻撃に巻き込まれ奮起するアメリカ人で、米国の視聴者たちがこの被害者たる兵士にスムーズに同一化できるようにつくられている。このように「邪悪な敵国」と「善良な愛国者」という単純な二元論を用意することでオーディエンスによる後者への感情移入を促すのは、当時から戦争映画の典型的な構造であった。ハリウッドを擁する映画大国であり、また自国のたびかさなる侵略行為を正当化すべく世界中のオーディエンスを説得する必要につねに駆られつづけてきた戦争国家、すなわちアメリカ合衆国は、おそらくナショナリスティックな戦争映画にかけては世界でもっとも豊かな歴史をもつ国であるだろう。エリザベス・ブロンフェンが論じているように、「二〇世紀にハリウッドはアメリカの文化と戦争のトラウマティックな歴史とのかかわりを思考する恰好の場となった」。彼女によれば、ハリウッドの戦争映画において「暴力を介して［登場人物の］アイデンティティが回復されるという過程は個人的なものではありえない」、なぜなら「個人レベルの葛藤が解消されるというプロットは、国家の回復（への願望）の代替物だからである」。[2] 戦争映画は主人公とともに戦争を戦い、そして勝利するというバーチャル体験によって、それを観る個人と国家との同一性を確立・強化するのである。

アメリカ合衆国の政治的カルチャーもまた、アメリカ国民が国家と同一化するための物語をながらく提供してきた。それはすなわち、アメリカ例外主義というイデオロギーである。これはドナルド・ピーズが『あたらしいアメリカ例外主義』で論じているように「国家的ファンタジー」であるのだが、ただしそれは国民を虚偽によって欺き惑わすといった性質のものではなく、「アメリカ国民がみずからのナショナル・アイデンティティを想像するための」欲望の構造を提供するものである。[3] またアメリカ例外主義とは同時に、アメリカという国家が唯一無二で、普遍的で、そして世界中のどんな国家よりも優越した例外的な国家であるという信条でもある。アメリカ合衆国とは「国家のなかの国家(nation of nations)」、他国よりも一段上のレイヤーに位置するいわばメタ国家なのであって、神によって定められたマニフェスト・デスティニーに導かれて「贖罪国家[4](redeemer nation)」としての役割を引き受けねばならない、といった発想もその派生物である。[5] 二〇〇一年の同時多発テロ以降にジョージ・W・ブッシュが唱えた「グローバル安全保障国家(global security state)」は、その近年における典型例であった。例外主義の「例外」性にはもうひとつ重要なポイントがあるとピーズは述べる。つまり、この「国家的ファンタジー」が「国家的コミュニティの一体感を創出する」のは、「コミュニティ内における日常的生活を統制する公的あるいは象徴的な法との同一化を図ることによって」ではなくて、「国家がそれ自身のルールにたいする例外性を宣言する権力」に同一化させることによってである、というのだ。[6] パラフレーズしよう。国家は自身の法を持っており、ふだんは誰もがそれに従っているわけだが、アメリカ合衆国というプレイヤーだけは非常時にそのルールを破っても許されるという特権をもつ。そしてアメリカ国民は、常態においてルールを遵守する大人しいアメリカではなくて、例外時に堂々とルールを無視してみせる傍若無人なアメリカのほうにこそ同一化しているのだ――これがピーズの主張である。[7] アメリカにとって危機の時代とは、国民がアメリカ例外主義を（再）支持するための心理的基盤を（再）整備するための、このうえないチャンスなのである。

二〇世紀と二一世紀をつうじて、アメリカの戦争はつねに「危機の時代」あるいは「例外状態」を構成するのだと論じられ、そのたびに軍国主義的な大統領たちは戦争行為を肯定するための例外主義的なナラティヴを提供してきた。原子爆弾はアメリカ人だけでなく世界全体そして日本人さえをも救ったと述べたハリー・トルーマン。ベトナム侵略にさいして「自由な世界」全体が危機に瀕しているというドミノ理論を唱えたドワイト・アイゼンハワー。ベトナム戦争にあってはベトナム人ではなくアメリカ人こそが真に傷ついた被害者だったのだと主張したロナルド・レーガン。イラクは大量破壊兵器を隠し持っているのだと言い張ってテロとの戦争を開始したジョージ・W・ブッシュ……。アメリカの政策決定者たちは、なぜ彼らは（また）戦争をするのか、そしていかにその武力行使が善であり正義であるのかを語ってきたし、彼らの提供するナラティヴは幾度となくアメリカ例外主義というファンタジーを書きなおしてきた。そしてまさしくアメリカ例外主義が戦争物語によって支えられてきたがゆえに、アメリカの戦争映画という言説的ジャンルは、例外主義と戦争物語ののっぴきならない関係を強化もできれば転覆もできる、両義的で批評的なフィールドとなりうるのである。

本論は『トップガン』シリーズの二本の映画を、[8] 上述したアメリカの戦争、映画、そして例外主義が交錯する地点において歴史化するものである。一九八〇年代におけるベトナム以後の反戦の雰囲気を反映して、オリジナルの『トップガン』（トニー・スコット監督、一九八六）は、レーガンが「ベトナム・シンドローム」と呼んだ疾患を克服せよとアメリカ国民に訴える。当時の反戦のムードを包摂しつつ、この映画はレーガンが唱えた「レッツ・メイク・アメリカ・グレート・アゲイン」を達成するためのストーリーを語るのだ。近年封切られた続編『トップガン：マヴェリック』（ジョゼフ・コシンスキー監督、二〇二二）は、九・一一以後ブッシュ・ジュニアからバラク・オバマ、ドナルド・トランプ政権にかけての軍事政策を概観しつつ、テロとの戦争についての修正主義的な見取り図を提供し、さらには「世界の警察」としての天命をみずから請け負ったブッシュ的な軍事主義へのノスタルジックな欲望を喚起する。『トップガン』という映画は時を経てシリーズ化することによって、例外主義に支えられたアメリカ合衆国の軍事史についての、紆余曲折はあるものの最終的には一貫したベトナム戦争からテロとの戦争にわたるナラティヴを語るのである。例外的な時代においてわれわれは危機に直面するものの、新しい戦争に乗り出し、そして勝利することによって、かならずアメリカは再統合できる——これが『トップガン』シリーズの教えであると本稿は論じ、そのエンタテイメント性にかくれた保守性と軍事主義を批判する。またアメリカ的な俳優／兵士の例外性を演じ切るトム・クルーズを両作の主人公としてフィーチャーすることで、一作目から二作目までが三十六年も離れている『トップガン』シリーズは、永久に若くて強くてイノセントな米国軍という神話を信じるようわれわれを誘う。恐れを知らぬ『トップガン』の若きパイロットに同一化しようが、あるいは『マヴェリック』の人間離れした操縦テクニックと体力に感嘆しようが、われわれは、アメリカ人であるか否かにかかわらず、アメリカ例外主義を再生産するプロセスに参与しているのである。

ベトナム・シンドロームを蹴っとばす

オリジナルの『トップガン』が封切られて商業的成功を収めたのは、一九八六年のレーガン政権下においてである。アメリカの軍事力ならびに武力行使がもつ倫理的正当性が根底から疑われるようになったベトナム戦争以後、おおくのアメリカ人は戦争にたいして消極化していた。大統領選にむけた一九八〇年のキャンペーン中からレーガンは「レッツ・メイク・アメリカ・グレート・アゲイン」というスローガンのもと、この反戦のムードを「ベトナム・シンドローム」と名付け、その消極性を嘆いた。アメリカ人は「北ベトナムの侵略者たちがでっちあげた」この症候群《シンドローム》に、あまりにも長いあいだ悩まされつづけている――退役軍人クラブ（Veterans of Foreign Wars）の集会にて、未来の大統領はそのように述べた。「やつらには計画《プラン》があった」のだとレーガンはつづける。「やつら」はあたかもアメリカ人兵士たちが「なにか恥ずべきことでもしたかのような」印象を与えるよう操作し、「ベトナムの戦場において勝ち取れなかったものを、ここアメリカにおいてプロパガンダの領域で勝ち取ろうとしているのだ」という。▼9 ここでレーガンの修正主義は、ベトナム戦争においてはアメリカ人兵士が勝者であったばかりか被害者でもあったのだという一点に及んでいる（じっさいはアメリカは敗者で加害者だった）。諸君はベトナムで正しいことをしたのだから尊敬されてしかるべきだし、あの戦争でもっとも苦しい思いを味わったのはベトナムやラオスやカンボジアの人びとなどではなく、ほかならぬアメリカ人兵士たちなのだ――会場に集まった不満たらたらの帰還兵たちを、レーガンはそのように激励したわけだ。アメリカはあらたなる戦争を戦い、そして勝つことによってふたたびグレートになる必要があるのに、ベトナム・シンドロームがそれを妨げている。これがこの共和党大統領候補がアメリカ例外主義を再賦活すべく作りあげたナラティヴであった。そして翌年、彼はぶじ大統領に選出された——アメリカ国民はすでにベトナム戦争を、ベトナム人ではなくアメリカ人が被害者となりトラウマを負わされた歴史的出来事であったと解釈する準備ができていたのだ。

レーガンのキャンペーンと同年の一九八〇年、アメリカ精神医学会が『精神障害の診断と統計マニュアル』の第三版を出版し、そこではじめて「心的外傷後ストレス障害（Post-Traumatic Stress Disorder）」すなわちPTSDという見出し項目が追加された。かねてからロバート・ジェイ・リフトンやチャイム・シャタンといった精神科医たちはベトナム帰還兵ワーキング・グループを組織し、帰還兵たちの精神的な「失調」が、退役軍人省からの治療を受けるための条件であった「従軍経験との関係」があることを認定するようロビー活動を行っていた。[10] 一九七二年にシャタンが『ニューヨーク・タイムズ』紙に寄せた文章を引用すれば——「帰還兵たちの症状」は標準的な診断のどんなカテゴリにも当てはまらないため、われわれはそれらを十把一絡げにしてポスト・ベトナム・シンドロームと呼ぶことにする」。[11] 一九八〇年の『マニュアル』はベトナム帰還兵とその支援者からの「アメリカ人兵士の被害性を認知せよ」という要求に応えたのであり、そしてレーガンはその医学的・文化的な新概念を彼の政治的・軍事的な目的に流用したのである。またジョゼフ・ダーダが論じているように、そもそもアメリカ精神医学会は「白人帰還兵を念頭においてPTSDの臨床的判断条件を整備した」。いまやわれわれにとって馴染み深いものとなった従軍経験と被害性との結びつきは歴史上、アメリカ合衆国がベトナム戦争の（白人）帰還兵の苦しみを認知したときに出現したのだ。ダーダはつづけて、「PTSDが『マニュアル』に入った年から、診断の方法論だったトラウマは、国家のカルチャーならびに帰属意識と承認欲求における決定的な因子となった」と述べる。[12] ベトナム以後トラウマはPTSDとなり、それはアメリカ人帰還兵の被害性を核として国家の再統合のためのナショナリスティックなナラティヴを提供することになったのである。

『トップガン』のプロットがもつ文化的ポリティクスがアメリカの聴衆を魅了しえたのは、こうした社会的・歴史的背景においてであった。この映画は、米国海軍の戦闘機F-14トムキャットがインド洋沖のどこかで国籍不明のMiG-28二機に攻撃を仕掛けられるシークエンスからはじまる。ビル・〝クーガー〟・コーテル（ジョン・ストックウェル）が操縦するトムキャットが敵機によってロックオンされると（戦闘機はロックオンされると警告音が鳴る）、主人公のピート・〝マヴェリック〟・ミッチェル（トム・クルーズ）と彼の相棒であるニック・〝グース〟・ブラドショー（アンソニー・エドワーズ）は、この敵機に逆さまになったまま接近して中指を立て、さらにポラロイド・カメラで相手の写真を撮ることで挑発してみせる（図一）。しかしロックオンされて死を垣間見たクーガーは恐怖で正気を失ってしまい、空母であるUSSエンタープライズの甲板に戻ることさえできなくなってしまう（このときカメラはクーガーのPOVショットで操縦席に貼られた彼の妻と幼い子供の写真を捉え、彼の錯乱の一因が家族の存在にあることを示唆している）。それにたいして空母に戻りつつあったマヴェリックは着陸命令を無視して再浮上し、クーガーを無線で誘導してぶじ連れ帰ることに成功する。だがクーガーの精神的ダメージは重篤であり、彼は「よくあることだ」となだめる上官に〝I've lost the edge〟と告げて即座に引退するこ

図一　左上、マヴェリックが中指を立てているのがみえる。

とになる。この台詞は「もう飛べません」と意訳できる熟語表現だが、彼の失ったという「エッジ」という単語は文字通りには「力、強さ」を意味する名詞だ。かくしてこの映画は、トラウマタイズされ戦争から撤退する弱体化したアメリカ人パイロットと、勇敢で人道的で型破りな「勝者」との鋭い対比を打ちたてる。クーガーがベトナム・シンドロームに襲われるのだとすれば、マヴェリックは自国の軍事力がもつ強さと正しさを疑ったこともないベトナム以前の例外主義的アメリカン・ソルジャーだ。彼は、いまだグレートであったアメリカそのものである。

このマヴェリックたちを威嚇する敵機の国籍は映画内において不明のままなのだが、われわれはそれがソヴィエト陣営の空軍によるものであるということまでは知らされ、またこの機体に刻印された赤い星を黄色い円で囲うという共産圏を彷彿させるデザインのエンブレムも視認することができる。監督のトニー・スコットがＤＶＤのオーディオ・コメンタリーで述べているところによれば、制作の初期段階で彼の念頭にあったのは北朝鮮だったのだが、最終的に国籍は不明に変更したのだという。レーガンはソ連の軍事資金がアメリカのそれを上回っていることを挙げ、その事態を容認して有害かつ危険なベトナム・シンドロームを放置しているとして前任のジミー・カーター政権を批判し、軍事資金の吊り上げを訴えた。「われわれの尊い帰還兵たちに使われるはずだった金はどこにいったんだ？　どう考えてもこのズタボロになった防衛費には流れてないはずだ」と彼は上述したスピーチで述べている。▼13『トップガン』で敵機が部分的にアメリカの戦闘機であるトムキャットを出し抜き、それがクーガーのベトナム・シンドロームを引き起こすというプロットは、共産圏にたいしてアメリカの軍事力が衰えつつあるという冷戦アメリカの不安を反映している。

じっさい、カリフォルニア州ミラマーの海軍基地に設置されたアメリカ海軍戦闘機兵器学校、通称トップガンは、そもそもベトナム戦争中の一九六五年における北ベトナム爆撃作戦ローリング・サンダーの失敗をうけ、一九六九年に米国軍パイロットの操縦・戦闘スキルを鍛えなおすために新設された組織である。海軍パイロットによる敵機の撃墜率は、トップガンの教官によれば、朝鮮戦争で一機につき十二機だったのがベトナムでは一機につき三機にまで落ち込んだ。「おまえらはリアルな戦闘のスキルを失ってしまった。そこでACM、空中戦闘機動を教えるためにトップガンが作られた。つまり、マジな戦争のスキルをだ」──教官はトップガンの新米パイロットたちにそう告げる。トップガンに託されたミッションは米国の軍事力と空中戦スキルの劣化に歯止めをかけること──すなわち、アメリカをふたたびグレートにすることである。

だが一九八〇年代という時代にあって、邪悪な敵国をぶっ潰すという単純なプロットの主人公に反戦派のリベラルたちを共感させることはもはや不可能だった。ベトナム・シンドロームの時代におけるアメリカの戦争映画を分析したカール・ボッグス＋トム・ポラードは、「高潔な大義に突き動かされる英雄的な戦争を映画化するなど、もはやほとんどの映画監督にとって馬鹿げた考えと化していた」と総括している。[14] だからこそ『トップガン』はアメリカの軍事力の再強化を、敵国との戦争によってではなく、米国海軍内部における技術力のコンペティションという物語によってドラマタイズするのだ。マヴェリックのライバルとなるのは成績トップのトム・〝アイスマン〟・カザンスキー（ヴァル・キルマー）で、彼は正確無比の操縦テクニックと「氷のように冷たい」冷徹な判断力とで名を馳せている。冷戦アメリカが共産圏を描写するさいに好んで用いたクリシェのひとつは洗脳によって生みだされる冷酷で非人間的で機械のような生き物というイメージで、[15] このカザンスキーというロシア系のファミリー・ネームをもつアイスマンという「悪役」は、まさしくアメリカが抱いたコミュニストのステレオタイプそのものである。「われわれは戦争状態にはなくても、つねに戦争状態にあるかのように振る舞わなくてはならない」と上官のマイク・〝ヴァイパー〟・メットカーフ（トム・スケリット）は述べる。この映画は冷戦期におけるグローバル規模の東西対立を、いわば米国海軍内における「代理戦争」として演出することで、敵国を導入することなく勝利と敗北の構造を描くのだ。

「戦争」をアメリカ人プレイヤーのみによって演出するというこのナラティヴ上の手法は、キャサリン・キニーが論じているように、ベトナム戦争以後のアメリカ文化がこぞって採用した典型的な表象戦略である。『プラトーン』（オリバー・ストーン監督、一九八六）、『地獄の黙示録』（フランシス・フォード・コッポラ監督、一九七九）といったアメリカを代表するベトナム戦争映画を例に挙げながら、キニーは「アメリカ人がアメリカ人を殺すというくりかえしあらわれるイメージによって具現化されているように、われわれの敵はわれわれ自身だったのだという考えは［…］アメリカ人がベトナム戦争について語るほとんど唯一の物語である」と論じる。こうした認識の枠組みの内部では、「アメリカ人は自身が抱いた理想と実践と信念の被害者として描かれる」ことになり、そのいっぽうで真の被害者たるベトナム人たちの存在は忘却され消去されることになる。[16] このプロセスを『トップガン』は、もはやベトナムに言及することさえなく達成する。これはベトナム戦争映画ではなく、誰もがベトナムを忘れたかった時代の映画、いわばベトナム・シンドローム映画なのだ。「おなじみの「グッド・ウォー」というテーマは、いまやほとんど消滅してしまった」とボッグス＋ポラードは総括している。[17] しかしじつのところベトナム以後のアメリカにおいては、「グッド・ウォー」のテーマは消滅したのではなく、こうして形を変えて存続していたのである。

こうした冷戦アメリカの構造は、アイスマンとの対比においてマヴェリックの人間性や善良さを引き立てている。上官の命令を無視し、あまつさえみずからのキャリアと命を危険にさらしてでも同僚を助けるマヴェリックの人物造形は、アメリカの武力を人道主義的な価値観と強力に結びつけることになる。彼の蛮勇は軍事面だけでなく、倫理面においても優れているのだ。ネーダ・アタナソスキが『人道主義的暴力』で論じているように、戦争にさいしてアメリカが人道主義を掲げるのは、やはり被害者の存在を忘却し消去する効果を持つ。それはアメリカ人が「自分たちが戦っている相手は巨大な信条なのであって、特定の国家や文化や人種や宗教をもった一群の人間たちではない」のだと想像するからであり、「人道主義的な軍事主義はそれが生みだす死というものに注目することを禁じる」のである。[18] 典型的なベトナム戦争映画や（たとえばティム・オブライエンの）小説がベトナム人をそもそも表象しないことでアメリカ人の倫理的葛藤にフォーカスするのにたいして、『トップガン』における空中戦のシークエンスは敵機をカメラに収めつつも匿名的な存在に留める。シャロン・ダウニーも述べているように、パイロットと戦闘機と空中戦というテーマは九〇年前後のアメリカ戦争映画において現れた新たな流行であり、これはベトナム戦争に間接的に言及しながら（つまり直接的な言及を避けながら）、アメリカにおいてアメリカの倫理的な立場が危うくなったベトナムの歴史から注意を逸らすことに成功した。[19] アメリカにおいて「ジャングルの戦争」と記憶されているベトナム戦争を、空中というバーチャル空間において脱歴史化し塗り替えるのが、ベトナム・シンドローム映画のひとつの戦略なのだ。

だが映画が中盤にさしかかると、マヴェリックの機体は訓練中にジェット気流——これはアイスマンのミスが引き起こすものである——に巻き込まれ、操縦不能となった機体から脱出するさいに相棒であるグースが死んでしまう（アメリカ人がアメリカ人を殺す）。これはマヴェリック持ち前の無鉄砲が引き起こす事故ではないのだが、グースは妻子持ちであり、なおかつすでに危険な操縦を控えるようグースから懇願されていた一匹狼マヴェリックは、自責の念とともに戦闘機に乗れなくなってしまう。冒頭の場面でみたクーガーとまったく同じ軌跡をたどって、マヴェリックもまたベトナム・シンドロームに陥ってしまうわけだ。意気消沈した主人公は、トップガン初代のトップ卒業生でありかつ現在の上官であるヴァイパーの家を私的に訪問する。そこでベトナム戦争帰還兵でもあるヴァイパーは、かつて戦友であったというマヴェリックの亡き父デューク・ミッチェルについて語り始める——「俺はおまえの親父と一緒に飛んだ仲だが、あいつは生まれながらのクソ英雄野郎だったな」。映画の中盤で、マヴェリックは自分の父親が一九六五年の十一月五日——すなわちその失敗がトップガン設立の直接の原因となったローリング・サンダー作戦決行の年——にベトナム上空で消滅したのだと語っている。だが「この話がくせえのは、親父がミスったってとこなんだ。ありえねえ。親父は偉大《グレート》なファイターだったんだぜ」。ヴァイパーの口から明かされる真実によれば、じっさいは公的なレポートの内容とはことなり、デュークは負傷しつつ自分が死ぬとわかっていながら三機の友軍を助けたのだが、その航路が航行可能領域を逸脱したものだったため、真の詳細は機密扱いとなっていたのだった。「じゃあ親父は正しいことをやったんだな」「ああ、おまえの親父は正しいことをやったんだよ」。マヴェリックは卒業要件をすべて満たしており、彼が抱えているのは「自信の問題」にすぎないのだとヴァイパーはベトナム戦争帰還兵を慰労するレーガンよろしく激励する。アメリカが東南アジアで大義なき戦争を戦いしかも負けたなどというのは「くせえ」デマにすぎない——このベトナム戦争の修正主義的な語りなおしこそが、われわれの主人公をベトナム・シンドロームから回復させるナラティヴである。

後日、マヴェリックも遅れて参席する卒業パーティのさなか、インド洋沖にて緊急事態が出来したとして卒業生のうち数名が招集される。「諸君、今回はリアルなやつである。諸君はアメリカのベストだ。俺たちに誇りを取り戻せ」と上官は彼らを激励する。ベトナム以後初となるこの「リアル」な戦争においてマヴェリックはしかし、やはりなかなか交戦《エンゲージ》することができない。このときカメラはぐらぐらと揺れるショットでパイロットの汗だくの目元をクロースアップするという映画冒頭でクーガーを捉えたのと同一の演出によって、マヴェリックとクーガーの精神状態が同一のものであることを告げる（図二、三）。だがその失調の正体はベトナム・シンドロームという名の「自信の問題」にほかならず、マヴェリックはすでにヴァイパーから特効薬を受けとり済みだ。「応答せよ、グース」と

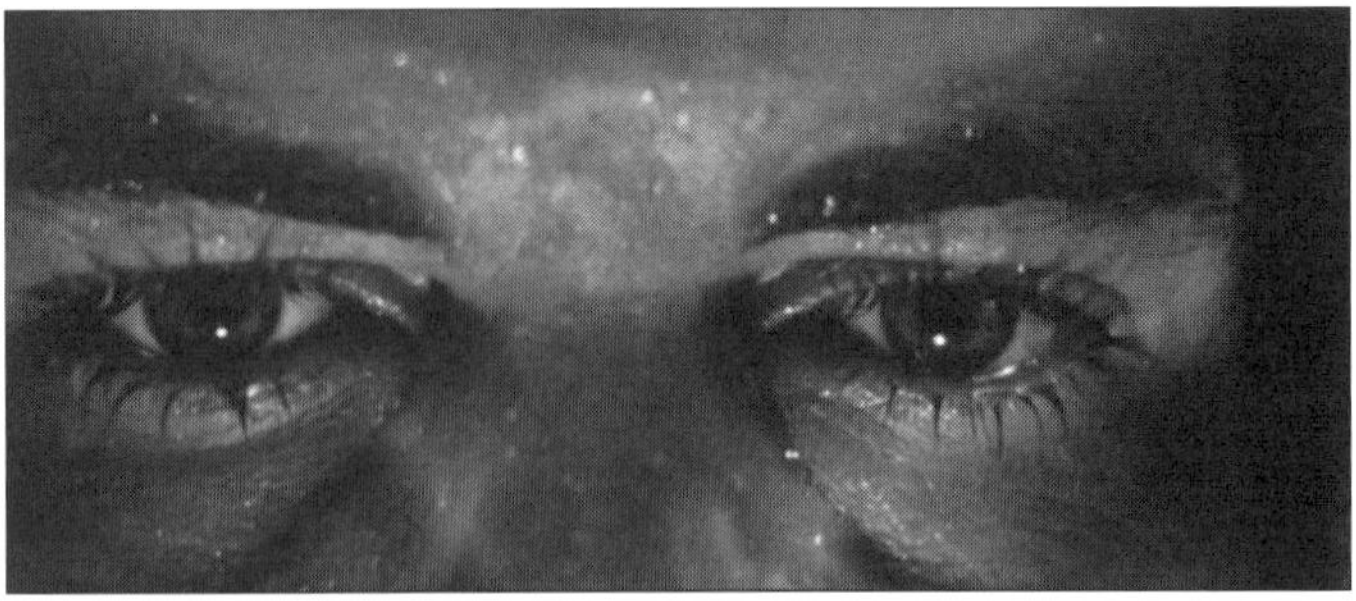

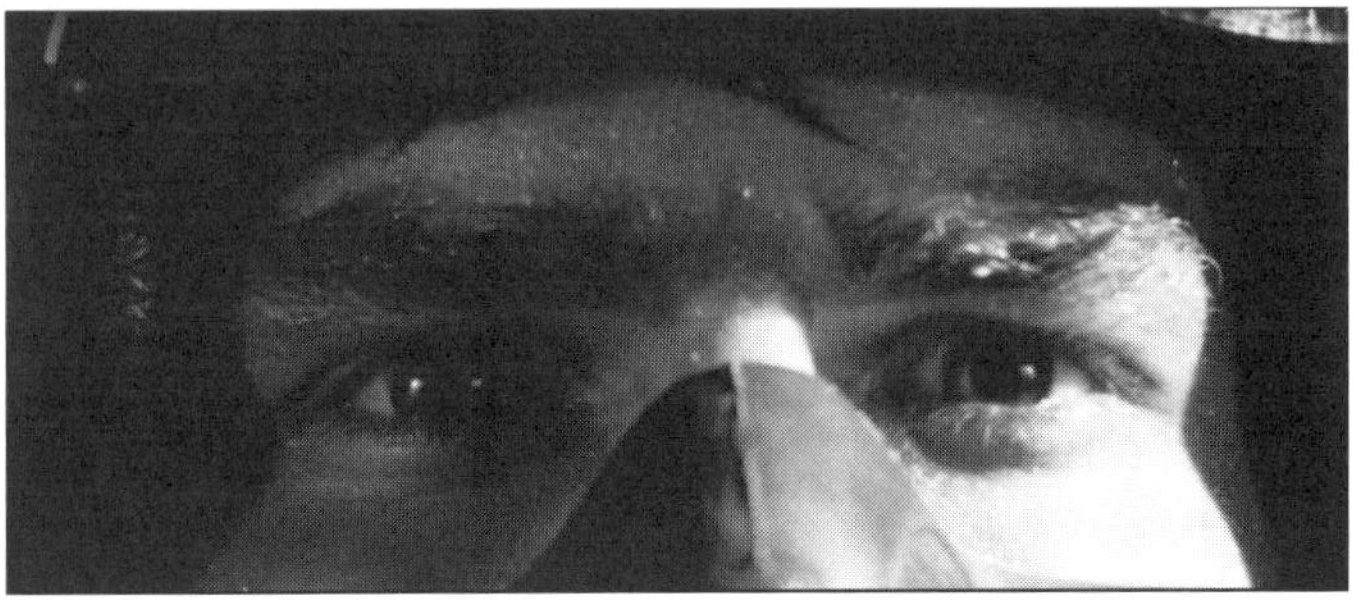

上：図二／下：図三　まったく同じ演出で捉えられるクーガーとマヴェリック。

呟くと、彼は最終的に自身を鼓舞して敵機と交戦し、五機のうち三機のMiGを撃墜することに成功する。甲板にもどると彼はグースの形見として握っていたドッグ・タグを海に放り投げるというジェスチャーで、喪の作業を完了し過去を乗り越えたことを宣言する。かくして彼は戦争に勝利することで、ベトナム・シンドロームという名のPTSDから回復するというわけだ。

『トップガン』のストーリーは、アメリカ軍事史の未来を予見していた。湾岸戦争である。一九九〇年、サダム・フセイン率いるイラクがクウェートに侵攻すると、翌年一月、合衆国率いる連合軍は爆撃で応報し、およそ一〇〇時間でこの戦争は終結した。クウェートの「解放」をミッションとする「砂漠の嵐作戦」の「成功」を言祝いで、ジョージ・H・W・ブッシュはスピーチで「いやはや、これでようやくベトナム・シンドロームを完全に蹴っとばしたことになりますな」と述べ、ながらく米国が苛まれてきた精神疾患からついに回復したことを高らかに宣言することになる。[20] ブッシュ父の宣言に数年先立って、すでに『トップガン』の物語はアメリカ人たちにベトナム・シンドロームの蹴っとばしかたを教えていた——すなわち、戦争に勝つことによってである。それは「自信の問題」にすぎないのであり、われわれは機会さえあればいつでもアメリカのグレートさを取り戻すことができるのだ。その三十年後、マヴェリックはふたたびスクリーンに帰還し、その間アメリカの軍事主義になにがおこったのかをわれわれに語ることになるだろう。

「テロとの戦争」とノスタルジア

オリジナルの『トップガン』とはことなり、続編の『トップガン：マヴェリック』のストーリーは海外における喫緊のリアルなミッション、すなわち戦争を中心に展開する。今回の敵国はイランをモデルにしていることが知られているが、[21] 作中では「ならずもの国家（rogue state）」という、米国の政治家たちが大量破壊兵器を所有しているという嫌疑をかけた国家にたいして伝統的に用いてきたフレーズで呼ばれている。映画の序盤で説明されるところによれば、この架空の匿名国家は「NATOの多国間条約に違反して」非認可のウラン濃縮プラントを運用しているという。米国海軍の極秘任務はこの地下施設が核兵器を作ってしまうまえに破壊することなのだが、問題は山積みである。第一に、当然ながら周辺地域の監視体制は厳重で、施設の位置する山岳地帯は熱探知型の地対空ミサイルとGPSジャマーがそこかしこに設置され、ロシア産の第五世代ステルス戦闘機スホーイSu-57がつねにパトロールしている。第二に、このミッションにおいては、パイロットたちは第四世代のF-18戦闘機を使用せざるをえないにもかかわらず、最低六六〇ノットという高速度を保ちつつ上空一〇〇フィートの超低空飛行を強いられる。この条件下でさらに彼らは蛇行する狭隘な渓谷を縫い、つづいて立ちはだかる崖の斜面にそって逆さまになったまま急上昇・急降下し、そのうえ三メートルの幅しかないターゲットに正確にミサイルを二発連続で——一発目でハッチを、二発目で内部の施設を破壊——撃ちこむ必要がある。また第三に、かりにここまで成功したとしても、彼らはさきほどよりも激しい急上昇で第四世代機の限界を超える10Gかそれ以上の重力に失神することなく耐え、しかるのちに地対空ミサイルを回避しながら帰還しなくてはならない。このまさしく「ミッション・インポッシブル」を遂行するために集められるのがトップガンのエリート卒業生たちであり、また現在の米国海軍太平洋艦隊司令官を務めるアイスマンが彼らのトレーナーとして直々に指名するのが、前作からの三十年間たびかさなる素行不良でいまだ大佐どまりのキャプテン・マヴェリックである。

映画冒頭のマヴェリックは『トップガン』の有名シーンを切り抜いた写真で満たされた仕事場で、前作でアイコン化したレザージャケットを羽織ると、やはり前作の古いカワサキGPZ900R、通称ニンジャにまたがって、ある航空機格納庫にむかう。そこでカメラはテスト・パイロットであるマヴェリックが乗っている架空の超高速戦闘機SR-72ダークスターとレトロなカワサキを併置することで、

図四　ダークスターとニンジャのフェティッシュな対比。

これが古き良き価値観の継承、あるいはアナクロニズムとノスタルジアについての映画であることをわれわれに印象づける（図四）。そこで同僚たちが彼に告げるところによれば、彼らが取り組んでいるスクラムジェット・エンジン開発のプロジェクトはチェスター・〝ハマー〟・ケイン大将（エド・ハリス）によって中止されることになったという。「あのドローン・レンジャーは［…］俺たちの予算をあいつの無人プログラムに使いたいのさ」。そこでマヴェリックはハマーの思惑を阻止すべく許可なしで超音速フライトを敢行、しかもハマーの条件であるマッハ一〇をいくぶん超えることで不要な危険まで冒す。『トップガン』の頃の若きマヴェリックの反骨精神は三〇年を経たいまも健在というわけだ。

この冒頭のシークエンスはアメリカ軍事史にてらして、いくつもの意味を持っている。第一に、二つ星の大将と大量の勲章をもつ大佐という対比をつうじて、これは「有人」飛行にこだわって危険を冒しながら国家を防衛する勇敢な戦士たちによる、「ドローン・プレジデント」バラク・

オバマへの軽蔑を表明している。[22] ベトナム負傷兵で退役軍人クラブの会長でもあるジョン・ハミルトンは二〇一三年に「戦闘に参加しないともらえない兵士の勲章は、銃後で受ける勲章より価値が高くなくてはならない」と述べ、オバマ政権がドローンの操縦士に授与すべく導入を発表した現在「ドローン・メダル」として知られる新しい殊勲章が、死傷兵に与えられるパープル・ハートならびにブロンズ・スターよりも高位に位置づけられたことを批判した。[23] 命がけの危険な任務こそ戦争の真髄であるというマッチョな軍人根性は、ベトナム世代の帰還兵によって二一世紀においても引き継がれている。第二に、ショーン・レドモンドが書いているように、この映画の「ミリテイメント」(ミリタリー＋エンタテイメント)的な側面は、「戦争挑発的で軍事パレード好きの」トランプ政権の趣味とシンクロしている。トランプによるメイク・アメリカ・グレート・アゲイン運動のリバイバルの時代に制作された本作において、「マヴェリックは戦争のスペクタクル化とファック・ユー外交を具現化」するキャラクターである。[24]

だがこの「ならずもの国家」に制裁を加えるという明確なミッションを描く二〇二二年のノスタルジア映画がわれわれを誘うのは、なによりもジョージ・W・ブッシュの好戦的な「グローバル安全保障国家」への回帰である(ブッシュの副大統領ディック・チェイニーは二〇一五年のイラン核合意の直後にオバマを「史上最悪の最高司令官」と非難した)。[25] 二〇〇一年の同時多発テロをうけてイラク侵攻の必要性を説いたブッシュの主張は、イラクは大量破壊兵器を所有しているというものだった。その真偽を問われると、ブッシュも当時の国家安全保障問題担当大統領補佐官コンドリーザ・ライスも口を揃えて「煙の出ている銃(smoking gun、明白な証拠)」が「キノコ雲」に発展してからでは遅いので「予防戦争（preemptive war）」を仕掛ける必要があるのだと強調した。▼26 映画が描くミッションは核兵器じたいの製造工場ではなくてウラン濃縮プラントの破壊だが、それは濃縮の時点ですでに（核保有国が非核保有国に押しつけたルールである）核拡散防止条約違反であるからで、これはまさしく予防戦争である。現実にはブッシュの主張はパラノイア的な妄想であったことがすぐに露呈したわけだが、この作中における「ならずもの国家」はもちろんじっさいにプラントを稼働させているわけで、『マヴェリック』のプロットはブッシュ政権の歴史的失態を塗り替える修正主義的な物語だ。このノスタルジックな雰囲気にあって、かつて『トップガン』を取り巻いていたアメリカの武力行使にかんする歴史的・倫理的な問題意識は、もはや霧散してしまったようである。

かわりに『マヴェリック』のプロットを駆動するのは死んだグースの記憶、すなわち、映画の前作からの記憶である。みずから指導することになるパイロットたちのリストを確認しながら、マヴェリックはそこにグースの息子であるブラッドリー・〝ルースター〟・ブラドショー（マイルズ・テラー）を発見して驚愕する。ルースターはみずからの父親を「殺した」マヴェリックを恨んでおり、またマヴェリック自身は（『トップガン』のエンディングとはことなり）罪悪感に苛まれつづけてきただけでなく、未亡人となったグースの妻から息子を危険な任務に就かせないために海軍学校への入学を妨害したという過去があかされる。ルースターを危険に晒せばこんどは息子をも「殺し」てしまうかもしれない、だがそうしなかった場合もやはりルースターを裏切ることになる——これが本作におけるマヴェリックのジレンマだ。だから『トップガン』の核にあった歴史的・倫理的な問題意識は、霧散したというよりも、正確にはアメリカ人被害者にまつわる国内的《ドメスティック》・家庭的な心理学の領域へと転移したと言

図五　ピントが外れ、背後霊のように現れるルースター。

うべきであり、その結果として『マヴェリック』は米国による戦争行為そのものの正当性にはいっさい疑念を投げかける必要がなくなる。その意味で、この作品はアメリカ例外主義が完全復活をみた「テロとの戦争」以後のアメリカ人の意識を反映した映画である。

上述した転移は九・一一以後におけるアメリカ例外主義の再燃にくわえ、ベトナムの歴史と記憶を完全払拭せんとする政治家たちの努力を反映している。ふたたびドナルド・ピーズを引けば、アメリカ例外主義にはその「ファンタジーによって醸成されたアメリカ的ヴィクトリー・カルチャーの忌まわしき側面」、つまり戦争国家アメリカの加害性という歴史的現実が「家庭内の秘密のよう」に「間世代的トラウマ」として刻まれているという。▼27その最たる例がベトナムであるわけだが、しかしマヴェリックの「間世代的トラウマ」として回帰する「忌まわしき側面」はベトナムの歴史そのものではなく、グースの面影をまとって亡霊のように現れるルースターである（図五）。『トップガン』においてベトナム戦争は言及されざる歴史的参照点として機能していたが、『マヴェリック』においてその位置に置かれているのはフィクションたる前作であり、したがってこの続編が呼び覚ます歴史はベトナム戦争でもベトナム・シンドロームそのものでもなく、ベトナム・シンドロームを蹴っとばす映画である『トップガン』なのだ。この強迫的ともいえるベトナムの反復は、テロとの戦争においてブッシュ政権が見せたものである。ふたたびピーズを引用すれば、ブッシュはイラク戦争を常時テレビ中継したが、それは「ベトナム時代から継承された間世代的トラウマを国家の精神構造から完全に消し去るために、イラクの砂漠というハイパーリアルな空間において回帰させたうえで払拭する」かのような戦略だった。[28] IMAXスクリーンをとおして『マヴェリック』が試みるのもまた、「ならずもの国家」の山岳地帯においてベトナム・シンドロームをあえて回帰させたうえで払拭することで「完全に消し去る」ことである。このポスト九・一一映画は、なんど拭っても拭いきれないベトナム戦争の記憶を真に永久に葬り去ること——つまり世代を跨いでいまいちどベトナム・シンドロームの残滓を「完全に蹴っとばす」ことを目論んでいるのである。

『トップガン』のドメスティックな傾向をさらに加速させるのは、アイスマンの人物造形である。アイスマンを演じるヴァル・キルマーはじっさいに咽頭癌を患って声が出せないのだが、この事実は映画に反映されている（彼がなんとか絞り出すいくつかの台詞は人工知能によって再現されたものだ）。[29] この前作において部分的には共産圏の表象を担っていたキャラクターが、マヴェリックが体現するアメリカのリベラル民主主義が世界を席巻するポスト冷戦期において声を奪われているという設定は、フランシス・フクヤマが一九八九年の論文「歴史の終焉？」で提出した保守的なテーゼを反映している。フクヤマいわく、「西洋が勝利したこと、すなわち西側のアイディアが勝利したことは、西洋のリベラリズム以外にもはや機能しうるシステムの選択肢が完全に消尽したという事実がなによりもあきらか

図六　ミッション中のパイロットの一人称視点。

にしている」[30]。またアイスマンとの対話の場面であきらかになるのは、彼がマヴェリックの庇護者としてその傍若無人な違反行為を揉み消して飛行禁止処分になるのを阻んできたという事実である。この死に瀕した声なき司令長官がコンピュータ画面での筆談をつうじて「戦友」マヴェリックに伝えるのは、あえて直訳すれば「もう手放すべき時だ（"It's time to let go"）」という、前作においてグースの死を忘れて乗り越えろという意味合いでくりかえされる台詞である。だが今作においてマヴェリックが「手放す」べきものはベトナム・シンドロームそのものではなく、そのドメスティケートされ非歴史化されたバージョン、つまりアメリカ国内で事故死したアメリカ人にたいするマヴェリック個人の執着である。歴史が終焉した『マヴェリック』の新世界秩序（New World Order）にあって、もはやアメリカの軍事力と倫理観の議論には他者が入り込む余地すらない。

『トップガン』がおもに飛行技術の競い合いであったのにたいし、『マヴェリック』はミッションの最難関門として主人公が「二つの奇跡」と呼ぶ正確なミサイル発射技術にフォーカスしている（図六）。この正確な射撃というテーマはトップガンという部隊が設立された理由のひとつであったばかりでなく、ブッシュ父が湾岸戦争を正当化すべく戦略的に用いたものでもある。ペルシャ湾で戦われたこの別名「ビデオゲーム戦争」あるいは「ニンテンドー戦争」と呼ばれる戦争において、ブッシュ政権はCNNの協力のもとニュース報道内容を厳重にコントロールし、爆撃機はもちろんミサイルじたいにもカメラとGPSを搭載し、いかに米国軍が正確無比な爆撃によって軍事施設のみを破壊し付随的な被害《コラテラル・ダメージ》を出していないかを（むろん成功した映像だけを選択的に使用することで）宣伝した。[31] われわれの戦争はベトナムの頃のように一般市民を殺すことはもはやなく、高度に洗練された軍事技術を用いてクリーンでスマートな戦争を遂行している――そのようにアメリカは湾岸戦争を演出し利用したわけだ。

「ビデオゲーム戦争」以後、アメリカの軍事産業はじっさいのビデオゲームとの関係を深めてゆくことになる。ドイツの映像作家ハルーン・ファロッキのインスタレーション・シリーズ『シリアス・ゲーム』を分析しつつノア・ツィカが述べるところによれば、かつて戦争はハリウッド映画にもっとも親和性があると考えられていたが、近年もっとも戦争に近いのは商業的なビデオゲームであるという。[32] 自身の提案する「ミッション・インポッシブル」が遂行可能であることを示すためにマヴェリックが無許可で敢行する飛行デモンストレーションのシークエンスにおいて、教え子たちはスクリーンでゲーム画面のような演出のもと実況されるマヴェリックの人間離れしたテクニックを目の当たりにして興奮するが、その様子はまさしく世界記録の更新をかけた伝説的プロゲーマーのオンライン・ストリーミングを視聴するファンさながらだ。さらに『マヴェリック』において戦争とビデオゲーム

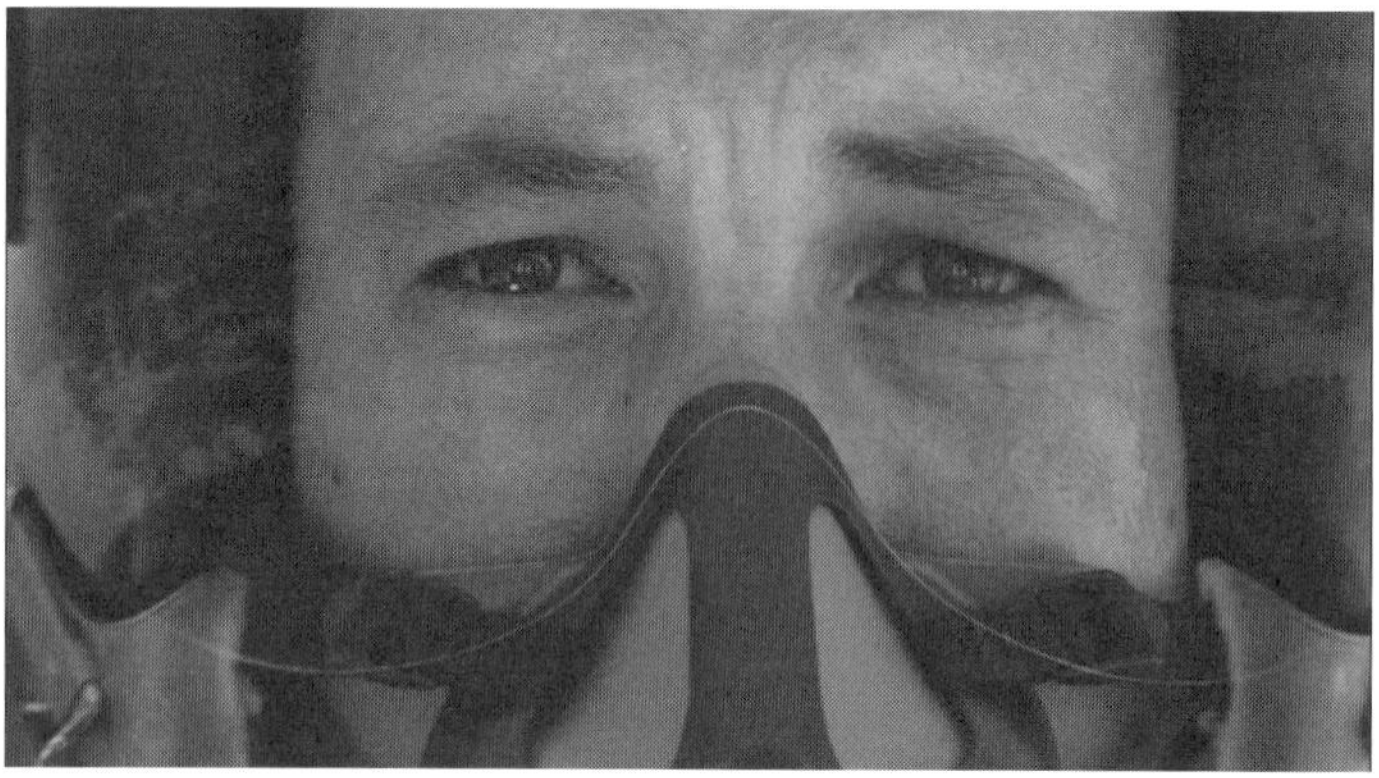

図七　前作のクーガー、マヴェリックと同じ演出で捉えられるルースター。

の結びつきが重要なのは、近年の戦争においてＶＲ技術が任務の事前シミュレーションだけでなく、VRET（Virtual Reality Exposure Therapy）という映像を使った帰還兵のＰＴＳＤ治療にも使われているという事実である。この技術によって帰還兵は「トラウマを負った実際の現場を再訪することなく［…］新しいテクノロジーによって砂漠やハンヴィー［米軍のジープ］をバーチャルに追体験するだけで済む」[33]。『トップガン』というフィクションを介して想起されるベトナム・シンドロームをバーチャルに追体験することで、マヴェリックとルースターは彼らの共有する間世代的トラウマの完全払拭にともに乗り出すのだ。

任務に参加する五人のパイロットを選出するさい、マヴェリックは結局ルースターを含めることになる。彼の決定は『マヴェリック』版のアイスマンともいうべき優秀なパイロットであるハングマン（グレン・パウエル）を押し除けての抜擢であり、一同は驚く。ターゲットに接近するさい、ルースターは地対空ミサイルを目の当たりにしてリアルな死の脅威を感じ、恐怖と緊張のあまり最低飛行速度を割ってしまう。そのときカメラはクロースアップで彼の目元を捉え、前作でベトナム・シンドロームに陥ったパイロットたちを捉えた演出を反復する（図七）。だが今回は、前作でマヴェリックを救った「グース、応答せよ」の息子バージョン（"Talk to me, Dad"）にくわえ、マヴェリックがくりかえす「考えるな、やれ（"Don't think, just do"）」というマントラを唱えるだけで彼は即座に回復してみせる。『トップガン』の歴史化されたクロースアップはここで、若きアメリカ人兵士がはじめての危険なミッションで感じる不安という一般的な心理的作用へと矮小化されている。こうして『マヴェリック』はひっきりなしに前作に言及しつつ、『トップガン』の場面をひとつひとつ非歴史化してゆくのだ。「ならずもの国家」がアメリカの軍事力によって断罪されるのは明白な天命なのであり、彼らのミッション、すなわち戦争は、ふたりのアメリカ人兵士が間世代的な和解を果たしアメリカ例外主義を再肯定するための機会に成り下がっている。最後に彼らは敵軍の飛行場から『トップガン』で活躍したのと同じF-14——ルースターの形容では「博物館にあるやつ」——を盗み出し、マヴェリックは、ハングマンによるタイムリーな援護にも助けられて、第五世代のSu-57と渡りあい、ぶじにルースターと帰還してハッピーエンドとなる。彼らは戦争に勝ったのだ。

シリーズ化と相続

「終わるしかねえんだぞ、お前みたいな輩は絶滅する運命なんだ」——映画冒頭で「ドローン・レンジャー」ハマーが吐き捨てるように告げるこの台詞に、「そうかもですね、サー、でも今日じゃない」とマヴェリックは応酬する。このノスタルジア映画において加齢と死は、映画のストーリーがその二つを否定するにもかかわらず、かくれた重要テーマとなっている。ことトム・クルーズという俳優にあっては、とりわけ『ミッション：インポッシブル』シリーズとそのマーケティング戦略のおかげで危険なスタントを俳優みずからこなしているという事実はあまりにも有名であり、もはやわれわれはトム・クルーズ映画を、まったく老ける様子のない彼の人間離れしたアクションを期待せずに観ることは不可能になっている。じっさいクルーズのアクション俳優としての肉体の老い（なさ）についての議論は盛んで、たとえばリサ・パースが論じるところによれば、多くのアクション俳優が老いるにつれて肉体的な衰えを作品内でテーマ化し、かつてのようなアクションの披露に躊躇を見せるのにたいし、近年のクルーズ映画が表象するためらいは老いが原因であっても、それは彼のアクションに限界を画すわけではなく、むしろ可能性の臨界点を主題化するのだと述べている。[34] またルース・オドネルはこの両義性を家族の問題に接続して、観客は「彼の実年齢とスター俳優としてのペルソナ」の不一致に違和感を感じるが、それは彼が「老いることはあっても家父長的な人物をけっして演じない」という少年性に由来すると指摘している。[35] たしかにクーガーやグースとの対比において、マヴェリック――「一匹狼」を意味する――の老いることなき能力は独身であることと表裏一体であることが仄めかされているだろう。だが同時に、『マヴェリック』は明示的に彼の父親としての役割を示唆してもいる。「俺はあいつ〔ルースター〕が失った父親の代わりになろうとした」と彼は元カノのペニー・ベンジャミン（ジェニファー・コネリー）に告白するし（この目標を彼は達成する）、また映画のエンディングでは彼が娘もちのシングルマザーであるペニーと結婚する可能性が示唆されている。この映画シリーズにおける、老い、死、そして家族や父性といった諸問題を、本論の主題であるアメリカの戦争、映画、そして例外主義の文脈に接続することで結論としよう。

ブッシュ父子を含め多くの大統領をサポートしたディック・チェイニーは、二〇一五年の著書『例外的――なぜ世界には強いアメリカが必要か』において、レーガンの好戦的な言葉をエピグラフに引いたうえで、そのイントロを「イエス、われわれは例外的である」と題した。娘のリズとの共著として発表した本書の冒頭において、彼は「二〇世紀をつうじて悪にうち勝つためにどのような犠牲が払われたか、そして二一世紀になにが必要か」を「われわれの子どもたち」がきちんと学ぶことが肝要だと強調している。「子どもたち」が知らねばならない歴史とは、彼いわく「われわれの自由を守ってきたのは米軍の勇敢な男たちと女たちだった」ということである[36]。トム・クルーズがいくら例外的に若くて強靭な肉体を持つとはいえ、われわれは当然ながら彼が不死身ではありえないことなど承知している。そこで浮上するのが家族の問題なのだ。彼の父性を描くことで『マヴェリック』が示唆しているのは、米軍の例外性は彼のような例外的なヒーローひとりによって体現されるのではなく、それは「子どもたち」によって受け継がれねばならないということである。そしてそのサイクルを恒久化することを可能にするのが、シリーズというフォーマットなのだ。血のつながっていない「息子」と「娘」にマヴェリックの精神を相続させることで、このフランチャイズは「家族」の物語に、アメリカン・ファミリーのサーガになる。ルースター演じるマイルズ・テラーはインタビューで続編の『トップガン：ルースター』の可能性を示唆しているが[37]、この問題は続編の有無にとどまらない。このシリーズは映画館に行く者たちに一九八〇年代ならびに二〇二〇年代の前編を予習・復習させ、いかにこれまでアメリカがなんどもグレートな例外性を取り戻してきたのか、そしていかにその歴史的・国家的な伝統を引き継ぐべきかを教えるのだ。"Don't think, just do." なぜならわれわれはそうすることで、いつだってアメリカをふたたびグレートにすることができるのだから――つまり戦争に勝つことによって、あるいは『トップガン』シリーズを観ることによって。

▶注

1 Paul Virilio, *War and Cinema: The Logistics of Perception*, trans. Patrick Camiller (London: Verso, 1989), 11.

2 Elisabeth Bronfen, *Specters of War: Hollywood's Engagement with Military Conflict* (New Brunswick: Rutgers University Press, 2012), 2.

3 Donald E. Pease, *The New American Exceptionalism* (Minneapolis: University of Minnesota Press, 2009), 1.

4 鉤括弧に入れた二つの用語はそれぞれ以下の著書のタイトルで、のちにひろくアメリカ研究において用いられるようになったものである。Louis Adamic, *A Nation of Nations* (Michigan: University of Michigan Press, 1945); Ernest Lee Tuveson, *Redeemer Nation: The Idea of America's Millennial Role* (Chicago: Chicago University Press, 1968).

5 William V. Spanos, *American Exceptionalism in the Age of Globalization: The Specter of Vietnam* (Albany: State University of New York Press, 2008).

6 Pease, *The New American Exceptionalism*, 15–16.

7 このいわゆる「例外状態」の理論については次を参照。Giorgio Agamben, *State of Exception*, trans. Kevin Attell (Chicago: University of Chicago Press, 2005).

8 *Top Gun*, dir. Tony Scott (Don Simpson/Jerry Bruckheimer Films, 1986), *Top Gun: Maverick*, dir. Joseph Kosinski (Paramount Pictures, Skydance, Don Simpson/Jerry Bruckheimer Films, 2022).

9 Ronald Reagan, "Address to the Veterans of Foreign Wars Convention in Chicago," August 18, 1980, American Presidency Project, www.presidency.ucsb.edu/documents/address-the-veterans-foreign-wars-convention-chicago.

10 Wilber J. Scott, *Vietnam Veterans since the War: The Politics of PTSD, Agent Orange, and the National Memorial* (Norman: University of Oklahoma Press, 2004), 59–61.

11 Chaim F. Shatan, "Post-Vietnam Syndrome." *New York Times*, May 6, 1972, www.nytimes.com/1972/05/06/archives/postvietnam-syndrome.html.

12 Joseph Darda, *How White Men Won the Culture Wars: A History of Veteran America* (Berkeley: University of California Press, 2019), 34, 30.

13 Reagan, "Address to the Veterans of Foreign Wars Convention in Chicago."

14 Carl Boggs and Tom Pollard, *The Hollywood War Machine: U.S. Militarism and Popular Culture* (Boulder: Paradigm Publishers, 2007), 89.

15 冷戦期におけるコミュニズムのステレオタイプとその問題については次を参照。Matthew W. Dune, *A Cold War State of Mind: Brainwashing and Postwar American Society* (Amherst and Boston: University of Massachusetts Press, 2013).

16 Katherine Kinney, *Friendly Fire: American Images of the Vietnam War* (New York: Oxford University Press, 2000), 4.

17 Boggs and Pollard, *The Hollywood War Machine*, 90.

18 Neda Atanasoski, *Humanitarian Violence: The U.S. Deployment of Diversity* (Minneapolis: University of Minnesota Press, 2013), 2. また次の二冊も参照。Nikhil Pal Singh, *Race and America's Long War* (Oakland: University of California Press, 2017); Christine Hong, *A Violent Peace: Race, U.S. Militarism, and Cultures of Democratization in Cold War Asia and the Pacific* (Stanford: Stanford University Press, 2022).

19 Sharon D. Downy, "Top Guns in Vietnam: The Pilot as Protected Warrior Hero" in *War and Film in America: Historical and Critical Essays*, ed. Marilyn J. Matelski and Nancy Lynch Street (Jefferson, NC: McFarland & Company, 2003): 115–16.

20 George Bush, "Remarks to the American Legislative Exchange Council," March 1, 1991, American Presidency Project, www.presidency.ucsb.edu/documents/remarks-the- american-legislative-exchange-council-0.

21 Michael Baumann, "What Is the Enemy Country in 'Top Gun: Maverick'? An Investigation," June 3, 2022, *The Ringer*, www.theringer.com/movies/2022/6/3/23151745/top-gun-maverick-enemy-country.

22 たとえば以下を参照。John Kaag and Sarah Kreps, *Drone Warfare* (Malden, MA: Polity Press, 2014).

23 Veterans of Foreign Wars, "VFW Wants New Medal Ranking Lowered," February 14, 2013, www.vfw.org/media-and-events/latest-releases/archives/2013/2/vfw-wants-new-medal-ranking-lowered.

24 Sean Redmond, introduction to *Starring Tom Cruise*, ed. Sean Redmond (Detroit: Wayne State University Press, 2021), 14.

25 CNN, "Dick Cheney blasts Pres. Obama," September 1, 2015, YouTube, www.youtube.com/watch?v=Rv-HnTQVXoQ.

26 George W. Bush, "Address to the Nation on Iraq From Cincinnati, Ohio," October 7, 2022, American Presidency Project, www.presidency.ucsb.edu/documents/address-the-nation-iraq-from-cincinnati-ohio; Wold Blitzer, "Searching for the 'Smoking Gun,'" January 10, 2003, CNN, edition.cnn.com/2003/US/01/10/wbr.smoking.gun/.

27 Pease, *The New American Exceptionalism*, 38.

28 Ibid., 55. ここで「完全に消し去る」と訳出した箇所でピーズは "work through" という精神分析用語を用いている。

29 Cody Mello-Klein, "How A.I. Helped Val Kilmer Get His Voice Back for *Top Gun: Maverick*," June 7, 2022, *News@Northeastern*, news.northeastern.edu/2022/06/07/a-i-clones-val-kilmers-voice-in-top-gun/.

30 Francis Fukuyama, "The End of History?" *The National Interest* no. 16 (1989): 3.

31 Joseph Darda, *Empire of Defense: Race and the Cultural Politics of Permanent War* (Chicago:

University of Chicago Press, 2019), 130–31.

32 Noah Tsika, *Traumatic Imprints: Cinema, Military Psychiatry, and the Aftermath of War* (Oakland: University of California Press, 2018), 221.

33 Ibid.; Pasi Väliaho, *Biopolitical Screens: Image, Power, and the Neoliberal Brain* (Cambridge, MA: MIT Press, 2014).

34 Lisa Purse, "Confronting the Impossibility of Impossible Bodies: Tom Cruise and the Aging Male Action Hero Movie," *Revisiting Star Studies: Cultures, Themes and Methods*, ed. Sabrina Qiong Yu and Guy Austin (Edinburgh: Edinburgh University Press, 2017), 181.

35 Ruth O'Donnell, "'How Am I Supposed to Do This?': The Impossibility of Tom Cruise's Masculine Performance in the Face of His Aging Star Body," *Starring Tom Cruise*, 226–27.

36 Dick Cheney and Liz Cheney, *Exceptional: Why the World Needs a Powerful America* (New York: Threshold Editions, 2015), 1–8.

37 Elliott Griffiths, "Miles Teller Open to *Top Gun: Maverick* Sequel Involving His Character," May 25, 2022, *Screen Rant*, screenrant.com/top-gun-2-maverick-sequel- rooster-miles-teller/.

9

村上春樹『ねじまき鳥クロニクル』における
アジア太平洋戦争のポストメモリー

The Postmemory of the Asia Pacific War in
Murakami Haruki's *The Wind-Up Bird Chronicle*

これは留学1年目の期末レポートを4年目に書き直したもの。1年目に書いたとき、わたしはこれを日本研究のトップジャーナル *Journal of Japanese Studies* に投稿した。いま思えば採用されるはずがなく、素人おそるべしという感じだが、しかしこの投稿はデスク・リジェクション（査読なしの即不採用）にはならず、詳細な査読コメントをもらうことができ、その後の執筆・投稿の重要な指針と励みになった（わたしが早期のジャーナル投稿を薦める理由である）。4年目に改稿したときには、まずアジア研究の2番手の媒体である *positions* 誌に投稿してリジェクトとなったが、掲載を急いでいなかったため、ダメ元でトップジャーナルである *Journal of Asian Studies* 誌に投稿してみたところ、編集長が気に入ってくれて、ちょうど1年のやり取りの末に掲載となった。同誌は小説の作品論をさほど掲載してこなかった媒体なので意外だったが、こういうこともある。論述のクオリティは本書のなかで高いが、やはりこの作品をこのように褒めてなにがしたいのか、という根源的な疑問は残る——この後、わたしは作品論の洗練ではなく、別のスタイルに向かうことになった。

Abstract

本論は、村上春樹の小説『ねじまき鳥クロニクル』（1994–95）は被害者／加害者という二元論的な歴史的ナラティヴを超克し、そして読者に倫理的な応答を要求する物語であると論じる。ある歴史的事象を直接は経験していないものの親などから間接的に継承される一種の「記憶」を、マリアン・ハーシュはポストメモリーと呼んだ。このいまや記憶研究におけるもっとも有名な概念となったポストメモリーは、ホロコースト研究において被害者たるサバイバーの子どもたちが被る影響について論じるべく構築された理論である。本論ではこれを『ねじまき』が描く加害国たる日本について考えるための枠組みとして応用する。この小説が問うのは、時間的に遠く離れた恥辱の記憶たる帝国日本の歴史に、加害国のポストメモリー世代はいかにして倫理的に応答しうるのかという問いである。日本の文芸批評においてながらくその非歴史性を批判されてきた村上の歴史性を、このポストメモリーという着眼点は浮びあがらせる。主人公トオルは戦中・戦後に直接的にトラウマを負った「当事者」たる他者たちの断片的なナラティヴを収集し、キュレートすることで、日本の歴史的暴力についての言説を制限してきた被害と加害の二元論を乗り越えるための批判的なナラティヴを構築する。村上は、いっけん暴力とは無縁にみえる一種の「部外者」たるポストメモリー世代の日本人トオルに、小説終盤になって暴力性と加害性を付与することで、自分もまたトオルのように暴力と無縁なのだと素朴に信じている読者に、歴史的暴力というものを過去の問題としてではなく、われわれ自身がいつでも加害者として連座しうる現在進行形の問題として理解することを要求する小説である——そう本論は主張する。

二〇二〇年、村上春樹は『猫を棄てる――父親について語るとき』と題した回想録を出版して、ついに読者を驚かせた。自身の家族について語りたがらないことで知られてきた村上はこの小品で、ついに七〇代にして口を開いたのである。多くの読者が憶測してきたように、村上はやはり父親と不仲であったようだ。二〇〇八年に父が亡くなったのをきっかけに、村上は父の過去について調査をはじめようと考えたものの、なかなか本格的に取り組むことができなかったという。村上が記憶するところでは、父親はアジア太平洋戦争において歩兵第二十連隊に配属されていたはずだった――帝国陸軍第十六師団に属するこの部隊は、南京大虐殺を率いたことで悪名高い部隊なのである。村上がその重い腰をあげるまでには、五年の月日を要した。だが調べてみると、父親は一九三八年に輜重兵第十六連隊に配属されており、一九三七年の虐殺に関与していたことはありえなかったと判明する。「そのことを知って、ふっと気がゆるんだというか、ひとつ重しが取れたような感覚があった」[1]。だがこの回想録は、記憶違いだと判明してわだかまりがとけた、というだけの物語ではない。いま引用した一節の直後に、村上は父から聞いた中国人捕虜の斬首についてのエピソードを並べている。手を下したのは別の兵士だと父は語るのだが、村上は父親も直接的に関与していたのだろうと推察しているようだ。村上はこの小品を、個人的でもあり集合的でもあるような記憶を「受け継いでいく」[2]試みであると形容している。父親と一緒に飼っていた猫を棄てて、自転車で帰ったにもかかわらず猫がさきに帰宅していたという奇譚からはじまる本書は、棄てようとしても棄てられないもの、すなわち回帰しつづける歴史と記憶についての物語なのだ。村上という作家にとってそれは、父親の世代によって遂行されたアジア太平洋戦争における日本の歴史的暴力にほかならない。

その六年前、終結の七十周年が近づきつつあったアジア太平洋戦争についてコメントを求められた村上は、終戦の直後にも、そして二〇一一年のフクシマにおける地震と原発事故においても、「責任回避」というメンタリティが戦後日本を規定してきたのだと述べている。日本人は被害者意識が強すぎて「自分たちが加害者でもあったという発想」を欠いており、「それでは中国の人も、韓国・朝鮮の人も怒りますよね」、そう彼はコメントした。[3] この発言は村上春樹があまりに有名であるがゆえにニュースになったのであって、その内容じたいはリベラルな常套句にすぎない。[4] だがこの「責任回避」というメンタリティとは、まさしく一九九〇年代にアメリカに住んでいた村上本人が小説家として向き合おうとしながらもなかなか向き合うことができなかったものにほかならない。その当時の転回を、村上は精神科医の河合隼雄との対談で「デタッチメント」から「コミットメント」への移行なのだと述べたことはよく知られている。村上いわく、キャリアの初期において自分はいかなる社会的なかかわりからも「逃げて逃げて逃げまくりたい」と考えて「ただ、ひとりで小説を書いて」いたのだが、徐々にコミットメント、つながり、あるいは「社会的責任みたいなもの」が必要なのではないかと思うようになったという。[5] この一九九五年の対談において、村上の念頭には書き上げたばかりの長編小説があった——『ねじまき鳥クロニクル』である。[6] この小説で彼が応えようとしたコミットメントの要請とは、「自分のなかの第二次世界大戦というものを洗い直さなくてはならない」ということ、[7] すなわち、日本の責任回避の根底にある暴力的な歴史と記憶とを洗い直すことだった。

村上の「転回」には歴史的なコンテクストがあった。一九八〇年代と九〇年代はグローバル規模で日本の戦争犯罪の記憶が再浮上した時代であり（これは部分的にアメリカのアクティヴィズムの影響だった）、また同時に日本国内ではネオナショナリズムが台頭した時代でもあった。一九八二年と八七年には歴史教科書問題で中国が日本の修正主義を批判している。一九八五年には中曽根康弘が総理大臣として靖国神社に最初の参拝を断行している。同年には中国に侵華日南京大屠殺遇難同胞記念館が設立されている。一九八九年には昭和天皇裕仁が崩御している。一九九一年には韓国の元「従軍慰安婦」が東京地方裁判所に提訴している。一九九二年には日本政府が「慰安婦」の運営に公的に関与していた証拠が発見されている。一九九五年には戦後五〇年が記念されている。一九九六年には日本の歴史修正主義の中核となる新しい歴史教科書をつくる会が発足している。村上はこうした社会的・歴史的背景のもとでアジア太平洋戦争の再考に向かったのだった。だが同時に、彼の父親であってもおかしくない年齢の河合に告白しているように、村上は自分が生まれるまえに終結していた戦争に応答するといっても、なにをすればよいのかわからなかったという。上述した社会的・歴史的な状況は彼を戦中日本の歴史へのコミットメントに駆り立てたわけだが、それは彼にとって——対談では言及していないものの——南京の大虐殺に父親が参加していた可能性に直面することも意味していた。コミットメントの困難について、彼はそれが個人的な困難であるばかりでなく、日本全体の問題なのだと語っている。[8] みずからの文学的な方法論の転向について語りながら、彼は同時に、戦後世代の作家として日本の「責任回避」の問題にいかに直面し批判しうるのかについて語っているのだ。

英語圏の研究者が村上作品を扱ってきたシリアスさとくらべて、このデタッチメントの作家は日本の批評家たち——柄谷行人、蓮實重彦、渡辺直己、小森陽一といった名だたる面々をふくむ[9]——を苛立たせ、長きにわたって彼らの激しい批判と否定に晒されてきた。[10] 村上が非歴史的で無責任であるという批判は、きわめて明示的に歴史を扱った『ねじまき鳥クロニクル』の出版後も収まるどころか激化するばかりで、たとえば蓮實は本作を「歴史はここではいっさい不在である」と断じた[11]。こうした長きにわたる批評的コンセンサスにあらがって、彼らよりも若い世代の批評家である東浩紀は、近年の論考で『ねじまき』の再解釈を試みている。東いわく、この小説が瞠目に値するのは、それが戦中日本の歴史に立ち向かおうという村上の（不十分ではあったかもしれないが）最初のシリアスな試みだったからではなく、戦中の記憶が忘れられてしまったあとで「加害者が加害の記憶をどのように後世に伝えるか」という問題に挑んでいるからであるという[12]。村上が、日本の邪悪な歴史を汲み上げることができる空間へとつながっている井戸という魔術的な装置を本作において必要としたのは、みずからが被害者ではなく加害者になるとはいかなることであるのかを真に想像するためである。村上の歴史小説の重要性をより明確化するために、わたしは東の読解を近年の記憶研究、とりわけマリアン・ハーシュが「ポストメモリー」と名付けた概念に接続してみたい。ハーシュによれば、これは「自分が生まれるよりも前から存在するナラティヴに支配されながら育った者たちの経験」について思考するための枠組みである[13]。ハーシュのおもな関心はホロコーストの生き残りの子孫たちにあるのだが、その理論は加害国の戦後世代によって編まれたナラティヴを論じるにあたっても示唆的である。「ポストメモリーとは強力できわめて個別的な記憶の形態であり、それはまさしく、その記憶の対象あるいは出所との関係が、想起によってではなく、想像と創造によって媒介されているためである」、そうハーシュは書いている[14]。責任回避と恥ずべき過去についての意識的な忘却がデフォルトの態度である日本のような国において、戦後世代による想像力を介した歴史との格闘は、まさしく暴力の歴史との関係が直接的なものではなく媒介的なものであるからこそ、「強力できわめて個別的」な相を帯びてくるように、わたしには思われる。

本論は、村上春樹の『ねじまき鳥クロニクル』が被害者／加害者という二元論を乗り越えようとする歴史的物語であり、なおかつそれが読者からも倫理的な応答を要求する作品であると主張する。この小説の核にある問いは、かつての加害国におけるポストメモリー世代は、いかにして時間的に隔てられた恥辱の歴史にたいして倫理的に応答しうるのか、というものである。この問いについて考えるにあたって、まずは歴史的・理論的な文脈について素描し、記憶とトラウマについての日本と英語圏のアカデミックな言説のブリッジを試みる。つづいて、小説において満州と性的暴力について実体験にもとづいて一人称で語るキャラクターたちに着目し、彼らの語る内容が、戦中日本のイデオロギーと戦後の社会的・文化的・政治的な状況がいかに断絶しているのではなく連続しているのかを示すものであるということを論じる。ポストメモリー世代の主人公トオルは、直接的にトラウマタイズされた人びとによって語られる戦中ならびに戦後の断片的な物語をアーカイヴし、戦中日本の暴力の歴史にまつわる言説において支配的な加害者と被害者の二元論を超克するための歴史的ナラティヴを構築する。最後に、トオルがいかにして歴史的コミットメントの方途を想像し構築するのかをみる。最終的に本論は、このまったく暴力と無縁であるように見える主人公に終盤で暴力性を与え彼を加害者とすることで、村上春樹は、同時代の読者たちから倫理的な応答を要求しているのだと結論する。その応答の成否は、たんに歴史的な暴力を批判すべき過去として認識するだけでなく、それを現在進行形の、「われわれ」自身の問題として想像できるかどうかにかかっている。

トラウマと加害国のポストメモリー

一九九〇年前後に第二次世界大戦の直接経験者たちの死滅が迫りつつあるなかで発生した「メモリー・ブーム」以来、直接経験者たちの証言をいかに記録し相続してゆくかという問題に関心をよせる記憶研究の成果が蓄積されてきた。この潮流はトラウマ理論のブームと同期しており、記憶研究にコミットする研究者の多くはホロコーストをはじめとするトラウマ的な出来事と、そうした大元の出来事からの時間的・空間的な距離について論じてきた。ポストメモリーという概念の定義にあたって、ハーシュは媒介の度合いの重要性を強調している――「ポストメモリーは、世代的な距離によって普通の記憶からも歴史からも区別される」[15]。ポストメモリー世代がトラウマ的な歴史に介入する「強力できわめて個別的」なポテンシャルと彼女が説明するものをより明確に言語化するにあたっては、フロイトによるトラウマの定義に立ち戻ることが有益だろう。フロイトによれば、トラウマが通常の「記憶」と違うのは、それがアクセス不可能であるという点においてである[16]。トラウマの場合、患者においては「辛い記憶をあまり思い出したくない」というようなことが起こっているのではない。「患者はみずからの内部に抑圧されているものを思い出すことができない」のであり、彼らはその抑圧された記憶を、自分でそう意識することなく、強迫的に行動化（act out）してしまう[17]。ここで精神分析家――彼らは医者である――が重要になってくる。彼らはトラウマ的な出来事の部外者であるがゆえに病気に介入できるのだ。精神分析家医はもちろん患者とトラウマを共有していないわけで、だからこそ患者が「自分の病症を直視する勇気を見出す」手助けをすることができる。いわば彼らはプロの部外者として、患者がトラウマを意識下に置けるよう導く技術をもつ。村上のように遅れてトラウマ的な歴史に直面しようとする者は、このようなトラウマ的な歴史へのアクセスを試みるにあたって、精神分析家と似た位置を占めている——まさしく大元の出来事の部外者であるがゆえに、直接トラウマを負った世代なら考えもつかないような、あるいはやりたくてもできないような方法でそれにアクセスしうるのだ。ポストメモリーは、まさしくその部外者性と遅延性によって、逆説的に言説的なパワーを帯びうることになる。

戦後日本という事例について考えるには、ホロコーストの記憶を研究するゲイブリエル・シュワブの『憑きまとう遺産』がポストメモリーの問題を「敗北した加害国」すなわちドイツの視点から扱っていて参考になる。このような問題含みのケースにおいては、人びとはユダヤ人被害者・ドイツ人加害者のいずれも弔うことができず麻痺状態に陥る。そこで、「他民族を皆殺しにしようとした罪を背負った民族は、いかにして自分の亡くなった家族を弔うことが可能なのか」とシュワブは問う。[18] この問いはまさしく日本において、いわゆる歴史主体論争と呼ばれる、一九九五年に文芸批評家の加藤典洋とフランス哲学研究者の高橋哲哉のあいだで勃発した議論におけるひとつの争点でもあった。日本人は主体性を確立するために、まずは戦争で斃れた日本人兵士すなわち英霊たちを弔わないことには、日本の戦争犯罪の責任を引き受けアジアの被害者たちを弔うことはできないと加藤が主張したのにたいして、[19] 高橋はこれを唾棄すべきネオナショナリズムであるとして、アジアの被害者の弔いこそが最優先事項であると反論した。[20] じっさい彼らの議論はこの論点のみに還元されるべきものではないのだが、ともあれ、この論争ののち、アジアの被害者を優先するか日本の英霊を優先するかがリベラルと保守のリトマス試験紙のような機能を果たしてきた。だが、わたしは思うのだが、戦争が終わって半世紀以上も経ってから誰をさきに弔うべきなのかなどという問題にいまさらこだわって、いったいどうするというのだろうか。そのような問題に執着すると、そもそも誰も弔えていないという根本的な問題から目をそらすことになってしまうように思われる。シュワブはつぎのように書いている――「われわれは歴史的にみて、もはや被害者と加害者をべつべつに扱えるような立場にないのである」[21]。この論争と同時期にみずからのポストメモリー小説に取り組んでいた村上は、間違いなくシュワブに同意することだろう。アジア太平洋戦争との時空間的、心理的、政治的な距離のおかげで、村上は日本の歴史的（無）責任についての狭窄な視野から身を引き剥がすことができたのだ。

村上春樹と記憶の問題といえば、彼の主人公たちは「忘れっぽいことで悪名高い」[22]。歴史的・倫理的な転回を画す『ねじまき』という作品において、しかし、村上は彼のアイコンとなったデタッチメント的な作風を単純に放棄するのではなく、それを歴史を問いなおすためのツールとして自己批判的に再利用することを選んだ。過去の典型的な村上作品においては、若い男性が主人公で、妻またはガールフレンドが失踪し、その理由がわからない主人公は「やれやれ」などといってやりすごしていた。『ねじまき』においても、やはり主人公トオルの妻であるクミコが失踪する（猫もいなくなる）。だが本作において、トオルは真剣に妻を捜そうと試みる――のだが、その過程で彼は妻の不可思議な失踪の究極的な原因は、アジア太平洋戦争における歴史的暴力の問題に向き合うことに失敗してきた戦後日本の問題に根ざしているらしいということに徐々に気がついてゆく。村上的な伝統を継ぐトオルは「いくら思い出そうとしても思い出せなかった」といったことを作中で何度もくりかえし、戦後日本の歴史的健忘症を体現する。本作では歴史へのコミットメントがクミコを取り戻すための条件になっているのであり、『ねじまき』はデタッチメント的なふるまいを、戦後日本の責任回避という集団的心性のあらわれとして再解釈すると同時に、いかにしてこの忘れっぽい日本人の主人公がコミットメントへと向かいうるのかを問うているのだ。自国の歴史的な責任の問題とコミットメントの必要性にトオルは目覚める、が、作者である村上と同様、彼もまたポストメモリー世代としての責任をいかに具体化しうるのかという問題に直面する。自分たちが関与しなかった暴力の歴史にたいして後世の者が倫理的な責任を負うこと、その条件とはいかなるものなのだろうか？　この問いに答えるにあたって、『ねじまき』は日本文学の伝統にインターテクスチュアルな迂回を試みる。

日本のいわゆる文壇から距離をとりつづけていることで知られる村上だが、彼はデビュー当時から、おそらくもっとも政治的「コミットメント」の問題に自覚的な戦中生まれの知識人のひとりである大江健三郎の作品に目配せしてきた。大江は一時期は村上の厳しい批判者のひとりだった――彼は村上の作品はアメリカ小説の猿真似にすぎないと述べたことで知られている――が、『ねじまき』は大江の一九六四年の小説『個人的な体験』への政治的・文学的な応答として読むことができる。大江の小説の主人公であるバード（!）は、奇形児として生まれたばかりの我が子を生かすか死なすかという問題に懊悩している。この悩みは知的障害児をもった大江本人の悩みに直結しており、タイトルの「個人的な体験」とは、そのことを指している。「確かにこれはぼく個人に限った、まったく個人的な体験だ」、バードはみずからが置かれた倫理的な板挟み状態をそう描写する。「いまぼくの個人的に体験している苦役ときたら、他のあらゆる人間の世界から孤立している自分ひとりの竪穴を、絶望的に深く掘り進んでいることにすぎない」のであって、そこには「人間一般にかかわる真実の展望のひらける抜け道」はない。[23]『ねじまき』では、これと正反対のことが起こっている。トオルはひとと分有したい「個人的な体験」をもっていない――むしろトラウマを背負った他者たちが、個人的な体験をトオルと分有する必要に駆られているのだ。トオルのコミットメントは、作品内でつねに傍点つきで「何か」という言葉で漠然と名指される戦中・戦後の個人的な体験を抱えた人びととネットワークを形成するなかで、徐々に構築されてゆく。この「何か」はさしあたり、戦後日本が十分に処理しきれなかった戦中日本の精神構造と、それが戦後の日本社会において暴力とか無気力とか不治の病といったかたちで回帰したものとして解釈しておくことができる。それは日本の集団的な歴史のうまく記憶化されていない部分にたいして与えられたジェネラルな用語のようなものだ。「人間一般にかかわる真実」に繋がる「抜け道」を求めて、トオルは枯れ井戸――村上の「竪穴」である――の底に降りるが、そこは他者の個人的な体験が流れる空間である。この「通過する」という意味の名前をもつ主人公は、トラウマを背負った者たちの断片的な記憶が通過し、継承可能なナラティヴとして想起され再構築される、そのための媒体として機能する。ジョナサン・ボウルターが書いているように、村上の作品にはアーカイヴ的なところがあり、[24]そこでは排斥されたトラウマの記憶が想像力によって再帰しつづけている。『ねじまき』は、トラウマをもたないポストメモリー世代の主人公が日本の集合的な記憶のなかに織り込まれてゆく、そのプロセスを描いた物語だ。戦後世代の作家として、村上は社会的・政治的・歴史的なコミットメントを欠いているという批判に応答すべく、彼の先人の方法論を、遠く離れた日本の歴史にアクセスするためのツールとして再構築してみせた。

記憶研究は、過去を直接的に経験した世代と、後世の者たちによるその出来事の記憶なり物語なりの真正さには優劣がある、という前提を疑う。村上が非歴史的な作家であるという評価を再考する作業は、後世の者たちによる歴史的な取り組みへの軽蔑を生みかねないそのような認識の批判でもあるのだ。ジェイ・ルービンがただしくも喝破しているように、トオルは戦中日本の歴史と「彼が日本人であるという以外に」なんの関係もない。[25] この事実は、戦争犯罪にたいする責任を否定する目的にも利用しうるし、積極的な歴史的応答の試みの障害にもなりうるわけだが、村上の作品はその後者を問題にしているのだ。ポストメモリー世代にとっては、いざ責任を引き受けようと決意したところで、彼らは国籍などの頼りない過去とのつながりを元手に、なんとかして遠い歴史とのかかわりを構築してゆかなくてはならない。もし村上がいうように責任回避が戦後日本の社会に瀰漫した心性なのだとすれば、われわれは無責任を批判するだけでなく、どうすればそのような無責任な大半の人びとの考えを変えてゆけるのかについても議論する必要がある。これは、もはや日本にかぎった問題ではない。ありとあらゆる歴史的な出来事はそのうちポストメモリー世代に引き継がれざるをえないわけだから、われわれは後から来る者たち、上の世代からは「非歴史的」に見えるかもしれない新しい世代の倫理について語ることを避けることはできないのだ。物語のなかでトオルがどのように変化してゆくのかを追い、そして村上がいかにして読者にそのトオルの変化にたいする反応に自己批判的に向き合うよう誘っているか、そのことを以下では見てゆきたい。わたしは本論で、歴史へのコミットメントの方法を独自に構築するポストメモリー世代のポテンシャルを詳述することにより、記憶研究ならびに戦後日本の責任問題という両方の言説への貢献を目指す。

満州——被害性と加害性を超えて

トオルが戦中日本の歴史と記憶に導かれるのは、帝国日本が一九三二年に現在の中国北部と内モンゴルにまたがって建設した傀儡国家である満州についての経験談を聞いたり読んだりすることによってである。一九四五年に解体されるまでの十三年間、満州は大陸における日本の植民地主義的な拡大の拠点として機能しつづけた。本作で最初に満州について語るのは、本田さんというほとんど耳が聞こえない帰還兵である。帝国陸軍に伍長として従軍した彼は一九三九年、満州（日本統治下）と外モンゴル（ソビエト統治下）の国境付近で発生した衝突であるノモンハン事件に巻き込まれる。ノモンハン事件によって露呈したのは、ソ連の近代的な軍事力にくらべて日本の帝国陸軍がいかに後進的であるかだった。この失敗からなにも学ばず、日本は同じ過ちをこんどはアメリカにたいして反復したわけで、これがノモンハン事件がしばしばアジア太平洋戦争の前哨戦と呼ばれるゆえんである。だが満州は戦中日本を支配していた諸原理の縮図であるだけの土地ではない。この短命に終わった国家の遺産は、戦後においても絶大な権力を発揮しつづけたのである。たとえばA級戦犯として勾留された岸信介が不起訴となったのち、一九五七年に総理大臣の座に就くことができたのは、山室信一が述べているように、彼の「満州人脈と資金力」のおかげだった。いわく、「いまに至る政権党のある種の金権的政治体質は、満州国にその起源をもっている」[26]。だから村上は本田がトオルにこのエピソードを語るタイミングを、物語の現在ではなく、そこから六年前の一九七八年、すなわち十四名のA級戦犯をふくむ日本の英霊たちが靖国神社に奉られた年に設定したのだ。[27]ネオナショナリズムが台頭しつつあった一九九〇年代初期の日本において村上は、戦中から戦後にかけて日本の歴史的無責任を支えてきた構造に接近するための回路として満州を選んだのである。

トオルには「おとぎ話のよう」(上・一一六)[28]に聞こえる本田さんの戦争物語は、間宮中尉という人物が登場するあたりから徐々にポストメモリー的な重要性を帯びはじめる(二〇二〇年に回想録が出版された現在、いずれも徴兵のせいで教師になる夢を諦めるなど、村上が間宮を自分の父親をモデルにして造形したことがわかる)。トオルは本田の訃報を、本田の形見を配り歩く仕事を請け負っている間宮から聞かされる。間宮は最後のひとつとなる形見をトオルのもとに届けるのだが、その贈答用の高価なウイスキーの箱を開けると、中にはなにも入っていない。本田と間宮はかつてノモンハン事件の直前にその周辺で極秘任務にともに従事した経験があり、「間宮中尉の長い話」と題されたセクションにおいて彼は、ものすごくお喋りだったはずの本田さえいちども語らなかった、あるトラウマ的な出来事を体験したのだとあかす。そこで空の箱を運ばせた本田の真意は、どうやら間宮とトオルを引き合わせ、後者にこのトラウマ的な記憶を相続させることであったらしいとわかる。「しかしこの話を岡田様にようやく引き渡せたことによって、私は少しは安らかな気持ちをもって消えていくことができるような気がします」(下・四三四)、そう間宮は語る。この極秘任務において間宮と本田は、山本と名乗る素性不明だがおそらく諜報部の高級将校と思われる男が、ロシア人将校の指揮下にあるモンゴル人兵によって生きたまま皮を剝がれるという拷問を目撃することになる。「それは私たち二人にとってあまりにも大きな出来事だったからです。私たちはそれについて何も語らないということによって、その体験を共有しておったのです」（上・三六九）。間宮とトオルの交流は、それまで語られてこなかったトラウマ的な戦争の記憶の間世代的な相続を実現するわけで、このようにしてトオルは徐々に日本の歴史についての立体的なビジョンを構築してゆく。このエピソードはロシアとモンゴルによる日本への暴力を描くわけではあるが、それはもちろん日本による侵攻と植民地化が招いた結果なのであって、そのことを間宮もロシアの残虐行為について語りながら強調している――「それは我々日本人が満州でやったことについても同じです。ハイラルの秘密要塞を建設する過程で、そしてまたその設計の秘密を守る口塞ぎのために、どれほどの数の中国人労働者が殺されていったか、あなたにはきっと想像がつかないでしょう」（下・三八六）。一九九〇年代にあってこの老帰還兵はトオルに、ふたたびシュワブを引用すれば、われわれは「もはや被害者と加害者をべつべつに扱えるような立場にない」のだということを教えるのだ。

第三巻では、赤坂ナツメグと彼女の息子シナモンが被害者／加害者の問題をポストメモリーの領域において問題にする。ナツメグは特殊能力の持ち主で、日本人女性の精神に巣食う「何か」を緩和するべくその能力を用いてヒーラーとして活動している。トオルの頬に自分の父親にあったのとまったく同じあざを見つけ、彼女はただちに彼が自分の後継者になるべき人物だと見抜く。一九四五年の八月に満州から日本人を本国に送還する輸送船に乗っていた少女時代のナツメグは、その生まれもった千里眼で、満州にいる父親の体験を「目撃」するのだが、そうした物語を語りながら、彼女はトラウマ理論家が呼ぶところの変性意識状態（altered state of consciousness）に陥っており、そこではトラウマタイズされた主体はそうと知らずに抑圧された記憶を行動化（act out）することになる。獣医である彼女の父親が傍観者として連座させられるその物語には、「要領の悪い虐殺」というタイトルがついている。彼女はその「虐殺」を目撃する父親を目撃することでトラウマタイズされるわけで、トオルはまたひとつ戦中日本のトラウマを、幾重にも媒介されたかたちで――すなわちポストメモリーとして――継承することになるわけだ。ナツメグが満州における父親の体験を目撃しているあいだ、彼女が乗っている輸送船は洋上でアメリカの潜水艦に出くわす。この輸送船は武装しておらず五百名の一般市民を乗せているだけだと伝えられるにもかかわらず、米兵はきっかり十分後に砲撃すると問答無用で通告し、この無防備な船体に照準をあわせるが、砲撃の直前に日本が降伏したという通達を受けとり、潜水艦は海中に戻ってゆく。この翌日は八月十六日で、ナツメグは長崎の港町である佐世保に降り立つが、そこはアメリカによって投下された原子爆弾によって七日前に破壊されたばかりだ（そう明記されないが、彼女は原爆の余波に晒された二次被爆者なのだ）。かくしてナツメグは戦中と戦後の境界上で、日本による中国への帝国主義的暴力と、アメリカによる日本への核の暴力とを同時に目撃することになる。

ナツメグが語る物語は、聴唖である息子のシナモンによって書かれた「二度目の要領の悪い虐殺」への序曲となっている。少年のころ、シナモンは斬首され惨殺された父親（ナツメグの夫）の死に関連すると思しき夢とも現実ともつかないトラウマティックな体験によって声を失っており、トオルは、シナモンが母親から口頭で聞いた話をコンピュータ画面上で再構成したものを読むことになる。戦争終盤、満州の首都である新京をソ連の侵入から防衛することがもはや絶望的だとわかると、日本兵は

——中尉と伍長という、間宮中尉と本田伍長を彷彿させる二人の統率のもと——動物園から逃げ出すと危険なので大型の動物を射殺するように命じられる。これが、ナツメグが語るひとつめの「虐殺」であり、獣医の父はそこに連座させられるのだ。が、その翌日、日本兵が四人の捕虜と四人の死体——すべて中国人である——を従えて動物園に戻ってくると、第二の虐殺がはじまる。ここに、その八年前に南京において大規模に展開された中国人の虐殺の残響を聞かないことは難しいだろう。「この連中は満州国軍の士官学校の生徒でした」、そう中尉は獣医に説明する。「新京防衛の任務に就くのを拒否して、昨日の夜中に日系の指揮官二人を殺して脱走したのです」（下・二三二）。この中尉は生きている捕虜も皆殺しにするよう命じられており、とりわけ反乱の首謀者については、日本人教官を殺すときに彼らが使用した野球のバット——アメリカ合衆国のシンボル——によって撲殺せねばならないという。この一連の物語において重要なのは、ふたつの「要領の悪い虐殺」が並べられることで、読者がそれらを比較するように促されているということだ。第一の虐殺の裏では、八月十五日にアメリカの潜水艦が日本の輸送船を砲撃することを中止していたのにたいして、その翌日、すなわち「戦後」に、満州における帝国陸軍の日本人は中国人の処刑を断行している。戦後日本はヒロシマとナガサキを、日本という国家の被害性を前景化することによって戦中の加害性をうやむやにするために戦略的に利用してきたわけだが、アメリカと日本の暴力をこのように対置することで、赤坂家の虐殺エピソードは主人公ならびに読者に、戦後の日米関係という文脈のなかで被害者／加害者の問題について再考せよと要求するのである。

これらの満州にかんするエピソードは、小説内において何度も反復される構造を備えている。すなわち、まずはあまりにトラウマティックでその直接経験者がその記憶にうまくアクセスできないという状況があり、それがポストメモリー世代に、時間的・地理的・感情的な媒介をともなって伝えられる、というものである。個々の個人的な記憶は断片的だったり一面的だったりするため、のちの世代がそれらによって戦争の「本質」を理解するのは難しいかもしれないが、しかし多かれ少なかれ互いに接点があるような一連の出来事を耳にするうちに、トオルと読者の脳内には、戦中にどのようなことが起こったのかについての多面的なマトリックスのようなものが徐々に形成されてゆく。そうした個人の物語はほかの物語と並置され接続されることで、被害性から加害性への、あるいは当事者の圧倒的な経験(個人のトラウマ)からポストメモリー世代の媒介され、遅延され、場合によっては改変されたヴァージョンへのスペクトラムの一部をなし、それは歴史としての重要性を帯びはじめる。トラウマ研究のフォーカスを直接経験者から、そのトラウマ的記憶を間接的に受けとる側へと移したトマス・トレザイスの『目撃することを目撃する』は、トラウマ的な記憶を「どのくらい受け止められるかは、聞き手がいかに自分自身に耳を傾けられるかにかかっている」と論じている。[29] 歴史的トラウマの間世代的な伝達がうまくいくかどうかは、ポストメモリー世代がいかにしてその相続にコミットできるかにかかっているのだ。この小説において、トオルはつねに良き聞き手としての役割を果たしつづける——たとえるなら、彼は周囲の人間がみずからのトラウマ物語を投影せずにはいられないスクリーンのような存在だ。こうした証言とアーカイヴの実践は、戦争世代がみずからの記憶を後世に残さねばならないと考えはじめた一九九〇年の初頭あたりからじっさいに現れたものである。「もはや被害者と加害者をべつべつに扱えるような立場にない」ポストメモリー的な観点から、村上の小説は被害性と加害性についての、そして弔いが後なのか先なのかについての二者択一的な議論をクリティカルに乗り越えるポテンシャルを秘めている。

日本の軍事主義と性的暴力

村上作品は性行為を頻繁に描くことで知られているが、しばしばメイル・ファンタジーに接近するように思われるこの傾向は、ながらくフェミニストからもそうでないコメンテーターからも反感を買ってきた。だが『ねじまき』におけるセックスならびに性的暴力は、それが帝国日本の軍事主義とその戦後における残滓の問題として描かれていることに注意せねばならない。三名の元慰安婦を名乗る韓国人女性たちが東京地裁に訴えでたのは一九九一年の十二月であり、その前後に従軍慰安婦問題がグローバル規模で注目を浴びていたなかで村上は本作に取り組んでいた。同問題はそれ以前にまったく知られていなかったわけではないのだが、日本の戦争犯罪の一部が女性にたいする性的暴力という枠組みで明確に捉えられたのは、これが最初だった。上野千鶴子が論じているように、慰安婦問題を性的暴力の問題として捉えるには、われわれの認識が「売春パラダイム」から「軍隊性奴隷制パラダイム」へとシフトする必要があった。[30] その重要な契機となったのは一九九三年のウィーン世界人権会議ならびに一九九六年のクマラスワミ報告であり、こうしたムーヴメントによって慰安婦問題を女性の自由意志と選択の問題（売春）ではなく、強制的な性的暴力（性奴隷）の問題として捉える認識の素地が整ってゆく。ただ、国際的なフェミニズム言説が戦争関連の暴力にあらたな光をあてたことは疑いがないものの、それが米国産の言説の決定的な影響下において形成されたこと、そして、ローラ・ヒュン・イ・カンが示したように[31]、それが究極的には当該の暴力を十全に捉えることに失敗したことにも注意せねばならない。慰安婦問題は日本の「ハイブラウなフィクション作品においてはおおむね触れられてこなかった」と論じられているが[32]、村上をふくむ「ハイブラウ」な文学は、それをアレゴリカルな形式において描いてきた伝統がある[33]。日本の戦後社会における性的暴力の問題を慰安婦問題の一種の転生としてテーマ化することで『ねじまき』は、責任回避という根強い精神構造がいかに種々の暴力をセクシュアライズされたかたちで生みだしつづけているか、そして戦中日本の暴力がいかに日米の帝国主義的なヘゲモニーのマスター・ナラティヴによって戦略的にうやむやにされてきたかを暴く。

帝国日本の性的暴力を相続し、それを現代において体現するのは、クミコの兄でありトオルの宿敵たる綿谷ノボルである。小説の後半で、トオルはノボルの伯父にあたる綿谷義孝という兵站学の専門家が一九三二年に満州の調査に陸軍参謀として派遣されたことを知る。その任務において義孝は関東軍の参謀副長であり満州事変の首謀者として知られる石原莞爾の薫陶を受けたらしい。一九一九年に発足した関東軍は、初期には南満州鉄道の警備を担う組織であったが、徐々にこの地域の政治的な覇権を握るようになった組織である（「要領の悪い虐殺」は彼らの手によるものだ）。戦後における義孝のキャリアは、明確に岸信介のそれをなぞったものである――「綿谷ノボルの伯父は終戦後マッカーサー占領軍による公職追放を受けて、しばらくのあいだ郷里の新潟で隠遁生活を送っていたが、やがて追放指令が解けると担がれて政界に進出し、保守党から立って参議院議員を二期つとめたあと衆議院に移った」（下・二八五）。ここで村上の意図はあきらかだ。戦中日本の精神は敗戦を生き延びたのである――「そして今、その政治的地盤は甥の綿谷ノボルに引き継がれたわけだ」（下・二八五）。満州の歴史は、日本における軍事主義と性的暴力の根深い絡みあいを雄弁に物語る。歴史学者の吉見義明も書いているように、一八八〇年代に「からゆきさん」として知られるセックス・ワーカーとして集団で満州に送られたのは若い日本人女性であり、また資料が存在するかぎりでは、一九三三年の三月に三十五名の朝鮮人と三名の日本人を住まわせるために、最初の慰安所が建てられたのが平泉だった。だがそれは「氷山の一角」にすぎないはずだと吉見は述べている。[34] この氷山の不可視の下部構造が温存されたのは部分的にアメリカ占領軍の政策のおかげであり、やはり彼らもまた戦後日本の権力者によってセッティングされた「慰安所」に通ったのであった。[35] ノボルが伯父から引き継いだものは、その「政治的地盤」にとどまらない。彼は温存され常態化された戦中日本の性的暴力の症候そのものなのである。

ノボルの性的暴力の被害者となる女性は、彼の（そしてクミコの）死んだ姉、加納クレタ、そしてクミコの三名である。クレタはノボルに性的な危害を加えられるが、「それは通常の意味でのレイプではありません」（中・七九）と彼女はいう。二十歳のときに自殺に失敗して、彼女は娼婦になることを決意するのだが、彼女がとった最後の客がノボルだった。彼はうつ伏せで寝るように指示すると、しばらく彼女の身体を眺めたのち、ゆっくりと触りはじめる。「その十本の指が私の体を肩から背中にかけて、背中から腰にかけてゆっくりと何かを探っていきました。［…］彼の指は、まるで地図の道筋を辿るように注意深く、私の体の上を移動していきました」（中・一二三五）。そして彼はクレタの身体になにかを挿入する。彼はペニスではないそのなにかでクレタの「意識の蓋をこじあけ」ると、彼女の言葉では、「その中にある寒天のようなかたちをした私の記憶をずるずるとひきずりだしていました」（中・二三九）。ノボルの暴力がただ性的であるだけではないことはあきらかだろう。彼はクレタの身体からなにかを取り出すという明確な目的をもっており、そうするまえに、まるで外地への侵攻を準備する兵站学者のように、その身体を検分する。彼の特異な暴力は性欲とは無関係であるようにすらみえるが、ここでは戦争とセックスについての研究で知られるジョシュア・ゴールドスタインの「戦時におけるレイプは性的欲求によって動機づけられるのではない」という意見が参考になる。戦中において女性の身体にたいしてふるわれる性的な暴力は、「土地のコントロールと支配のための道具」なのだ。[36] 物語の終盤、トオルはノボルの暴力の歴史的な根源に逢着する――「それは本当に危険なことだ。彼の引きずりだすものは、暴力と血に宿命的にまみれている。そしてそれは歴史の奥にあるいちばん深い暗闇にまでまっすぐ結びついている。それは多くの人々を結果的に損ない、失わせるものだ」（下・四五九）。クレタのなかにある「何か」――それは彼女のなかに「私の知らないもの」（中・二三八）として存在しつづけていたものだ――は、引用にあるように「記憶」である――というよりまさしく、日本の歴史的な集合的無意識の領域に埋め込まれた、日本の軍事主義のポストメモリーにほかならない。これこそノボルがみずからの政治目的のためにコントロールし、濫用しようとしているものである。

クミコは姉が食中毒で亡くなったと信じ込まされているのだが、じっさいは姉は自殺していたのであり、その原因はやはりノボルである。この名前のない姉が亡くなった二年後、クミコはノボルが姉の衣服の匂いを嗅ぎながらマスターベーションしているところを目撃する。彼女がトオルに語るところによれば、「お姉さんに性的な関心を持っていたかどうかまでは知らないけれど、そこにはきっと何かがあったし、たぶん彼はその何かを離れることができないんじゃないかという気がするの」(上・二七四)。ふたたびノボルの欲望は間違いなく性的(マスターベーション)であり、この場合は近親相姦的なそれであるわけだが、やはりそれだけではないらしい。彼は姉をなんらかの形式において「レイプ」したに違いないのであり、それは、この場合は性的な様態において発現した、もっと深くて広い力をもつ精神病理に根差した暴力である。だがもちろん、その被害者の多くが女性であるというのは偶然ではない。「痛みというのは非常に不公平なものなのです」(上・二〇三)──そうクレタは述べるが、そのとき彼女は暴力の分配におけるジェンダー的な不平等のことを言っている。クミコがトオルのもとを離れなくてはならなかったのはノボルが「かつてお姉さんが果していた役割の継承を[…]君に求めていた」ためだけでなく、彼女がその「血筋」にひそむ「何か暗い秘密のようなもの」によって自分も汚されており、それゆえ「それと無縁ではいられない」ということを察知したためだった(下・四六〇-六二)。クミコの場合、この「何か」──彼女はそれを「治る見込みのない病」(下・二七〇)と形容している──は、たとえば性的な不感症としてあらわれる。トオルへの告白の手紙において、彼女は彼とのセックスにおいていちども性的快楽を味わったことがないと述べたうえで、なおかつ自分は「理不尽な性欲」(中・一九五)に囚われつづけているのだという。彼女の不感症は本作における登場人物の多くがもつ特徴である無感覚の一症例であり、やはり戦後日本の歴史的な健忘症と、責任回避の構造と、歴史的コミットメントの不可能性の問題に根差したものである。トオルも読者も、じつは小説の最序盤において、名前を名乗らず主人公をテレホンセックスに誘う女からの電話でクミコの叫びを聞いている。「あなたの記憶にはきっと何か死角のようなものがあるのよ」(上・二八四)、のちにクミコだと判明するテレホンセックスの女はそう教えてくれる――トオルは電話を切ってしまうのだが。

逆説的なことに、上述してきた歴史的無感覚という問題に介入できる人物は、ノボルである。そのことを明かすのはクレタであり、彼女はクミコが振り回される無感覚と超過敏との往復をより極限的な形態で体現する女性だ。本人の言葉では「痛みの見本帳」(上・二〇三)であるクレタの身体はながらく痛覚過敏症を患っており、二十歳の彼女が自殺を決意したのもそれが原因であったという。だが自殺未遂のあと、彼女は自分のあらゆる感覚が消失してしまったことに気がつき、そして、彼女の内部に眠っているはずの「何か」を刺激し操作するのがノボルのレイプであって、それは彼女の肉体的な痛みと性的な快楽とを同時に呼びおこす――「私は激しく痛みながらも、快感に悶えていました」(中・二三八)。この「宿命的」かつ「理不尽な」快楽と痛みを喚起するノボルの両義的な暴力は、彼女の身体をばらばらに分解し、そのアイデンティティを鋳なおすような力をもっている――「かたちのあるもの、かたちのないもの、すべてのものが涎や尿と同じように、液体になってだらだらと私の外に流れて出ていくのです」、そして、「なんだかすべての記憶とすべての意識がすっかり抜け落ちてしまったみたいでした。[…]そして意識が戻ったとき、私はまた別の人間になっていました」(中・二四〇)。戦後日本においては、国体――国家の身体であり天皇制でもある――という戦中の言葉が象徴しているように、身体は国家のメタファーとしてながらく使用されてきたうえに、帝国へのノスタルジーと深く結びついてきた。五十嵐恵邦が書いているように、「言説的に構築された身体は、日本のナショナル・イメージを再構築するにあたっての中心的な場となる」。彼によれば、「身体にかんするイメージは、戦後の文化的な言説において、過去の表現でもあり抑圧でもあるという二重のプロセスを表象してきた。国家の健康な身体は帝国日本がラディカルな変革を被ったときに解体されたのであり、この解体された身体のイメージが戦後期において、あらたな国家像を打ち立てるべくふたたび招集されたのである」[37]。ノボルはクレタの身体において所定の目的を果たすことには失敗するが、そのレイプは無防備な人民の身体とアイデンティティを解体して再配列することで、帝国日本の「健康」な国体を戦後において再構築するプロセスの、セクシュアライズされた一側面なのだ。だが戦後日本の身体はまさしく「何か」によって引き起こされる病気に悩まされつづけているのであり、それをノボルに悪用させないためにも治療法が必要だ。トオルが枯れ井戸の底という歴史的無意識の領域に降りると、クレタと同様に彼の身体もまた解体され、それが戦後日本のアイデンティティを再構築するためのオルタナティヴを提示することになる。

トオルのポストメモリーとコミットメント

クミコの失踪後、トオルは家の近所にある枯れ井戸の底に降り、まずはクミコとの馴れ初めなどの過去について回想するようになる。彼らが最初に出会ったのはクミコの母親が入院していた病院で、当時のトオルは法律事務所のアシスタントのような仕事をしており、遺書の遺産相続の項目を何度も何度も書き換える入院中のクライアントに会うために、毎日その病院に通っている。かくして二人は、さしせまった戦争世代の死と相続の困難という象徴的な背景のもとで出会う。最初のデートで、クミコは上野公園にある水族館はどうかと提案する（じっさい上野公園では一九四三年に動物が屠殺処分されている）[38]。そこではクミコが大好きなクラゲの展示をやっているのだが、トオルはなぜか本能的にクラゲが大嫌いで、その理由の説明として幼少期の記憶を語る――

子供の頃、近くの海を泳いでいて、何度かクラゲにからだを刺されたことがある。ひとりで沖に向けて泳いでいるうちに、クラゲの群れの真ん中に入りこんでしまったこともある。［…］僕はクラゲたちの渦の真ん中で、まるい深い闇の中にひきずりこまれてしまったような激しい恐怖を感じた。どういうわけかそのときは体は刺されなかったのだが、パニックのせいでずいぶん水を飲んでしまった。だから僕はできることならクラゲの特別展示なんて飛ばして、マグロだとかヒラメだとかそういう普通の魚を見たかった。（中・一〇四－一〇五）

クラゲを見ながらトオルは気持ちが悪くなって外のベンチに倒れ込んでしまうのだが、そこでクミコは次のように語る――「本当の世界はもっと暗くて、深いところにあるし、その大半がクラゲみたいなもので占められているのよ。私たちはそれを忘れてしまっているだけなのよ」（中・一〇七）。この場面のイメージは、ノボルがクレタの身体からとりだす「寒天のような」なにかと響きあっている。クラゲがいる領域とは抑圧された日本の歴史的無意識の領域であって、じっさいこのメタファーには歴史的な必然性がある――昭和天皇裕仁はクラゲについての優れた研究で知られているのだから。モーリス・アルヴァクスが集合的記憶についての古典的なテクストで述べているように、「集合的な記憶がわたしの脳のどこに格納されているのだろうと探ることには意味がない［…］なぜならそれは外部からわたしに思い出されるからであり、わたしがその一部であるところの集団がわたしにそれらを再構築するための手段を与えるためである」▼39。この小説においてポストメモリー世代に恐怖を抱かせるクラゲは帝国日本についての集合的記憶であって、それを彼らは、まさしく「忘れてしまっているだけ」なのだ。

井戸での長い瞑想のあと、トオルはナツメグの父にあったというあざが自分の頬に出現しているのを発見する。そののち、井戸がある近所の土地を買う資金調達のために、彼はナツメグのオフィスで奇妙なたぐいの「娼婦」として働くことになる。目隠しをするように指示されると、部屋に入ってくる女性客が彼の頬のあざをなで、舐め、彼はなぜか射精する。これは「加納クレタの話してくれたコールガールの仕事に不思議なくらいよく似ている」（下・七五）、そう彼は考える。ナツメグはすでに七年ほど精神的なヒーラーとして活動しており、そこで客たちは彼女の語彙でいう「仮縫い」を施されるが、その顧客たちには「金と権力がひとつになったときにかもしだす特別の匂いが漂って」いる（下・一二三）。彼女たちのプライバシーは厳重に管理されているものの、その社会的な地位の高さが強調されていることは、彼女たちが綿谷家のように政治的・経済的な権力をもった家庭の女性たちであるということを示唆しているだろう。彼女たちはノボルの悪しき影響下で生きてきたクミコのような被害者たちなのだ。ナツメグは「長い年月にわたって顧客たちが体内に抱えている何かを「仮縫い」し続けてきた」ものの、「少しずつ無力感にとらわれていった」、なぜならそれは病気を根治するわけではなく、「一時的に活動をゆるめるだけ」の対症療法だからだ（下・二一七）。彼の仕事内容がクレタのそれに酷似しているという記述は、トオルがこの家業を継ぐことがなぜ重要であるかの説明になっている。ノボルにレイプされたあと、クレタは回復するために「意識の娼婦」となる――「私は通過されるものなのです」（中・八二）。トオルもまたその名のとおり通過される存在となり、そのことによって他者の「何か」を――この場合は女性の被害性を――みずからの身体と精神に、他者の治療と引き換えに取り込んでゆくのだ。これはトオルにとって「何か」の正体をつかみとり、そしてその「何か」が自分自身のなかにもつねに潜んでいたということ、顔のあざがその発現であったことを悟ってゆくプロセスである。

井戸の底にて、トオルの意識は「たまたま夢というかたちを取っている何か」（中・一三二）のなかで、あるホテルへと漂ってゆく。この魔術的な夢幻空間は日本の歴史的無意識と接続されており、主人公はホテルの二〇八号室でノボルと対面するが、そこにはこの時点ではまだ誰かわからないテレホンセックスの女（クミコ）が囚われている。そこまでの複雑なプロットをまとめるのなら、「それは君が僕の側の世界から、綿谷ノボルの側の世界に移ったということだ」（下・四五七）、そうトオルは総括する。この想像上の世界／ホテルは日本の集合的な記憶をコントロールするノボルによって支配されており、トオルはそこからクミコを取り戻さなくてはならない。村上を戦後日本のアイデンティティを模索する作家であると論じるマシュー・ストレッチャーは、『ねじまき』をトオルが女性たちの「核となるアイデンティティ」を回復する物語だと総括し、そこでアイデンティティとはストレッ

チャーにとってノボルという「純粋に邪悪な」人物によって奪われ損なわれたものを指している。▼40
じっさい、トオルの最終的な職業は女性のヒーラーだし、この小説のクライマックスは善良なトオルと邪悪なノボルの対決ではある。ただ、本作の中心にある関心は、わたしの考えでは、まさしくそうした善悪二元論、あの被害者／加害者という二元論と不可分の枠組みを批判することにある。戦後日本のアイデンティティを再構築せねばならないのは、ほかならぬトオル本人なのであり、彼はそうするにあたって、ノボルという人物が象徴する日本という国家の内奥に、そしてトオル自身の内奥に潜む否認されてきた暴力を、排除するのではなく取り入れなくてはならないのだ。井戸のなかで、彼はクレタのそれと似た身体の解体とアイデンティティの再構築を経験する――

> でもいくら努力しても、僕の肉体は、水の流れにさらわれていく砂のように、少しずつその密度と重さをなくしていった。［…］肉体などというものは結局のところ、意識を中に収めるために用意された、ただのかりそめの殻に過ぎないのではないか、と僕はふと思った。その肉体を合成している染色体の記号が並べかえられてしまえば、僕は今度は前とはまったく違った肉体に入ることになるのだろう。「意識の娼婦」と加納クレタは言った。僕は今ではその言葉をすんなりと受け入れられるようになっていた。（中・一一五）

クレタの場合とはことなり、彼の場合その取り込まれる（あるいは彼の中にあらためて発見される）新しい「記号」とは、怒りあるいは暴力という、それまでのデタッチメント・スタイルで書かれた村上作品の主人公たちには見られなかった要素である。ある日、現実世界において、トオルはバットをもった男に襲われ、そこで彼は恐怖のあまり無我夢中で反撃するのだが、そうしているうちに恐怖は「はっきりとした怒り」に変貌してゆき、あわや男を殺してしまいそうになる。「僕はこれまでに殴り合いの喧嘩なんて一度もやったことがなかった」、だが「どういうわけか、もうやめることができなくなってしまっていた」と彼はいう。「自分がふたつに分裂してしまっていることがわかった。こっちの僕にはもうあっちの僕を止めることはできなくなってしまっているのだ」（中・三二八）。ここでトオルの敵はただの悪ではなく、彼自身の暴力であることがわかるだろう。つまりノボルはトオルの分身なのであって、この事件からトオルは、バットを一種のお守りとして井戸に持ち込むようになる。この井戸はそもそも「陸軍のばりばりのエリート」の持ち家の井戸であり、その男は北支で「戦時捕虜を五百人近くまとめて処刑したり、農民を何万人もかきあつめて強制労働でこきつかって半分以上死なせたり」した戦争犯罪人だったのだという（上・二五七）。満州で中尉が中国人捕虜を虐殺したのと同じバットという武器で、トオルは最終的に二〇八号室にてノボルを撲殺することになる。

この顚末を読むと、われわれ読者はトオルとノボルのあいだに単純な善悪の二元論を想定することは難しくなる。村上によれば、本作の英訳者であるジェイ・ルービンは、トオルの極端な暴力を描くことに反対したのだという。▼41 読者はこの善良《ナイス》な主人公に感情移入して読むのだから、いくらノボルが悪役だといっても、トオルが彼を撲殺するという結末に読者は裏切られた気持ちになるだろう――そうルービンは考える。なんとアメリカ的なリアクションだろう。『ねじまき』のポイントは、まさしくそうした感情移入の基盤を揺るがそうとするところにある。日本人にとって――それをいうならアメリカ人にとってもそうだが——自分が善良な人びとの側に立っていて、邪悪な敵との関係において善良な主人公の側につねに安全に感情移入してもよいのだという想定は、きわめて危険なものである。極東裁判ではアメリカが専横をきわめ、東條英機などの軍国主義者こそが国家を（そして天皇を）欺いた主体であると断定し、それによって日本におけるアメリカの（原爆使用をふくむ）武力行使が結果的に民主主義と平和主義をもたらしたのだというナラティヴを打ち立てた。たほう、そのスケープゴートのおかげで日本は戦争犯罪を忘れることができ、日本人は自国の歴史的な過ちを軍部における一部の極端な思想の持ち主がやったことだと総括し、急速に当事者意識を失っていった。トオルは彼の宿敵について、「僕らのあいだには［…］共通した基盤というものがなかった」（上・一七三）と考え、「好き嫌いだけの問題じゃない。それ以前の問題です。それ以前に僕は彼の存在そのものを受け入れることができないということです」（下・一七四）とも述べている。このような段階を経たのちに、彼はあたかも無意識の領域にながらく抑圧されてきた怒りと暴力を「思い出す」かのようにして、暴力的な様相を帯びるわけだ。自分が暴力を振るうという潜在的な可能性を想像できないこと、あるいは加害者意識の欠如、これこそ村上が戦後日本の責任回避の精神と呼んだものの構造的な基盤にほかならない。トオルが夢のような空間で対峙する邪悪な綿谷ノボルという存在とは、彼自身の、そして日本の、抑圧され忘却された自己そのものである。「これは僕にとっての戦争なのだ」（下・四六五）、彼はそう宣言し、その戦争に勝つことになる。だが彼はただノボルの邪悪な世界を滅ぼすのではない。彼はその暴力的な世界を、日本史の不可欠なパーツとしてみずからに取り込むのだ。戦後日本のアイデンティティを再構築するために、トオルは被害者の苦しみだけでなく、加害者になるとはどのようなことなのかを学ばねばならない――それが加害国たる日本の歴史なのだから。ポストメモリー世代は、いまいちど引用しよう、「もはや被害者と加害者をべつべつに扱えるような立場にない」。われわれはその両方を引き受けなくてはならないのだ。

トオルの戦争は彼の夢のなかで戦われるが、その結果は現実世界にも影響を及ぼす。彼が戻るとノボルは脳溢血で倒れており、意識が戻るかどうか怪しいのだという。「あそこで起こった出来事はこの現実と繋がっているのだろうか?」(下・四七三)、そう彼は訝るが、この疑念は、現実と虚構の関係という問題、そしてフィクションの倫理という問題をも孕んでいる。クリストファー・ワインバーガーはいくつかの論文で、読者の反応という観点から村上作品における倫理について論じている。彼によれば、英語圏でも日本でも、文学研究者は倫理的な判断をくだすさい、われわれがフィクション世界に没入して、それが現実世界においていかに機能するかという、小説がもつ現実のミメーシス能力に依拠してきたが、こうした枠組みでは、明示的にメタフィクショナルでファンタジー的な要素をもつ村上作品に内在する倫理について考えることはできない。「村上が注意をむけるのは、われわれが小説がもつジャンル性ならびに表象の構造に反応するさいの倫理なのである」[42]。そこでは「現実世界そのものがすでに明示的にシンボリックなものなので、物理的な行動が即座に認識的・情動的な変容をもたらしてしまう」[43]のだが、こうした移ろいやすい条件の虚構世界において登場人物にも読者にも要求されるのは、「ひっきりなしに変化してゆく価値システムと応答のモードに順応し、小説の経験「に没入するのではなく、それ」がうみだす他者性とのコンタクトにおける異なるモードを受け入れること」である。[44]『ねじまき』はまず読者にトオルに感情移入するよう促し、しかるのちにデタッチメントの主人公に加害性を付与して「他者性とのコンタクト」を起こす、という順序でわれわれを驚かせる。村上の倫理は、戦中日本の暴力的な歴史を批判するばかりでなく、それをいま目の前で進行している問題として提示するところにある。「やつら」ではなく、「われわれ」が加害者になりうることこそが問題なのだ。トオルの暴力を共感不可能な他者性として排斥してしまうとき、われわれは村上が責任回避の構造と呼んだものを反復し強化してしまう。読者としてのわれわれの責任は、主人公のこの変貌に応答できるかどうかにかかっている――それは暴力への賛同ではなく、われわれがいかにその暴力に連座しているのか、そのことについてのクリティカルな省察にほかならない。

歴史、虚構、倫理

小説の終盤、トオルは暗闇のなかでぼんやり光るシナモンのコンピュータのスクリーンを目にする。どうやらシナモンが遠隔でプログラムを起動させたらしく、「ねじまき鳥クロニクル」というタイトルがついたそのプログラムは、十六ある項目からひとつを選ぶよう指示している。トオルは八番を選ぶが、それがあの「二度目の要領の悪い虐殺」だ。この物語はシナモンによって書かれたに違いないが、しかし、それが「隅から隅までシナモンの手による純粋な創作なのか、あるいはいくつかの部分は実際に起こったことなのか」（下・三四三）、それは不明である。ただ、トオルにはシナモンの意図だけはわかるように思われる――「おそらくシナモンは自分という人間の存在理由を真剣に探しているのだ。彼はそれを自分がまだ生まれる以前に遡って探索していたに違いない」（下・三四四）。

シナモンの「ねじまき」がやっていることは、村上の『ねじまき』がやっていることに、きわめてよく似ている。シナモンもまた、トラウマ的で歴史的な他者の物語をアーカイヴすることで、戦後日本のアイデンティティを再構築しようともがくキャラクターのひとりだ。トオルはシナモンの作品がもつ歴史性について、つぎのように考える——

> そのためには自分の手の届かないいくつかの過去の空白を埋める必要がある。そこで彼は物語を自分の手で作り上げることで、そのミッシング・リンクを充当しようとしたのだ。母親から繰り返し聞かされたひとつの物語を足がかりにして、シナモンはそこから更に物語を派生させ、謎に包まれた祖父の姿を新たな設定の中に再創造しようとした。そして物語の基本的なスタイルを、彼は母親の物語からそのまま受け継いでいた。それは事実は真実ではないかもしれないし、真実は事実ではないかもしれないということだ。（下・三四四）

この一節は、ヘイドン・ホワイトによる虚構と歴史の相互貫入についての議論にたいする、小説家からの応答として読むことができる。ホワイトは、歴史学者が語る歴史というものは過去を選択的に再構築したものにすぎないのだと論じたことでよく知られている。「したがって歴史的ナラティヴというものは、十分に解明されている出来事とそうでない出来事との、確実なファクトと推察との、ごた混ぜにならざるをえない」[45]。より最近の本でホワイトはこのアーギュメントを、倫理の問題に接続している。「いま、ここで、目の前にある状況にたいして「わたしは何をすべきなのか？」に答える目的で「過去」に頼ろうとするかぎり」、彼によれば、「わたしの問題意識ともっとも関連性が高いものは、ある特定の過去である」。「歴史的過去」と対比して、彼はそれを「実用的過去《プラクティカル・パスト》」と呼び、その過去とは「ものごとのファクトのみを語ることを信念とする歴史家によって」意識的に封殺されてきた過去である。[46]「フィクションは歴史の抑圧された他者である」というミシェル・ド・セルトーの格言を引用するホワイトは、フィクショナルだったり想像力に頼っていたり文学的だったりする要素を排除し尽くせるなどと勘違いしている歴史家によって書かれた歴史記述はわれわれに「どうすべきなのか」についてなにも教えてくれないが、フィクションは、その抑圧された他者としての歴史にアクセスするための回路であり、われわれが生きる現在についての示唆を与えるものだと考えている。つまり、フィクションは歴史と倫理を接続する。そして、わたしが付言したいのは、この歴史と倫理をつなぐプロセスは、読者なしには完遂されないということだ。シナモンもまたフィクション／歴史を構築するなかで、「自分という人間の存在理由を真剣に探して」いた――彼は過去をプラクティカルなものにしているのだ。そしてトオルにその過去へのアクセスを許すことで、彼は主人公をクミコの救出へと導くばかりでなく、彼の「ねじまき」の読者に、われわれはどうするべきなのかという倫理的な問題を共有するよう要求するのである――そしてそれはまさしく、『ねじまき鳥クロニクル』がやっていることにほかならない。ポストメモリー世代のストーリーテラーには読者の応答と責任が不可欠なのであり、そしてわれわれの読者としての倫理は、その要求にコミットできるかどうかにかかっているのである。

▶注

1 村上春樹『猫を棄てる——父親について語るとき』（文春文庫、2022年）、48頁。

2 同上、115頁。

3 「村上春樹さん：単独インタビュー「孤絶」超え、理想主義へ」『毎日新聞』、2014年11月3日。

4 戦後日本の「被害者ナラティヴ」の構築については、以下を参照。Thomas U. Berger, *War, Guilt, and World Politics after World War II* (New York: Cambridge University Press, 2012), 123–74.

5 村上春樹＋河合隼雄『村上春樹、河合隼雄に会いにいく』（新潮文庫、1999年）、14–15、71–72頁。

6 この小説は3巻本になっているが、第1巻の内容は『新潮』誌にて1992年から93年まで連載され、そののち1994年に第1巻と第2巻が単行本として出版された。日本に帰国したのちに村上は第3巻の追加執筆を決め、95年に出版される。

7 村上＋河合『村上春樹』、71頁。

8 同上、19頁。

9 柄谷行人『終焉をめぐって』（講談社学術文庫、1995年）、渡辺直己『現代小説の読み方・書かれ方——まともに小説を読みたい／書きたいあなたに』（河出書房新社、1998年）、小森陽一『村上春樹論——『海辺のカフカ』を精読する』（平凡社新書、2006年）。

10 日本における「文化・文学批評のエリート的なもののみかた」がいかに村上作品をシリアスに捉えることに失敗してきたかについては、以下を参照。Nathen Clerici, "History, 'Subcultural Imagination,' and the Enduring Appeal of Murakami Haruki," *Journal of Japanese Studies* 42, no. 2 (2016): 266.

11 蓮實重彦「歴史の不在」『朝日新聞』、1995年8月29日。

12 東浩紀「悪の愚かさについて、あるいは収容所と団地の問題」『ゲンロン』第10号、2019年、61頁。

13 Marianne Hirsch, *Family Frames: Photography, Narrative, and Postmeomry* (Cambridge, MA: Harvard University Press, 1997), 22.

14 Ibid.

15 Ibid.

16 Sigmund Freud, "Remembering, Repeating, and Working Through," in *The Standard Edition of the Complete Psychological Works of Sigmund Freud*, vol. 12, trans. James Strachey (London: Hogarth, 1958), 152.

17 Sigmund Freud, *Beyond the Pleasure Principle*, trans. James Strachey (New York: Norton, 1990), 18.

18 Gabriele Schwab, *Haunting Legacies: Violent Histories and Transgenerational Trauma* (New York: Columbia University Press, 2010), 71, 75.

19 加藤典洋『敗戦後論』（ちくま学芸文庫、2015 年）、84 頁。

20 高橋哲哉『戦後責任論』（講談社学術文庫、2005 年）、147–47 頁。

21 Schwab, *Haunting Legacies*, 82.

22 John Whittier Treat, "Murakami Haruki and the Cultural Materialism of Multiple Personality Disorder," *Japan Forum* 25, no. 1 (2013): 94.

23 大江健三郎『個人的な体験』（新潮文庫、1981 年）229–30 頁。

24 Johnathan Boulter, *Melancholy and the Archive: Trauma, History, and Memory in the Contemporary Novel* (New York: Continuum, 2011), 16.

25 Jay Rubin, *Haruki Murakami and the Music of Words* (London: Vintage, 2012), 213.

26 山室信一『キメラ――満州国の肖像　増補版』（中公新書、2004 年）、374 頁。

27 日本の帰還兵による自伝出版の流行については、以下を参照。吉田裕『日本人の戦争観――戦後史の中の変容』（岩波現代文庫、2005 年）、216–21 頁。

28 村上春樹『ねじまき鳥クロニクル』（新潮文庫、1997 年）。本書からの引用は文中で括弧に入れて頁数を示す。

29 Thomas Trezise, *Witnessing Witnessing: On the Reception of Holocaust Survivor Testimony* (New York: Fordham University Press, 2013), 3.

30 上野千鶴子『ナショナリズムとジェンダー　新版』（岩波現代文庫、2012 年）、113–26 頁。

31 Laura Hyun Yi Kang, *Traffic in Asian Women* (Durham, NC: Duke University Press, 2020).

32 Kristina Iwata-Weickgenannt, "Broken Narratives, Multiple Truths: Writing 'History' in Yū Miri's *The End of August*," *positions* 28, no. 4 (2020): 836.

33 たとえば川端康成の『眠れる美女』を論じた以下を参照。David C. Stahl, *Trauma, Dissociation and Re-enactment in Japanese Literature and Film* (New York: Routledge, 2018).

34 吉見義明『従軍慰安婦』（岩波新書、1995 年）、14 頁。

35 John W. Dower, *Embracing Defeat: Japan in the Wake of World War II* (New York: Norton, 1999), 124–25.

36 Joshua S. Goldstein, *War and Gender: How Gender Shapes the War System and Vice Versa* (New York: Cambridge University Press, 2001), 363.

37 Yoshikuni Igarashi, *Bodies and Memory: Narratives of War in Postwar Japanese Culture, 1945–1970* (Princeton, NJ: Princeton University Press, 2000), 13–14.

38 上野動物園「上野動物園の歴史」2021 年、www.tokyo-zoo.net/zoo/ueno/history.html.

39 Maurice Halbwachs, *On Collective Memory*, trans. Lewis A. Coser (Chicago: University of Chicago Press, 1992), 38.

40 Matthew Carl Strecher, *Dances with Sheep: The Quest for Identity in the Fiction of Murakami Haruki* (Ann Arbor: University of Michigan Press, 2002), 100–07.

41 村上＋河合『村上春樹』、193 頁。

42 Christopher Weinberger, "Imaginary Worlds and Real Ethics: Alterity and Transpositioning in Murakami Haruki's Fractal Realism," *Novel: A Forum on Fiction* 49, no. 3 (2016): 410.

43 Christopher Weinberger, "Reflexive Realism and Kinetic Ethics: The Case of Murakami Haruki's *1Q84*," *Representations* 131, no.1 (2015): 106.

44 Weinberger, "Imaginary Worlds," 425–26.

45 Hayden White, *Tropics of Discourse: Essays in Cultural Criticism* (Baltimore: Johns Hopkins University Press, 1978), 51.

46 Hayden White, *The Practical Past* (Evanston, IL: Northwestern University Press, 2014), 76, 24.

10

ティム・オブライエンとヴィエト・タン・ウェンにおけるベトナム帰還兵と癒しの旅

Vietnam Veterans and Healing Journey in Tim O'Brien and Viet Thanh Nguyen

これは本書のなかでは浮いている書き下ろし論文。唯一の帰国後に書いた論文であり、唯一はじめから日本語で書いた論文でもある。いま書き進めている英語の研究書の１セクションになる予定のラフ・アイディアで、本書に収められた全論文のうち、格段に高級な内容になっている。2023 年に日本英文学会の『英文学研究』に投稿したところ、改稿のチャンスなしでリジェクトになった。ティム・オブライエンという評価が確立しているキャノン作家を全面的に批判していることと、「作品からの引用が少なすぎて精読していない」ということで、受け入れられなかったようだ。いやはや、第２章に新人賞を与えた媒体が、これを落とすとは！　というわけで、本章は国内誌に投稿する文学研究者は参考にすべきではないので注意されたい。これは現在の日本にはオーディエンスをもたない論文である。それと同時に、中堅を卒業してトップ層の国際誌への掲載を目指す読者にとって、これが本書の他の章とくらべてなにが違うのかをじっくり考える勉強は、確実に実りあるものになるだろう。

Abstract

1980 年にアメリカ合衆国大統領ロナルド・レーガンがベトナム戦争以後の反戦ムードを嘆いてそれに「ベトナム・シンドローム」という診断を下すと同時に、ベトナム戦争の帰還兵たちは戦地ベトナムを再訪しはじめた。やはり同年にアメリカ精神医学会がベトナム帰還兵のために PTSD という臨床概念を発明しているが、当時の米国においては「ベトナム戦争で傷ついたのはアメリカ人兵士である」というナラティヴが定着しつつあり、帰還兵たちはその傷から癒されるべく、トラウマを負った戦地を訪れるようになったのである。本論は、この「癒しの旅」と呼ばれるツーリズムに参加した帰還兵のほとんどが白人中産階級の出身であったという事実に着目しつつ、もっとも有名な白人ベトナム戦争作家であるティム・オブライエンの『本当の戦争の話をしよう』というキャノン作品に、ベトナム系アメリカ人作家ヴィエト・タン・ウェンの短編「アメリカ人」をぶつける。あえて黒人兵をベトナムに帰らせるウェンの作品と併読することで、上述した「癒しの旅」のナラティヴを忠実に反復するオブライエン作品の「白さ」が浮かびあがる。だがウェンは単純に有色人種の視点から「癒しの旅」のホワイトネスを批判するのではなく、むしろ黒人主人公とベトナム人キャラクターとの軋轢にフォーカスすることで、冷戦期におけるアメリカの軍事主義がいかに代理戦争を介して黒人とアジア人の人種対立をアジア各地に植えつけてきたかを描いているのだ——そう本論は主張する。アメリカのカラー・ブラインドに見える軍事主義は、冷戦期において白人至上主義の最大の脅威であったアフロ・アジアの連帯を、黒人を戦争に積極的に従事させアメリカナイズすることによって挫いてきたのである。

一九八〇年、アメリカ合衆国大統領の共和党候補であったロナルド・レーガンが掲げたスローガンは、「レッツ・メイク・アメリカ・グレート・アゲイン」というものだった。アメリカをふたたびグレートに――この欲望はもちろん、かつてグレートであったアメリカが現在グレートでなくっているという認識からしか生まれえない。ではアメリカのグレートネスを毀損したものはなにかといえば、この保守的な政治家の考えでは、ベトナム戦争にほかならなかった。レーガンにとってグレートネスの指標とはなによりも軍事力であり、それは、悪であるとアメリカが認定した国家にたいして積極的に武力を行使し勝利することで、つねに再確認・再強化されるべき資質であった。にもかかわらずベトナム戦争以後、アメリカには反戦のムードが蔓延しつづけており、アメリカ人はみずからグレートネスの回復のチャンスを放棄している。この嘆かわしい状況を彼は「ベトナム・シンドローム」と呼ぶことで、いわば国家レベルの精神疾患であるという診断をくだした。キャンペーン中、彼は退役軍人クラブでのスピーチにおいて――つまり復員後の祖国における不当な扱いに不満を抱いたベトナム戦争帰還兵たちのまえで――そのアイディアをもっとも明確に表現している。いわく、われわれアメリカ人は「北ベトナムの侵略者たち」がでっちあげたベトナム・シンドロームという疾病にあまりにも長いあいだ苛まれつづけている。やつらにはもともと「計画《プラン》」があったのであり、それはすなわち、あたかもアメリカ人兵士たちがベトナムでなにか「恥ずべき」ことをしでかしたかのごとく喧伝することにより、「ベトナムの戦場において勝てなかったものを、ここアメリカにおいてプロパガンダの領域において勝ち取ろうとしている」ということである。▼1 もちろんアメリカはじっさいにはベトナム戦争における加害者であり敗者だったわけであり、レーガンにとってベトナム・シンドロームとは、帰還兵たちの不満を代弁するというタテマエをもって都合の悪い史実を塗りかえるための修正主義的な言説装置であった。アメリカはベトナム戦争を「高潔な大義」[2]にもとづいて戦ったのだし、勝利したのだし、その被害者であったのだ――そのような歴史理解のもとで発される「レッツ・メイク・アメリカ・グレート・アゲイン」とはすなわち、さっさと次の戦争を戦って勝利しようという号令にほかならない。

ベトナム戦争における被害者はベトナム人ではなくアメリカ人兵士であったというこの修正主義的な歴史認識は、レーガンひとりの妄言ではまったくない。レーガンのキャンペーンと同年の一九八〇年、アメリカ精神医学会が『精神障害の診断と統計マニュアル』の第三版を出版し、いまや誰もが知るところとなったＰＴＳＤ（post-traumatic stress disorder）という見出し項目をはじめて追加している。この『マニュアル』は、ロバート・ジェイ・リフトンやチャイム・シャタンといった精神科医たちがベトナム戦争帰還兵とワーキング・グループを結成し、帰還兵の精神的な失調が従軍に起因するものであると認定――その有無は退役軍人省が医療費などを負担するための条件だった――するようロビー活動を継続した結果であった。レーガンのベトナム・シンドロームというフレーズの起源のひとつはシャタンが一九七二年に『ニューヨーク・タイムズ』で「ポスト・ベトナム・シンドローム」と名指したものであり[3]、精神医学もまたベトナム戦争においてアメリカ人兵士は被害者であったという歴史認識を支持したわけである。あるいは現在でも参照頻度の高いトラウマ理論の研究書であるジュディス・ハーマンの『トラウマと回復』（一九九二）やジョナサン・シェイの『ベトナムのアキレス』（一九九四）といった読みものとして一般読者にも開かれた書物は、トラウマに苦しむ帰還兵たちの臨床的観察を反戦の理論的根拠とすることを促し、帰還兵と被害性の結びつきを強化したばかりでなく、被害者としての帰還兵たちを反戦運動の中核をなすリベラルな活動家というイメージへとつくりかえた。[4] PTSDが『マニュアル』第三版に追加されてのち、「トラウマは、診断の新しい概念から、ナショナルな文化を定義し、そしてみずからが国家に帰属し国家から承認されていると主張するための根拠になった」とジョゼフ・ダーダは論じている。[5] PTSDという臨床概念とベトナム・シンドロームという政治的言説は合流し、帰還兵たちを国家規模で擁護するナショナリズムを形成することとなったのである。かくしてベトナム戦争はアメリカの「文化的トラウマ」[6]として再構築された。保守かリベラルかを問わず、アメリカはベトナム戦争における被害性と加害性の物語をアメリカ国内の問題として完結させ、ベトナム、ラオス、カンボジアの真の被害者の存在を忘却し、消去してゆくことになった。

一九八〇年代の前半から現在にかけて数千人ものベトナム戦争帰還兵たちが戦地ベトナムを再訪するというツーリズムに参加してきたという事実がもつ文化的な意味は、上述した歴史的文脈においてはじめて理解可能となる。一九八一年にベトナム戦争退役軍人会（Vietnam Veterans of America）から四名がベトナムに「帰還」したのを皮切りとして、のちに反戦ベトナム帰還兵の会（Vietnam Veterans Against the War）は一九八七年から「フレンズ・オブ・ベトナム」と題したツアーを企画、九〇年代の半ばからはミリタリー・ヒストリカル・ツアー社が規模を拡大し、一九九七年にはミルスペック・ツアー社が帰還兵むけのツアーを開始、二〇〇〇年代にはベトナム戦地ツアー（Vietnam Battlefield Tours）が発足している。ミア・マーティン・ホッブズはこの旅行産業を「癒しの旅」と名付け、「ベトナムで癒されるという物語は、アメリカが自国を被害者化し、戦争にたいする倫理的な責任を果たすことを回避するためのナラティヴとなった」と論じている。八一年の最初のツアーはベトナム政府側が米国との関係の正常化を目指して招待したものだったし、戦争で被ったトラウマの治癒において戦地を再訪することが有効であることはじっさい臨床的に知られているが、だからといってこの国家規模の旅行産業がもつ保守言説との親和性が軽減されるわけではない。またこの「セラピー・カルチャー」に参加した帰還兵の人口統計が示すのは、ホッブズによれば、彼らのほとんどが中産階級の白人であったという事実だ。[7] つまり上述してきたアイディアは、ナショナルなものであると同時にレイシャルなものだったわけである。こうしたトラウマのレイシャル・ポリティクスについてダーダは、そもそもアメリカ精神医学会が『マニュアル』にPTSDという項目を追記したさい、彼らの診断上の判断基準は母国への帰還をトラウマとして経験した白人男性を念頭において規定したと述べている。[8] ベトナム戦争は公民権運動とフェミニズムの刷新と時期的に重なり、反戦運動のさなかに帰還した白人男性兵士たちは一種の悪者として冷遇されたわけだが、この扱いが不当な差別行為であり白人帰還兵こそが真の被差別階級であるという認識において、リベラルと保守は合意した。ダーダいわく、ベトナム帰還兵は（アフリカン・アメリカンやアジアン・アメリカンのように）「ヴェテラン・アメリカン」という擬似的な人種的マイノリティの地位を手に入れたのであり、その被害性を認知し差別を撤廃するという「リベラル」なアイディアは、公民権運動とフェミニズムによって失われた白人男性の尊厳回復という保守運動と合流したのである。

こうしたベトナム戦争と人種についての近年の議論の文脈のなかで、本稿は白人作家ティム・オブライエンの連作短編『本当の戦争の話をしよう』（一九九〇）に収録された掌編と呼ぶべき短さの「フィールド・トリップ」ならびに彼がその数年後に書いたエッセイ「わが内なるベトナム」（一九九四）、そしてベトナム系アメリカ人作家ヴィエト・タン・ウェンの短編集『難民たち』（二〇一七）所収の作品「アメリカ人」を対照させつつ読む。これらはいずれもベトナムに「帰還」する米兵を描いた作品であるが、それぞれの作家のナラティヴがもつ人種的ポリティクスはするどく対立するものである。かたやオブライエンはベトナム戦争の白人帰還兵たるアメリカ人であり、ウェンは幼少期に難民としてアメリカに渡ったベトナム系アメリカ人であって、それだけでも両者のコントラストはきわだっている。だがウェンは「アメリカ人」をまず二〇一〇年に『シカゴ・トリビューン』に寄稿し、のちに上述した二〇一七年刊行の短編集に収めるさい、大幅な改稿を施している。そのなかでももっとも注目すべきは、主人公である老いたベトナム帰還兵の人種をアフリカ系アメリカ人に「変更」した点である。以下の議論では、まずオブライエンが描くベトナムへの帰還と「癒し」のプロットにおいて作動する保守的なホワイト・ポリティクスを確認したうえで、ウェンのいっけん不可解な改稿がもつ批評性について論じる。「アメリカ人」の主人公はアメリカのグレートネス信仰にどっぷり浸かった保守的な帰還兵で、同作は第一にこの保守性の戯画《カリカチュア》として理解することができる。だが、なぜウェンはこのキャラクターを黒人に設定したのだろうか。定冠詞＋複数形の“The Americans”すなわち強く訳せば「すべてのアメリカ人」というタイトルにあるとおり、白人も黒人もベトナムを蹂躙したアメリカ人であることには変わらないということなのか、それとも、ここにはなにかそれを超えるような批評性が宿っているのだろうか。本稿は近年のアフロ・アジア研究を参照しながらウェンの「アメリカ人」を読むことで、ベトナム戦争の帰還兵と彼らのベトナム再訪におけるレイシャル・ポリティクスを、白人・黒人・アジア人という三者の視点から捉えなおす。アメリカのカラー・ブラインドにみえる軍事主義は、戦争に従軍させることで黒人をナショナライズ（アメリカナイズ）すると同時に、やはり戦争を介して黒人とアジア人との対立関係を強化しているのだと、本稿は結論する。

ティム・オブライエンと快癒する白人帰還兵

一九七三年のデビュー以来、ティム・オブライエンはベトナム戦争作家として不動の地位を築いてきた。なかでも一九九〇年に発表した『本当の戦争の話をしよう』はアメリカ文学史におけるベトナム戦争小説の最高傑作として名高く、[9] タイトル・ストーリーである「兵士たちの荷物」をはじめ、「レイニー河で」や「本当の戦争の話をしよう」はアメリカの英文科の教室でもっとも読まれている戦争物語でありつづけている。この連作短編集には二二編が収められており、その全編にわたって著者と同姓同名の登場人物であるティム・オブライエンが語り手となっている。このキャラクターはベトナム戦争帰還兵であり小説家でもあるという設定ではあるが、実在の作家であるオブライエンにはいないキャサリンという娘が登場するなど、すこし調べるだけで作者本人と完全に同一人物ではないことがわかるように書かれている（以下では便宜上、登場人物をティム、作家をオブライエンと表記する）。本作の短編群を撚りあわせるひとつのエピソードは、カイオワ——北米先住民の部族名——という名の兵士が戦死した経緯の真相である。徐々にあきらかになるようにカイオワは、ある兵士が夜営中にガールフレンドの写真を見せようと懐中電灯を照らした瞬間、ベトナム兵に狙撃されて絶命してしまう。この「ある兵士」は作中で「あの少年」あるいは「あの若い兵士」とだけ表記されて名前が明かされないのだが、登場人物たちが彼の顔は思い出せるものの名前がどうしても思い出せないといった不自然な記述をつうじて逆説的に、この匿名の兵士の正体がいったい誰なのかという疑問を読者に抱かせるような仕掛けになっている。その答えは作中で直接には言及されないが、三浦玲一も論じているように、[10] おそらく語り手のティム本人である。つまり本作はアメリカ人の兵士が不注意によって戦友を死なせてしまったという「真実」を、精読によって推定が可能な「謎」として配置することで、この作品が書かれた（隠された）理由のひとつがティムの贖罪であるということをメタフィクショナルなレベルでドラマタイズするという意匠をもつ。

この匿名の兵士がティムであるという推測をストーリーのレベルで裏付けるのが、作品の後半に置かれた「フィールド・トリップ」という短いエピソードだ。これは四三歳になったティムが一〇歳の娘キャサリンとともにベトナムを再訪する物語で、"field" はそれだけで「戦地」とも訳せる単語である。彼によればその旅行は娘への「誕生日プレゼントのようなもの」であり、「少しばかり父親の歴史について」彼女に知ってもらえればと考えている――「わたしが夜中に眠れない原因であるベトナムを彼女に見せてやりたかったのだ」（一七六）。[11] このエピソードの前日までふたりは定番の観光スポットなどを観てまわり、娘は満足していた様子なのだが、この日は運転手と三人で辺境の「フィールド」を訪れている。「ちょっといい？」糞尿の臭いが立ちこめる以外なんの変哲もない田舎まで車で二時間もかけて連れてこられた娘は父に言う。「パパってたまにめちゃくちゃ変だよ。[…] ここに来たのもそう。大昔にバカなことが起こって、それをずっと忘れられてない」(一七五)。だがティムはアーネスト・ヘミングウェイ以来のアメリカ戦争文学のマッチョな伝統にならい、けっして多くを語ろうとしない。「思うに、二人とも〔キャサリンもドライバーも〕これがなんなのか理解していない、この場所を私がなんとしてでも捜し出すといったことの意味を理解していない」(一七五)。それは元兵士であるティムだけが理解していれば十分なのであり、従軍経験のない者には語る必要もないというわけだ。だが読者には冒頭で、その「フィールド」はかつてカイオワが斃れた場所にほかならず、その目的がカイオワの弔いであることがあかされている。ティムいわく、彼の求めているものは「赦しとか個人的な恩寵とか、この土地がもたらしてくれるかもしれないなにか」(一七三)であり、つまりこれは彼の抱えてきた「トラウマ」――アメリカ人の戦友を死なせてしまったという記憶――と折り合いをつけ「赦し」を得るための喪の作業なのだ。そして彼はその意味を説明することなく、ただ黙って娘に見せるのである。ティムはアメリカに持ち帰りふたたびベトナムに運んできたカイオワの靴(モカシン)を包みから取り出すと、おもむろに服を脱ぎはじめる。なにごとかと驚く娘に、彼は「ちょっと泳ぐ」(一七七)と説明し、カイオワが絶命したと思われる地点の水溜りに浸かって靴を沈める。「ある意味で、わたしは、たぶんカイオワと一緒に死んでいて、そして二十年後のいま、こうして還ってこれたんだ(worked my way out)」(一七八)。かくして彼はカイオワを弔うことで贖罪を果たし、ベトナムという土地によって赦されることで、「トラウマ」から回復するのである。

これはきわめて典型的なアメリカ人によるベトナム戦争の語り方である。キャサリン・キニーが論じているように、アメリカを代表するベトナム戦争物語――『プラトーン』(オリバー・ストーン監督、一九八六)、『地獄の黙示録』(フランシス・フォード・コッポラ監督、一九七九)、そしてオブライエンの『カチアートを追跡して』(一九七八)など――においては、「アメリカ人がアメリカ人自身と戦ったのだという考えはアメリカ人がアメリカ人を殺すというくりかえし描かれるイメージにおいて文字どおり具現化されており、[…]それはほとんどアメリカ人によって語られる唯一の物語である」という。▼12そこにおいてはアメリカ人(のみ)が被害者として描かれ、その結果として、じっさいの被害者であった東南アジアの人びとの存在は消去され忘却される。「フィールド・トリップ」を中心とする『本当の戦争の話をしよう』の物語は、まさにこの非歴史的な修正主義的認識の再生産となっている。そこではティムの加害性が問題になるわけだが、その被害者はカイオワというアメリカ人兵士であり、ここで加害と被害のエコノミーはアメリカというドメスティックな空間内で完結している。もちろん若きティムは重大なミスを犯したかもしれないのだが、そのことで四三歳の彼を本気で糾弾するものなどいないことは、彼自身がよく知っている。それは彼が私的に行う儀式にすぎないのであり、その結果として彼は、そもそもベトナム人被害者の存在をふくまないアメリカ的「トラウマ」から回復するのだ。「フィールド・トリップ」の冒頭で、ティムがその土地に見出すものは戦争の気配のない長閑な景色であるのだが、ただ、彼は戦争を直接経験したに違いない年配のベトナム人農夫が彼の方を見ていることに気づく。上述した「儀式」のあと、その農夫の存在に気づいていたキャサリンが父に次のように尋ねる。

「あのおじさん、なんかパパに怒ってるの?」

「そうじゃないことを願うね」

「怒ってるようにしか見えないけど」

「いいや。みんな終わったのさ」（一七九）

いまだにベトナム人が彼に恨みを抱いているなどということはありえない――彼のベトナム戦争は、アメリカ人兵士を弔う喪の作業によって完全に終結したのだから。ベトナムにはもはや戦争の影など見当たらないし、傷ついたアメリカ人のトラウマもぶじ快癒した。「みんな終わったのさ」。オブライエンの作品において、ベトナム人たちが呼ぶところの「アメリカ戦争」がこの戦地においていまだ終わっていないという可能性が入り込む余地はない。

『本当の戦争の話をしよう』出版の四年後、オブライエン本人はじっさいにベトナムに「帰還」している。その小旅行をうけ、彼は一九九四年十月二日の『ニューヨーク・タイムズ』紙に長めのエッセイを寄稿した。この「わが内なるベトナム」と題された文章は同年の二月にオブライエンが旅したベトナム各地における旅行記と彼が住むマサチューセッツ州ケンブリッジの自宅における思索を行ったり来たりするという形式で書かれており、いかに彼が抑鬱状態や自殺願望などに長年悩まされ続けてきたかを吐露するエッセイになっている。[13] 冒頭、二五年ぶりに訪れたベトナムで現地の人びとにおおいに歓迎され、あるいは彼が若かりし頃に配備された戦地をふたたび歩きながら、彼はその「帰還」を次のように総括する――「妙なことではあるが、この旅は再会という感じがした――みな幸せそうで、お辞儀ばかりしている」。彼にとってそれは典型的な「癒しの旅」であり、そこではベトナム人の存在は消去されているのではなく、むしろ彼の帰還を歓迎し「回復」のナラティヴをお膳立てしてくれる好意的な存在として積極的にエッセイへと組み込まれる（じっさい「癒しの旅」ツーリズムは戦後の復興のために米国との国交を早急に正常化せねばならなかったベトナム政府側からの働きかけで始動したことを思い出しておきたい）。その旅行には「フィールド・トリップ」に登場する架空の娘であるキャサリンと同じ名前をもつオブライエンの二八歳の恋人ケイトが同行しているが、この若きガールフレンドももちろん、戦後生まれの世代である。「ケイトはシャワーのなかに、わたしは歴史のなかに」――現地のホテルでメランコリックな感慨に耽りながら、彼はみずからの置かれた状況をそのように描写する。架空の娘であるキャサリンも、実在のガールフレンドであるケイトも、ベトナム戦争の歴史にアクセス可能なのは男性従軍経験者だけだという認識を打ち出すために彼の「癒しの旅」に同行させられているにすぎないのだ。

ソンミ村虐殺事件をはじめとするアメリカによる残虐行為を申し訳程度に批判したのち、彼は数年前にみずからの短編集にふくめた「フィールド・トリップ」のストーリーを、この現実の旅行において再現してみせる。そこで彼の案内人のひとりは生まれながらの兵士であるベトナム人であり、戦争において「アメリカは主目的ではなかった」と述懐する彼にオブライエンが「いやはや、そうだったらなあ、と思った。何人死んだことか」と反応するあたりから、エッセイは徐々にアメリカ人兵士の被害性にフォーカスを移行しはじめる。オブライエンが戦友を失った地点らしき場所に到着すると、そこに彼が見出すのはティムと同様の風景、すなわち「言葉を持たぬ者たちのための辞書における平和の定義」である――

ケイトはひとことも記憶しないだろう。たぶん記憶するべきではないのだ。しかし、稲田に太陽の光が差していたことは覚えておいてほしいと思う。わたしたちの指が触れあった感覚も。ややあってわたしが黙り込んだということ、黄金色の風景をただ見つめていたこと、そして平和を共にし、あの陽にてらされた時間、われわれのものだった時間に、ベトナムが私から小さなベトナムを取り去ってくれたことを。

戦後に生まれた世代は、ベトナム戦争という歴史を記憶する必要などない。ただ平和で長閑な景色と、アメリカ人帰還兵が何かを感じて黙り込んでいたという事実さえ記憶してくれればよい――いや、むしろその感覚だけを記憶するべきなのだ。かくしてアメリカの歴史的暴力は消去され、戦争なき風景だけが、若き世代の脳裏に「歴史」としてあらたに登録される。あとに残るのはアメリカ人帰還兵の謎めいた態度が醸しだす余韻であって、その「謎」のむこうに隠されている「真実」を探し当てたとしても、われわれが見出しうるのはアメリカ人がアメリカ人を傷つけたという悲劇的な「罪」にすぎない。そのように歴史を修正主義的ナラティヴとして再構築することによって、オブライエンを苛んできた「ベトナム」、すなわち「わが内なるベトナム」というトラウマの病原は、彼の精神から――そしてアメリカの歴史から――ぶじに摘出されるのである。

ヴィエト・タン・ウェンとアフロ・アジア

かねてから研究書『人種と抵抗』(二〇〇二)によってアジアン・アメリカン研究界隈においては知られていたヴィエト・タン・ウェンは二〇一五年に長編小説『シンパサイザー』を発表し、一躍ベトナム系アメリカ人作家のトップに躍り出て研究者を驚かせた。その前後からウェンはコンスタントに小説、短編、ノンフィクションを出版していたが、二〇〇七年から一五年までの短編を集めて出版したのが、二〇一七年刊の『難民たち』である。これはタイトルのとおりベトナム系アメリカ人にとって最大のトピックと言ってもよいであろう彼らの難民性、あるいはディアスポラを多角的に捉えた短編集だ。本稿で扱う「アメリカ人」は二〇一〇年に『シカゴ・トリビューン』紙に掲載されたもので、やはり戦地を再訪するアメリカ人帰還兵の物語であるのだが、これを短編集に収めるにあたってウェンは大幅な改稿を施している。そのなかでもっとも明白な変更は物語の舞台がカンボジアからベトナムに移されていることで、オリジナル版からは、じつのところベトナムにかぎらずカンボジアとラオスにまたがって展開された戦争を「ベトナム戦争」と呼称し記憶することを問いなおそうというクリティカルな意図が見てとれる。だが本稿が着目したいのは、帰還兵である主人公の人種が黒人に「変更」されているという点だ。ここで鉤括弧を使用しているのは、もともとオリジナル版においても主人公が黒人であるという推察は十分に可能であるためなのだが、しかし、改訂版において誰が読んでも主人公の人種が黒人であると確定させられる記述があらたに盛りこまれたことは間違いない。▼14 すでに「癒しの旅」の人種的ポリティクスについてはイントロダクションで述べたが、前節においてオブライエンの短編を単体で読むだけでは人種というファクターは前景化しなかった。むろん、その人種的なニュートラルさを装うことが可能であるという事実そのものが白人作家の作品において密かに作動する強力な人種的ポリティクスではあるわけだが、ともあれ、以下では黒人と「癒しの旅」という本来は相容れないはずのトピックをダイレクトに接続してみせるウェンの短編を読みながら、本稿のこれまでの議論を白人・黒人・アジア人という三者の関係から捉えなおすことで複雑化してみたい。

「娘と妻がいなければ、ジェイムズ・カーヴァーがあえてベトナムに戻ることなどありえなかっただろう」（一二五）とこの短編は始まる。[15] 帰還兵たる男性主人公の意思ではなく、周囲の女性に押されてしかたなくベトナムを再訪するという、「わが内なるベトナム」のオブライエンと同様のエクスキューズだ。いま引用した冒頭のセンテンスの主文には、「四万フィート上空から眺めるとどう見えるか以外にはほとんど何も知らないかの国」とつづく。現在六八歳になる主人公はベトナム戦争においてB‐52を操縦した元空軍のパイロットであり、みずからの人生におけるピークは六年前に息子が空軍士官学校を卒業した瞬間だったと述懐するような（一二九）、アメリカの国防に従事できることを屈託なく誇ることのできる軍人マインドの持ち主である。この旅行は彼の日本人妻ミチコ――復員時に日本を経由するのがベトナム戦争時代の米兵の常識であった――と、現在ベトナムに住む彼らの娘クレアがベトナムでの再会を実現するために企画したものなのだが、ベトナム人に差別意識を抱いているカーヴァーは、旅行中たえず敵意と不機嫌さをあらわにする。とりわけ気に食わないのが、娘のベトナム人ボーイフレンドたるコイ・レガスピである。彼はマサチューセッツ工科大学の博士課程に通ったエンジニアなのだが、研究よりも技術の実用化を急いで博士号の取得を待たずにベトナムに戻ったのだという。彼が帰国と技術の応用を急いだ理由は、いまだ人間による手作業でおこなわれ犠牲者を出しつづけているベトナム戦争の遺産たる地雷除去を機械化・無人化することが目的だからであり、それはつまり「人びとを危険と隷属から救うため」（二一七）なのだとコイはアメリカ人家族の一行に告げる。だがカーヴァーは米国国防省がMITの研究プロジェクトに出資している真の理由を考えたことはあるのかとレガスピに詰問し、アメリカの軍産複合体をナメるな——つまり国防省が出資するのはその技術に軍事的な利用価値があるからであり平和利用などのためではない——と吐き捨てて妻と娘の顰蹙を買う（二一七–二一八）。

このように戯画的なまでに保守的な軍国主義的イデオロギーを体現するカーヴァーだが、彼が元空軍のパイロットであるという設定はアメリカにおけるベトナム戦争表象において重層的な意味を持っている。まずアメリカの軍事史においてB–52といえば、ベトナム戦争におけるアメリカ空軍ならびに海軍航空部隊の失態を象徴する爆撃機である。ローリング・サンダー作戦をはじめとする空爆作戦の失敗をうけて、米軍の戦闘機操縦スキルを向上させる——つまりレーガン的な意味でメイク・アメリカ・グレート・アゲインする——という名目のもとカリフォルニア州ミラマーに設立されたのがアメリカ海軍戦闘機兵器学校、通称トップガンであった。一九八六年のトニー・スコット監督による映画『トップガン』は、じっさい海軍への入隊志願者数を向上させ、ベトナム・シンドロームからの「回復」という物語をアメリカ人に刷り込んだ重要な文化的プロダクトとなった。[16] また、シャロン・ダウニーが論じているように、かつてアメリカのベトナム戦争物語においては地上の密林における兵士の倫理的な葛藤にフォーカスするものが主流だったが（やはりすでに挙げた『プラトーン』、『地獄の黙示録』などがすぐに思い浮かぶ)、『トップガン』を皮切りに九〇年前後から戦闘機と空中戦があらたなモチーフとして流行した。そこではロケーションの特定が困難な空という舞台空間においてアメリカ人パイロットのドラマを展開することによって、アメリカが敗北した「高潔な大義」なきベトナム戦争という歴史的・地理的な文脈から切り離されたベトナム戦争物語の展開があらたに可能になった。[17]むろんこれらのナラティヴはいずれも白人主人公によって担われてきたわけで、ベトナム戦争の元パイロットである黒人主人公を嫌々ながらベトナムに「帰還」させる作品「アメリカ人」は、上述してきた「癒しの旅」とベトナム戦争物語の人種的ポリティクスという文脈において、ますます特異なポジションを占めていることがわかるだろう。トラウマや倫理的葛藤とは無縁なこの黒人主人公は、ベトナムを再訪して癒されるという白人米兵たちの単純なナラティヴをラディカルに撹乱しうるポテンシャルを秘めている。

だがウェンはここで、たんに黒人主人公を介してベトナム戦争ナラティヴの「白さ」を批判するという方法を選ばなかった。歴史的・文化的には白人と有色人種のあいだの差異として現れるはずの上記の問題系を、ウェンはむしろホワイト・ポリティクスを白人以上に内面化しそれを極端なかたちで体現する黒人キャラクターを介してドラマタイズするわけだ。黒人のカーヴァーは表面上、白人帰還兵たるティムよりも保守的である(カーヴァーは露骨に嫌なやつとして描かれている)。そこで浮上する問いのひとつは、ということは本稿で論じてきた問題において人種というファクターは副次的なものにすぎず、じっさいはもっと本質的な決定要因があるのではないかということであるだろう。定冠詞つき複数形の「アメリカ人」というタイトル、すなわち強く訳せば「すべてのアメリカ人」が示唆しているのは、たとえば「黒人だろうと白人だろうとベトナムを蹂躙したアメリカ人はベトナム人差別主義者ばかりである」といった認識、すなわち人種的な白さよりもアメリカというナショナリティのほうが決定的であるということなのだろうか。この点について考えるために注目する必要があるのは、マッチョなナショナリストであるカーヴァーと、「わたしは魂がベトナム人なの」（一三四）と言い放って父を激怒させる娘クレアとのあいだの軋轢という、この物語の基本構造である。この親子のコントラストが前景化するのは、まずなによりも、ベトナム人あるいはベトナム戦争の歴史にたいする黒人たちのあいだの態度の差異であるはずだ。「アメリカ人」という作品は「白さ」に染まった黒人帰還兵のベトナム人に対する差別意識を黒人コミュニティの内部において相対化することで、いったいなにを描こうとしているのか。それは「黒人にもアジア人を差別するひととしないひとがいる」といった、あまりにもあたりまえの事実なのだろうか。

本稿の文脈においてカーヴァーのベトナム人にたいする差別意識を考えるにあたっては、近年のアフロ・アジア研究が重要な補助線となる。アフロ・アジア研究の基本的な発想は、一九五五年のバンドン会議、別名アフロ・アジア会議において打ち出された理念――すなわち世界においてふるわれてきた最大の暴力は白人による有色人種にたいする暴力であり、「アフロ」と「アジア」は一致団結してこれに抵抗しなくてはならないという理念――を再評価し、その今後の展望について論じるというものである。したがって同研究分野においては黒人とアジア人の政治的連帯を歴史的・理論的に論じるものが主流なのだが、阿部幸大は「アフロ・アジアの敵対関係」というキーワードを軸に、「アフロ」と「アジア」の負の歴史、つまり彼らの友愛ではなく敵対関係に着目している。じっさいアメリカ国内でも、たとえばアジア人が経営するスーパーを黒人が襲撃するといった事件はもはやひとつのステレオタイプであり、アジア人と黒人のあいだの対立は当然ながら存在する。しかし、阿部の主張は、第二次世界大戦以後「アフロ」と「アジア」の連帯は、ホワイト・アメリカの戦争ならびに軍事主義によって阻害されてきたというものだ。それはたとえば朝鮮戦争後の韓国における米軍基地および周辺のキャンプタウンにおいて、アメリカから輸入された人種差別を内面化した韓国人が、白人に憧れると同時に黒人を蔑むようになるといったプロセスで構築されていった人種的対立である[18]。これはつまり、「アフロ」と「アジア」相互の差別感情はホワイト・アメリカよって作られたものであるという主張にほかならない。じっさい素朴な疑問として、アメリカに関連するアジア系とアフリカ系の人種対立において白人が関係ないなどということが、はたしてありうるだろうか。アジア人と黒人の対立を考えるにあたってはホワイト・アメリカの戦争と軍事主義という歴史背景をふまえる必要があるというこの議論は、本稿の議論をホワイト・ブラック・イエローという三色間の人種的ポリティクスとして捉えなおすための足掛かりとなる。なぜウェンはカーヴァーをアジア人差別主義者である黒人という設定で描いたのか、この問いに答えるためには、冷戦と人種の問題を「トライアングル化[19]」する必要があるのだ。

この議論をふまえて、「癒しの旅」というカルチャーの問題においては人種的ポリティクスよりもナショナリティのほうが本質的な決定要因なのではないか、という先述した問いを再考してみよう。カーヴァーはアメリカの典型的なベトナム戦争物語における白人主人公たちよりも明示的にホワイト・アメリカのイデオロギーを体現するキャラクターとして、まずはその極端な戯画となっており、その点において一定の批評性をもっている。だがアフロ・アジアの議論を経由することで可能になるのは、人種に関係なく彼のような軍国主義者かつベトナム人差別主義者であるようなアメリカ人をたえず鋳造しているのが、ホワイト・アメリカのミリタリズムにほかならないという視点なのだ。アメリカのポリティクスにおいて人種よりも国籍が問題であるように思われるとき、つまりたとえば「白人も黒人も関係なくアメリカ人はアジア人を差別するのだ」などと思われるとき、そのようにアメリカによるアジア人差別の問題を脱人種化するメカニズムが、そもそも人種差別にもとづいて遂行されてきたホワイト・アメリカの戦争と軍事主義による産物であるという歴史へと遡らなくてはならないのである。[20] タイトルになっている「アメリカ人」とは、そこから黒人もアジア人も排除される戦争国家であるところのホワイト・アメリカであり、それはつまり、たとえば保守的な大統領が「レッツ・メイク・アメリカ・グレート・アゲイン」と叫ぶとき念頭においている「アメリカ」を構成することが許されている「アメリカ人」にほかならない。その狭き「アメリカ」に帰属する回路としてアジア系・アフリカ系などの人種的他者たる（非）アメリカ人には従軍という手段が用意されているわけだが、その結果として彼らはアメリカの軍事主義に「平等に」染め上げられ、白き軍事国家へと吸収されながら、同時に排除されることになる――「アメリカ」からも、そして、アフロ・アジアの連帯からも。ウェンの“The Americans”とは、アメリカの人種的な重層性・多様性を捨象し、定冠詞をつけることで「アメリカ人」の輪郭を確定・固定させられると信じる者たちのイデオロギーにほかならない。

結論

本稿はベトナム戦争帰還兵の被害性を問題にしてきた。だが本稿の主張は、兵士たちの被害性や苦しみやPTSDが虚偽や誇張であるということを意味しないし、あるいは加害国たるアメリカの兵士たちにはみずからの被害性を訴える資格などないということでもない（それはたとえばアジア太平洋戦争における加害国であった日本が原爆投下の是非を問う権利を失うわけではないのと同様だ）。問題は帰還兵という形象を介して構築される保守言説の批判、アメリカの戦争と軍事主義を正当化し恒常化するような言説の批判である。本稿の目的は帰還兵を攻撃することではなく、暴力を消去し忘却し肯定するためのロジックとナラティヴを批判することであって、そうした言説を行使する者が従軍経験をもつ者であろうとなかろうと本論の主張にはかかわりがない。本稿では、いっけんニュートラルかつリベラルに見えるナラティヴに潜むホワイト・ポリティクスと保守性を、人種を跨いだ比較文学的な手続きで炙り出した。たえず戦争行為をくりかえしているアメリカという国家における戦争物語のキャノンのこうした「白さ」を、ベトナム戦争にかぎらず、その全軍事史において問いなおしてゆく必要があるだろう。

▶注

1 Ronald Reagan, "Address to the Veterans of Foreign Wars Convention in Chicago," August 18, 1980, American Presidency Project, www.presidency.ucsb.edu/documents/address-the-veterans-foreign-wars-convention-chicago.

2 Ronald Reagan, "Peace: Restoring the Margin of Safety," August 18, 1980, Ronald Reagan Presidential Library & Museum, www.reaganlibrary.gov/archives/speech/peace-restoring-margin-safety.

3 Chaim F. Shatan, "Post-Vietnam Syndrome," May 6, 1972, *New York Times*, www.nytimes.com/1972/05/06/archives/postvietnam-syndrome.html.

4 See Judith Herman, *Trauma and Recovery: The Aftermath of Violence—From Domestic Abuse to Political Terror* (New York: Basic Books, 2015); Johnathan Shay, *Achilles in Vietnam: Combat Trauma and the Undoing of Character* (New York: Simon & Schuster, 1994).

5 Joseph Darda, *How White Men Won the Culture Wars: A History of Veteran America* (Oakland, CA: University of California Press, 2021), 30.

6 See Jeffrey C. Alexander, "Toward a Theory of Cultural Trauma," in *Cultural Trauma and Collective Identity*, ed. Jeffrey C. Alexander et. al. (Berkeley: University of California Press, 2004), 1–30.

7 Mia Martin Hobbs, "Healing Journeys: Veterans, Trauma, and the Return to Vietnam," *Journal of American History* 110, no.1 (2023): 82–84.

8 Darda, *How White Men Won the Culture Wars*, 30.

9 See John K. Young, *How to Revise a True War Story: Tim O'Brien's Process of Textual Production* (Iowa City: University of Iowa Press, 2017); Mark A. Heberle, *A Trauma Artist: Tim O'Brien and the Fiction of Vietnam* (Iowa City: University of Iowa Press, 2001).

10 三浦玲一「アメリカン・ロマンスからポストモダン・ロマンスへ——ティム・オブライエンの『かれらが運んだもの』」、『アメリカ文学のアリーナ——ロマンス・大衆・文学史』、平石貴樹ほか編（松柏社、2013 年）、373 頁。

11 Tim O'Brien, *The Things They Carried* (New York: Mariner, 1990). 本書からの引用は文中で括弧に入れて示す。

12 Katherine Kinney, *Friendly Fire: American Images of the Vietnam War* (New York: Oxford University Press, 2000), 4.

13 Tim O'Brien, "The Vietnam in Me," October 2, 1994, *New York Times*, archive.nytimes.com/www.nytimes.com/books/98/09/20/specials/obrien-vietnam.html?_r=2.

14 『シカゴ・トリビューン』紙に掲載されたオリジナル版の「アメリカ人」は同紙のホームページ（www.chicagotribune.com/2010/12/17/the-americans-22/）にて閲覧可能。いずれのバージョンでも、カンボジア／ベトナムの現地民に自分がじろじろと見られると感じたカーヴァーが「あいつらは観光客を見たことがないのか？」と娘に聞くシーンがある（短編集では131頁）。そこで娘は両親に、自分と違ってふたりは見られることに慣れていないだけだと答える。が、ふたりとも海外経験はあるわけで、カーヴァーはオリジナル版では「俺は日本にいたんだぞ（Try being me in Japan）」と切り返している。これが『難民たち』に収められた改訂版では「黒人として日本に行ってみろよ（Try being a black man in Japan）」と変更されており、ここで主人公の人種が確定する。

15 Viet Thanh Nguyen, *The Refugees* (New York: Grove Press, 2017). 本書からの引用は文中で括弧に入れて示す。ジェイムズ・カーヴァーという名前には、すくなくとも二つのコノテーションを読み取ることができる。第一に、彼のことを妻はもちろんジミーと呼ぶわけだが、Jimmy Carver は Jimmy Carter と一文字違いの名前である。レーガンは大統領選の演説でしばしば軍事面におけるカーターの及び腰を批判し、あたかも彼の前任者がベトナム・シンドロームの元凶であるかのように語った（注1のスピーチを参照）。ベトナム戦争という文脈においては、ジミー・カーヴァーとジミー・カーターは対極的な存在であると言える。第二に、アメリカ文学の短編小説におけるカーヴァーという名前は、レイモンド・カーヴァーを想起させざるをえない。じっさい、作家のカーヴァーはほとんど Vietnam のアナグラムである「ビタミン（Vitamins）」というタイトルの短編においてベトナム戦争帰還兵の黒人を登場させており、これがひとつの参照点としてウェンの念頭にあった可能性は高い。戦地から帰還したばかりのネルソンは殺したベトナム兵の耳を数珠繋ぎにして戦果として持ち歩いており、既婚男性である語り手と彼の女友達にそれを見せつけるなど、極端に暴力的でマッチョで無礼な黒人として描かれている。「アメリカ人」と「ビタミン」の詳細な比較は本稿の射程外だが、ウェンもまた黒人帰還兵をステレオタイプで描いた点ですくなくとも表面上はカーヴァーと同様の手法を採用しているわけで、その類似と効果上の相違は一考に値するだろう。Raymond Carver, "Vitamins," in *Cathedral* (New York: Vintage, 1983), 91–110。カーヴァー作品における人種についての詳しい分析については以下を参照。Vanessa Hall, "Racial Imaginings in Raymond Carver's Short Stories and in American Culture," *Mosaic* 43, no. 4 (2010): 87–103.

16 David L. Robb, *Operation Hollywood: How the Pentagon Shapes and Censors the Movies* (Amherst, NY: Prometheus, 2004), 180–82.

17 Sharon D. Downey, "Top Guns in Vietnam: The Pilot as Protected Warrior Hero," in *War and Film in America: Historical and Critical Essays*, ed. Marilyn J. Matelski and Nancy Lynch Street (Jefferson, NC: McFarland & Company, 2003), 115–16.

18 Kodai Abe, "Afro-Asian Antagonism and the Long Korean War," *American Literature* 95, vol. 4 (2023): 703.

19 See Jodi Kim, *Ends of Empire: Asian American Critique and the Cold War* (Minneapolis: University of Minnesota Press, 2010).

20 アメリカは人種差別にもとづいて戦争を遂行するという認識は戦争研究においては常識となっているが、もっとも重要な先行研究のひとつとしては、以下を参照。Nikhil Pal Singh, *Race and America's Long War* (Oakland: University of California Press, 2017).

あとがき

本書は、わたしが二〇一七年にアメリカ留学し、現地で書いた期末レポートないしはメモのうち、論文化したものを集めたものである。その成立過程については、本来ここで書くべき内容を、イントロダクションの末尾で詳しく述べた。ともかく本書は、東大の文学部で十年ほど教育を受け、アメリカの比較文学科に六年ほどPhD留学し、国際競争力を身につけて帰国した、いち人文学研究者の軌跡である。

本書は、じつに多くの教育的な先生や友人に、じつに多くを負っている。学部から修士まで、短編小説の読みかたを教えてくれた柴田元幸。「柴田ゼミ」でテクストを精読し論じるということの悦びに触れなければ、わたしは研究者を目指さなかっただろう。日本で過ごした学振特別研究員／博士課程の三年間、長編小説の論じかたを教えてくれた諏訪部浩一。ゼミの慣習を破ったスタイルでの発表を敢行したときに黙って見守ってくれたことに、いまでも心から感謝している。日本にいるあいだ、つねに届かぬ目標として存在しつづけてくれた秀才、足立伊織。わたしは教員たちよりも、ひとつ下の後輩である彼に批判されないような論を書こうといつも心がけていた。留学する先輩の壮行会で寄せ書きに「海外で論文を一本出して帰ってきてください」と書き、それを盗み見たわたしの脳裏に「海外での論文出版」というアイディアを植えつけてくれた舌津智之。その直後に留学から「海外での論文出版」を達成した成功例として帰国し、のちにわたしの学術活動の最大の理解者のひとりとなる古井義昭。わたしが留学の一年目から海外出版を目指してレポートをジャーナルに投稿しはじめることができたのは、この二人のおかげである。同じく「海外での論文出版」の成功例として帰国し、「イントロに結論を書かないとは何事か」と叱ることで、論文の作法というものへの蒙を啓いてくれた岸まどか。駒場から本郷の授業に参戦し、わたしの論文が第一段落だけでいかに読むに値しないと判断されてしまうのかを詳細に説明するメールをくれて、わたしの文章への注意力を飛躍的に高めてくれた入江哲朗。もちろん、ここに書ききれない多くの人びとにお世話になった。ありがとうございます。

本書に収めた論文は、留学先の先生・授業とわかちがたく結びついている。まずトラウマ理論と日本文学についての授業を開講していたデイヴィッド・スタール（David Stahl）。第三章と第九章はデイヴィッドの授業に出したレポートであり、わたしの留学の成功は、アメリカでもっとも親密な友人のひとりでもある彼のサポートなしにはありえなかった。つぎに、わたしがこれまで出会ったなかでもっともシャープな頭脳をもつ、博士論文の主査でもあるブレット・レヴィンソン（Brett Levinson）。第四章はブレットの授業で書いたレポート。戦争映画についての授業を聴講させてくれて、*Leave No Trace* という素晴らしい映画に出逢わせてくれたケネス・ホワイト（Kenneth White）。第六章と第八章。留学直後に比較文学科の新入生むけの必修授業を開講しながら、一緒にドゥルーズ＋ガタリの『アンチ・オイディプス』をフランス語で読むセッションに付き合ってくれたイェルーン・ゲリッツ（Jeroen Gerrits）。第五章。アメリカでもっとも優秀な若手のひとりとして幸運にもわたしの留学中に着任したハイチ／アメリカ研究者のメアリー・グレイス・アルバネーゼ（Mary Grace Albanese）、第二章。彼女の授業は帰国直前の最終セメスターにも聴講し、そこで書いたハイチとベトナム難民の写真報道についてのレポートも、*Journal of American Studies* 誌から出版される。こう列挙してはじめて、ジョゼフ・キース（Joseph Keith）に出したレポートが本書に収められていないことに気がついた。ジョーの授業で学んだトランスナショナル・アメリカン・スタディーズは、わたしに本書の半分ちかくを書くための理論的なベースだけでなく、最初のトップジャーナル論文を出すための足がかりをも与えてくれた。全教員に感謝したい。

　さらに、もはやどのタイミングから感謝しはじめたらよいのか不明だが、本書はたくさんの奨学金・助成金の援助のもとで書かれた。日本学術振興会特別研究員（二〇一四年－一七年、「キャラクター・アナリシスによるトマス・ピンチョンの小説研究」）、フルブライト奨学金（二〇一七－一九、「グローバル時代の戦争文学」）、フルブライト記念財団（二〇一九－二〇、「「部外者」たちの応答可能性――戦後文学と他者のトラウマ」）、上廣倫理財団（二〇二一－二二、「部外者の応答可能性とその倫理」）、日本学生支援機構（二〇一九－二二、「戦争文学における当事者性と応答可能性」）、福原記念英米文学研究助成基金（二〇二四－二五、「戦争のトラウマと被害学のポリティクス」）そして同基金の出版助成（二〇二五－二六、「ナラティヴの被害学」）。心から感謝したい。

　本書のカバーについて。表紙の写真は、本書のソデにもクレジットがあるように、蔡國強による作品である。派手な「花火」作品が印象的な蔡だが、じっさい彼が用いているのは「火薬」、すなわち兵器であり、彼のベースにあるのは戦争と暴力の手段を用いた創作というアイディアである。中国に生まれ、ながらく日本で創作活動に従事、のちニューヨークに拠点を移した彼の作品のうち、いくつかは爆発というモチーフによって加害と被害の二元論を脱ナショナリズム化するという、本書の理念と共鳴する批評性をもつ。本書の表紙に選んだ *Clear Sky Black Cloud* は九・一一以後のマンハッタン上空に黒い雲を放った作品で、蔡は同様の雲をヒロシマ上空にも出現させることで、日・米・中のトランスナショナルな視点から各国の歴史的暴力を相対化しているのだ――そのような論考をわたしは博士論文に含めることを構想しながらも、実現できなかった。のちにわたしは筑波大学に奉職し、そこで蔡國強もまた筑波大学で学んだことを知って、本書の表紙に選ぶしかないと考えた次第である。写真の使用を快諾してくれたCai Studio、そしてデザイン会議に同席させてくれてわたしの細かい注文をすべて反映してくださった文学通信に、この場を借りて感謝したい。

裏表紙について。インスタレーション作品の写真の断ち切り、控えめな題字、そして裏表紙にアブストと推薦文を載せる処置、これらはすべてアメリカの研究書を念頭においたデザインである。そして本書の推薦文は、現今のアカデミアにおいて日本人がアメリカで出版しつづけることの意味を理解《アプリシエイト》してくれる研究者に書いていただく必要があった。その意図を汲んでblurbを書いてくださった古井義昭と竹谷悦子に感謝したい。竹谷先生を知るものにとっては、この執筆依頼に彼女が「英語でもいい?」と答えたことをおおいに愉快に思うことだろう。竹谷の推薦文は、わたしが和訳したものである。

最後に、文学通信の担当編集である渡辺哲史さん。彼はわたしの留学二年目からすでに書籍の出版を打診してくれていて、そのときは断らざるを得なかったのだが、帰国後にまたすぐ連絡をくださった。そのような熱心な編集者に出会えるのは幸運なことである。村上春樹の章については日本語の該当箇所をすべて抜き出すという面倒な仕事を買って出てくださった。たいへんお世話になりました。

ひとつお詫びを。わたしは本書の第7章「バートルビー」論を二〇二四年にアメリカ学会の英文号に投稿し、これは改稿を経てアクセプトとなった。わたしはこの号が二〇二四年の十二月に出版されるものとばかり想定していたのだが、じっさいはその一年後であることがアクセプト後に判明し、そうなると学会誌よりも本書のほうが先に出る順序となるため、あわてて問い合わせたところ、審議の結果、撤回することになってしまったのである。きわめて丁寧かつ建設的な査読コメントをいただいたにもかかわらずこのような事態を招いてしまい、査読していただいた先生ならびに学会関係者には、ものすごく迷惑かつ失礼なことをしてしまった。みずからの不注意を恥じるとともに、ここにお詫び申し上げたい。すみませんでした。

わたしが日本語で出す「研究書」は、これが最初で最後の一冊になる。わたしの研究スタイルは、本書に収録した村上春樹『ねじまき鳥クロニクル』論をさいごに激的にシフトした。それがすでに三年前のことである。今後は、その飛躍ののちに書かれた文章が、論文として、また研究書として、アメリカの大学出版からつぎつぎと出版されてゆくだろう。『まったく新しいアカデミック・ライティングの教科書』と『ナラティヴの被害学』がおよぼす教育効果によって、二十年後にはこの本が、日本の人文学が国際化してゆく過程における最初期の荒削りな事例だったと、当時はこんなものでも大変だったんだろうねと、そのように振り返られることを願っている。

二〇二四年十月、TXの車内にて

初出一覧

第1章　書き下ろし

第 2 章　“‘The Ad Hoc Adventure’: Pynchon’s Ecological Nationalism in *Gravity’s Rainbow*.”『英文学研究』第 96 号、2019 年、19–36 頁。

第 3 章　“‘I Would Cry for You, Mommy’: A Korean American Daughter’s Response-Ability in Nora Okja Keller’s *Comfort Woman*.” *Journal of Asian American Studies* 23, no. 1 (2020): 125–47.

第 4 章　“Translating Trauma: Melancholic Love and Ugly Feelings in *Beloved*.” *The Journal of American Literature Society of Japan* 19 (2020): 1–19.

第5章「ヴァージニア・ウルフをトラウマ理論で読まない——『ダロウェイ夫人』のシェル・ショックとジェンダー」『表象』第 17 号 、2023 年、108–23 頁。

第 6 章　“Refoliating Vietnam in the Post-9/11 American Homeland: Debra Granik’s *Leave No Trace*.” *Discourse* 45, no. 1–2 (2023): 199–222.

第7章　書き下ろし

第8章　書き下ろし

第 9 章　“Murakami Haruki’s Postmemory of the Asia Pacific War.” *Journal of Asian Studies* 82, no. 4 (2023): 620–38.

第10章　書き下ろし

264, 266, 267
ホワイト、ヘイドン　293, 294

ま

魔術的　28, 32, 48, 52, 98, 105, 141, 146, 264, 287
マスキュリン（マスキュリニティ、マッチョ）105, 124, 127, 135, 137, 138, 140, 244, 308, 317, 322
マッカーサー、ダグラス　279
マニフェスト・ディスティニー（明白な天命）228, 251
マルクス主義　28, 29, 194, 196–198, 208, 210
マルチチュード　31, 40–42, 52, 53
満州　265, 272–276, 279, 280, 289, 296
ミサイル　242, 248–250
ミソジニー　132
ミリタリズム　138, 319
民主的　172
民族　9, 63, 78, 116, 267
無意識　3, 100, 101, 131, 156, 163, 178, 281, 290
村上春樹　259–265, 267–273, 277–280, 287, 288–293, 295, 296,
メイク・アメリカ・グレート・アゲイン　230, 231, 244, 301, 302, 315, 319
メディア　11, 81, 163, 165, 181, 183, 195
メモリー・ブーム　164, 266
メランコリー（鬱、抑鬱、憂鬱、メランコリック）86, 93–97, 104, 109, 114–117, 119, 135, 143, 212, 213, 310, 311
メルヴィル、ハーマン　193–196, 199–202, 205, 212, 216, 218
喪（喪の作業）63, 83, 84, 96, 109, 114, 116, 140, 163, 182, 240, 308
目撃　20, 115, 121, 131, 132, 143, 145–148, 157, 163, 182, 183, 187, 202, 273–275, 277, 282
モダニスト（モダニズム）123, 125, 129, 130, 145, 148, 149
モリスン、トニ　93–95, 98, 104, 112, 115, 117, 121

や

靖国神社　263, 273
やつら　7, 22, 23, 27, 28, 30, 31, 33–35, 37–43, 45, 47, 51–53, 231, 292, 301
病(疾病、病理)　36, 94–97, 116, 124, 126, 133, 135, 137, 138, 140, 144, 152, 169, 172, 175, 208, 213, 226, 266, 270, 282, 284, 287, 301, 312
ユダヤ人　267
夢　36, 46, 47, 48, 72, 83–85, 135, 165, 168, 170, 176, 178, 273, 275, 287, 289–291
米山リサ　66, 79

ら

ラカプラ、ドミニク　80, 81, 98, 130
リスク　82, 86, 110, 121, 175, 178
リベラル　12, 18, 88, 156, 172, 173, 193, 194, 199, 202, 211, 217–220, 235, 247, 262, 268, 303, 304, 320
倫理　58, 60–63, 66, 67, 81, 82, 87, 88, 93–99, 101, 117, 118, 131, 132, 165, 180, 187, 198, 199, 206, 207, 215, 217, 231, 237, 238, 245, 248, 260, 265, 268, 269, 271, 291–294, 304, 315, 316
ルービン、ジェイ　271, 289
ルサンチマン　112
冷戦　28, 29, 34, 61, 62, 64, 65, 70, 74, 159, 167, 169, 190, 226, 235–237, 247, 255, 300, 318
レイプ　70, 280–284, 287
レーガン、ロナルド　161, 175, 226, 229–232, 234, 239, 253, 300–302, 315, 322
歴史教科書問題　65, 263
歴史修正主義　13, 87, 263
歴史的無意識　284, 285, 287
連座　23, 66, 87, 88, 179, 197, 198, 211, 219, 260, 275, 276, 292
連帯　22, 37, 41, 42, 51, 121, 124, 129, 300, 317, 318, 319
ロスバーグ、マイケル　197, 198
ロビンズ、ブルース　197, 198, 203, 215, 217, 218, 219

わ

ワールド・トレード・センター　155
湾岸戦争　226, 240, 249

英数字・欧文

9.11（九・一一）153–159, 161–164, 166–168, 175, 176, 181–183, 190, 230, 246, 247, 326
PTSD　99, 124–126, 150, 154, 157, 165–167, 174, 226, 232, 233, 240, 250, 255, 300, 302–304, 320

300, 304–306, 314, 316–319
白人至上主義　300
蓮實重彦　263, 264, 295
パトリオット・アクト　156, 160
ハラスメント　208
ハリウッド　155, 227, 249
ピーズ、ドナルド　160–162, 200, 228, 229, 246, 247, 256
被害学　7, 10, 14–18, 20, 22–25, 57, 193
被害者（被害性、被害）　14, 16–18, 20–22, 38, 58, 59, 61, 62, 66, 67, 70–72, 75, 78, 80, 81, 85–87, 93, 94, 103, 124, 126–128, 130, 132, 133, 135, 138, 140, 141, 145, 147–149, 154, 155, 158, 168, 175–177, 187, 193, 194, 196–199, 201, 209, 210, 212, 227, 229, 231–233, 237, 245, 249, 260, 262, 264, 265, 267, 268, 272, 274, 276–278, 280, 282, 286–288, 290, 291, 295, 302–304, 309, 311, 320
東アジア　59, 60, 61, 65, 66
飛行機　143, 143, 155
非常事態　158, 159
ヒステリー　125, 127–129, 134, 135, 143, 144, 147, 150
ビデオゲーム　249
ピュリッツァー賞　155
平等　51, 213, 215, 218, 219, 282, 319
ピンチョン、トマス　27–33, 39, 43–47, 49, 51–55, 123
ファンタジー　160, 178, 179, 228, 229, 246, 278, 291
フィクション　10, 12, 80, 115, 125, 181, 182, 246, 250, 279, 291, 294
フーコー、ミシェル　139, 170, 172, 175
フェティッシュ（フェティシズム）　205, 243
フェミニズム（フェミニスト）　16, 58, 65, 129, 145, 149, 278, 304
フェルマン、ショシャナ＋ドリ・ローブ　98, 131
フォード、ジェラルド　160
部外者　24, 57, 59–63, 67, 78, 80–82, 86, 87, 89, 93, 94, 96, 97, 99, 100, 103–107, 112–118, 121, 127, 132, 141, 142, 158, 187, 218, 260, 266, 267
不気味　163
フクシマ　262
フクヤマ、フランシス　172, 247
フセイン、サダム　240
ブッシュ、ジョージ・H・W　160, 161, 226, 241, 249, 253
ブッシュ、ジョージ・W　154–156, 158–162, 226, 228–230, 244, 245, 247, 253
プライバシー　286
『プラトーン』［オリバー・ストーン］　236, 308, 315
古井義昭　218
ブルジョワ　196, 204, 210, 215, 217
フロイト、ジークムント　97, 109, 116, 161–163, 266
プロパガンダ　42, 227, 231, 301
プロレタリアート　40, 204
兵器　10, 11, 142, 143, 161, 171, 229, 235, 241, 244, 315
米軍　250, 253, 315, 318
——海軍　233, 235, 236, 241, 242, 245, 315
——陸軍　167
兵士　126, 133, 137, 139, 140, 144, 154, 176, 180, 227, 230, 231, 232, 244, 251, 261, 267, 300–302, 304, 306–311, 315, 320
平和　14, 15, 159, 195, 290, 311, 312, 315
ヘゲモニー　29, 279
ベトナム・シンドローム　161, 227, 230–232, 234, 235, 237–241, 247, 248, 250, 251, 300–303, 315, 322
ベトナム戦争　153, 154, 156, 157, 160, 161, 163, 166–169, 175, 179, 182, 185, 187, 226, 229–232, 235–239, 246, 247, 300–306, 308, 310–318, 320, 322
ヘリコプター　165, 173, 176
変性意識状態　101, 120, 274
ベンヤミン、ヴァルター　115, 156
法　140, 144, 149, 159, 160, 228
忘却　19, 87, 94, 96, 132, 156, 161, 163, 164, 180, 183, 210, 237, 264, 290, 303, 309, 320
暴力　7, 19–24, 38, 58, 61, 63, 64, 66, 67, 69, 70, 74, 75, 86, 94, 96, 97, 105, 106, 111, 113, 117, 118, 121, 127, 129, 132, 136, 137, 140, 142, 148, 149, 154–156, 158, 160, 170, 176, 179, 180, 188, 197, 208, 210, 219, 220, 227, 237, 260–262, 264, 265, 268–270, 274–276, 278, 279, 281–283, 288–290, 292, 312, 317, 320, 322
亡霊　143, 156–158, 162, 163, 167, 185, 246
ホームランド　153, 154, 157, 158, 161, 163–165, 167–170, 176
ホームランド・セキュリティ・アクト　156, 157, 159, 162
保守　12, 18, 64, 87, 153, 154, 156, 161, 182, 193, 202, 218–220, 230, 247, 268, 279, 301, 303–305, 315, 316, 319, 320
ポスト構造主義　45, 131
ポストメモリー　100, 157, 158, 164, 176, 180, 183, 187, 259, 260, 264–271, 273–275, 277, 281, 284, 286, 291, 294
ポストモダニズム　28, 29, 38
捕虜　261, 276, 289
ホロコースト　119, 124, 125, 131, 132, 164, 260,

ソーシャル・メディア　195

た

ダーダ、ジョゼフ　155, 168, 232, 233, 303, 304
第一次世界大戦　35, 123–126, 151, 227
退役軍人クラブ　231, 244, 301
退役軍人病院　174, 179
大東亜戦争　9–12, 16
第二次世界大戦　28, 33, 34, 59–62, 65–67, 81, 88, 124, 125, 131, 155, 160, 163, 262, 266, 318
タイムズ　132, 133
多雨林　154, 157, 168, 169, 173, 174, 177, 185
高橋哲哉　60, 90, 267, 296
チェイニー、ディック　160, 244, 253
中国　261–263, 272, 274–276, 289
朝鮮　59, 62, 64, 66, 68, 70, 71, 78, 82, 84, 88, 91, 235, 262, 280, 318
直接経験　86, 87, 100, 164, 266, 277, 309
沈黙　59, 61, 64, 75, 86, 100, 112, 114, 130, 187, 197, 211, 214
ツィカ、ノア　249
帝国主義　67, 139, 162, 200–202, 204, 275, 279
帝国日本　61, 65, 260, 272, 278, 279, 284, 286
敵　9, 17, 20–22, 31, 34, 36–38, 40, 41, 53, 70, 168, 208, 226, 227, 235, 236, 241, 251, 279, 289, 290
テロ(テロリズム、テロリスト)　155, 159, 161, 163, 228, 244
テロとの戦争(対テロ戦争)　154–157, 159, 166–168, 188, 190, 226, 229, 230, 241, 246, 247
同一化（アイデンティフィケーション）　61, 81, 109, 121, 124, 128, 187, 227–230
当事者　59, 63, 81, 82, 93, 94, 96, 97, 99, 101, 103, 117, 118, 127, 132, 142, 163, 164, 187, 260, 277, 290
東南アジア　156, 188, 239, 309
盗用　47, 67, 82, 90, 117
ドゥルーズ、ジル＋フェリックス・ガタリ　183
読者　16, 24, 53, 63, 71, 78–80, 84, 96, 100, 101, 110–112, 114, 115, 121, 125, 132, 133, 141, 143, 148, 196, 201, 214, 217, 219, 260, 261, 265, 271, 276, 277, 282, 283, 289, 291, 292, 294, 299, 302, 307, 308
特権　12, 22, 114, 132, 198, 203, 209, 217, 229
弔い　83, 267, 278, 308
ドメスティック（国内、家庭）　162, 200, 201, 202, 212, 225, 245, 247, 309
トラウマ（トラウマティック、トラウマタイズ）　77, 79–81, 86, 93, 94, 96, 98–101, 103, 104, 106, 110, 112–116, 123–134, 140, 143–145, 148, 150, 153, 155, 156, 158, 161, 162, 164–166, 170, 177, 179–183, 185, 227, 232–234, 250, 260, 265–267, 270, 273–275, 277, 293, 300, 302–304, 308–310, 312, 316
トランスナショナル　63, 66, 70, 170, 200–202, 214
トランスナショナル・アメリカン・スタディーズ　200
トランプ、ドナルド　226, 230, 244
取り憑く（憑依）　154, 156, 157, 162, 163, 167, 185
トルーマン、ハリー　229
奴隷制　94–96, 98–100, 103, 104, 106, 201, 278
トレザイス、トマス　187, 277
ドローン　227, 243, 244, 251

な

ナイ、シアン　97, 108, 109, 112, 218
長崎（ナガサキ）　155, 275, 276
中曽根康弘　263
ナショナリズム　27, 28, 33, 38, 43, 51–53, 66, 78, 90, 263, 267, 273, 296, 303
ナチス（ナチ政権、ナチス・ドイツ）　32, 34, 159
ならずもの国家　241, 244, 245, 247, 251
ナルシシズム　205
南京大虐殺　17, 18, 261
ニクソン、リチャード　160
二世　35, 38, 57, 59–62, 66, 74, 79, 87, 100–102, 118, 164
日米　58, 276, 279
日本　9, 11, 14–18, 21, 33, 58–62, 64–67, 70, 79, 87, 88, 93, 123, 225, 229, 260–265, 267–276, 278–281, 284, 285, 287, 289–292, 295, 296, 299, 314, 320, 322
——軍(旧日本軍、帝国陸軍)　59, 261, 272, 276, 279, 289
ニュー・アメリカニスト　161, 163, 167, 200
ニューヨーク・タイムズ　165, 180, 232, 302, 310
ネオコロニアル（ネオコロニアリズム）　58, 61, 62, 63, 169
ネオリベラル（ネオリベラリズム）　30, 51, 172–175
ネットワーク　34, 174, 185, 204, 270
ノスタルジー（ノスタルジア、ノスタルジック）　230, 241, 243–245, 252, 283, 284

は

ハーシュ、マリアン　100, 157, 164, 182, 260, 264, 266
ハート、マイケル＋アントニオ・ネグリ　31, 40–42, 52, 53, 170, 211
ハーマン、ジュディス　103, 178, 302
パール・ハーバー　155
敗戦　9, 11, 16, 280, 296
白人（ホワイト）　21, 27, 38, 68, 111, 119, 232, 233,

シェル・ショック　123–129, 131–144, 146, 147, 150, 152
ジェンダー　16, 55, 90, 105, 123, 127, 128, 132, 134, 142, 282, 296
自虐史観　87
『地獄の黙示録』［フランシス・フォード・コッポラ］　236, 309, 315, 316
自殺　36, 54, 75, 124, 125, 128, 130, 137, 138, 146, 147, 149, 165, 180, 280, 281, 283, 310
ジジェク、スラヴォイ　29, 211
市場（マーケット）　37, 172, 173, 175, 193, 194, 196, 200–202, 204, 209, 211, 212, 221
自然　32, 44–48, 50, 165, 171, 173, 174
シネマトグラフィ　166, 176, 187
自罰　199, 209
資本家　21, 213
資本主義　28, 30–32, 34, 37, 38, 44, 172–175, 193–198, 201, 207–210
ジャングル　154, 158, 162, 167–169, 238
自由　33, 38, 46, 52, 85, 94, 114, 146, 173, 229, 278, 253
自由間接話法　37, 80, 81, 114
従軍慰安婦（慰安婦、慰安婦問題）　17, 18, 57–61, 63–67, 69, 72, 78, 79, 81, 82, 86–88, 90, 263, 278, 279, 296
集合的記憶　286, 287
終戦　33, 141, 262, 279
受益者　193, 194, 197–199, 203–205, 215, 217–219, 221
主権　9, 40, 159
シュミット、カール　159
シュワブ、ゲイブリエル　86, 100, 101, 162, 178, 182, 267, 268, 274
情動　93–97, 103, 106, 107, 109, 112–116, 121, 155, 156, 218, 291
承認　28–31, 33, 37, 38, 51, 52, 218, 233, 303
消費者　194, 199, 209
娼婦　73, 280, 286–288
勝利　168, 226, 227, 230, 236, 240, 247, 301, 302
昭和天皇裕仁　9, 11–13, 15, 16, 18, 65, 263, 286
贖罪　85, 94, 111, 176, 228, 307, 308
植民地　37, 38, 201, 272, 274
除霊　98, 110, 113, 114, 156
人種（レイシャル）　27, 30, 36–38, 51, 61, 63, 78, 96, 115–118, 121, 170, 237, 300, 304–306, 313, 314, 316–320, 322
——差別（レイシズム、レイシスト）　37, 51, 318, 319, 323
身体　67, 70, 73, 77, 100, 101, 135, 146, 147, 172, 175, 280, 281, 283–285, 287, 288
人道的（ヒューマニズム、ヒューマニタリアン）　140, 234
シンパシー（共感）　80, 97, 108, 135, 199, 235, 292
人文学　7, 12, 16, 18–21, 25
神話　36, 155, 168, 182, 200, 202, 230
スクリーン　165, 166, 168, 180, 183, 188, 241, 247, 249, 277, 292
スコット、トニー　230, 234, 315
ストイック　217
スパノス、ウィリアム　156, 167, 200
正義　61, 67, 155, 210, 212, 214, 229
生権力　124, 126, 139, 145, 170, 172, 175
生政治　55, 139, 140, 172, 175
性的虐待（虐待）　71, 170
性的暴力　265, 278–280
性奴隷　59, 64, 70, 278
世界システム理論　203
責任　11, 16, 58, 60, 61, 65, 67, 76, 78, 81, 86–89, 99, 106, 113, 115, 137, 138, 144, 160, 187, 198, 215, 217–219, 262–264, 267–269, 271–273, 279, 282, 290, 292, 294, 304
世代　35, 37, 38, 60, 66, 87, 88, 99, 100–102, 106, 117, 118, 157, 158, 164, 176, 180, 183, 187, 200, 242, 244, 247, 251, 260, 261, 263–267, 269–271, 277, 285, 286, 291, 294, 311, 312
セックス　278, 281–283, 287
セックス・ワーカー　280
説得　14, 31, 57, 87, 88, 109, 194, 198, 199, 214, 216–218, 227
セラピー　97, 106, 109, 175, 304
善（善意、善良）　71, 111, 112, 155, 227, 229, 237, 289, 290
善悪　17, 21, 71, 288, 289
戦後　32, 34, 36, 58–62, 64, 70, 71, 75, 86–88, 125, 127, 134, 139, 140, 142–144, 260, 262–265, 267–273, 275, 276, 278–280, 282–284, 287, 288, 290, 293, 295, 296, 311, 312
戦後責任　60, 90, 296
先住民　306
戦場　14, 32, 33, 126, 138, 140, 142, 179, 187, 231, 301
戦争犯罪　59, 60, 65, 67, 87, 262, 267, 271, 278, 289, 290
戦闘機　227, 233, 235, 238, 242, 315, 316
戦友　140, 177, 178, 238, 248, 307, 308, 311
ソヴィエト（ソ連）　34, 234, 272, 275
相続　81, 84, 99, 162, 177, 251, 253, 266, 273, 274, 277, 279, 284, 285

革命　44, 54, 211
家族　62, 63, 67, 68, 70, 74, 76, 78, 84, 94–96, 102, 110, 111, 114, 143, 157, 170, 175–177, 179, 181, 182, 185, 190, 233, 252, 253, 261, 267, 315
カタストロフィ　183
加担　63, 67, 194
加藤典洋　267, 296
家父長（家父長制）　124, 127, 129, 137–141, 144, 149, 252
カプラン、エイミー　162, 200
カルース、キャシー　131
河合隼雄　262, 263, 295, 296
カン、ローラ・ヒュン・イ　68, 78, 279
環境　44, 75, 139, 168, 172–175, 183, 185
韓国　58, 64, 65, 262, 263, 278, 318
監視　52, 159, 165, 169, 170, 172, 173, 242
感情　11, 93–98, 103–109, 112, 113, 140, 183, 216, 218, 227, 277, 289–291, 318
間世代　99, 100, 170, 182, 274, 277, 251
——的トラウマ　158, 162, 164, 176, 177, 183, 246, 247, 250
間接的　76, 87, 88, 131, 141, 158, 164, 177, 183, 187, 198, 238, 260, 277
カンボジア　156, 231, 303, 313, 321
記憶　71–74, 76, 80, 82–84, 95, 96, 99, 100, 102, 103, 110, 114, 154–158, 161–165, 167, 168, 175, 182, 183, 187, 238, 245–247, 260–262, 264–268, 270–275, 277, 281, 283, 285, 286, 308, 312, 313
——研究　100, 164, 260, 264, 266, 271
帰還兵　12, 124–126, 128, 130, 133–135, 140, 147, 153, 154, 157, 158, 164, 166–168, 170, 174–177, 179, 182, 183, 185, 231–233, 235, 238, 239, 244, 250, 272, 274, 296, 299–306, 312–314, 316, 317, 320, 322
岸信介　272, 279
北朝鮮　234
キニー、キャサリン　236, 308
金学順　59
強迫　154, 157, 168, 180, 247, 266
共犯　175, 182, 211
共謀　61, 70
極東裁判　65, 290
クウェート　161, 240, 241
グラウンド・ゼロ　155, 175, 176
グラニク、デブラ　153, 154, 157, 158, 165–167, 174, 176, 178, 182, 183, 187, 188
クルーズ、トム　226, 230, 233, 252, 253
グローバル（グローバリゼーション、グローバライズ）　28, 30–34, 37, 38, 40, 42, 51, 54, 58, 59, 64–66, 154, 156, 159, 173–175, 193, 194, 197–204, 211, 212, 215, 217, 218, 221, 228, 236, 244, 262, 278, 326
軍事力　124, 127, 144, 169, 231, 234–236, 248, 251, 272, 301
ケア　55, 75–78, 96, 101, 137, 158, 177, 179, 183
経済　29, 37, 51, 65, 76, 195–197, 202, 203, 206, 286
継承　94, 99, 100, 113, 154, 158, 165, 176, 196, 243, 247, 260, 270, 275, 282
ケネディ、ジョン・F　168
ケラー、ノラ・オッジャ　57–59, 61, 64, 66–68, 74, 78, 86, 89, 91
原子爆弾　10, 11, 15, 33, 46, 229, 275
権利　62, 79, 117, 205, 206, 320
高潔な大義　161, 235, 302, 316
公民権運動　304
黒人（ブラック）　21, 27, 36, 54, 94, 98, 111, 113, 115–117, 300, 305, 306, 313, 314, 316–319, 322
国籍（ナショナリティ）　44, 61, 63, 78, 88, 117, 233, 234, 271, 317–319
国体　283, 284
克服　106, 161–163, 168, 185, 226, 230
国防　314, 315
コスモポリタン　198, 209, 213
誇大妄想（パラノイア）　39, 42, 140, 245
国家（ネイション）　32–35, 38, 40, 44, 48–51, 63, 78, 139, 155, 156, 159, 161–164, 169, 170, 174, 175, 200, 227, 228, 233, 237, 241, 243, 244, 246, 247, 254, 272, 276, 283, 284, 288, 290, 301, 303, 304, 319, 320
コミットメント　63, 78, 86–88, 262, 263, 265, 269–271, 282, 284
コミュニケーション　76, 88, 130, 169, 182
コミュニティ　27, 30, 34, 35, 50, 94, 96, 98, 99, 102, 111–115, 121, 144, 180–182, 185, 228, 317
コリアン・アメリカン　57–59, 62, 66–68, 74, 77–79, 86, 87

さ

罪悪感　16, 62, 63, 74, 75, 82–86, 88, 95, 245
再演　178
最高司令官　159, 244
再配分（分配）　7, 18, 22, 23, 27–31, 33, 37, 38, 51, 52, 94, 113, 115, 203, 282
搾取　41, 194, 197, 201, 204, 208
サバイバー　77, 143, 148, 164, 187, 260
砂漠　157, 162, 167, 168, 247, 250
砂漠の嵐作戦　161, 241
差別　12, 21, 35, 206, 304, 314, 317–319
ジェイムソン、フレドリック　3, 29, 30, 31, 41
ジェラシー（嫉妬）　97, 107, 110, 112

索引

あ

アーカイヴ（アーカイヴィスト） 148, 164, 265, 270, 277, 293
愛（愛情） 93, 95, 96, 102, 103, 106, 109, 121
愛国主義 156, 182
アイゼンハワー、ドワイト 229
アイデンティティ 21, 29–33, 37, 38, 51, 52, 58, 59, 66, 88, 116, 117, 119, 182, 203, 204, 227, 228, 283, 284, 287, 288, 290, 293
アガンベン、ジョルジョ 159
悪 17, 20–22, 71, 253, 289, 301
アジア系アメリカ人（アジアン・アメリカン） 57, 59, 61–63, 66 90, 304, 313
アジア人 62, 63, 300, 306, 314, 317–319
アジア太平洋戦争 12–14, 16–18, 259, 261–263, 268, 272, 320
東浩紀 264, 295
新しい歴史教科書をつくる会 263
アフガニスタン 157, 161, 162, 165
アフリカ系アメリカ人（アフリカン・アメリカン） 96, 97, 117–119, 304, 305
アフロ・アジア 300, 305, 317, 319
アメリカ 11, 14–16, 23, 24, 30, 34, 39, 55, 60–71, 74, 75, 78, 84, 86, 87, 116, 154–161, 163, 164, 167–169, 170, 172, 173, 175, 176, 180–182, 185, 188, 190, 194–196, 198–205, 209–213, 219, 220, 222, 225–241, 243, 245–249, 251, 253–255, 262, 269, 272, 275, 276, 280, 289, 290, 300–323
アメリカ精神医学会 232, 300, 302, 304
アメリカナイゼーション 61, 62, 66, 67, 69, 71, 78
アメリカ例外主義 154–156, 158, 160–163, 167, 175, 177, 181, 182, 185, 194, 199, 200, 211, 226, 228–230, 232, 246, 251
アリストテレス 216, 218
アルカイーダ 167
怒り 76, 95–97, 102, 108, 111, 112, 125, 126, 135, 169, 216, 225, 262, 288–290, 309, 310, 317
医学政治（医学、医療） 124, 126, 127, 133, 136–139, 144, 175, 232, 302
遺産 59, 65, 67, 88, 100, 156, 169, 187, 267, 284, 272, 315
イデオロギー 12, 44, 67, 127–129, 137–139, 149, 154, 167, 182, 199, 202, 211, 215, 228, 265, 315, 318, 319
イノセンス（イノセント） 67, 155, 175, 176, 194, 198–202, 205, 210–212, 214, 230
移民 78, 160
イラク戦争 154, 157, 158, 164–168, 170, 177, 185, 187, 247
慰霊碑 175
ヴィリリオ、ポール 227
上野千鶴子 64, 90, 278, 296
ウェン、ヴィエト・タン 299, 300, 305, 313, 314, 316, 318, 319, 322
ウォール・ストリート（オキュパイ・ウォール・ストリート） 194–196, 198, 199, 201, 202, 204, 205, 208, 210, 219, 220
ウルフ、ヴァージニア 123–130, 132, 135, 143, 145, 146, 149, 151
運動（アクティヴィズム） 29, 44, 66, 195, 197, 219, 262, 303, 304
英雄 135, 187, 236, 238,
A級戦犯 272, 273
エコロジー（エコ、エコロジカル、エコクリティシズム） 27, 28, 32, 33, 44, 45, 47, 48, 51–53, 165
エピファニー 124, 128, 129, 132, 145–149
エンパシー 81, 108, 183
老い 163, 179, 252, 253, 305
応答 58, 60–63, 66, 67, 78, 81–83, 86–88, 125, 126, 135, 162, 172, 187, 195, 210, 218, 219, 260, 263, 265, 269–271, 291–294
——可能性 24, 57, 58, 60–63, 66, 67, 71, 74, 78, 80, 81–84, 86–89, 187, 218
大江健三郎 269, 296
オバマ、バラク 226, 230, 244
オブライエン、ティム 237, 299, 300, 304–306, 309–314, 321
恩恵 195

か

カーター、ジミー 235, 322
階級 28, 29, 31, 38, 41, 127, 130, 132, 138, 142, 196, 201–204, 206–208, 217, 220, 300, 304
加害者（加害性、加害） 7, 16–18, 21–23, 58, 59, 62, 67, 70, 71, 73, 85, 87, 88, 94, 110–112, 121, 127, 130, 147, 162, 176, 179, 183, 194, 197–199, 202, 209–211, 213, 217, 220, 231, 246, 260, 262, 264, 265, 267, 268, 274, 276–278, 288, 290–292, 301, 303, 309, 320
核兵器 155, 242, 245

著　者

阿部幸大（あべ・こうだい）

1987年、北海道うまれ。筑波大学人文社会系助教。専門は日米文化史。2023年に博士号取得（PhD in Comparative Literature）。人文社会系では初となる筑波大学発ベンチャー、株式会社Ars Academica代表。論文指導をはじめとする研究コンサルティング事業を展開する。著書に『まったく新しいアカデミック・ライティングの教科書』（光文社、2024年）。

ナラティヴの被害学

2025（令和7）年　4月　4日　第1版第1刷発行
2025（令和7）年　5月30日　第1版第2刷発行

ISBN978-4-86766-071-3　C0098　

発行所　株式会社　**文学通信**
〒113-0022　東京都文京区千駄木2-31-3
サンウッド文京千駄木フラッツ1階101
電話 03-5939-9027　　Fax　03-5939-9094
メール info@bungaku-report.com　ウェブ https://bungaku-report.com

ご意見・ご感想はこちらからも送れます。上記のQRコードを読み取ってください。

発行人　岡田圭介
印刷・製本　モリモト印刷